F. R. Leavis

The Great Tradition
George Eliot, Henry James,
Joseph Conrad

"文化：中国与世界"编委会

（1986）

主　编

甘　阳

副主编

苏国勋　刘小枫

编　委

于　晓	王庆节	王　炜	王　焱	方　鸣
刘　东	孙依依	纪　宏	杜小真	李银河
何光沪	余　量	陈平原	陈　来	陈维纲
陈嘉映	林　岗	周国平	赵一凡	赵越胜
钱理群	徐友渔	郭宏安	黄子平	曹天予
	阎步克	梁治平		

丁　耘	先　刚	李　猛	吴　飞	吴增定
赵晓力	唐文明	渠敬东	韩　潮	舒　炜

（按姓氏笔画排序）

现代西方学术文库

伟大的传统

乔治·艾略特，亨利·詹姆斯，
约瑟夫·康拉德

〔英〕F.R.利维斯 著

袁 伟 译

生活·讀書·新知 三联书店

Simplified Chinese Copyright © 2024 by SDX Joint Publishing Company.
All Rights Reserved.

本作品简体中文版权由生活·读书·新知三联书店所有。
未经许可，不得翻印。

图书在版编目（CIP）数据

伟大的传统 /（英）F.R. 利维斯著；袁伟译 . —3 版 . —北京：生活·读书·新知三联书店，2024.8
（现代西方学术文库）
书名原文：The Great Tradition
ISBN 978-7-108-07709-7

Ⅰ. ①伟… Ⅱ. ① F… ②袁… Ⅲ. ①小说－文学研究－英国 Ⅳ. ① I561.074

中国国家版本馆 CIP 数据核字 (2023) 第 162782 号

文字编辑	蔡雪晴
责任编辑	冯金红
装帧设计	薛　宇
责任校对	陈　明
责任印制	卢　岳
出版发行	生活·讀書·新知 三联书店
	（北京市东城区美术馆东街 22 号 100010）
网　　址	www.sdxjpc.com
经　　销	新华书店
印　　刷	河北鹏润印刷有限公司
版　　次	2002 年 1 月北京第 1 版
	2009 年 2 月北京第 2 版
	2024 年 8 月北京第 3 版
	2024 年 8 月北京第 1 次印刷
开　　本	880 毫米 ×1230 毫米　1/32　印张 12.25
字　　数	291 千字
印　　数	0,001－5,000 册
定　　价	78.00 元

（印装查询：01064002715；邮购查询：01084010542）

现代西方学术文库

总　序

　　近代中国人之移译西学典籍，如果自 1862 年京师同文馆设立算起，已逾一百二十余年。其间规模较大者，解放前有商务印书馆、国立编译馆及中华教育文化基金会等的工作，解放后则先有 50 年代中拟定的编译出版世界名著十二年规划，至"文革"后而有商务印书馆的"汉译世界学术名著丛书"。所有这些，对于造就中国的现代学术人才、促进中国学术文化乃至中国社会历史的进步，都起了难以估量的作用。

　　"文化：中国与世界系列丛书"编委会在生活·读书·新知三联书店的支持下，创办"现代西方学术文库"，意在继承前人的工作，扩大文化的积累，使我国学术译著更具规模、更见系统。文库所选，以今已公认的现代名著及影响较广的当世重要著作为主，旨在拓展中国学术思想的资源。

　　梁启超曾言："今日之中国欲自强，第一策，当以译书为第一事。"此语今日或仍未过时。但我们深信，随着中国学人对世界学术文化进展的了解日益深入，当代中国学术文化的创造性大发展当不会为期太远了。是所望焉。谨序。

"文化：中国与世界"编委会
1986 年 6 月于北京

"现代西方学术文库"自1987年出版第一部译著《悲剧的诞生》,迄今已近40年。这套译丛启迪了几代国人对学术的追求和对精神的探索,已经成为当代中国思想和文化发展的一个路标。其后,三联书店在这套文库编选思路的基础上陆续推出了"学术前沿""法兰西思想文化""社会与思想""西学源流"等西学译丛,为中国全面探究西方思想的时代前沿和历史源流提供了一大批极具影响力的作品。

在新世纪走向纵深、世界图景纷纭繁杂、中西思想交流日渐深化的此刻,我们重整和拓展"现代西方学术文库",梳理自19世纪中叶以降,为应对现代世界的诸多问题,西方知识界持续做出的思想反省和理论推进,以供当代中国所需。我们将整合三联书店的西学译丛,修订或重译已有译本,并继续遴选优质作品,进一步丰富和扩充译丛书目。

感谢"文化:中国与世界"编委会和丛书主编甘阳在历史时刻做出的杰出工作,感谢译者们的辛勤付出!三联书店将一如既往,与学界同仁一起,继续为中国的学术思想发展贡献自己的绵薄之力。

生活·读书·新知三联书店
2024年6月

序

弗·雷·利维斯和《伟大的传统》

陆建德

一

弗·雷·利维斯（F. R. Leavis，1895—1978）1962年从剑桥大学英文系退休时，乔治·斯坦纳在《文汇》杂志发表纪念文章说，文学批评史上的主要人物（如柯尔律治和托·斯·艾略特）往往也有文学作品传世，他们既是批评家，又是诗人，人们因钦佩他们的诗才而相信他们的判断。凭自身的资格而为后世所敬重的批评家为数很少，如圣伯夫、莱辛和别林斯基，利维斯可以跻身于他们的行列。鉴于英美学界当时对利维斯以"利维斯博士"相称，斯坦纳略显夸张地写道，英国文学史上有两位杰出人物使"博士"这平庸的学衔成为自己名字的一部分，"缪斯女神只授过两个博士学位，一个是利维斯博士的，另一个是约翰逊博士的"。[1]与约翰逊博士并列是极大的荣誉，它同时显示了英国本土批评传统的承继。[2]然而利维斯与约翰逊毕竟生活在截然不同的时代：约翰逊热爱伦敦，伦敦的街巷和俱乐部是他活动的天地，利维斯则把伦敦的文学艺术权势

---

[1] 斯坦纳，《语言与沉默》，1967，企鹅版（哈蒙兹渥斯，1969），第232页。
[2] 佩里·安德森在著名论文《国民文化的组成部分》（载《新左派评论》第50期，1968年5月至6月）中指出，英国人文学科和社会科学主要领域的代表都是保守的欧陆移民，由利维斯主导的文学批评几乎是唯一的例外。

集团（包括英国文化委员会、《泰晤士报文学增刊》和英国广播公司）当作他批评锋镝的靶标。利维斯退休时的心情是不轻松的。那一年他的演讲《两种文化？查·珀·斯诺的意义》在《旁观者》杂志发表后引起轩然大波。查·珀·斯诺（C. P. Snow，1905—1980）既是科学家，又是小说家，而且多年担任政府官员，一身数役，自视甚高。他在1959年一次著名演讲中提出，当代的科学家和人文学者实际上代表了两种文化，未来将属于先进的科学文化。利维斯反对"两种文化"的提法，坚持只有一种文化，即文化传统。这两种对立的观点引发了英美20世纪最有意义的争论之一，[3]认可斯诺的说法就意味着间接否定利维斯数十年来努力奋斗的目标，对利维斯而言，文学批评是维护并光大文化传统至为重要的环节。

二

利维斯是剑桥本地人，除了参加第一次世界大战和为数不多的短期学术出访，他一生都在剑桥度过，剑桥之于他就像柯尼斯堡之于康德。利维斯从珀斯学校毕业后得到剑桥大学的奖学金，第一次世界大战爆发不久他应召入伍，学业中断。这位英军救护队的担架兵出入于炮火之间，口袋里总有一本袖珍弥尔顿诗集为伴。[4]也许因为战争的场面无比惨烈，利维斯后来极少谈及那段时期的经历。停战后利维斯回到剑桥，为准备本科生必需的两次考试（Tripos）主修了历史和英国文学。他取得学位后继续深造，1924年完成博士

---

[3] 争论牵涉到如何评价工业革命和"进步"、文学的意义等重大问题。详见C. P. 斯诺，《两种文化》，纪树立译（北京，1994）；利维斯，《我的剑也不会：关于多元主义、同情和社会希望的演讲》（伦敦，1972）。
[4] 利维斯后来却以批判弥尔顿的"宏伟风格"著称。

目 录

序 弗·雷·利维斯和《伟大的传统》（陆建德）· i

致 谢 · xxv

第一章 伟大的传统 · · · · · 1

第二章 乔治·艾略特 · · · · · 39
　　早期 · · · · · 39
　　从《罗慕拉》到《米德尔马契》· · · · · 65
　　《丹尼尔·狄隆达》与《一位女士的画像》· · · · · 108

第三章 亨利·詹姆斯 · · · · · 165
　　早期至《一位女士的画像》· · · · · 165
　　晚期的詹姆斯 · · · · · 200

第四章 约瑟夫·康拉德 · · · · · 225
　　次要作品和《诺斯特罗莫》· · · · · 225
　　《胜利》《特务》《在西方的眼睛下》和《机缘》· · · · · 263

第五章　《艰难时世》····296

　　　　分析笔记·····296

附　录　《〈丹尼尔·狄隆达〉：一场谈话》（亨利·詹姆斯）··329

　　译者附言·351

　　译注参照·353

论文，但直到1936年才成为剑桥唐宁学院院士，翌年又被剑桥英文系聘为讲师，此时他主办的《细察》(Scrutiny)(1932—1953)杂志已有一支相对稳定的作者队伍和一批忠实的读者。创办《细察》是利维斯对英国文学批评的重大贡献。

在20世纪20年代的英国，与文学相关的期刊不少，但主要致力于文学批评的杂志难得一见。利维斯对只维持了两年多的《现代文学记事》(1925—1927)评价极高，《细察》想完成的就是《现代文学记事》未竟的事业[5]：以严格独立的批评体现一种标准，从而培养读者的识别力。利维斯的影响在很大程度上来自《细察》。

瑞恰兹和他的学生燕卜荪都是禀赋特异之人，但他们未能在剑桥形成一个薪火相传的流派。20世纪20年代的剑桥英文系无疑属于瑞恰兹，他在学生心目中几乎是宗教领袖般的人物，他采用心理学视角和新颖的授课方式，课堂总是人满为患。[6]瑞恰兹在出版了划时代的《文学批评原理》(1924)和《实践批评》(1929)后赴北京讲学，其后又去哈佛任教；燕卜荪的《含混的七种类型》(1930)为他赢得天才的美誉（当时他仅24岁），但他也到日本、中国教授英国文学。利维斯则始终立足剑桥，以《细察》为喉舌，以唐宁学院为中心，一步一个脚印地追求他的批评与文化理想。《细察》也许未被伦敦（甚至剑桥英文系[7]）所承认，但很多曾在剑

---

[5] 《现代文学记事》有一组系列文章取名"细察"，主编艾吉尔·里克沃德编过两卷批评文集，书名又是《细察：多人合集》(Scrutinies by Various Writers, London，1928—1931)。利维斯曾从《现代文学记事》编选文章结集出版，书名为《批评的标准》(伦敦，1933)。

[6] 详见卢本·布鲁厄等编《纪念文集：为I. A. 瑞恰兹而作》(纽约，1973)中巴兹尔·威利和燕卜荪的文章。

[7] 利维斯对剑桥英文系颇存芥蒂，数次发出"在剑桥但又置身于剑桥之外"的感叹。

桥求学的作家、学者是在阅读《细察》的过程中走向思想感情的成熟的，其实际影响非发行量所能反映。诗人、批评家唐纳德·戴维一度将《细察》当圣经来读，而利维斯则被奉为先知。[8]《细察》的成就在大洋彼岸也得到应有的注意。1948年，著名剧评家艾立克·本特立从历年的《细察》中编选一册文集在美国出版，他在"序言"中写道：

> 在整理1932年到1948年间的《细察》时，请允许我说，我发现没有其他杂志刊载过如此众多有关文学的有用的分析。"有用的分析"指的就是那些能帮助你自己去理解作品的分析，当今充斥于我们图书馆的"批评"著作在这方面根本不行。[9]

《细察》度过了"二战"的艰难，到了福利社会的和平时代反而无法维持。这份杂志自从创办以来一直没有专业的编务和营销经理，全靠利维斯夫妇勉力为之，编辑和作者从未领取分文报酬。[10]为保持评论的独立性，《细察》和《现代文学记事》一样，宁可凿沉船只也不愿为堵塞大大小小的漏洞向赞助折腰。这种精神在一个已被商业化操作所麻醉的时代是难以理解的。幸运的是利维斯退休后剑桥大学出版社重印《细察》（包括索引共20卷），此时英国各大学的英文系已取代了往昔的神学院和古典文学系，成为"传道授业解惑"的中心。

---

[8] 详见布莱克·莫里森著《运动派：1950年代英国诗歌与小说》（牛津，1980）中第1章"运动派的起源"。
[9] 本特立编，《〈细察〉的重要性》（纽约，1948），"序言"第26页。
[10] 详见利维斯为《细察》最后一期撰写的"停刊词"，载利维斯编选《〈细察〉选集》，共两卷（剑桥，1969），第2卷，第317页至320页。利维斯在这篇短文末尾引用了亚瑟·休·克勒夫的名诗："不要说我们的努力付诸东流。"

19世纪中叶，一些质疑《圣经》历史真实性的著作（如乔治·艾略特翻译的斯特劳斯的《耶稣传》）先后问世，进化论也渐渐流行，宗教在英国精神生活中的地位大大下降。马修·阿诺德作于1880年的《论诗》一文如此形容当时的情景："没有哪一种信条不发生动摇，没有哪一种信奉已久的教义没被证明为值得怀疑，没有哪一种大家接受的传统不受解体的威胁。"宗教的颓势一目了然，但是文学特别是诗歌的前途更为远大。阿诺德预言，人们发现"在不负自己崇高使命的诗里找到愈益值得依赖的依靠"；诗的效用远超出我们的估计，"我们必须求助于诗来为我们解释生活，安慰我们，支持我们"。[11]这篇文章本是为5卷本的《英国诗人作品集》所作的序言，文中的"诗"当然是指英国文学的精华英诗。到了20世纪初，尤其是"一战"后，英语和英国文学更成了民族文化的象征和骄傲，英国文学则发展为大学里独立的学科。自从其产生之初，英文系和英国文学批评就有强烈的社会使命感，[12]教师和学生在不同程度上都是阿诺德的信徒。瑞恰兹进一步发展了阿诺德的观点：文化传统的崩溃将导致精神上的混乱状态，"诗可以拯救我们，它完全可能是克服混乱的工具"。[13]但是瑞恰兹是从神经系统的平衡或满足来看待诗的作用，当他说诗的退化将造成生物学上的灾难或有害于人类的心理健康时，他继承的实际上是边沁功利主义的宗祧。在20世纪的英国，像阿诺德那样以文学特别是诗歌为宗教的人是利维斯。就当代文学创作和批评而言，托·斯·艾略特绝对称得

---

[11] 《阿诺德散文全集》，R. H. 苏珀编（安阿柏，1960—1977），第9卷，第161页。
[12] 这种使命感里也掺杂了殖民主义和帝国主义的成分。参看特里·伊格尔顿，《文学理论导论》（牛津，1983），第1章"英文的兴起"；克利斯·鲍狄克，《英国文学批评的社会使命：1848—1932》（牛津，1987）。
[13] 瑞恰兹，《科学与诗》（伦敦，1926），第82页至83页。

上早期利维斯的精神导师，但利维斯对艾略特的宗教信仰一直不以为然，他一生都力图将文学置于人文教育的核心，[14] 这也是阿诺德的一贯立场，虽然阿诺德所说的文学往往是古典文学；利维斯与斯诺的交锋实质上乃是阿诺德与托马斯·赫胥黎关于大学课程中文学与科学孰轻孰重之争的延续。[15] 文化是阿诺德和利维斯的共同信仰。

利维斯第一篇重要的文章《大众文明与少数人的文化》(1930)[16] 以阿诺德《文化与无政府状态》中一段文字为篇首引语：

> 文化为人类担负着重要的职责；在现代世界，这种职责有其特殊的重要性。与希腊罗马文明相比，整个现代文明在很大的程度上是机器文明，是外在文明，而且这种趋势还在愈演愈烈。(韩敏中译文)

利维斯和阿诺德都怀疑煤炭和钢铁产量（或生产总值、消费水平）的提高能否用来衡量社会的"进步"和"幸福"，他们都不敢贸然站在急于投身社会改革的自由派和左翼人士一边，因为他们都意

---

[14] 利维斯，《教育与大学：英文学院概要》(剑桥，1943)；《英国文学在我们的时代与大学》(剑桥，1969)。艾略特也关心人文教育，但他想恢复的是宗教传统，他批评阿诺德不应以文化（文学）顶替宗教。

[15] 《科学与文化》是赫胥黎1880年在伯明翰的乔赛亚·梅森爵士科学学院（伯明翰大学前身）建院典礼上的演讲。赫胥黎认为就获致文化而言，只涉科学的教育起码与只涉文学的教育同等有效。阿诺德在1882年的剑桥大学里德演讲(Rede Lecture)《文学与科学》中驳斥此说，他提出对美和行为操守的关心是生活意义所在，只有广义上的文学才能反映并促进这种关心。赫胥黎，《科学与文化及其他》(纽约，1882)，第12页至30页；阿诺德，《阿诺德散文全集》，第10卷，第53页至73页。具有讽刺意味的是斯诺的《两种文化》也是里德演讲。

[16] 该文最初以小册子出版，后收入利维斯文集《文化传承》(剑桥，1933)，第13页至46页。

识到后者容易将自由和"更多的果酱"等手段与生活的目的混为一谈。但是两人心目中的文化有不尽一致的内涵。阿诺德心仪希腊和罗马的古典文化,也乐意用当代欧洲文化(如法国与德国的文化)为参照批判英国的陋习。利维斯独重本土资源(因此有时显得褊狭固执),时时追念未被工业文明和资本主义生产方式所破坏的"有机共同体"(organic community)的人际关系和生活艺术。阿诺德的文化指内在精神的完美,利维斯则在一定程度上把文化转变为一个语言问题。利维斯说,对文学艺术敏感而又有鉴别力的人是文化圣所的看护,他们数量很少,但却保存了传统中最不易察觉同时又最容易消亡的成分;高品质的生活取决于这少数人不成文的标准,文化的精粹就是这些人辨别优劣的语言。[17]假如这语言的水准能够保持,文化传承庶几可望。艾兹拉·庞德在《如何阅读》(1928)中的一说颇得利维斯赞赏:文化的健康来自语言的健康,没有语言的健康就没有思想工具本身的整洁:

> 除了在造型艺术或数学中极个别的例子,没有词语,个人无法思想,无法交流思想,统治者和立法者也无法有效地制定法律。词语的坚实有效是由该死的被人小看的文人学士来照顾的,如果他们的作品腐烂了(我指的不是他们表达了不得体的思想),当他们使用的工具、他们的作品的本质即以词指物的方式腐烂了,那么,社会和个人思想、秩序的整个体制也就

---

[17]《文化传承》,第15页。比较瑞恰兹:"有史以来文明就依靠言语,词语是我们相互之间、我们与历史之间的主要纽带,是我们精神遗产的通道。当传统的其他传播媒介如家庭和社区解体的时候,我们被迫愈益依赖语言。"《实践批评》(伦敦,1929),第320页至321页。

完蛋了,这是一个历史教训,一个未被记取的教训。[18]

阿诺德在评法国作家约瑟夫·儒贝尔的长文里有一个响亮的论断——文学的最终目的乃是"一种对生活的批评"(a criticism of life)。[19]利维斯整个生涯都在证明这论断的正确性,他从不相信所谓的"纯文学"和文学的超然独立性,他一再申说真正的文学兴趣也是对人生与社会的兴趣,它没有而且也不可能有明确的疆界。然而这种兴趣不是泛泛的、抽象的,不能停留在观念的或理论的层面上。[20]"作为反哲学家的批评家"(利维斯1982年一本文集的书名)将眼光投向"纸上的词语"(words on the page),他认识到语言媒体不是用来表达现成的"观念"的,写作本身是一个创造的过程,风格特征反映了思想感情的品质。身处文化危机之中的利维斯企图在语言使用的习惯上寻求一个可靠的起点,正是由于这一原因他曾被我国学者讥为"唯语言论者"。他在"二战"期间应邀到伦敦经济学院演讲文学与社会的关系时提示他的听众:

> 对语言的微妙地方没有敏锐的了解,对抽象或概括的思想与人类经验的具体事物的关系没有透视力(只有有训练地经常阅读文学才能做到),那么,用于研究社会和政治的思考就

---

[18] 庞德,《文学论文集》,托·斯·艾略特编并序,1954,简装本(伦敦,1960),第21页。利维斯的《如何教阅读》一文是对庞德此文的回应,见《教育与大学》附录之二。
[19] 《阿诺德散文全集》,第3卷,第209页。阿诺德后来在《论诗》一文中对此作了更全面的阐述。
[20] 利维斯与雷纳·韦勒克就文学批评与哲学的关系展开过一场极有名的争论。见《〈细察〉的重要性》,第23页至40页。

没有它应有的尖锐性和力量。[21]

不过在20世纪30年代初，经历了经济大萧条的人们无暇顾及这看似浅显的道理。资本主义社会风雨如晦，采取行动或做政治表态看起来更像当务之急。各种教条和宏大叙事在公共讲坛吸引听众和追随者，关于阶级斗争和人类美好前景的预言仿佛带来一片光明，很多知识界人士为之倾倒。像广告商那样自信大胆地使用语言成为一时风尚。利维斯既与托·斯·艾略特以及他主持的《标准》杂志所体现的保守主义（或曰新古典主义）保持距离，又不赞同激进派的政治立场。他也许过于天真地相信，文明的危机实质上是由批评不振所致，文学批评或语言分析是检验并确立价值的理想领域，一旦形成一批对语言十分敏感的读者大众，江湖骗子无以生存，这时大家的思想才明晰有力，社会改革也不致偏离正道。在创办《细察》时，利维斯打出文学批评的旗号，拒绝做站队式的表白（避免站队也可以理解为站队的一种方式），但是他的文学批评始终也是文化批评和社会批评。[22]利维斯与当时庸俗的经济决定论者（他们也以马克思主义者自称）的论争是值得扼要介绍的。

利维斯首先承认，人的精神活动从来不是在真空中进行的，而解决经济政治问题也有必要。当今的世界如此复杂，简单的处方或结论自然格外具有魅力。然而资本主义的抨击者有时无非是"好的

---

[21] 这篇演讲收入利维斯文集《共同的追求》（伦敦，1952），已由徐育新译成中文，见《现代美英资产阶级文艺理论文选》，共两册（北京，1962），上编，第129页。
[22] 详见《文化传承》中《"在哪一个王上手下，老奴？"》一文。在利维斯与丹尼斯·汤普逊合著的《文化与环境：批评意识的训练》（伦敦，1933）一书中，很多篇幅被用于广告词分析。关于左翼人士对《细察》的批判，见弗朗西斯·摩尔亨《〈细察〉的时刻》（伦敦，1979）。

资产阶级",他们和资产阶级一样迷信机器,断言资本主义生产的驱动力是卑鄙自私的,但只有资本主义带来的高度机械化和自动化才能将人类送入千年盛世。现在经常有人指责利维斯幼稚地相信永恒的人性,实际上利维斯对人性在环境压力下的脆弱深有感触。他说经济决定论者自相矛盾地假定,一旦外部条件改善了,即社会和经济的各种安排更加合理了,文化的价值就自动光临人世,仿佛人身上美好的本性不可变更。埃德蒙·威尔逊曾从阶级斗争的角度来读德莱塞的《美国悲剧》,利维斯问道,当克莱德(小说主人公)经济上有了保障的时候他难道还没有把值得追求的人文价值忘得精光吗?文化传承需要人们积极参与,不能想当然地被托付给虚构的历史潮流去照顾。[23]

利维斯穷毕生精力在文学批评中锻炼心智,砥砺思想。在他后期的作品中,他给读者的印象是他在孤独地进行一场无望取胜的斗争。电影、电视等传媒正在侵蚀、消解批评的标准,而大众似乎心甘情愿地被商业利益劫持了。他和纽曼一样竭力提高大学在当代文明中的地位,但他已不可能像纽曼那样乐观地描述大学的目标:"提高社会的精神格调,培养公众的智慧,纯洁国民的趣味,为民众所喜提供真正的原则,为民众所望提供确切的目标……"[24]利维斯对"民众所喜"和"民众所望"已不抱奢望。他以为早在17世纪后半叶,亦即班扬、马韦尔和哈里发克斯的时代,民众的文化与最优秀的文化还是统一的。两百年来,资本主义的生产方式已败坏了大众文明的趣味,大学和文学批评的使命是抵抗社会对"少数人文化"的围追堵截。利维斯慢慢像威廉·布莱克那样与时代潮流不

---

[23] 见《文化传承》中的"序言:马克思主义和文化传承"。
[24] 纽曼,《一所大学的设想》,1852,"现代文化思想先驱"丛书(纽约,1983),第157页。

合。他晚期演讲集的书名"我的剑也不会"取自布莱克的预言长诗《弥尔顿》的"序诗":

> 我不会停止精神上的斗争,
> 我的剑也不会在手中酣睡,
> 直至我们在英格兰怡人的绿地上,
> 建立起耶路撒冷。

勇敢应战的背后似乎还隐伏着什么。

三

如果说利维斯的《英语诗歌的新动向》(1932)和《重新评价:英诗的传统与发展》(1936)确立了利维斯在诗歌批评方面的权威地位,那么《伟大的传统》(1948)是他小说批评的代表作。利维斯发现19世纪以来英国文学的主要创作活力体现于小说写作,于是在20世纪40年代将批评注意力从诗歌转向小说,[25]并将小说称为"戏剧性的诗歌"。

《伟大的传统》起势开门见山,首句就是毫不含糊的断语,利维斯的自信与锐气充乎字里行间。第一章的标题与书名相同,虽然总领全书,也可独立成篇。作者点评两百年来的英国小说,阐述见解,批驳错谬,让读者感到一条传统的血脉清晰可见。这一章行文如钱江大潮,波澜层出,但恢宏(逼人)的气势后面只见一片诚挚

---

[25] 利维斯晚期也有出色的诗评,如《充满生气的原则:英文作为磨炼思想的学科》(伦敦,1975)中有篇幅可观的对托·斯·艾略特《四个四重奏》的细读。

热切之心,犀利的词语总伴随着细心的辨析和限制性的说明。

利维斯在执教与辅导的过程中发现,文学史上充斥着经典作家和经典作品,"经典"一词显然用得过滥。他常说人生苦短,为充分利用时间,学生读书不得不有所取舍,这就需要有人站出来作价值判断或重大的甄别,从而形成"一种正确得当的差别意识"。同时,人们对一些作家交口称赞,但对他们的真正卓越之处却缺乏共同的认识。[26]形成这种"差别意识"也是达成共识的必要前提。阅读利维斯勾画的伟大传统,我们时时感到那传统像未经雕琢的宝石,大师之手让宝石的琢面放出异彩:以菲尔丁、理查逊和范妮·伯尼为铺垫,简·奥斯丁奠定了英国小说伟大的传统,从此乔治·艾略特、亨利·詹姆斯、康拉德和戴·赫·劳伦斯形成一条发展之链。[27]这些伟大的作家帮助人们进一步认识艺术的潜能、人性的潜能、生活的潜能。虽然他们在技巧上都有很强的独创性,但形式并非主要目的。他们身上全无福楼拜式的对人生的厌倦,反之,他们以坦诚虔敬之心面对生活,有巨大的吐纳经验的能力和显著的道德力度。《伟大的传统》问世后,杰出的美国批评家屈瑞林在《纽约客》上评论道,批评家能做的最有意义的工作之一就是"描

---

[26] 也就是说,判断一致(如称某书、某作家伟大)是不够的,作出判断的依据也应该一致,只有这样,批评才是托·斯·艾略特所说的"共同的追求"。经学家、道学家、才子、革命家和流言家对《红楼梦》齐声说好,但他们在书中看到的是不同的内容。这种判断的一致有何意义?见《鲁迅全集》(北京,1982),第8卷,第145页。
[27] 利维斯把詹姆斯列入英国传统,也许会有异议。利维斯说詹姆斯从英国小说中得到丰沛的营养,尤擅刻画英国文明的基本特征,他身上兼具英美两种文明之长,暧昧的身份使得他的观察更为敏锐。在评论美国文学时,利维斯肯定有"欧洲中心"之病。他强调美国优秀文学与欧洲(尤其是英国)文学的联系。在美国文学史上,他尊库柏、霍桑、梅尔维尔、马克·吐温,贬惠特曼、德莱塞、菲茨杰拉德和海明威。详见利维斯文集《安娜·卡列尼娜及其他》(伦敦,1967)中几篇关于美国文学的论文。

绘一个连贯的传统,从而使很多作品更容易理解"。书中有一些提法值得商榷,但"这是一流的批评判断,它的力量和准确性在很大程度上来自利维斯博士直言不讳的道德态度"。[28]

确实,"伟大的传统"不仅是文学的传统,也是道德意义上的传统。利维斯臧否作品的标准往往有道德的出发点,他不会像布鲁姆斯伯里团体成员之一克莱武·贝尔那样标举出独立自足的"有意义的形式"。一个最著名的例子就是对奥斯丁《爱玛》的评论。利维斯不赞成从"审美""诗篇布局"和"生活之真"来阅读这部小说:"实际上,细察一下《爱玛》的完美形式可以发现,道德关怀正是这位小说家对生活的独特兴趣的特点,而读者只有从道德关怀的角度才能领会小说的形式之美。"[29]利维斯还把乔治·艾略特的伟大之处归结为"强烈的对人性的道德关怀,这种关怀进而为展开深刻的心理分析提供了角度和勇气",最终展现的是一种托尔斯泰式的深刻性和真实性。易言之,不论是技巧形式还是心理分析,只有在服务于道德意识的时候才有意义。这种关系亨利·詹姆斯一度处理得很好,他擅长模棱两可之笔,贯穿这技巧的是新英格兰社会风习赋予詹姆斯的"道德锋芒"或"洞察深远的道德睿智"。利维斯写道,詹姆斯"创造了一个理想的文明感受力,一种能够借助语调的抑扬和弦外之音的些许变化进行沟通交流的人性:微妙之处可以牵动整个复杂的道德体系,而洞察敏锐的回应则可显出一个重大的

---

[28] 屈瑞林,《利维斯博士与道德传统》,收入《读书偶得》(伦敦,1957),第101页至106页。
[29] 读到利维斯这类文字,屈瑞林发出"不亦快哉"之叹,但戴维·洛奇却在他颇有影响的《小说的艺术》(伦敦,1966)中把这一论断颠倒过来,称奥斯丁的道德关怀只能从形式之美来认识。见该书第68页。

评价或抉择"。[30]但是在他后期的作品里,迂回曲折的笔法和"肥大增生"的细腻使他丧失了道德触觉的准确性:

> 他对技巧的专注失去了平衡,技巧不是在有力地表达他最为敏锐的感知——为他最充分的生活意识所贯穿并因而相连的诸多感知;相反,对技巧的专注成了某种使他的才智漫漶不明并使他的敏锐感觉变得麻木迟钝的东西。

本书引述的伊迪丝·沃顿的《回首》中记载的詹姆斯问路一事,形象地反映了詹姆斯晚期的叙事风格。当评论界以空前的热情大谈技巧的时候,形式批评不免多浮词曲说,有人不怕做出头椽子,将技巧放到适当的位置,即使引起种种非议也是值得的。

但是真正要把握利维斯的道德态度,对我们这些文化背景全然不同的人而言绝非易事。

多年执教牛津的戴维·塞西尔在《早期维多利亚时代小说家》(1936)中对乔治·艾略特作如此评论:尽管她在宗教上是自由主义者,她的思想感情是为清教神学的道德戒律所浸透的。"她也许不信天堂、地狱和神迹,但她却信是非之别,……而且她判断是非曲直的标准就是清教的标准。她赞赏真诚、正派、勤劳和自律;她反对放荡、马虎、伪诈和恣意纵情。"塞西尔写到这里流露出开明人士居高临下的姿态。利维斯紧接这段引文后爽快承认,他自己也褒艾略特所褒,贬艾略特所贬:

---

[30] 请注意利维斯书中引用的《一位女士的画像》里沃伯顿勋爵为伊莎贝尔点蜡烛的细节。伊莎贝尔从这不易察觉的小事意识到她有自己的体系和轨道,她的些许变化隐含了"重大的评价或抉择"——她最终拒绝了沃伯顿勋爵的求婚。

> 在我看来,这些信念好恶是有益于产生出伟大文学来的。我还要补充的一点是(索性来个彻底交代),开明也好,唯美主义也好,世故老到也罢,尽都可以在这些信念面前怡然生出一份优越感,但其结果,在我看来,却只能是琐屑和腻味,而且由此琐屑,再生邪恶。

看了这段告白,我们不能草率地推断,利维斯和乔治·艾略特像严峻的清教徒那样信奉一套僵硬、黑白分明的道德观。

伏尔泰曾说英国诗人的伟大功绩就是他们深刻有力地处理道德观念,阿诺德就此在《论华兹华斯》一文中解释说,对于道德这个名词,不妨宽泛地理解。伏尔泰想表明的绝对不是英国诗人如何会写道德说教的诗歌。道德观念是人类生活的主要部分,"怎样生活"这问题本身就是一个道德观念,人人都在用这样那样的方式提出这一问题,关注这一问题。凡是与此相关的,便是道德的。[31] 利维斯最为推崇的几部小说(如《爱玛》《米德尔马契》《一位女士的画像》和《诺斯特罗莫》)呈现在读者面前的,恰恰就是"怎样生活"的问题在不同人物身上的曲折表现。这些作者和利维斯本人没有给出答案,但我们知道"怎样生活"这一问题预先设定了一种严肃而紧迫的关怀,它与某些人生态度难以相容,例如闲适的随意和放浪的游戏。

然而利维斯的道德态度中有其宽容、富有人情味的一面,不了解这一点就误解了道德的含义。简单的扬善惩恶,伟大的作家不屑为之。考察寻常生活中的道德复杂性,这才需要非凡的眼光。利维

---

[31]《阿诺德散文全集》,第9卷,第45页。伏尔泰在《路易十四时代》第34章作此高论。

斯说，乔治·艾略特的长处是摹写"人性的弱点和平常之处，但她并不以为其卑劣可鄙，既不敌视，也不自欺欺人地纵容之"。让我们来看几个具体的例子。

可以毫不过分地说，没有《伟大的传统》就没有《米德尔马契》（及其作者）在今日英国文学史上崇高的地位。小说对人物布尔斯特罗德的遭遇写得极其出色。这位银行家也是慷慨而严厉的慈善家，他总是为自私的欲望披上宗教的外套，不过他还不敢公然在上帝面前撒谎，自私的考虑仿佛是无意识的、极细微的肌肉活动。布尔斯特罗德年轻时对一位姑娘的下落知情不报，与她母亲结婚并得到非分之财。多年后他的欺骗行为败露，社会地位一落千丈，此时他忠诚厚道的夫人并没有遗弃他，两人伴着耻辱和孤独无悔无怨地度过余生。利维斯说，艾略特对布尔斯特罗德不留情面的剖析为同情之光所照亮，她描写这人物时显示的艺术不是讽刺的艺术，她有讽刺家的敏锐，但是，"她又是绝顶聪明且有自知之明的人，因而又太过谦卑了，纵使她要嘲讽，也不可能超过偶尔为之的程度"。[32] 这种有节制的嘲讽的最终效果是读者对布尔斯特罗德报以同情而非轻蔑。利维斯补充道，这位得到报应之人也会产生剧烈的痛苦，他是我们中间的一员，"他与我们的距离远非我们扬扬自得地相信的那样遥远"。同样的精神体现在对詹姆斯《鸽翼》的分析中。年轻富有的美国女子蜜莉·西勒在英国游历时发现自己身患绝症，但她仍想尽情体验人生。英国姑娘凯特·克罗里不动声色地

---

[32] 这观点意味隽永。讽刺家是否缺少必要的谦卑和自知之明？我们该如何看待那些以冷嘲热讽为能事的斗士式作家？利维斯对斯威夫特的评价发人深省："天才沉浸于自己的权势和破坏力，否定让人感到就是骄横"；斯威夫特"徒有强烈的感情，缺乏对这感情的认识"。利维斯，《共同的追求》，1952，企鹅版（哈蒙兹沃斯，1962），第85页，87页。

鼓励男友利用蜜莉对他的好感,以期得到好处。利维斯特别指出,凯特并没有被写成恶棍,她的父亲、姐姐和姨妈都暴露出不同程度的无耻和野心,她只是作为一个普通人在各种不利因素的合力作用下受到邪恶的诱惑。假使我们不假思索地谴责她,我们就忽略了詹姆斯试图反映的她在社会中承受的巨大压力。这部小说如有弱点的话,就是"鸽子"蜜莉,她仅仅因为自己的财富就被詹姆斯推上公主的宝座,她的道德意义何在?

最有说服力的例子是关于《费利克斯·霍尔特》的文字。利维斯谈得最多的不是小说中腐败的选风、激进派的政治或是在剧烈的社会变动中呼吁谨慎的费利克斯·霍尔特,而是乔治·艾略特笔下的特兰萨姆夫人。这位夫人有着女王般的仪态风度,但是她的生活却为一段隐衷所苦。她婚后与家庭律师有染并生一子,不久发觉律师工于心计,失望中默默忍受痛苦。特兰萨姆夫人为自己"人性的弱点和平常之处"付出极大代价,不过她从不在言语和行为中流露出屈辱感。(《妻妾成群》中的颂莲充满酸溜溜的怨愤,她喜欢炫耀自己的屈辱感——在诅咒世界与人生的词语里寻求发泄与慰藉。中国作家能否从比较中得益?)她从不与律师争吵,"绝不把自己对他的看法告诉他,这个决心已经成了她的习惯。她把那份女人的自尊和敏感保护得完好无损"。利维斯由衷欣赏的是特兰萨姆夫人既无感伤的忏悔,又无粗俗的复仇的冲动。一心复仇者往往会把自己视为无辜的受害者,从而推脱自己的道德责任。乔治·艾略特书中的女性(如《弗罗斯河上的磨坊》中的麦琪和《米德尔马契》中的多萝西娅)身上常露出作者本人的身影,利维斯对这种自我欣赏或自怜最不能容忍。特兰萨姆夫人身上并没有献身人类事业的激情在燃烧,她的身世是平庸的,但她最终却被塑造为一位达到悲剧高度的人物,这是乔治·艾略特的伟大成就。请看利维斯的赞叹:"对特兰萨姆夫人早年失足的处理竟然没有一点儿维多利亚时代道学家的气息,……在这种成熟艺术所创造的世界里,禁忌的氛围是不为人所知的。"作者在写到丑闻时既不神神鬼鬼地掩饰,又不大惊小怪地做一番过瘾的谴责,同时没有任何形式的伤感。我们看到的是一种实实在在的坦率:"此乃人性,此乃事实,此乃无可变更的后果。"

四

《伟大的传统》中有不少精辟的论断。最著名的就是利维斯在评乔治·艾略特的《丹尼尔·狄隆达》时宣称,真正伟大的小说被书名和同名男主人公掩盖了,作品后面连篇累牍的犹太复国主义热情只是狗尾续貂。他以金圣叹腰斩《水浒传》的气魄提议,小说不妨在女主人公葛温德琳的丈夫格朗古溺水而亡时结束,冠以《葛温德琳·哈雷斯》之名单独印行出版(这提议也许受詹姆斯启发,详见本书附录《〈丹尼尔·狄隆达〉:一场谈话》)。笔者感到,对葛温德琳的分析以及将她与《一位女士的画像》中的伊莎贝尔所作的比较是《伟大的传统》中最精彩的部分。葛温德琳是个年轻气盛的利己主义者,她风趣泼辣,有一种"千姿百态的轻浮世故",然而她还保有"良心的根茎",惧怕自己身上潜伏的某些成分。艾略特刻画她的复杂性格曲尽其妙,利维斯借助大段引文(如葛温德琳与母亲的谈话、格朗古向葛温德琳求婚)提示说,艾略特没有作长篇心理描写,但是我们在言语和细小的动作里觉察到各种冲动、欲念和意向在会合碰撞,隐约的思想的胚胎在半明半暗的意识里浮现。[33]

---

[33] 利维斯在诗评中也十分注意发掘思想产生的过程。《细察》撰稿人之一、后为伦敦大学心理学教授的 D. W. 哈丁有"思想的腹地"一说。哈丁,《进入词语的经验》(伦敦,1963)。

中国读者未必熟悉利维斯评论的小说，这些有时显得过长的引文倒还不可缺少。

利维斯重在甄别，因而对书中主要论述的三位对象并不是一味叫好。在第四章论康拉德时，利维斯又露出一位经验主义者的本质。"坚实而生动的具体性"是《诺斯特罗莫》的优点，[34] 但是这种叙述手法时常让位给杂志撰稿人故意渲染气氛的噱头，"为的是把某种'意味'强加于读者和他［康拉德］本人，从而让人做出紧张的反应"。康拉德爱用"难以言说""无法形容""不可思议"等形容词来强调他自己也说不清、写不出的东西，结果是空洞的亢奋，"比多余还要糟糕的强调"。这些评语都说得精确到位。《台风》得到好评，原因之一大概是它完全没有"深不可测的奥秘"之类的污点。利维斯在不同的场合引用过康拉德对船长麦克惠尔外观的描述，这位看似朴实而且毫无英雄气概的船长在危急关头指挥若定，从职业上讲确有可敬之处。（康拉德作品里一系列英国船长的形象都得到利维斯的认可，这多少是因为他们代表了英国商船队的品质：纪律、责任感和道德传统。[35]）利维斯也有迟钝不敏之处，其实《台风》中的殖民主义话语和种族歧视非常值得讨论，笔者将专文评述。

试图以一种传统来界说英国小说的伟大成就肯定会引起不少异议，利维斯在本书中所发的一些议论时常成为驳斥的对象。提到菲尔丁，他说《大伟人江奈生·魏尔德传》不过是"毛头小子的笨拙之作"；《汤姆·琼斯》笔底包罗万象，作者对生活的意趣却失之

---

[34]《黑暗的心脏》中有的部分也因此得到嘉许。这标准常见于利维斯的诗评。
[35] 利维斯并非刻意要为英国人、英国的习俗说话。他选了《丹尼尔·狄隆达》中有关克莱斯默先生的描写指出，艾略特表面上在嘲笑这位德国人在射箭大会上穿着举止如何滑稽，实际上她是借此品评英国社交界伪善的非利士人的偏见。利维斯还说，詹姆斯写到英国乡间上流社会时缺少这种自由批评的精神。

简单。菲尔丁的同时代人劳伦斯·斯特恩是20世纪现代派实验写作的先行者,他因所谓的"不负责任(且下流)的游戏玩笑"受到排斥。两位维多利亚时期的大作家被一语打发:"梅瑞狄斯就像个好出风头的浅薄之人(他那闻名的'才智'不过是一种矫揉造作且庸俗不堪之才),而哈代,虽然尚且过得去,却也像个未见过世面的乡野匠人,在那儿笨拙而沉重地摆弄着小说,不过也因而偶有一得罢了。"最有争议的莫过于对《尤利西斯》的苛评,利维斯断言乔伊斯这部分水岭式的小说是导向传统解体的路标,称不上什么新开端,只配称死胡同。至于当时正在引起评论界关注的亨利·米勒和劳伦斯·德雷尔,利维斯说他们小说中涌动的只是给生活"泼脏水"的欲望。这些例子绝非说明利维斯就断定这些小说不值一读。早在20世纪20年代他就在课堂上分析还在禁书之列的《尤利西斯》,并想请书商通过特殊渠道进口一册作教学之用,为此剑桥大学副校长把他召去训话。[36]

从某种程度来说,《伟大的传统》是一部未完成的著作。简·奥斯丁是伟大传统的开山鼻祖,但是在书中没有专章论述。利维斯夫人奎妮·多萝西·利维斯(1906—1981)在《细察》杂志上发表的论奥斯丁的系列文章[37]可以作为本书的补充。而要追溯奥斯丁的来源,我们需要回到18世纪英国社会的变迁。在本书第一章利维斯就菲尔丁与报业的关系写道:

> 菲尔丁完成了由《闲谈者》和《旁观者》所开启的事业,在这两份报纸的版面间,我们看到了戏剧向小说演变的过

---

[36] 罗纳德·赫曼,《利维斯》(伦敦,1976),第8页至9页。
[37] 已收入G. 辛格编辑的《奎·多·利维斯批评论文全集》,第1卷(剑桥,1983)。

程——这种发展竟是取道新闻业而来也是顺理成章之事。菲尔丁在那所学校里学会了描写人物和风俗的技巧……

为什么说这发展"顺理成章"呢？要回答这一问题就得翻阅利维斯的博士论文《从英格兰报业的发源与早期发展看新闻业与文学之关系》（现存剑桥大学图书馆）。这部至今仍未出版的著作与伊恩·瓦特享有盛名的《小说的兴起》探讨的是类似的话题。劳伦斯被利维斯誉为"我们时代最伟大的天才"，他在本书中的缺席尤为醒目，因此利维斯专论这位小说家的两部著作《戴·赫·劳伦斯：小说家》（1955）和《思想·词语·创造性》（1976）可当作本书的续篇来读。同时，读者也应知道，利维斯在本书中像约翰逊博士那样"落语斩钉截铁"，但是那些判断并非不易之论。维多利亚时期最受欢迎的小说家狄更斯被说成"娱乐高手"，他的作品"缺少一种统摄全局的严肃意蕴"，只有揭示了当时功利主义两个方面的《艰难时世》是例外。利维斯自从退休以后，对迷信工业技术、漠视文化传统价值的边沁式功利社会越来越失望。他在晚期著作中常把狄更斯引为同道，完全修正了自己早年对这位小说家的评价。[38]

在介绍利维斯及其《伟大的传统》时不可不提利维斯夫人。奎·多·利维斯是《细察》的主笔之一，她在各方面对这本杂志的贡献是无可估量的。由于种种原因，这位20世纪英国杰出的女性学者、批评家从未在剑桥取得正式教职。奎·多·罗思出生于一个英国犹太人家庭，在剑桥读书时认识了利维斯，后因与"外邦人"

---

[38] 详见利维斯夫妇合著的《小说家狄更斯》（伦敦，1970）中利维斯论《董贝父子》和《小杜丽》的文章。

（gentile）结婚被逐出家门。[39]利维斯夫人在剑桥英文系完成的博士论文《小说与读者大众》，取社会学视角讨论通俗文学的现象，这在当时十分新颖，对年轻一代的研究者（如伊恩·瓦特）颇多启发。她在撰写论文前向60位英美畅销书作者发出调查函，请他们谈谈自己与读者大众的关系。回函内容发人深省（如人猿泰山的创造者E. R. 巴勒斯承认尽量不使读者动脑筋为成功关键），大都被吸纳入论文的分析之中。论文揭示，大众趣味形成的历史也是职业作家发挥写作技巧、开发利用大众情感的历史，在资本主义大规模生产的年代，书商、策划和作者为制造并进而满足某些心理需要结伙形成一部商业机器，独立的批评家在这运作完美的庞然大物面前几乎无能为力。这部极有见识的论文1932年在伦敦出版，很快进入一位年轻中国学人的视野。正从清华大学毕业的钱锺书先生在《论俗气》（1933）一文中借用了利维斯夫人"高眉""平眉"和"低眉"（highbrow, middlebrow, lowbrow）的分别，[40]并在同年所作的《中国文学小史序论》中对此书写下如此评语：

> 虽颇嫌拘偏不广，而材料富，识力锐，开辟一新领域，不仅为谈艺者之所必读，亦资究心现代文化者之参照焉。[41]

在今日中国，孳生于图书商机的多头巨怪也用带有本土特色（"这是纯文学！"）的手法影响或操纵大众阅读习惯，希望能有像袁伟这样的译者把利维斯夫人的著作介绍给中国读者。

---

[39] 据利维斯夫妇的友人与学生回忆，利维斯夫人与人交往时会流露出敌我意识，这也许是那次不幸事件所致。
[40] 《钱锺书散文》（杭州，1997），第57页。
[41] 《钱锺书散文》，第492页。

五

《伟大的传统》问世已有半个多世纪，英国文学的教学和研究发生了很大变化。"经典"和"伟大的传统"这些概念受到严重挑战，文学理论的兴旺又促使人们用批判的眼光来审视文学批评的程序和前提，英文教学一度确实面临"危机"。[42]对《伟大的传统》一书的短处我们可以举出许多，利维斯完全没有意识到文学可以是纯粹的创造精神的嬉戏，他也没有提供几个叙事学或形式上便于操作的概念，让我们使用起来收到立竿见影的效果。但是利维斯批评遗产的意义是不容忽略的，在20世纪的英国批评家中，他的实际影响恐怕无人可及。在中国大陆，利维斯几近默默无闻。近年来，"文化研究"成为显学，热心传播者突然发现，雷蒙·威廉斯曾受惠于利维斯，利维斯竟然是"文化研究"的先驱！其实要认识利维斯，何必假道威廉斯。笔者深信，读者在读完本书后对利维斯鞭辟入里的见解和富于张力的行文风格会有具体的感受。2000年秋季《泰晤士报文学增刊》封面登载了他的一张照片，旁边的说明文字是卡莱尔式的"作为英雄的批评家"。不论人们是否同意利维斯的观点，文学批评能取得今天的地位是与他分不开的。20世纪80年代初，中国读者和作家通过爱·摩·福斯特知道了"圆型"和"扁型"人物的差别，《伟大的传统》就深度和影响而言远胜过《小说面面观》，它的翻译出版不仅有助于英国小说的教学与研究，而且还将为当今中国的小说创作和批评增添一种成熟的道德敏感性。[43]读书界会感谢译者的辛苦。

---

[42] 参看中国社会科学院外文所《世界文论》编委会编《重新解读伟大的传统》（北京，1993）。

[43] 专治中国小说的夏志清先生是英文系出身，利维斯是他敬佩的大家之一。夏先生的文学趣味与价值取向是否受利维斯影响，这是值得讨论的话题。

致　谢

本书的大部分内容首次刊登于《细察》(*Scrutiny*)杂志，感谢编辑们授权使用。亨利·詹姆斯一章的第二部分载于《细察》1937年3月的某一期，康拉德的部分刊登于1941年的6月和10月，乔治·艾略特的部分刊登于1945年和1946年。我还要感谢约翰·法夸尔森（John Farquharson）先生善意地允许我将属于亨利·詹姆斯的《〈丹尼尔·狄隆达〉：一场谈话》以附录的形式添加到本书中。

我无法充分表达对我的妻子不可估量的感激之情，它们充溢于本书的每一页之中。这种感激也伴随着我对本书不足之处的意识——这些不足都是由我造成的，因此我负有全部责任。

F. R. 利维斯

我知道这有多难。人要深刻而真诚起来,是需要一点东西的。琐碎的烦心乱神之事太多,搅得我们往往抓不到想象的真正本质。这听起来像胡扯,不是吗?我常常想,人在工作前,应该能够祈祷一下——然后就把事情交给上帝去做。真正同想象较上劲——把一切统统抛弃,真是很难、很难的事。我总感到像是赤裸裸地站在那里,让全能的上帝之火穿过我的身体——这种感觉是相当可怕的。人要有极虔敬之心,才能成为艺术家。我常常想到的是我亲爱的圣劳伦斯[1]躺在烤架上说,"兄弟们,给我翻个身吧,我这边已经熟了"。

"致欧内斯特·柯林斯,1913年2月24日"

《劳伦斯书信集》

---

[1] 圣劳伦斯(Saint Lawrence, —258),圣西克斯图斯二世教皇在位期间(257—258)罗马的七位助祭之一、殉道者,被迫害基督徒的罗马皇帝瓦莱里安(Valerian,253—260年在位)处死。传说罗马执政官要他交出教会的财产,圣劳伦斯便招来曾接受过教会布施的穷人,交到执政官面前说,"这些就是教会的财产",为此而获罪,被绑在烤架上,慢慢烘炙而死。不过现代学者普遍不信这个传说,他们认为他与圣西克斯图斯二世教皇和其他殉道者一样,是被砍头处死的。——译注(凡以方括号标注的为译注,以*号标注的为原注,全书同。——编者)

第一章

伟大的传统

"……审慎而非武断地……"[1]

——约翰逊:《莎士比亚戏剧集·前言》

简·奥斯丁、乔治·艾略特、亨利·詹姆斯、约瑟夫·康拉德——我们且在比较有把握的历史阶段打住——都是英国小说家里堪称大家之人。奥斯丁的情况特异,须颇费笔墨详加研讨,因而本书所论将只限后三人。批评家们已经说我褊狭了,而且我敢肯定,如是一番开场白之后,无论我如何阐发申说,都会被用来加强他们的苛责。虽然有白纸黑字为凭,但人们却都煞有介事地风传,说我小觑了密尔顿,鄙弃"浪漫派";说我认定邓恩之后,除霍普金斯和艾略特[2]外,再无需要我们关注的诗人。我想,所谓英国小说家里,除简·奥斯丁、乔治·艾略特、詹姆斯和康拉德外无人值得一读的观点,也会被人信心十足地归在我的名下。

要避免为人误解误传,只有一途——拒不表达任何能有影响的批评判断,即什么也不说。然而我还是以为,要促进富有成效的

---

[1] 这是约翰逊在为莎士比亚打破古典戏剧三一律进行辩护后说的一句话,全句是这样的:"也许,我在这里审慎而非武断地写下的话,可以让戏剧的原则再受一次检验。"
[2] 指 T. S. 艾略特。

探讨,最好则是自己先尽量弄清所断为何,所见何物,努力在所关注的领域里建立起基本的甄别准则,并尽力明晰出之(如有必要,与人明白论争)。在我看来,虚构领域就急需若干促人深思的甄别性准则。这个领域阔大深远,每每于不知不觉间,便诱使人走上了昏判糊断之途,陷入批评的慵懒怠惰之中。我这里说的是隶属于文学范畴的小说领域,尤其是指维多利亚时代在当下的风行。特罗洛普、夏洛蒂·永格[3]、盖斯凯尔夫人、威尔基·柯林斯[4]、查尔斯·里德[5]、查尔斯·金斯利[6]和亨利·金斯利[7]、马里亚特[8],还有肖特豪斯*——那个时代的次等小说家们,一个接一个地被推

---

[3] 夏洛蒂·永格(Charlotte Yonge,1823—1901),女作家,善以充满爱意之笔描写大家庭生活,广受年轻女性读者拥戴,亦为丁尼生、罗塞蒂等所欣赏,《雷德克利夫的继承人》是其最为人所知的一部作品。

[4] 威廉·威尔基·柯林斯(William Wilkie Collins,1824—1889),"轰动小说"代表人物,具有非凡的叙事才能,尤善制造悬念和神秘气氛,主要作品有《白衣女人》和《月亮宝石》等。柯林斯是英语侦探小说大师,也是狄更斯的合作者。

[5] 查尔斯·里德(Charles Reade,1814—1884),小说家、戏剧家。生前名誉卓著,被公众视为狄更斯的自然接班人;身后却黯然失色,只有《教堂和家灶》以及《格里菲斯·冈特》这两部小说尚为人记得。

[6] 查尔斯·金斯利(Charles Kingsley,1819—1875),以小说创造延伸其世俗和宗教使命的牧师,积极投身于社会改良运动,呼唤正义,关注下层生活,主要作品有《酵母》和《阿尔顿·洛克》等。

[7] 亨利·金斯利(Henry Kingsley,1830—1876),查尔斯·金斯利之弟,《雷文休》是其最为著名的小说。另外,他据其在澳大利亚的经历而写成的两部小说,已成了澳大利亚文学史上很有影响的作品。

[8] 弗雷德里克·马里亚特(Frederick Marryat,1792—1848),海军上校出身,作品多为海洋小说,后致力于儿童文学创作,方才得以名世。

* [约瑟夫·亨利·肖特豪斯(Joseph Henry Shorthouse,1834—1903),以历史小说《约翰·英格利桑特》闻名。——译注]迪斯雷里是未被重提的小说家。他虽算不得一个大家,却也生机灵性,足可流传后世,至少是在其三部曲《科宁斯比》《西比尔》和《坦克雷德》里。他在这些书中所表达的一己关怀都为成熟,那是一个聪慧绝顶的政治家的关怀。他对文明和时代趋势有着一个社会学家的领悟。[迪斯雷里(Benjamin Disraeli,1804—1881)做过保守党领袖和英国首相,也是当时颇受欢迎的多产小说家。他的三部曲可以被称作英语里最早的政治小说,他认为小说是他影响公共舆论的最佳途径。迪斯雷里另有一名言:"想读小说的时候,我就去写一部。"——译注]

荐给我们，被人撰文颂扬，被无线电传播，而且透出一个显著的倾向，即是说这些作家不仅兴趣关怀五彩缤纷，而且他们就是当世的经典文豪。（他们不是都已进入文学史了吗？）举凡简·奥斯丁、盖斯凯尔夫人、司各特、勃朗特姐妹*、狄更斯、萨克雷、乔治·艾略特、特罗洛普等等——人们可以推断，无一不是经典小说家了。

如此一来，坚持要做重大的甄别区分，认定文学史里的名字远非都真正属于那个意义重大的创造性成就的王国，便也势在必行了。我们不妨从中挑出为数不多的几位真正大家着手，以唤醒一种正确得当的差别意识。所谓小说大家，乃是指那些堪与大诗人相比相埒的重要小说家——他们不仅为同行和读者改变了艺术的潜能，而且就其所促发的人性意识——对于生活潜能的意识而言，也具有重大的意义。**

---

* 见本书第37页"勃朗特姐妹"注释。
** 我矛头所指的混乱就表现在世人拿《摩尔·弗兰德斯》当杰作竟成一时之风（弗吉尼亚·吴尔夫和E. M. 福斯特先生似乎要对此负责）。笛福作为作家固然不俗，但他作为小说家而需为人所道者，已被莱斯利·斯蒂芬在《图书馆里的时光》（丛书第一集）中所道尽。笛福并没有自命在作小说，其影响也微不足道。19世纪20年代，有一班人好用笛福来作些妄称意蕴丰厚的怪诞短篇故事（或称伪寓言），这实际便是他唯一需要让人留意的影响之所在。

与笛福的这种用途相关的，是在极为相同的背景下，人们对斯特恩的派用。斯特恩那不负责任（且下流）的游戏玩笑，竟在某种程度上被人视为大有深意又特别成熟，由此也鼓励着人们把意义赋予其他一些个玩笑来。

至于T. F. 波伊斯对于班扬的派用，则另当别论。波伊斯先生能够与班扬建立一种传统的关系——当然，尤其是见于《韦斯顿先生的美酒》中，如此表现出来的实是作者创造才干的本色（我觉得波伊斯的作品未获应有的承认）；否则，论及班扬的影响，我们可以放心去说的便微乎其微了。然而我们知道，班扬乃两百年来最常为人所诵读的经典大家之一，他已深不可测地沉入了说英语之人的意识里。或许值得一提的是，班扬的影响，不仅会与在人物身上体现出的具有道德意义之典型性的琼生传统协同合力，而且还极有助于增强英国经典小说的那一脉非福楼拜式的特征。（戴维·塞西尔勋爵或许要指出——见本书第18页——班扬是个清教徒。）

如此这般强调为数不多的几个出类拔萃者,并不是要漠视传统;相反,理解传统之义正该由此入手。当然,"传统"一词含义多多,却也常常空无一物。如今人们就有个习惯,爱说"英国小说"有个传统;说这传统的全部特征就在于你要"英国小说"是什么,它便是什么。而本着我在这里提倡的精神去找出小说大家,则意味着树立一个更加有用的传统观(并且承认关于英国小说历史的那个约定俗成的观点须作重大修改了)。传统所以能有一点真正的意义,正是就主要的小说家们——那些如我们前面所说那样意义重大的小说家们——而言的。

当然,具有重要历史意义之人并不一定就在这少数大家之列。菲尔丁对文学史里赋予他的重要地位自是当之无愧,但他却并不具备人们也要我们赋予他的那种经典殊荣。他之所以重要,并非缘于因他而有了 J. B. 普里斯特利先生,[9] 而是在于因他而有了简·奥斯丁;而领会了奥斯丁的特异卓绝,便会体会到人生苦短,不再容你沉湎于菲尔丁或对普里斯特利先生哪怕投去一瞥了。

菲尔丁开创了英国小说的大传统,简·奥斯丁便循此而来。实际上,说英国小说自他发端诸如此类的话,从来都是合情合理的。菲尔丁完成了由《闲谈者》和《旁观者》[10] 所开启的事业,在这两份报纸的版面间,我们看到了戏剧向小说演变的过程——这种

---

[9] J. B. 普里斯特利(1894—1984),小说家、剧作家、记者和批评家。主要小说有《好伙伴》(1929)、《天使人行道》(1930);主要剧作有《时间和康韦一家》(1937)和《当我们结婚时》(1938)。普里斯特利著述丰赡多样,是常识的代言人。

[10] 《闲谈者》和《旁观者》为18世纪散文家艾迪生和斯梯尔合办的两份期刊,尤以艾迪生为主笔的《旁观者》影响最大。刊物避开政治纷争,以典雅亲切、智慧幽默之笔,谈风俗、论道德、评文学,意在提升社会文化修养,树立高尚道德新风。这些文章不仅在英国散文随笔发展上堪称中坚,而且在塑造人物方面已见小说家笔法。

发展竟是取道新闻业而来也是顺理成章的事。菲尔丁在那所学校里学会了描写人物和风俗的技巧——成为小说家之前,他既是剧作家,又是报刊文章家,然后又糅之以一种叙述风格,其特征还是他自己的说法最为到位,即"散文体的喜剧史诗"。18世纪的人本没有多少好看的书可供挑选,但他们却有的是闲暇时间,《汤姆·琼斯》能让他们感到振奋自是在意料之中;而司各特和柯尔律治居然可以对之推崇备至,原也不足为怪。有比较才有标准,可那个时代的人有何可比之物?虽说如此,沿袭相传的所谓《汤姆·琼斯》具有"完美结构"一说却纯属谬论。(已故的休·沃波尔[11]曾得意扬扬地首创此说,于是在有关"英国小说"的各式讲座上,你几乎都可耳闻。)只有要组织的素材比菲尔丁手里的更丰富,兴味关怀比他的更细腻,才可能有结构的精致来。人们往往称赞他是笔底包罗万象;诚然,那里有乡村,有城镇,有教堂墓地,也有小店客栈,有通衢大道,还有卧室内景——一幕幕不一而足;然而,我们不必把《汤姆·琼斯》读上大半即可发现,小说所表现出来的根本意趣关怀实在有限得很。菲尔丁的见解,还有他对于人性的关怀,可谓简简单单;而简单如是者却以一种"散文史诗"的篇幅铺展开来,这对不满足于外在情节的人来说,只能产生单调的感觉。最能淋漓尽致表现他**能耐**的倒是《约瑟夫·安德鲁斯》。《大伟人江奈生·魏尔德传》固然有出色的反讽之笔,但在我看来,却不过是毛头小子的笨拙之作(虽然人们对他戳穿奸雄的决心鼓掌欢呼)。等到写

---

[11] 休·沃波尔(Sir Hugh Seymour Walpole,1884—1941),英国小说家,以《佩林先生和特雷尔先生》引发了当时文坛写中小学校长的风气。沃波尔在"一战"后虽已功成名就,但面对现代派的文学潮流,内心却生落伍之虞,羡妒有加。他认为毛姆在《蛋糕和麦芽酒》里写的那个虚伪而一心要出人头地的文学家就是在影射他。小说创作而外,沃波尔也写下过论述英国文学的文字。

《阿米丽亚》的时候，菲尔丁已经疲软了。

我们都知道，若要一种更加内向的兴味关怀，就该去找理查逊。约翰逊曾厚此薄彼，扬理查逊而抑菲尔丁，落语斩钉截铁，[12]个中意味实较公众所想要来得更加深长。不管怎么说，理查逊在分析情感和道德状态上所展之长已获普遍认可；而《克拉丽莎》亦实在令人难忘。然而，妄称理查逊可以经典作家之身再成时尚，却纯属徒劳。他固然也不乏意趣可以示人，但那意趣本身却狭隘至极，内容甚少翻新；读者欲窥其妙，相应——不，绝对——必备无尽闲暇，结果是普遍望而却步。（不过，很难说我不会宁读两遍《克拉丽莎》也不看一遍《追忆逝水年华》呢。）但是，我们完全可以理解他的声名和影响何以竟会横贯了整个欧洲；而且他的重要历史地位具有直接的相关性，这一点是明摆着的：他也是构成简·奥斯丁身后背景的一个要员。

然而，两人之间社会差别太大，理查逊的作品尚不能为奥斯丁直接利用：前者越是要写淑女绅士，便越发卑俗难抑。要待范妮·伯尼[13]把他化入有教养的生活，简·奥斯丁才能汲取他的教诲。这里，我们便看到了英国文学史上的一条重大脉络：理查逊—范妮·伯尼—简·奥斯丁。说其重大乃是因为简·奥斯丁在真正大家之列，自身亦是其他大作家身后背景里的要员。这并不是说，范

---

[12] 据鲍斯威尔在《约翰逊传》中记载，约翰逊认为，理查逊与菲尔丁差别之大，就像一个会做钟表之人不同于一个只会看表报时之人，以此形象说明，前者写的是"有性格的人物"，而后者画的只是"有举止的人物"；他甚至直称菲尔丁是个"蠢货"，是"乏味的恶棍"，专写"非常粗俗下流的生活"，说理查逊一封信中包含的性情知识，要比整个《汤姆·琼斯》就此所说的都多。

[13] 范妮·伯尼（Fanny Burey，1752—1840），18世纪小说家，《伊芙莉娜》《塞西莉亚》和《卡米拉》是其三部主要小说，均以年轻美丽、有头脑却不谙世事的女子步入社会的历程为主题，既展现了她们在性格上的发展变化，也以辛辣之笔描写了各个社会阶层。简·奥斯丁对伯尼非常欣赏。

妮·伯尼是另一个唯一对奥斯丁的成长起重要作用的小说家；奥斯丁本是博览群书之人，举凡有益，便吸纳不拒——其间也并非全是向人学习呢。*实际上，就师承他人而言，简·奥斯丁提供了一个揭示原创性本质的极富启发意义的研究对象，而且她本身就是"个人才能"与传统关系的绝佳典范。假使她所师承的影响没有包含某种可以担当传统之名的东西，她便不可能发现自己，找到真正的方向；但她与传统的关系却是创造性的。她不单为后来者创立了传统，她的成就，对我们而言，还有一个追溯的效用：自她回追上溯，我们在过去里看见，且因为她才看见了，其间蕴藏着怎样的潜能和意味，历历昭彰，以至在我们眼里，正是她创立了我们看见传承至她的那个传统。她的作品，一如所有创作大家所为，让过去有了意义。

在批阅试卷和本科生的论文作业时，我屡次三番地碰到"乔治·艾略特是第一位现代小说家"的提法。经过一番查考，终于发现此说出自戴维·塞西尔勋爵[14]的《早期维多利亚时代小说家》。塞西尔勋爵对此的解释驳杂不一，勉力梳理一番，大致是这么个头绪，即乔治·艾略特不是以"娱人为本"，而是要探讨一个重大主题，一个对"成熟生活里的严肃问题和关怀之事"具有重大影响的主题（第291页）。故而，她摒弃了"此前在形式和内容两方面一直是英国小说结构框架的那些基本惯例旧规"（第288页）。如果这样，那么，对于简·奥斯丁又该作何交代呢？显然，是那个看上去最为普遍的观点：她创造了令人开怀的人物（一道常出的考题就是：

---

[14] 戴维·塞西尔勋爵（Lord David Cecil，1902—1986），牛津大学教授，文学传记学者，另有论述诗人威廉·库伯、简·奥斯丁以及哈代等人的作品多部。

* 关于简·奥斯丁与其他作家之关系，参见 Q. D. 利维斯的《简·奥斯丁作品批评理论》，载《细察》，第十卷，第1期。

"试比较简·奥斯丁与司各特在人物刻画上之异同"*),并让我们在观看高度文明生活的喜剧过程中,把我们的忧虑和道德激情统统抛诸脑后。这里援引的"文明"观似乎与克莱武·贝尔先生[15]所阐发的概念是密切相关的。**

事实上,戴维·塞西尔勋爵就把乔治·艾略特与简·奥斯丁做了个比较。那段文字暗含着对形式["谋篇布局"(composition)]

---

[15] 克莱武·贝尔(Clive Bell, 1881—1964),艺术批评家,曾创"有意味之形式"一说,认为独立于内容的形式是艺术品中最为重要的成分。贝尔在《文明》(1928)一书中,语带挑衅和反讽之意地辩称,文明本身是不自然的东西,带着宽容、甄别、理性和幽默的特征,一个有闲精英阶层的存在是文明的基础。

* 司各特主要是个具有灵感的民俗学家,能够在小说里做出些类似民谣歌剧的东西:《雷德冈特利特》里现在唯一尚有活力的部分是"漫游者威利的传说"。"两个牛贩子"依然为人看重,而历史小说里的豪言壮语却再也不能令人肃然起敬了。他侠肝义胆,也很有灵气,但对文学却无创作家的兴致,因而他根本无意发展出自己的形式,去摒弃18世纪浪漫传奇的不良传统。在他的作品中,《米德洛西恩的监狱》最接近于一部杰作,但肯定勉强:你得给予无边的体谅,要大打折扣才行。司各特倒是开了一个坏传统,流风所及,竟毁了费尼莫尔·库柏这个抱有第一手新鲜兴味关怀、显出杰出小说家坯子的人。而到了斯蒂文森那里,它则披上了"文学的"雅致和文笔精美的外衣。

** "'至于违逆自然,'他继续道,'那也有其用途。如果说它导致了程式化、习俗化和人为造作本身的膜拜,它也更加广泛地促进了文明。'

"'文明?'我问道,'文明在野蛮和颓废间占据何处?如果把文明社会说成是内含审美关怀、精思妙想,以及言谈优雅的地方,那么文明就一定可人合意吗?有审美关怀,也可以对艺术的影响和力量全然认识不足;思想可以妙不可言而流于琐屑;优雅言谈也可以尤其乏味'。"——L. H. 麦尔斯,《根与花》,第418页。

麦尔斯缺乏小说大家对手法和描述方面的技术性关怀;他很容易便误把小说当成了传声筒,也就是说,我们觉得他主要还不是个小说家。然而,他身上的小说家之才却足够把他把《根与花》写成一部非同凡响的小说。但凡真有文学兴味的人,大概都会发现,第一次读他好不难忘,也还会发现三番五次的重读之后,竟然意犹未尽。[麦尔斯(Leopold Hamilton Myers, 1881—1944),英国小说家,在《根与花》里发挥高度的道德想象,以16世纪的印度为背景,虚构出莫卧儿王朝发生的故事来透视英国当时的社会和伦理问题。——译注]

和道德关怀的残缺理解（即对与小说家相关的"艺术"与"生活"之关系的理解），表述得很有代表性，值得在此援引出来。（这段文字与他在同一篇文章中早先就乔治·艾略特所说的话并没有明显的一致性，不过等读者看到这里，已不会对此感觉不安了。）

  她的形式不像简·奥斯丁的那样令我们满意，个中缘由也不难想见。生活纷繁混乱，而艺术则井井有条。小说家的难处就在于要勾勒出一部条理分明的作品，同时却也是一幅令人信服的生活画面。简·奥斯丁完美地解决了这个难题，充分满足了生活和艺术两个方面的对立要求，这是她的巨大成就。乔治·艾略特则没有。她是舍"生"就"艺"。她的情节太过整洁匀称，以致失真。我们觉得它们不是像花那样，从环境中自然生出，而是像一幢建筑，是被精心刻意地垒出来的。（第322页）

  简·奥斯丁的情节，以及一般而言，她的小说，才是被非常"精心刻意地"垒出来的（即便不是"像一幢建筑"那样）。*然而，她对于"谋篇布局"的兴趣，却不是什么可以被掉转过来把她对于生活的兴趣加以抵消的东西；她也没有提出一种脱离了道德意味的"审美"价值。她对于生活所抱的独特道德关怀，构成了她作品里的结构原则和情节发展的原则，而这种关怀又首先是对于生活加在她身上的一些所谓个人性问题的专注。**她努力要在自己的艺术中

---

* 见Q. D. 利维斯，《〈苏珊女士〉进入〈曼斯菲尔德庄园〉》，载《细察》，第十卷，第2期。
** 关于这个问题，D. W. 哈丁在《被规约的仇恨：简·奥斯丁作品一面观》中有颇富启发性的论述，见《细察》，第八卷，第4期。

对感觉到的种种道德紧张关系有个更加充分的认识,努力要了解为了生活她该如何处置它们,在此过程中,聪颖而严肃的她便得以把一己的这些感觉非个人化了。假使缺了这一层强烈的道德关怀,她原是不可能成为小说大家的。

我倒本可以据此一番申说——假如我愿意使用那个套话的话——来把简·奥斯丁而不是后来什么人称为"第一位现代小说家"的。戴维·塞西尔勋爵把它冠在乔治·艾略特的头上时说:"其实,决定乔治·艾略特小说形式的法则,同决定亨利·詹姆斯、威尔斯、康拉德以及阿诺德·本涅特小说的那些法则,是一模一样的。"我不知道这句话里扯上威尔斯干什么;对问题和概念进行**讨论**与我们在小说大家那里所发现的东西——这两者之间是要有个基本分别的。本涅特的最好作品固然对普遍人性不乏充分的认识,但在我看来,他却从未被生活所扰而臻于伟大的境界。要是说"决定简·奥斯丁小说形式的法则同决定乔治·艾略特、亨利·詹姆斯还有康拉德他们的一模一样",那倒肯定是说得通的。事实上,简·奥斯丁乃是英国小说伟大传统的奠基人,这里的"伟大传统"指的是英国小说的伟大之处构成其特征属性的那个传统。

这个传统里的小说大家们都很关注"形式";他们把自己的天才用在开发适宜于自己的方法和手段上,因而从技巧上来说,他们都有很强的独创性。不过,他们对于"形式"的这份专注自有其独特的一面,这一点可以通过比照福楼拜看得更加清楚。D. H. 劳伦斯[*]在评论托马斯·曼的《死于威尼斯》时,举称福楼拜向世人体现了"作家要高于并无可辩地凌驾于笔下之物的意志力"。这种

---

[*] 《凤凰》,第308页。

艺术态度,如劳伦斯所指,表明的乃是在生活中或面对生活的一种态度。他论道,福楼拜"疏离生活就像避开麻风病人一样"。福楼拜是以一种偏执的英雄气概坚持着这种态度的;到了后来的唯美主义者那里,这种态度大体又以一种虚弱的面貌再度呈现了出来。对他们来说,"形式"和"风格"本身就是追求的目标;而首要专注之事,则在于如何炮制出一种优美的文体以施之于既定的题材。不是有个乔治·摩尔吗?[16]在上流圈子里,我这边远远地猜想,他怕是仍被归在散文大师和巨匠之列呢;不过——我且好歹说出自己的有限经验吧——你很难找到一个崇拜者,在追问之下,会一手抚胸,发誓说他已在那些"美丽的"小说中找来一本看过了一遍。"小说家的难处就在于要勾勒出一部条理分明的作品,同时却也是一幅令人信服的生活画面"——乔治·摩尔的一个崇拜者作如是观。戴维·塞西尔勋爵把这种手法赋予简·奥斯丁,赞扬她高于乔治·艾略特,"满足了生活和艺术两个方面的对立要求",而我们猜想,在他看来,奥斯丁是不为道德关怀所累的,他也是以此来解释奥斯丁何以高明的。(乔治·艾略特,他告诉我们说,是个清教徒,对教诲之事专心致志。*)

实际上,细察一下《爱玛》的完美形式便可以发现,道德关怀正是这个小说家独特生活意趣的特点,而我们也只有从道德关怀的角度才能够领会之。若以为这是个"审美问题",是"谋篇布局"

---

[16] 乔治·摩尔(George Moore,1852—1933),英国爱尔兰裔小说家,早年在巴黎三心二意学画,多与法国诗人和艺术家们交游;回到英国后,开始小说创作,以自然主义技法注入维多利亚时代的小说,代表作是《伊斯特·沃特斯》。摩尔也是爱尔兰文艺复兴运动中的活跃人物。

* 她是个道德家,是个自以为品味高尚的人,这两层障碍是连在一起的。"她走的炫智路数对她的幽默影响倒是不大。谢天谢地,玩笑是无须有教育意义的。"——《早期维多利亚时代小说家》,第299页。

之美与"生活之真"的奇妙结合,那么,人们将无法解释清楚何以《爱玛》会被人视为一部优秀的小说,也完全无法对其形式之美作出一点慧灵见智的交代来。其他英国小说大家的情况同样如此,因为他们对于手中艺术所抱的兴趣使他们同佩特[17]和乔治·摩尔格格不入,说得明白彻底些,就是对生活抱有一种超常发达的兴味。因为他们非但没有一丁点儿福楼拜的厌恶或鄙夷或烦恼,相反,人人都有一个吐纳经验的肺活量,一种面对生活的虔诚虚怀,以及一种明显的道德热诚。

有人也许会说,我就简·奥斯丁及其后继者所说的话,尽可以拿来去说任何一位绝对伟大的小说家,如此而已。这话不假。然而,确实**存在着**——这是要点——一个英国的传统,英国小说的这些伟大经典都从属其间,但这样一个传统,在人们谈论"创造人物"和"创造世界"时,在欣赏特罗洛普和盖斯凯尔夫人、萨克雷和梅瑞狄斯以及哈代和弗吉尼亚·吴尔夫时,似乎并未被人认识到。岂止是说我们没有什么福楼拜呢(希望我没有让人觉得我在说福楼拜并不比一个乔治·摩尔强多少)。正面地看,我们有的是自简·奥斯丁以降的一脉相传。乔治·艾略特对她的作品推崇备至,还写过一篇属于最早发表的对其表达欣赏之意的文章,这可不是无缘无故的。在某些批评家的眼里,乔治·艾略特的思想分量和道德热诚都是她的障碍,但这样一个作家却肯定是在简·奥斯丁

---

[17] 瓦尔特·佩特(Walter Pater,1839—1894),英国作家、批评家,在其成名作《文艺复兴史研究》(1873)这部名噪一时的文集里,提出"为艺术而艺术"的主张,对"唯美主义"运动有重大影响,王尔德称其为"美的圣经"。《享乐主义者马里乌斯》是佩特演绎其艺术理论的一部著名的小说。

那里，看见了什么超出利顿·斯特雷奇[18]之理想同代人的东西。*一个具有独创性的艺术大家从天赋和问题都与其必然很不相同的另一个那里学到些什么，这是一种最难以界定的"影响"，尽管我们也看出它的意义重大之极。在下面这样的段落里，影响就是显而易见的：

> 每天做一点针线活乃是特兰萨姆夫人生活中的一个恒定不变的部分。拿出针线，织些自己或别人谁也不要的东西——这种抚慰身心的活计，那时就成了许多出身高贵而抑郁不快的女人的出路……[19]
>
> 他觉得在爱情上，他这条路是走对了，他准备接受她的统治，何况说到底，必要的时候，一个丈夫随时可以推翻这种统治。当然，詹姆士爵士并不想推翻这么漂亮的少女的统治，他对她的聪敏倒是心悦诚服的。为什么不呢？一个男子的意愿，不论它怎么样，既然它属于男子，它就占有优势，正如一棵最小的白桦，也比最挺拔的棕榈高一些，因此哪怕他愚昧

---

[18] 利顿·斯特雷奇（Lytton Strachey，1880—1932），传记家、散文家，以文笔典雅、讽喻精湛著称。其《维多利亚时代名人传》(1918) 是传记写作史上的里程碑，自此而后，传记写作一改美化传主、歌功颂德之习，由打破偶像逐渐进入了自由考问时代。斯特雷奇另两部有名的传记是《维多利亚女王》和《伊丽莎白与埃塞克斯》。

[19]《费利克斯·霍尔特》。

* 也许值得强调的是，皮科克也不只是那样。他与写《南风》和《他们去了》的诺曼·道格拉斯完全就不在一个档次上。他挖苦当时的社会和文明，但所用的标准却是当真严肃的，故而他的书虽然与奥斯丁的相比，明显不是同等意义上的小说，但对于具有成熟关怀的头脑来说，却是永远富有生命力的轻松读物，经得起无数次的重读。[皮科克（Thomas Love Peacock，1785—1866），英国散文家和诗人，雪莱的密友，主要作品有《险峻堂》《梦魇寺》和《克莱尔·格兰奇》等。——译注]

无知,他的力量仍比她大。也许,詹姆士爵士没有做过这种比较,但是即使最柔弱的人,仁慈的上天也会赋予他一点坚韧或刚硬的素质,那就是传统观念。[20]

  这里所表现出来的反讽明显与简·奥斯丁的相近——不过也堪说是乔治·艾略特的特征;她有所发现,便迅速拿来,化为己用。在简·奥斯丁本人那里,反讽背后是有严肃背景的,绝不单是"文明"的展现。若不是觉察到了反讽的深厚意味——其与简·奥斯丁的艺术所展现的根本道德关怀之关系,乔治·艾略特是不会对它感兴趣的。这里便说到了最为深刻的一种影响——不是体现在相似相像上的影响。一个大作家可以从另一个那里得大恩受大惠,其中之一就是要实现与之不似也不像。(当然,若无对于基本人性问题的共同关怀——起码严肃的关怀,便也谈不上什么大有深意的不似也不像。)世人爱让我们把乔治·艾略特与特罗洛普相提并论,然而这两人之间终有差别;可以这样说,差别就在艾略特能够领会奥斯丁的卓越之处,并从而习之。除了简·奥斯丁,再无别的小说家可以讨教了——没有谁的作品与她自己作为小说家而感到的基本问题有什么关联在。

  亨利·詹姆斯也对简·奥斯丁推崇备至,*而且在他这里,也有明显受到影响的那一面,是可以通过援引例证加以揭示的。对他来说,还有乔治·艾略特掺杂其间。我们这样从英国传统来看他,并不是无视他的美国血统;但这个美国血统,却也没有令他比

---

[20]《米德尔马契》(项星耀译),第一卷,第二章,第22页。
 * 他不可能没有兴趣地注意到,《爱玛》早已合上了他后来才提出的自己的创作法则:小说里的一切都是通过爱玛的戏剧化的意识呈现出来的,而且基本的效果就取决于此。

后来的康拉德更难算作伟大传统下的英国小说家。其为美国人，这一点，对批评家来说，乃是头等重要的事情，伊沃·温特斯先生在《默里的诅咒》一书中对此有极好的揭示。*温特斯先生是把他作为晚期新英格兰精神的产物加以研讨的，那个时候，刻板教条的清教制度已废，残存的清规戒律也随之而去，但严峻道德之习却遗风尚存。这倒极有助于解释詹姆斯的独特伦理感受何以会有一股扑朔迷离之气随身相伴。以特征而论，我们读他时有这样一种感觉，即所说所论实为重大抉择问题，而且要求我们拿出最为敏锐的分辨力来，可与此同时，我们轻易又拿不出任何具有相应道德内容的问题可供探讨一番。

詹姆斯实际上是个纽约人，指出这一点似乎也是题中之义。不管怎么说，他是在那古老的欧式美国的优雅文明中出生长大的，而我们从沃顿夫人[21]那里已经学会了要将其与纽约连在一起。他的兴味关怀是要在对这种文明的鉴赏研究中，给自己的伦理感受开出一片田地来——这里所说的"文明"指的是人际关系——一个成熟而世故的上流社会成员之间的关系。令人怀疑的是，他是否有可能就在某时某地找到那种能够满足其不言而喻之要求的东西：现实中真有精湛的文明社交术，可以不枉他的一片深情——他那寄托在经奇

---

[21] 伊迪丝·沃顿（Edith Wharton，1862—1937），美国小说家，主要作品有《欢乐屋》《纯真年代》等。沃顿夫人是亨利·詹姆斯的信徒和密友，她在自传《回首》中，讲了詹姆斯的一些逸事，利维斯在本书论述詹姆斯的一章里，引了她的一段非常有趣的文字。

* 新方向出版社，诺福克，康涅狄格州（1938）。坚称詹姆斯属于英国传统，并非意味着否认他也属于一个美国的传统。他所隶属于其间的那个传统包括了霍桑和梅尔维尔在内。他与霍桑的关系要比温特斯先生所说的还要密切一些。如果研究一下他的早期作品，我们便会发现，霍桑是个重大的影响，是唯一重大的影响。这种影响明显地表现在詹姆斯对象征主义原则的运用上，而且这种运用发展成了构成其后期作品整体特征的某种东西。

特转化和微妙处理的伦理感受中的深情。

显然，历史早已令他在自己的国家里**背井离乡**了，所以，再像某些美国批评家那样责其刨根离土便属大谬不然之举。他在别处不可能落地生根，而适宜的土壤和气候只能是在欧洲而非在他的生身国度。他在《一位女士的画像》里描写的英国乡村宅第* 固然仍散发着一些理想化的妩媚之气，但那本书却在英语的经典作品之列，而我们对于产生出如此精美想象之物的前提条件是不能单单感觉遗憾的。《利己主义者》本该是这样的作品才对。试将这两本书比较一下，则亨利·詹姆斯作为描写"高等文明"的思想型诗人–小说家**的卓异之处便尽在眼前了，那种反差，即便在最为单纯而毕恭毕敬的读者看来，也会把梅瑞狄斯的虚声浮名给彻底打发掉。詹姆斯的"智趣"（wit）真实且自然如一，其诗意馥郁醇厚又见灵见智，其笔下理想化的描述也全无虚假、廉价或卑俗之嫌：人性的一些潜能获得了崇高的礼赞。

他身为小说家，曾对其同行做过细致的研究，这一点是明摆着的事，而且他从中所得不止于手艺经。比如在《一位女士的画像》

---

* 不过，为公平起见，我们必须记住，《一位女士的画像》的宅第里住着的杜歇一家是美国人，而且他们所建立起来的活跃的精神氛围不同于沃伯顿家的那相当别样的英国氛围，其间的差别大有意味。此外，伊莎贝尔拒绝可敬的沃伯顿勋爵，她的理由与《一个国际性的插曲》里的女主人公拒绝那位英国好勋爵的理由非常近似。（按杜歇的标准，是否可以说好得还不够呢？）詹姆斯一个故事接一个故事地写下来，带着一个思想型作家的恼怒，对乡村宅第阶层身上的彻底无知无识表达了他的轻蔑之意。他一直知道，他并没有找到自己要寻求的那种理想的文明；所以，在下面这段出自其早期信札的文字所并列的两种调子里，竟能听到一点儿悲况的意味：

"可别太羡慕我了，因为英国的乡村宅第对一个国际化了的美国人来说，有时乏味得真难消受；但另一方面，说句公道话，它无疑又是时代生出的最为殷熟的果实之一……是文明带来的最佳成就之一。"——"致艾莉丝·詹姆斯"（1877年12月15日），收《亨利·詹姆斯书信集》，第一卷，第64页。

** 见本书第168页。

里，他明显是透过文学来看英国的。我们知道，他对法国的大师们曾有过一种职业性的关注。在其早期成熟的作品里，他就在技巧上表现出了一种挥洒自如、教养良好的经验老到，不见一丝褊狭之气，而全然是一派精于世道人心的温文尔雅，令他卓异于同时代的英语作家们。倘若从英国的角度看，他无疑是个美国人，那么他也是个十足的欧洲人。

然而，他不可能用英语写出个法国大师来，而且要解决自身独特的问题，他能从欧陆得来的帮助明显有其局限性。[*]须知，正是詹姆斯指出了《包法利夫人》的缺陷所在：一面是高度的技巧（"审美的"），暗含对于这个问题的关注；另一面则是这一问题，在任何成熟的评判下，显现出在道德和人性方面的贫瘠的实质，两者之间，殊不相协。詹姆斯自己的问题是如何以对高等"文明"强烈关注的字眼，来坐实自己的新英格兰伦理感受力，而可供研究的意气相投的作者，必须迥异于福楼拜才行。这事实上就是一个英国小说家了，伟大传统在其时的代表——一个像乔治·艾略特那样不同于福楼拜的作家。

以乔治·艾略特在今天的名声，这一层是不会立即为人人所见

---

[*] "您对我信中法语花腔的评说无疑很是在理，我将认真留意。不过，对于法国才俊及其吐嘱的餍足倦怠早已侵蚀我心，奇怪的倒是，就在我对于这种侵蚀的最后一排抗拒像一件衣服似的落下时，偏偏又生出了这些个花腔来。我已经跟它们永远玩完了，现在正通体变成英国人呢。我唯一的渴望就是过上英国的生活，接触英国的才俊——真要认识一些该多好。巴黎的生活虽然优哉游哉，但哪怕有丁点儿机会能够置身于英国片刻，我明天就会把它扔掉的。我从巴黎没有得到什么重要的东西，也不大可能……我倒是对法兰西剧院烂熟于胸了！"

"丹尼尔·狄隆达（指他这个人）虽然和蔼可亲，但的确是个绝对失败的形象。不过，这本书却很大气。我会就此写篇书评什么的。关于乔治·桑，我现在完全没有写她的心境了。"——"致威廉·詹姆斯"（1876年7月29日），见《亨利·詹姆斯书信集》，第一卷，第51页。

的。"像多数作家一样,乔治·艾略特只能据其个人经验的世界来创作,而她的世界就是19世纪英格兰中部地区的农村中下层。"*不仅如此,她还囿于詹姆斯(且不说他不属中下层)早在一两代人前就已抛弃了的清教信念:"今天的开明人士,在读乔治·艾略特时,必须忘记自己对清教的厌恶。"艾略特沉重褊狭、恪守"小学教员的德行",无论从天性还是教养上来看,都不足以领会高等文明,哪怕她有幸结识之。这些似乎都是为人普遍接受的老生常谈——却也表明即使那些下笔写她的人,对她的作品读得又是何等之少。

事实上,"清教徒"一词虽然含义多多,但以此称呼乔治·艾略特,却完全会把人引入歧途去;**而说她的"想象力不得不从清教伦理的基本教义中拼命搜刮养分",则属彻头彻尾的不实之词。艾略特的伦理习性并无任何拘谨或怯懦之处;她从自身福音派教徒背景里所获,乃是面对生活的一种极端虔敬之态,是一颗深沉严肃

---

*   本段所有引文均出自戴维·塞西尔勋爵。
** 除非你说明,在戴维·塞西尔勋爵提供给我们选择的诸多定义中,你想的是这么一个:"但是,建立在那种清教神学之上的道德戒律,已经沦肌浃髓地浸透她的思想和感情,她要弃之也难了。她也许不信天堂、地狱和神迹,但她却信是非之别,认定走正道是人至高无上的责任,一门心思,仿佛她就是班扬呢。而且她判断是非曲直的标准就是清教的标准。她赞赏真诚、正派、勤劳和自律;她反对放荡、马虎、伪诈和恣意纵情。"我最好承认,我与戴维·塞西尔勋爵之(明显)不同即在于,我也信其所信,赞其所赞,贬其所贬,这样读者便即刻知道了我的好恶所在。在我看来,这些信念好恶是有益于产生出伟大文学来的。我还要补充的一点是(索性来个彻底交代),开明也好,唯美主义也好,世故老到也罢,尽都可以在这些信念面前怡然生出一份优越感,但其结果,在我看来,却只能是琐屑和腻味,而且由此琐屑,再生邪恶。(L. H. 麦尔斯在《根与花》的前言里指出过这一点,更于小说本身,尤其在描写"乐园"的部分,对此有生动的写照。)[麦尔斯笔下唯美主义者的"乐园"是对"布鲁姆斯伯里团体"的抨击。至于利维斯对这个团体的态度,我们从本书中他对E. M. 福斯特、吴尔夫夫人以及斯特雷奇等人的微词或贬斥里已能领悟一二。利维斯认为这是个半吊子还自以为高人一等的小圈子。——译注]

之心——任何真正才智的首要条件,是对人性的一份关注——这使她成了伟大的心理学家。这样一个心理学家,与清教有着这样的联系,在所有可供詹姆斯加以研究的小说家里,实在是与他的兴趣特别相投、与他的问题尤其相关的一个。若进一步说,乔治·艾略特在其至为成熟的作品里所写所论,而且(尽管有为人普遍接受的关于她的老生常谈)还是绝妙至极的所写所论,恰也是詹姆斯给自己选定的那个"文明"领域,那么,这无论如何,都是势在必行而不得不说的话了。这样说透出的是事后看问题而来的自信睿智,因为这类事情虽然一般极难决断,但我们却可以证明,詹姆斯的的确确是向乔治·艾略特学习过的。*

如此一说,便也清楚地表达了《一位女士的画像》和《丹尼尔·狄隆达》相互关联的意义何在;我在对后一本书的研究中,讨论了那层关系,我认为两位小说家之间是有普遍关联的,而这两本书之间的关系一经挑明,便无须别的什么来证明那种普遍联系的存在了。我把《丹尼尔·狄隆达》的出色部分称为《葛温德

---

* 这样,第17页上的脚注便有了显著的意义,突出证明这一点的,是珀西·路伯克对詹姆斯写于差不多同一时间内的信函所作的概述:"因此,1875年的冬天,他在巴黎住了下来,地点是卢森堡街29号。他开始写作《美国人》,给《纽约论坛报》撰写《巴黎来鸿》,并常与几个同胞聚会。他与伊凡·屠格涅夫的相识是宝贵的,并由此而结识了福楼拜周围的一群人——龚古尔、都德、莫泊桑、左拉和其他一些人。但是接下来的信札将会道出一个作家身居巴黎之后,心中开始泛起的疑虑,即怀疑巴黎是否能够成为一个美国人的想象力可以真正扎根开花的地方。他发现文学的圈子紧锁密闭,不与外界相通,似乎排斥自己以外的一切文化,其做派引起了他的对立情绪。一次他不无挖苦之意地提到,曾目睹屠格涅夫和福楼拜在那儿认真地讨论都德的《雅克》,而他思忖的则是这三人谁也没有读过,或具备足够的英语知识去读《丹尼尔·狄隆达》。"——《亨利·詹姆斯书信集》,第一卷,第41页。[珀西·路伯克(Percy Lubbock,1879—1965),批评家、传记家。亨利·詹姆斯的朋友,编选过詹姆斯的书信。他在《小说的技艺》中分析了托尔斯泰、福楼拜、詹姆斯等人作品的技巧特色。——译注]

琳·哈雷斯》,《一位女士的画像》就是它的变奏——我指出的简单事实要说的就是这一点;而詹姆斯在对《丹尼尔·狄隆达》的这种利用中,已经毫不含糊地表明了自己的鲜明倾向。乔治·艾略特的主题所具有的道德要义,经詹姆斯的提炼,变成了与他赋予"高等文明"之上的价值相协一致的东西;于是,艾略特对于良心的研究消失了。一个聪敏而迷人的姑娘,一心要过"优雅的"生活,她自信地运用自己的"不受羁绊的伦理感受"(温特斯先生语),却发现她的判断可以铸成灾难性的错误(这也并不奇怪,她毕竟太过稚嫩,而且她置身于其间的清谈世界又全然是讲究含糊、弦外之音和精差细别的天地)。这是一出悲剧,她在里面既没有悔恨自责,也没有一般意义上的良心的痛苦,不过她的"伦理感受力"无疑变得成熟了。

《一位女士的画像》与《丹尼尔·狄隆达》截然有别,詹姆斯的小说循此便走上了一条与乔治·艾略特的小说迥然不同的路数,若不是这两部小说之间确有关系(这一事实似乎尚未被人注意到),要想如何令人信服地申说——因为申说必不可少——这两位小说家之间具有重要的关联,本来倒是件棘手的事。我最好还是强调一下,我关心的不是谁从谁那里**蒙恩受惠**的问题。我考虑的是那个伟大的传统,以及在这两位小说大家之间跨越盖斯凯尔夫人、特罗洛普和梅瑞狄斯之流的那段时空距离。在众多前辈小说家里,唯有乔治·艾略特一人——如果我们把简·奥斯丁那较为次要的关联意义撇开的话——的所作所为,对詹姆斯自己的问题具有直接而重要的关系;而所以能有关系,即在于艾略特是个小说大家,在于艾略特在她至为成熟的作品里,以前所未有的细腻精湛之笔,描写了体现出"上等社会"之"文明"的经验老到人物之间的人际关系,并在笔下使用了与她对人性心理的洞察和道德上的卓识相协对应的一种新颖的心理描写法。对詹姆斯来说,艾略特的道德严肃性远不是什么不足;她有此道德上的严肃,也才有了不为福楼拜或为人推崇的屠格涅夫所拥有的那种影响力。

以上所说的这些情况,令詹姆斯对文学尤为倚重,而他与乔治·艾略特身上那鲜明卓越之处的接触,对他便有了相应的重要意义。在其早期的一部小说《德谟芙夫人》(1874)里,詹姆斯就用了与《一位女士的画像》的主题类似的某种东西;别具意味的是,后期困扰他的那种蜘蛛网般的笔法,在这部前期小说的冗长句子里就已见端倪。《一位女士的画像》则有着卓绝得无与伦比的具体性,而乔治·艾略特与此颇有关联,则是我们无法怀疑的事。在这本书以及接下来的《波士顿人》里,詹姆斯的落笔最见具体,也最少受到伴随他的细腻入微而来的那种弊病的侵害。这里所说的不是派生模仿,而是存在于两个创造天才之间的关系。V. W. 布鲁克斯[22]在《亨利·詹姆斯的朝圣之旅》中说道:"一个创造性的天才,十几年间超越了《美国人》的情节设计师的简单之道,《罗德里克·赫德森》的矫揉造作的地方色彩,终而得以产出了《一位女士的画像》的静谧澄澈、《波士顿人》的高超沉稳和《华盛顿广场》的殷熟完美——对于这样一个惊人的发展,我们是不想去追溯的。"——但在这一发展轨迹中,有乔治·艾略特参与其间,说来当不只是一种猜测吧。

我对詹姆斯的讨论,说的多是其局限之处,以及他在后期的发展中所呈现出来的令人遗憾的方方面面。我想,读者对此可能会有一些想法;他们还会注意到,在我论及的三位小说家里,詹姆斯所占的篇幅最少,由此也可能得出一个结论,即这样的安排暗含

---

[22] 布鲁克斯(V. W. Brooks,1886—1963),美国批评家、文学史家和传记家。

了一个相应的评价。假使这样,我也许最好是说,在评价的高低与篇幅长短之间,根本就不存在么一种对应的关系。不过,在我看来,三人之中,詹姆斯让人不满和抱憾之处似乎明显最多,这一点我是不会否认的。尽管如此,他仍在大家之列。他对复杂人性意识的表现是一项经典性的创作成就:其所作的**补充**唯天才能为,而当他登峰造极时,这种补充在世人的眼里便有了重大的人性意义。他创造了一个理想的文明感受力,一种能够借助语调的抑扬和弦外之音的些许变化进行沟通交流的人性:微妙之处可以牵动整个复杂的道德体系,而洞察敏锐的回应则可显出一个重大的评价或抉择。在《未成熟的少年时代》里,詹姆斯的描述变得细腻之极,距离最终将他埋没的那种超常的肥大增生之笔,已不像我们本来希望的那么遥远了,但即便这么一部作品,在我看来,也还是一部杰作:那里有对世故老到的"社交"对话的运用,用得令人惊奇——令人惊奇地成功,而与此相仿的东西,我们在其他作品里是一点也看不到的。

事实上,在掂量詹姆斯的应有地位时,我们实难说出这个经典艺术家的兴味到底在哪里变成了经典"例证"的趣味。不过,"例证"在有些地方变得乏味而不堪卒读,这一点在我看来倒是明摆着的事。然而,现在有一种心照不宣的做法,即都去拜读一些无论如何是部分地(对于不惧评注的崇拜者们,则必须说是全部)属于"例证"一类的作品。这便给了我们充分的理据,可以用来说明,何以要促进对詹姆斯天才的恰当把握,就该对其种种倾向给予大量的甄别关注,看清它们是如何发展而把充满活力的精湛细腻变成了某种别样的东西。

说到康拉德,我们则不能一味强调他确是传统中的重要"一员"——传统中人且深得其髓,从而利落决断地把他同任何一个英国小说家挂上钩。相反，我们得强调他的外异性——他生为波兰人，第一外语是法语。*我记得曾向安德烈·谢弗里永说过，康拉德决定用英语来写作，实在是件很出人意表的事，尤其考虑到他分明还是那些法国大师们的弟子呢。我也记得谢弗里永给我的回答，大意是说根本谈不上什么出人意表，因为康拉德的作品用法语是写不出来的。谢弗里永先生通晓英法两种语言，其言也足信；他进而以两种语言的各自特性来解释在康拉德何以非是英语不可。康拉德的主题和兴味关怀需要的是英语的具体性和动感——生动惊人的力量。我们不妨进一步说，康拉德所以决定用英语来写小说，与他所以成为一名英国商船船长，都是出于同样的缘故。

我提出这一点，并不是赞同人们通常强调的他是英国商船社的桂冠散文家。这里要强调的是作为伟大小说家的康拉德。康拉德的优秀小说，如果与海洋有一点联系，那也只是捎带顺便。不过，商船社对他来说，既是一个精神上的事实，也是一种精神上的象征；而使其所以然的正是他的兴味关怀，它们处处控制着他的艺术，也激活了他的艺术。于是，我们这儿便有了一位英语语言的大师，他

---

*　"康拉德与詹姆斯之间彼此执礼甚恭，望之令人肃然。即便他们是在法兰西学院的仲裁席上彼此致意，那用语也不可能再考究，吐嘱也不可能再字正腔圆了。詹姆斯总是称康拉德为'我亲爱的同行'；康拉德则是以马赛人恭维人时所特有的那种腔调，几乎颤巍巍地说'我亲爱的大师'……每隔30秒钟即可耳闻一声。詹姆斯对康拉德提及我时总是说：'您的朋友，那个谦虚的年轻人。'他俩在一起时总是说法语，詹姆斯一口'70年代'巴黎的时髦话，咬字准确，悦耳动听，有点儿造作；康拉德的法语则说得飞快，流利而含混不清，其南方口音之重就像蒜泥蛋黄酱里的大蒜味……说起英语时，他是一口的法国腔，以致不太熟悉他的人，很少有上来就能听出个所以然的。"——F. M. 福特，《回到昨日》，第23页至24页。[福特（Ford Madox Ford, 1873—1939），英国小说家、批评家，一度与康拉德过从甚密，曾协助康拉德写出《继承者》和《罗曼司》。福特的著述五花八门，但他自认最好的作品是小说《好士兵》（1915）。福特还是《跨大西洋评论》的创办人，出版过乔伊斯、庞德和卡明斯等人的作品，以此而对20世纪的文学写作发挥了重要的影响。——译注]

第一章　伟大的传统

选择这一语言，是因为看中了它的鲜明特色，是由于它与道德传统相关相联；而他对于艺术的兴味——与简·奥斯丁、乔治·艾略特和亨利·詹姆斯一样，他也是个"形式"和方法的创新者——也是为对于生活所抱的一种极其严肃的兴味服务的。这样一个小说家就在他们三人所代表的伟大传统之中，而要证明这一点，当是不必在他与三人中的任何一个之间扯起特别关系来的。像詹姆斯一样，他从外面所获甚丰；然而对他至关重要的是，他在英语里面发现了严肃的小说艺术，发现在英语里**确有**可以学习的小说大家。他从英国文学里汲取所需之物，以天才所特有的方法学而习之，这与模仿自是迥然有别的。于是，在其他三人之外，我们又有了**他**，而且对我们而言，他毋庸置疑地是那个传统的一个组成部分，是其中完完全全的一员。

康拉德在技巧上精湛老到，所以人们也许就以为他是在詹姆斯那里找到了激励振奋的东西。康拉德与詹姆斯可是很不相同的（不过，步入老年的詹姆斯倒是能对《机缘》起了一个鉴赏家的兴致，而且能以一种专业的眼光欣赏其"作法"[23]的精湛来）。*其实，如果说有什么明显可见的影响的话，那也是来自一个手法远远谈不上精湛考究的作家——狄更斯。我在讨论他的部分指出，康拉德在某

---

[23] 参见本书第四章，第291页，译注。

* 康拉德的合作伙伴F. M. 福特有言为证："对于詹姆斯这位大师的作品，康拉德钦佩不已，推崇备至，而且赞赏起来，极具法眼；但对于詹姆斯其人，他却不很喜欢。我想那是因为詹姆斯在骨子里，原是个纯种的新英格兰人，虽然他实际是生在纽约的。詹姆斯这边对康拉德其人其作却都不太喜欢……詹姆斯这边在私下里，却从未取笑过康拉德。在他看来，福楼拜、H. 沃德夫人、梅瑞狄斯、哈代或埃德蒙·高斯爵士这一干人，都是'可怜又可爱的老朽'，而康拉德则不然。有一次，他曾向我流露出对康拉德的人品和成就甚为敬重之意。原话我记不清了，但大意是说康拉德的作品令他深感不快，可他在技巧上又挑不出什么毛病或拙劣之处来。"——《回到昨日》，第24页。

些方面极像狄更斯,以至于我们难以说出狄更斯的影响到底有多大呢。《特务》所描写的伦敦里无疑就有狄更斯的身影在,不过,除了马车之旅的那份营造过度的阴森恐怖氛围(这里的作者其实是F. M. 福特),以及(也是出自福特之手——他拼命要把这本书赶出来)一两处有点儿矫揉造作的风格模仿外,他已经变成康拉德了。明显的影响与同化并存,这意味着狄更斯的分量在康拉德的成熟艺术里(在其早期爱用形容词的阶段,尚没有发现多少狄更斯的影子),也许比一上来显现的可能性还要大得多呢:这意味着狄更斯也许推动了康拉德在其艺术中发挥他俩那相似的非凡想象力和表现力。("人说狄更斯夸张,"桑塔亚纳[24]道,"我倒觉得他们好像完全就没长眼睛和耳朵。对于世事与人,他们大概只有些**概念**,就照着其圆通的意义,约定俗成地接受了下来。")康拉德对情节剧,或在狄更斯那里本会是情节剧的东西所做的处理运用,也体现出了一些狄更斯的影响,或许我们对之也完全可以作如是观,因为在康拉德这里,一个极其严肃的完整意义才是其目的。

最后这句话暗含了我们不把狄更斯也划在伟大小说家之列的理由。对于何为伟大,我们已经给出了充分的界定。狄更斯是个大天才,恒居经典文豪之列,这一点是肯定的。但他的那份天才却是一个娱乐高手之资,而且总的来说,作为一个创造性的艺术家,他所感到的责任之重大,不会超出我们对他的这番形容所意味的程度。桑塔亚纳先生在《英伦独语》这本书里对狄更斯大加赞扬,结语道:"在每个说英语的家庭,在地球上的四面八方,如果父母和孩子们在冬季的大部分晚上朗读狄更斯,那会是件很有益的事。"这

---

[24] 乔治·桑塔亚纳(George Santayana, 1863—1952),西班牙裔美籍哲学家,于哲理思辨(《理智的生活》)之同时,亦笔涉文学创作和批评,且文风富丽,甚得读者喜爱。《最后一个清教徒》是他创作的唯一一部长篇小说。

话说得不错，却也耐人寻味。*一般而言，成熟的头脑在狄更斯那里，都找不到什么东西要求人去保持一种持久而非同寻常的严肃性。在他的诸多作品中，其独特创造天赋自始至终得到节制从而产生出一个统摄全局之意蕴的，在我看来，只有一部，那就是《艰难时世》。这部作品异乎寻常且气势相对狭小，因而虽然实在了不起，似乎却未被关注认可。

《艰难时世》作为一件艺术品所具有的那份完美，我们一般是不会与狄更斯联系起来的——一种具有持久而完整严肃性的完美，在他的作品里，可谓独此一份。论篇幅，它算是第一部大部头的现代小说，但对狄更斯来说，其规模并不算大：没有一点儿空间可供他做惯例常行的那种颠来倒去的夸饰渲染和拉拉杂杂的包罗万象。显然，他没有感到来自这些方面的诱惑，他被主题逼得太紧了；这些主题太过丰富，多姿多彩又结合得太过紧密，太不通融了。他已经强烈而真切分明地认识到了维多利亚时代文明的一些关键特征，这些特征就寄寓在具体的现象中，向他表露着他以前从未如此彻底领悟到的联系和蕴含。这是一出完美的寓言，其象征和再现的意义真实可信，而且随着情节以可信的历史方式自然地展开，又产生出了新鲜的奥妙来，这一点是一读便明白可见的。

在葛擂硬和庞得贝那里，我们看见了维多利亚时代功利主义的两个具有重要联系的方面。在葛擂硬身上，那是一套虔诚笃信的严肃信念，故而虽然令人反感（如其名字所示），却也并非全无可敬之处。然而，我们面前的葛擂硬却与约瑟亚·庞得贝亲密无间，不

---

* 确切地说，要为这段文字里的谬误开脱，就必须唤起孩提时代的记忆和强烈有效的合家阅读的经验。会有别人来证明这种"干扰"之力有多大的。我现在认为，如果可以说哪位作家创造了现代小说的话，那就是狄更斯了。

分你我；而庞得贝身上体现的乃是粗野之极、恶俗之极、最彻头彻尾的市侩习气的利己主义，是明火执仗的横行霸道和恃强凌弱，属于在"赤裸裸的个人主义"时代可恣意纵横的东西。事实上，葛擂硬还把女儿嫁给了庞得贝。不过，狄更斯笔下的葛擂硬倒有几分詹姆斯·穆勒的风范，是个在理论上教子有方的知识分子，耐人寻味地让人联想起小穆勒著的《自传》来。[25] 詹姆斯·穆勒的那种功利主义，本是极其片面而盲目的，而且还全然不知自己的这种片面和盲目，所以，对狄更斯在小说里把功利主义的这一倾向如此这般地加以描绘，我们几乎是不可能提出什么异议的。史里锐的马戏团则象征性地体现了毫无利害算计的自然高尚的天性，一股生活的暖流，是讲求实惠、凭理智行事的葛擂硬之流必定要敌视的东西。

《艰难时世》的象征意蕴非常深厚，以上这番叙述远未将之道尽。英语大师的文笔，精妙绝伦的对话——差不多是写作这一行的试金石，格调优美自然，只可惜狄更斯的全部作品里只有一部《艰难时世》。

《艰难时世》之卓越虽未被发现，但狄更斯却不乏广泛的影响力。我们已在《特务》里看出了他的身影。他又不太显眼地出现在乔治·艾略特的笔下，在她的一些有欠妥帖的人物刻画里。亨利·詹姆斯那儿也能见到他，最明显的或许是在《卡萨玛西玛公

---

[25] 约翰·斯图亚特·穆勒（John Stuart Mill，1806—1873），詹姆斯·穆勒之子，哲学家、经济学家、政治思想家，《功利主义》和《论自由》（严复当年译为《群己权界论》）是其代表性的两篇宏文。穆勒在《自传》中讲述他自三岁起便做了其父的"教育实验品"，接受古典语言和历史方面的严格训练，所以他敢说，起步就比同代人领先了"四分之一个世纪"。然而，二十岁时，小穆勒的精神出了一次毛病，之后便幡然醒悟，意识到这是早年教育过于偏重分析能力的培养却忽略情感同步发展导致的恶果，于是，他亡羊补牢，转而向华兹华斯和柯尔律治的诗歌中求药方，而情感培育也成了他的伦理和哲学信条中的一个基本点。穆勒的《自传》是自传作品中的典范。

主》里，但最为重要的则见于《罗德里克·赫德森》之中。*其影响所及还到了 D. H. 劳伦斯那里，在《迷途的姑娘》中，而且更加有趣了。这本书第一部分的谐谑笔调以及总的描述，都与狄更斯的风格有着明确的关系，只不过要无可比拟地更加成熟，构成了一个完整严肃意义的一部分。

在此，我要乘便插说一句，即狄更斯的伟大已为时间所验证，而其对手则不然。桑塔亚纳先生道："人们通常爱把狄更斯与萨克雷相比，这就好比拿葡萄去比草莓，两者之间有明显相似之处，而草莓也自有其独特的美味，但你拿草莓却酿不出红葡萄酒来。"前些天，我在一份试卷上看到这么一句话："特罗洛普是小一号的萨克雷。"我觉得只消把这句话的词序颠倒改动一下，即可以非常公允地点出萨克雷的地位来，纵使这样做不能准确地说明他的特征。萨克雷是大一号的特罗洛普——这即意味着，对于不满足于"人物塑造"之类的读者，他那里除了一些社会历史，便实在没有什么可看的了。他的立场态度以及兴味关怀的基本内容，都是非常狭隘有限的，所以虽然他无可否认地提供了事件和情节，但在读者看来，却不过是个然后再然后的问题，直到故事结局处也没见有什么理由，可以说明何以要花费如许的篇幅——当然，除了消磨时光这一点（甚至一些批评学究们对小说的要求，似乎也仅止于此呢）。倘若《名利场》继续作为一部次要经典传世，那对萨克雷来说也就公允得很了：传承相袭的评价把他置于大家之列，但那是经不起一点儿批评的。人们归在萨克雷名下的事，詹姆斯的朋友霍华德·斯特吉斯，在《拜厢柏》这本描写爱德华时代社会的小说里，就给予了

---

*　见后文第170页至182页。

更为成熟的处理。[26]（该书收入了"世界经典"系列丛书，可谓名副其实，这在那套丛书里也并非是总能做到的事。）

现在回到康拉德，谈谈他的主要特征：像他这一类创造性的天才，其卓异之处在于他们当其时而异常活跃——对时代异常敏感；不是像萧伯纳、威尔斯和A.赫胥黎那样的"时代先锋"，而是在精神氛围发生变化所带来的压力开始被头脑最清醒者注意到的时候，他们便敏感先觉了。他把英国商船社的传统视为人类精神的一项建设性的成就；他也强烈地意识到不仅体现在各个层次上的人性，而且理智健全本身以及我们对于一般外部世界的观念，都取决于一个与商船社类似的创造性的合作。他对于商船社传统的兴味便是与他的这样一种意识联系在一起的。康拉德的鲁滨逊受不了独自一人在岛上的几日煎熬，便开枪崩了自己。我们现在离简·奥斯丁已经很远了，对她来说，问题倒不是要把一个高度清醒之人从孤绝中解救出来，而是差不多相反的。当然，康拉德是"流离失所"之人，这一点，无疑在他对其最喜爱的孤寂主题所作的深度描写中，占有很大的分量。可是，类似于流离失所的状态，今天在谁是伟大的小说家这个问题有可能对其要紧的那些人中间，已是一个普遍的现象。康拉德的代表性是天才的代表性，不是报章批评家们欢呼具有"时代精神"的那些作家的做派。（有一点在此指出也是题中之义，即就在威尔斯和萧伯纳刚刚如日中天时，康拉德写下了《诺斯特罗莫》——这是一部名副其实的创造性的杰作，内涵丰富，而其中最根本一点就在于，它暗含了对他们的所思所虑进行批评之意，而且

---

[26] 霍华德·欧弗林·斯特吉斯（Howard Overing Sturgis, 1855—1920），美国建筑师和银行家之子，生于伦敦，求学剑桥，有小说三部，唯发表于1904年的《拜厢柏》(*Belchamber*)，以其反讽之笔和对人物的出色把握，在1935年重新激起了世人的兴趣和赞誉。

这种批评是从一个比他们所思所虑的层次要深刻得多的关怀基础上发出的。另外不无关联而要在这里冒昧说出的一点是，在阿瑟·克斯特勒先生的那部优秀小说《午时的黑暗》里，我们看到了一个理解并推崇康拉德的作家，他尤其推崇的是写《诺斯特罗莫》和《在西方的眼睛下》的那个康拉德——我们注意到，他的母语也不是英语。）[27]

　　康拉德在今天距离我们之近，是哈代和梅瑞狄斯所无法比拟的；乔治·艾略特亦非他们可比。我所以举出哈代和梅瑞狄斯，乃是因为人说他们二人都在小说大家之列，认为他们二人对生活都抱有深刻的哲理思考。读者大概已经猜出了我的看法，即盛名之下，其实难副。关于哈代（乔治·艾略特对其影响甚巨），亨利·詹姆斯说过一番体谅又妥帖的话："善良的小托马斯·哈代，以《德伯家的苔丝》博取了巨大的成功，书中虽然满是谬误和虚妄，却也另有一种独特的魅力。"这番话含蓄地认可了一切可以认可而又不失恰当的东西——除非我们还要为《无名的裘德》讨来更多的说法。在哈代所有追求重大哲理–悲剧意味的作品里，《无名的裘德》算是比较接近能够支撑他雄心抱负的一部，其手法虽然笨拙——缺乏小说大家表现他们对基本意图能够深刻把握的那种恰当得体——却也令人难忘。*虽然如此，在20世纪20年代初期——那个契诃夫的时代，哈代竟然被人推为"现代意识"或对"人类处境"具有现代

---

[27] 阿瑟·克斯特勒（Arthur Koestler，1905—1983）生于布达佩斯，在维也纳大学受教育；早年替德国报纸做驻外记者，多用德文写作，1940年到英国，翌年即开始用英语发表小说，撰写文章。《午时的黑暗》（1940）是从德文译成英语的小说。

* 在《南方评论》所出的托马斯·哈代百年纪念专刊（1940年夏季号）里，阿瑟·迈兹纳撰文《悲剧〈无名的裘德〉》，很有意思地提出要对这本书给予一个严肃的评价。

"观念"的杰出代表,这却仍是一件有些滑稽的事。至于梅瑞狄斯,E. M. 福斯特先生早给了说法,*我便无须补充什么了。福斯特先生曾是给梅瑞狄斯搭台而把他捧成大师的那个原初背景里的人,因而要做必要的拆卸工作,他自有独特的过人之处。

　　康拉德之后是否就无人可归在这伟大传统之下呢?我相信还有一个:D. H. 劳伦斯。在英语语言里,劳伦斯是我们这个时代(我指的是康拉德时代之后的这个年代或社会思潮阶段)的天才巨人。如果单把他作为小说家而分离出来加以研究,那是会比较麻烦的;但也正是在小说里,他投身到了最是艰难也最见持久的创造性的劳动中,而且作为小说家,他代表的是生机勃勃且意义重大的发展方向。他已确凿表明,他本会继续去写的是传统熏陶下的读者立即就能领会的内含"人物塑造"和心理分析的小说——可以轻车熟路地读进去的小说。假使他的天赋由着他,他本会做下去的。然而他的天赋不在别处,就见于当《儿子和情人》大获成功——评论界一片赞扬,而公众则不买账——之后,他却尽弃那种写作模式,转而投

---

*　见《小说面面观》。詹姆斯就《奥尔蒙特勋爵和他的阿敏塔》论道:"况且,我已发誓不去打开《沉重》,直到我最终可以怒不可遏地砰的一声合上这本难以启齿的《奥尔蒙特勋爵》。我每天最快只能读十页——令人无法容忍又徒劳无益的十页;我读得满腔的批评雷霆,满腔的艺术怒火,心中那本不可或缺的**尊重**原则也被一扫而光。以这样的速度,我只读完了第一卷——就此,我心中有气而不得不说,那如许的连篇废话、如许的装腔作势、如许的陈言加作秀、如许的晦涩不明又镂金琢玉,却又**拉不动**主语,凑不成句子,读者欲知而不可得——我真怀疑还有谁能拿这同样一大把文字而比他在这里做得更绝的。阐发申说的谓语倒是精致考究了,但却无一能够找到一个主格的影子可以挂靠其上。没有一件遭遇的麻烦、没有一个刻画的形象、没有一个建构的场景——没有一点影子曾凝聚成一个可闻其声或可见其形的实实在在的东西——能够让你听见一声脚踩大地的足音。好的地方当然也有;可好虽好,得来的代价却太过昂贵,那许多多艰深奥博之语、繁复曲折之笔,一经摔脱干净,裸露出来的不过是一堆虚言妄说的大实话。"——"致埃德蒙德·戈斯",《亨利·詹姆斯书信集》,第一卷,第224页。

身于开辟新天地、探求发展之路的千辛万苦中；这些新事物和发展，在他这个服务于生活而高度清醒的才智之士看来，乃是必不可少的。在给爱德华·加尼特[28]的信中，他谈到了后来成为《恋爱中的女人》的这部作品，他说："它与《儿子和情人》**很**不相同：几乎是用另一种语言写出来的。如果你不喜欢，我会感到遗憾，但我有准备。我想，我不会再重复《儿子和情人》的那种写法了——那种充满感官刺激和描述的刚烈之风。"*

最后在描述他努力要做成什么的时候，他说：

> 你不要在我的小说里找人物过去的那种稳定的**自我**（ego）。这里有另一种自我，在其作用下，个人变得面目全非，而且仿佛经历着同类异形的种种状态，需要我们有比过去更强的识别力，才能发现它们乃共有一个根本不变的成分。（就像宝石和煤都是由完全纯粹的碳元素组成一样。一般的小说会去勾勒宝石的历史，可我要说——"宝石，什么呀！那是碳。"我的宝石也许是煤或煤炱，而我的主题则是碳。）你不要说我的小说玄乎——它本不完美，因为我对自己想要做的事并不在行。但不管怎么说，它是真东西。我会被人接受的，如果不是现在，也用不了多久。我再说一遍，不要在小说的情节发展里寻找几个人物的轮廓：人物已经落入了某种别样的节奏形态，就像你在一只精细打磨的瓷盘上画一把提琴弓，那沙土不知会走什么样的纹路呢。**

---

[28] 爱德华·加尼特（1868—1937），出版商特约审稿人和文学顾问，对劳伦斯、康拉德和E.M.福斯特等都有发掘或提携之功。
* 《劳伦斯书信集》，第172页。
** 《劳伦斯书信集》，第198页。

他在"形式"、手法和技巧上是个非常大胆而激进的革新家,而驱使他去发明和实验的,则是他对生活所抱的至为严肃而迫切的关怀,其精神实质是:

> 你知道埃斯库罗斯与荷马笔下的卡桑德拉[29]吗?她是这个世界创造的伟大形象之一。希腊人和阿伽门农对她之所为,就象征着人类自那时起对她之所为——强暴她、毁了她,却招致了自身的灭亡。你要信赖的不是你的头脑,也不是你的意志,而是原初固有的情感官能——其力可以接纳来自生活深处的潜流并将其搬到这个迟钝麻木的人世间。它是发生在意识之下的东西,也在意志的范围之外——它无法辨认,是遇阻受挫且遭毁灭的东西。*

虽然彼此之间有诸多不同,但把劳伦斯与乔治·艾略特紧密相连的正是这种精神。**他在给爱德华·加尼特的信中又写道:***

> 你看——你说我是半个法国人加八分之一的伦敦佬,可

---

[29] 卡桑德拉(Cassandra),希腊神话中特洛伊最后一位国王普里阿摩斯之女,荷马称之为普里阿摩斯最漂亮的女儿,不过并未直接提到在特洛伊城陷落期间,洛克里斯人埃阿斯强暴卡桑德拉一事,也未说起卡桑德拉具有后来为人所说的预言力。埃斯库罗斯在《阿伽门农》中说到卡桑德拉答应阿波罗,如果能赋予她预言力,便以美色相许。但她后来却食言,阿波罗恼怒之下,便令天下人总也不信她的预言。在悲剧里,卡桑德拉一般是以可怕事件的预言人形象出现的,比如她预见到了特洛伊的厄运和木马计,但人们却不听她的告诫。特洛伊城陷落后,她被作为战利品分给了阿伽门农,在随阿伽门农回家途中一起被其妻克吕泰墨斯特拉所杀。

* 《劳伦斯书信集》,第232页。
** 劳伦斯也被人称作清教徒。
*** 《劳伦斯书信集》,第190页。

这并不确切。诚然,我每每表现出常人的庸俗和坏脾气——即你所谓的伦敦佬;而我也许就是个法国人呢。但我主要还是个具有强烈宗教热诚的人,而我的小说也必须从我的宗教体验的深处写出。我必须恪守这一点,因为我只能这样来写作。只有当深深的情感无以宣泄,反倒生出一丝嘲弄之情,感情用事又华而不实时,我那伦敦佬的德行和俗气才会冒出来。但是,你应该先看到虔诚、认真、受苦受难的我,然后才是那些轻浮或庸常的东西。加尼特夫人说我虽然聪敏又迷人,但本性却难说高洁。这话是不对的。我虽有诸多褊狭和粗俗之处,但高尚之志却也未坠。

由于有了这一精神,他说他笔下所写必自其宗教经验的深处而发,便是不诬之词了;而依我之见,也正是这一精神,使他比詹姆斯·乔伊斯,在与过去和将来的关系上,更显意义重大;就技巧的发明家、革新家和语言大师而论,也更具真正的创造性。我知道,T. S. 艾略特先生在乔伊斯的作品里找到了一种东西,据此,他要推举乔伊斯为具备积极宗教禀性之人(见《追寻异神》[30])。论比

---

[30]《追寻异神》(*After Strange Gods*)是艾略特1933年在弗吉尼亚大学发表的三篇系列演说的结集,意在修正并扩展他本人15年前在《传统与个人才能》这篇名文里所阐述的观点。艾略特认为,作家与传统的关系不是一个单纯的文学问题,以"浪漫派"或"古典派"划分,虽然行来方便,但由此而带来的差别却决非纯粹的文学传统所能涵盖。故而,针对当代英国文学里摒弃清教几成规律的现象,他提出了一个道德批评标准,即"传统"和"正统性"(orthodoxy)原则。所谓"传统"指的是反映一个民族血亲关系的风俗习惯,是代代相传、大半无意识的感受和行为方式;而"正统性"则是人对自觉的智性所作的运用,是生者与死者间的默契。二者相辅相成,人的思想和情感即在这种合作中达致和谐。艾略特着意强调的是,传统意识和感受力的正统性对作家个人才能的健康发展是一种有益的约束,否则,一味伸张个性,刻意与众不同,便会在道德和思想上误入歧途,这是读者在欣赏作家,(转下页)

拟结构之复杂、技巧手法之花样繁多、裸呈毕现意识之功夫,《尤利西斯》自是非同凡响;它也因此而被一个见多识广的文学界所接纳,有新开端之誉;然而,在我看来明摆着的是,那里完全没有什么可把这些东西限定起来、贯穿其间并将其导入一个充满生机之整体的有机原则存在。我以为,《尤利西斯》不是什么新开端;相反,它是一条死胡同,或至少是导向分崩离析的一个路标——乔伊斯自身的发展即可为证(《进展中的著作》——已然成了《为芬尼根守灵》[31]——竟然会招来基本英语发明人的兴趣[32],我以为这是耐人寻

(接上页)尤其是天才作家时应该警惕的地方。艾略特认为劳伦斯就是这种"异端"的近乎完美的代表,因为他笔下的男男女女全无一点道德或社会意识,而乔伊斯的作品,比如《死者》,却充满了虔敬之心,显示了乔伊斯是当代最具伦理正统性的大作家。艾略特把劳伦斯的离经叛道归咎于他在成长期间没有受到宗教的熏陶或传统的制约,致使他贪求思想独立,缺乏反省精神,不知正统性为何物却痛恨正统,结果虽有非凡的感受力和深刻的直觉,却每每从中得出了错误的结论。在艾略特看来,像劳伦斯这样感受力敏锐、充满激情和偏见、头脑未受过规训的人是可为大善亦可为大恶的,而像乔伊斯这样训练有素者,则始终明白自己所事何人。艾略特的结论是,我们只有运用这样的批评标准,才能把哲学或艺术品变得安全无虞,才能从阅读中大获裨益。

[31]《为芬尼根守灵》前后写了17年,乔伊斯在写作过程中,也断断续续地发表了一些章节,但都是以《进展中的著作》之名发表的,直至1939年整本书出版,才用了现在这个名字。

[32] 据艾尔曼(Richard Ellmann)在《乔伊斯传》中记载,乔伊斯把《为芬尼根守灵》定为写夜晚的书(a night book),以区别于《尤利西斯》这本写白昼的书(a day book);他进而认为,夜晚便要求一种与夜晚相称的语言,于是自称走到"英语尽头"的乔伊斯便在《进展中的著作》里展开了剧烈的语言实验。随着这部让英语"入睡"的夜书声望日隆,私人印刷社都有意得些片段章节,刊行以飨大众。乔伊斯答应了巴黎的黑太阳出版社,并接受出版商建议,请人为选本写导言。在先请一位科学家和一位音乐理论家均不遂后,乔伊斯想到了数学家奥格登(Charles K. Ogden),认为这位基本英语(Basic English)创立人之一不会对探讨他的这项语言实验不感兴趣(他还请这位数学家就《守灵》的数学结构给予评论)。果不其然,奥格登欣然应允,而且后来还把《守灵》里的一个章节译成了基本英语,又还安排为乔伊斯朗读这个片段录音,留作正音学研究所(the Orthological Institute)的资料。

味而又恰如其分的事)。

诚然，我们可以在一连串的作家里指出乔伊斯的影响，而劳伦斯以下却没有相应可比的后代传人。但这却进一步印证了我的观点。我的看法是，在这些作家身上，艾略特先生那一脉虽说次要但却令人遗憾的影响，似乎与乔伊斯的交汇合流了，而这些作家所体现出来的东西，如果说可能还有什么意义的话，便是对于自由理想主义的错误反动。* 我指的是艾略特先生赞誉有加的那几位作家：写《夜森林》的朱娜・巴尔内斯[33]、亨利・米勒、《黑书》的作者劳伦斯・德雷尔[34]。我们在这些作家——至少是最后两位（第一位在我看来似已无足轻重了）——那里所见的东西，在精神实质上，按我的感觉，根本就是一种，用劳伦斯的话来说，要给生活"泼脏水"的欲望。我觉得重要的是在这些事情上，我们应该大大方方地站出来作证。"置身于这大片成堆的毁灭和分崩离析中，我们必须为生活和成长说话。"** 这就是劳伦斯；这就是他所有作品的内在精神。也正是这种原创性的精神给他的小说注入了令人不知所措的特征，使它们具有了天才之作的重大意味。

我在这里并不是说，作为小说家的劳伦斯就不可被人大加批评，或者说，他的成就整体统观就是令人满意的（他毕竟还有很大的潜力）。他的后期作品写得就太过匆忙了。然而，我凭经验知道，

---

[33] 朱娜・恰佩尔・巴尔内斯（Djuna Chappell Barnes, 1892—1982），美国小说家和剧作家，其《夜森林》(1936)糅合了世纪末的颓废之风与新哥特式的不祥之气，因艾略特在前言里的赞扬而名噪一时。
[34] 劳伦斯・乔治・德雷尔（Lawrence George Durrell, 1912—1990），生于印度的英国诗人和作家，1938年在巴黎出版的《黑书》是一本深受亨利・米勒影响的色情幻想小说，作者称之为"对精神和性欲委顿所作的一幅赤裸裸的碳笔素描"。
　*　见 D. H. 劳伦斯，《无意识幻想曲》，特别是第11章。
　**　《劳伦斯书信集》，第256页。

人们很容易据此就断定说，正是他的目标和意图注定了他在艺术上不能尽如人意。我这里特别指的是他下了很大力气的两本书，也是他在其间阐发他的独到而令人不知所措的兴味关怀和写作方法的两本书——《虹》与《恋爱中的女人》。重读之下，它们在我看来都是令人惊叹的天才之作，比我在（大约）15年前读它们时，整体上显得更加成功得多。我仍然认为《虹》没有充分构成一个整体；但我不会遽然就道出我对《恋爱中的女人》的批评，因为我敢肯定，日后重读之下，无论如何我都会再次认识到自己的愚笨和积习而成的盲目。在经历了如此一番艰苦的创作之后，劳伦斯的笔力也许就自如了；于是长篇之后来了大量的中篇和短篇小说，都是毋庸置疑堪与这世上任何一部天才的成功之作相媲美的作品。

这样，我的观点便已和盘托出。我之所想所断，我已勉力给予了清晰而负责的陈述。简·奥斯丁、乔治·艾略特、亨利·詹姆斯、康拉德以及 D. H. 劳伦斯——他们即是英国小说的伟大传统之**所在**。

注释："勃朗特姐妹"

人们禁不住要反驳说勃朗特只有一个。其实，夏洛蒂虽然在英国小说的主线脉络里无名无分（耐人寻味的是，她不明白简·奥斯丁能有什么价值），但却恒有一种小小的影响力。她才能出众，因而在表现个人经验方面，尤其是在《维莱特》里，写出了第一手的新东西。

当然，艾米莉才是个天才。关于《呼啸山庄》，我什么也没说，因为这一惊人之作，在我看来，像是一出游戏。尽管如此，它完全仍有可能产生了根本难以察觉的影响：司各特的传统要求小说家以浪漫手法解决其主题；而自18世纪以降的那个传统要求的则是对"真实"生活之表面给予平面镜般的反映,这两个传统都被艾米莉发人深思地彻底打破了。她开创了一个小传统,其中最引人注目的就是《挂绿色百叶窗的房子》。[35]

---

[35] 英国作家乔治·道格拉斯(George Douglas,1869—1902)在1901年发表的一部小说。

第二章

乔治·艾略特

早 期

  人们普遍认为,要评价乔治·艾略特,就得做大量而重要的甄别,因为她的大部分作品彼此差别很大,不仅有种类之分,而且还有满意与不尽如人意之别,以至于我们不能把她的创作历程简单地看成其天才的展现,是其卓异能量的顺利发挥,日臻成熟,而是要以总体脉络不够美满的某种东西视之。一般的看法是,她的这一创作特点与这样一件事有着重大的关系,即艾略特大脑发达,早于小说创作之外,已见惊人才学,因而未及操起小说家之业,已然是赫伯特·斯宾塞和《威斯敏斯特评论》[1]圈子里的一员干将了。还有一种近于异口同声的意见,大意是说,小说大家中,艾略特的特异之处即在于她尤有道德关怀之癖。

  最后这一宏论的要旨——它想说什么或意图何在,对于批评有何意义——着实让人难以捉摸。读者自接触批评家的意见起,

---

[1] 《威斯敏斯特评论》(1824—1914),詹姆斯·穆勒创办的一份"哲学激进派"的刊物,以对抗托利党人的《评论季刊》和辉格党人的《爱丁堡评论》。在文学上,它支持柯尔律治、拜伦、丁尼生和卡莱尔等人。这份刊物几经转手,到约翰·查普曼接掌时,担任助理编辑的乔治·艾略特实际已成主办,由此而结识了斯宾塞和G. H. 刘易斯等人。

想必灌了满脑的说辞,现在想来可能就像一大团牢牢糊在视野上的东西;我觉得由此入手可能比较恰当。在评价乔治·艾略特这件事上,我以为亨利·詹姆斯所表现出来的悟性好像比其他任何人的都要高。在对克罗斯那本《艾略特生平》[2]所发表的评论[3]中,詹姆斯告诉我们,对艾略特而言,小说"主要还不是可以从其形式中获取重大意义的生活画面,而是一个道德化的寓言,是一种努力示范喻人的哲学的最新发明"。*提出这样的对立论虽然不切实际,容易将人引入歧途,但詹姆斯却坚持此说,而那团模糊视野的东西就在其间。我们要问,什么是"生活画面"可以从中获取意义的"形式"?可以料到,"审美"一词(文学批评家们最好还是戒掉这个词),拖着一连串的混乱,便在前前后后出现了。詹姆斯指出,"缺乏自由的审美生活"乃是"乔治·艾略特天性中最薄弱的一面"所具有的特征;他说,艾略特的"人物形象和情境"不是从"不带责任感的弹性角度来看的"。可我们要问,在哪一部优秀的,在哪一部有趣的小说里,人物形象和情境又是从一个"不带责任感的弹性角度"(这倒是对"审美"一词的诸多含义之一所下的一个有用的界定)来看的呢?有哪一位小说大家对于"形式"的专注不是取决于他对丰富的人性关怀,或复杂多样的关怀,所抱有的一种责任感呢?——那被具体形象所深刻再现了的责任感?这种责任感,在本质上,就包含了富于想象力的同情、道德甄别力和对相关人性价值的判断——试问,有哪一位小说大

---

[2] 艾略特在刘易斯死后,与自己多年的理财顾问约翰·沃尔特·克罗斯成婚。克罗斯在艾略特去世后,将其生前书信和日记结集出版,取名《书信与日记里的乔治·艾略特生平》(*George Eliot's Life as Related in Her Letters and Journals*, W. Black_wood & Sons, 1885)。
[3] 即指《乔治·艾略特的生平》这篇文章。
* 《不完整的画像》,第50页。

家不是这样的呢？

人们或许以为，《萨朗波》和《诱惑》[4]的那种令人乏味的华彩，可以代表相对于此而以不带责任感著称的艺术。但我们知道，这远非詹姆斯的意思，所以，虽然他对《包法利夫人》极表推崇，却又认为，即使这样一部作品，也是一个专注于"形式"却对人性价值和道德关怀专注不够的例子。*实际上，他对《包法利夫人》所下的判词，公允地看，可说与乔治·艾略特对《高老头》所下论断的含义并无很大的不同：艾略特认为《高老头》是本"可恶的书"；[5]奇怪的倒是，詹姆斯却因了这几个字而发了一通艾略特缺乏"自由的审美生活"的议论。**

詹姆斯的那个对立提法不能令人满意，而且无助于人们理清思路，这一点无疑是明显不过的。读者或许会指出，詹姆斯的文章已是60年前的事了；但在我看来，他对于这个问题的处理，还是具有代表性的：我不知道在评论乔治·艾略特而触及她那鲜明道德关怀的文字里，还有谁的话在根本上是更有助于说明她的独特艺术特征的。既然如此，我们在读詹姆斯这个批评家时便须仔细从事，而在一篇那样慧灵见智的文章里碰上这么一个发人深思的表述，我们则

---

[4]　福楼拜的两部小说。
[5]　艾略特在1859年的日记里曾随便写了这么一笔："我们刚刚读完了《高老头》，一本可恶的书。"詹姆斯认为克罗斯的《传记》里最有意思的段落就是这么简短的一句。参见利维斯下面的引文。
*　见詹姆斯在《小说家散论》里论述福楼拜的文章。
**　我最好声明，对于《高老头》，我的看法与詹姆斯的迥然有别。巴尔扎克笔下的那种有名的激情虽然令人难忘，却似乎太像雪莱的——
　　　贝阿特丽丝（疯狂地）：啊，上帝啊！这可能吗？……等等。
　　在我看来，巴尔扎克这里所用的手法，根本就是一种贬义的修辞术：浪漫辞藻就是他所展现的种种崇高和堕落的全部生命和精神。换言之，其效果不是建立在对人的激情的什么深刻再现上，而是靠措辞激动的强调、最最最式的断言以及明明白白的坚持不让。

不禁要说，乔治·艾略特在小说大家里虽必有其与众不同之处，但那份差别却难说一如那种对立提法所意味的那样。诸如此类的说法也许不乏貌似有理的论据，但我们忖度，关于乔治·艾略特小说所表现出来的道德严肃性，我们必有些更为重要的话要说，否则，她便不可能是我们现在所认识的小说大家了。艺术是有些条件的，她不可能置身于外而仍然是个艺术家。

试作一两个比较，或许有助于说明批评家在评判时应该从何处着眼。我们拿来与她比较的不是福楼拜，而是两个我们完全没有不自在地感到需要对其伟大地位闪烁其词的小说家。在英语里，艾略特与简·奥斯丁和康拉德地位相埒，而这两人与她都各有明显不同。先以康拉德为例：有一句话用在康拉德身上要比用在其他任何小说家身上都要合适，那就是他的人物形象和情境是**看**（seen）来的；而且詹姆斯本可以证明康拉德对于"形式"是有强烈而成功的专注的。*康拉德拜法国的大师们为师，属于福楼拜的传统；但他却是比福楼拜更加伟大的小说家，因为他对于人性的关注更广更深，他的道德关怀也更加强烈。詹姆斯针对《包法利夫人》而发的那种批评，就不大可能落到康拉德的头上。《诺斯特罗莫》也是一部"形式"的杰作，这里"形式"一词与讨论福楼拜技艺时说的"形式"意义相同；但要领会康拉德的"形式"，我们便要仔细察看一下他面对生活而做的一个相关评价的过程：人靠什么生存？能靠什么生存？——这些便是激发他主题的问题。他的谋篇布局致力于具体展现一组具有代表性的极端立场态度，并把它们组织好，以便揭示出每一种立场相对于人类生活

---

* 事实上，詹姆斯在1914年写就的《新小说》这篇文章里就称赞过《机缘》（见《小说家散论》）。

的整体意义而能有的蕴涵。这里起作用的戏剧化想象,乃是一种高度的道德想象,其活跃生机不可分割地就体现在评价和判断中。《诺斯特罗莫》的结构万象辐辏,每一个"形象"和情境都在其间获得意义,而且那么简洁,以至于这本书,也许比乔治·艾略特的任何一部小说(《织工马南》除外,它有点童话的味道,而且无论怎么说,都是一部次要作品),都更有理由被称作"道德化的寓言"呢。

那么,就道德关怀与艺术的关系这个问题而论,康拉德与乔治·艾略特之间有什么不同呢?(当然,他们的感受力不同,但这与本题无关。)在此,我最好把上面引了一部分的詹姆斯的那段话完整地列出来:

> 虽然如此,即便在初读《高老头》后随便划拉的一笔里也许**未曾**说出的话,也明明白白地显出了意味。它昭示了这位作者对于小说所持的一般态度。小说,在她看来,主要还不是可以从其形式中获取重大意义的生活画面,而是一个道德化的寓言,是一种努力示范喻人的哲学的最新发明。

——找出在说教性上的差异,并不能使我们对问题有非常深入的了解;把一件艺术品称为说教也不大切题,除非是有贬损之意。那样的话,我们就是在说作家有意传达一种立场,但这意图尚未充分地超越意图本身;换言之,还没有证明自身是形象具体、不言而喻并**展现**自身道德意义的艺术。然而,不论我们可以怎样批评乔治·艾略特的薄弱之处,谁也没打算就以那种全盘性的指责来论定她。我们所关心的是她的伟大之处。

詹姆斯提到一种"努力示范喻人的哲学",也许,这意味着,我们想要的线索可在那种"哲学"里面找得到？从语境来看，詹姆斯为要说明她的特性，确有强调艾略特思想活跃而且耐于抽象思维的意思——他在别处说她"大脑从不懈怠"。然而事实上，就其思维发达而成为其艺术之长而言，要我们看出这一点如何就构成了她与康拉德之间的根本区别，却也不是一件容易的事。她懂得的哲学并不比康拉德懂得的多；而另一方面，康拉德，就其作品来看，明显是个大智大慧而且思想成癖之人，其笔下的"生活画面"体现了大量反思性的分析和对于基本原则的长久思考。

然而，可以明显不诬地说，康拉德是个更加完全的艺术家。这并不是说他在文学创作之外没有什么逸致雅趣——没有做过什么翻译斯特劳斯、斯宾诺莎和费尔巴哈以及编辑《威斯敏斯特评论》之类的事，而是说他把提起的关怀更加彻底地化入了创作的作品中。有两件事无疑是相互关联着的，即康拉德是小说家兼海员，而非小说家兼中产阶级的高等知识分子，这一点对他在艺术上获得一种完整性（读者会注意到措辞的改变包含着要旨的某种变化，但我以为这种变化也是正当合理的）是有影响的，而乔治·艾略特缺的就是完整性。但我们不能据此就说，艾略特的问题即在于她的小说包含了未被吸收的知识成分——比如，未被她的艺术创作加以消化的一团团、一块块生硬或干巴巴的抽象思维。恰恰相反，读者不难体察到的那个有极大影响的特征，乃是完全不同于生硬或干巴巴的东西。我们注意到那是一种情绪特征；我们感觉它是作者个人需求的直接（有时是令人难堪的）显现。我们知道，康拉德当年也曾身心艰难过，这在他的作品里随处可见。然而，在他的任何一部优秀小说里，我们都是从一个超越个人意味的复杂整体中感受到那份艰难的。当然，我们不可能简单地说，艾略特的情形正相反：她是小说大家，而且在艺术创作上自有独到非凡的建树。这也不单单是要在她的作品里分辨好坏的问题。发挥极佳时,她不乏天才那超越个人意味的手笔;但在她理所当然为人欣赏的典型作品里,我们常常能感到,那份敏感性是与她的弱点密切关联的。

这即是说,批评家在评价她时,面前还有一份甄别工作要做。我在本章开篇叙述坊间的普遍看法,要说的就是这层意思。我作比较的目的是为表明,实际须做的甄别将要遵循的与一般所想是颇为不同的。

再与简·奥斯丁作个比较,结论也是一样。奥斯丁之不同于艾略特,并不在她没有热切的道德关怀,虽然流行时尚往往有此意味。她的艺术活力也是源于对道德问题的关注,而这种关注,在个人需求的压力下,还变得细腻而又强烈了。至于说到两人间的根本差别(且不说体现在需求的本质和关怀广度上的不同),是不是可以与这样一件事挂上钩,即奥斯丁虽然毋庸置疑是个聪慧非常之人,却一点不敢声称拥有乔治·艾略特般的大智大慧,从而可以保持一种专业知识分子的生活呢?也许吧;但这位知识作家身上再次触动我们的,仍是一种情绪特征,而奥斯丁那里就完全没有与此相当的东西。这不单单是由于主题和关怀的不同所致——所谓乔治·艾略特描写的是(比方说)陷于极度痛苦中的良心和宗教需求,而简·奥斯丁则不然。这本也可以说是个差别,但在乔治·艾略特的作品里,它实际却是与另一种东西连在一起的,即作者表现出的要直现其身的倾向,而我们则只能斥之为败笔。

但这是后话先说了。

关于乔治·艾略特,一般所做的那个笼统的分辨比较简单。亨利·詹姆斯的说法,虽然就我所见,最为精辟,但却有前后不一的毛病。他说*（不过，他的归纳由于不足以充分展现他的洞察力，因而其所处的语境已对之构成了批评之势）：

> 在她那里，我们总感觉她是从抽象走到具体，她的人物形象和情境的确是从她的道德意识演化而来的；而且只能间接地说，是观察的产物。

按照普遍接受的观点，这段话向我们揭示的是艾略特的一半——那不能令人满意的一半。依照此说，伟大的乔治·艾略特是个写回忆的小说家：她取材于对童年和少年时代的记忆，描绘个人经历之酸甜苦辣，以柔美之笔，向我们展现她年少时代的英格兰，以及当时仍然存活于家庭传统中的已往岁月的英格兰。这个乔治·艾略特是伟大的。《教区生活场景》《亚当·比德》《弗罗斯河上的磨坊》以及《织工马南》都是她的杰作。这些书耗尽了她的素材，于是，为继续操持小说家之业，她只好把自己的另一半拿来一用——事实上，是把小说交到了学人的手中。她误入歧途，走上了虚构和重建历史之路，《罗慕拉》就是这样一次劳思费神的辛苦之作（无人会对这个判断持有异议）。《费利克斯·霍尔特》和《丹尼尔·狄隆达》表现出来的，也是出色的学人而非优秀的小说家；其间，艾略特"从抽象走到具体"，"她的人物形象和情境的确是从她的道德意识演化而来的"；它们"费尽了作者的心血又有大量的理据，然而……"——亨利·詹姆斯的说法清楚地传达了为人普遍接受的观点。

应该立即说明的是，这并不是詹姆斯的观点（比如，对于《丹

---

* 见《不完整的画像》，第51页。

尼尔·狄隆达》，他就始终坚持要作区分）。虽然如此，他还是向我们极好地表达了长期以来一直流行的对艾略特发展历程的看法；而在下面这段文字里，他确实也表达了对所谓学人在艾略特的后期小说里占据上风这种观点的支持之意：

> 实际的情形是，艾略特的卓越天赋从一开始便为洞察力和思辨所分割；但随着时间的推移，后者缘机而扩展，侵害了前者——其中一个机缘明显就是乔治·亨利·刘易斯[6]的影响。

而当詹姆斯在关于《丹尼尔·狄隆达》的"谈话"*里，让康斯坦梯斯说出下面这样一段话时，我们感到他是无意要拉开自己与他的距离的：

> 她给我的印象是，她对普遍关心的事无疑有一种天生的兴趣，但她所处的时代和生活的圈子，却驱使她在里面投入了过分的关注。我并没有觉得她天生是个批评家，更没有觉得她天生是个怀疑家，她天然的职责应该是观察生活、感受生活——极其深刻地感受它。凝视、同情和信念——类似这样的东西，我应该说，才是她的天然尺度。

---

[6] G. H. 刘易斯（George Henry Lewes，1817—1878），一个兴趣广泛的作家，但主要因与艾略特的特殊关系而青史留名。刘易斯虽有妻室，却形同离异，后与艾略特相识相爱而同居，虽无名分，却形同夫妻，直至去世。也正是在刘易斯的鼓励下，艾略特才开始了小说创作的历程。刘易斯的《歌德传》是他最有价值的一部作品。
* 见本书附录第329页。

无论如何,这道出了看上去仍然是对乔治·艾略特的传统习见。

　　读者大概已经注意到,我在上面落下了《米德尔马契》。他们大概还会说,这本继《罗慕拉》和《费利克斯·霍尔特》之后推出的小说,代表的完全不是向那"天然自发"阶段的回复,然而至少20年来,《米德尔马契》一直非常普遍地被推为英语小说里的鸿篇巨制之一。这话说得不错。弗吉尼亚·吴尔夫就充分表达了她那个时代的文人雅士对之所抱的欢迎态度。她在《普通读者》(第一集)中写道:

> 　　不是说她的创造力萎缩了,因为,在我看来,成熟的《米德尔马契》正反映了她的鼎盛状态。英语小说中,写给成年人看的可谓屈指可数,而这部皇皇巨著,虽有种种瑕疵,却在那屈指可数的几本之列。

吴尔夫夫人谈论乔治·艾略特的文章是典型而又令人不很满意的,但我们必须承认,这一论断却体现了她作为批评家的高明之处。毫无疑问,传统上对于《米德尔马契》的认可与此是有很大关系的。

　　这种论断隐含着一个全面的观点修正,但吴尔夫夫人却完全没有要正经去做的意思。于是,对乔治·艾略特全部作品的领会,便没有被放在一个审慎评价的基础之上并归纳出一个连贯一致的看法。因为,假如你对《米德尔马契》的评价如此之高,那么,为立论一致起见,你对早期那些东西的赞扬,就得比代代相传的习见所认可的更有保留才行。事实上,难道不是得降低一些它们的价值吗?在引自吴尔夫夫人的那句话里,关键词是"成熟"。而她那位杰出的父亲[7]（他在《英国文人》系列传记里写的关于乔治·艾略特的书也有其独到之处）则认为，艾略特在《弗罗斯河上的磨坊》之后的发展带来的是"魅力不再"——他这样说，实际就给早期作品提供了一个关键词，以解释它们何以受人欢迎。不怕显得古板，我们可以说，人们往往爱把魅力看得过高。当取魅力而舍成熟时，魅力必定是被抬过了头的。

《教区生活场景》里有魅力：那是透过对童年的联想而看过去的朦胧馥郁的往昔。但这第一本书所以值得关注，乃是由于它预示了一个伟大的小说家，而这一点往往却是与笨拙而非魅力连在一起的：

> 表层心理学往往援引惯例公式，想当然地对个体下判断，也不做深入考察，就给人分门别类地贴上标签——对于满脑都是这种心理学知识的人，福音派牧师的举动，也许看上去就与旁人要做的完全没什么两样了——实施的目标不仅与其理论——一种小利己主义而已——相一致，而且与其感情上的大利己主义也是一致的。一个人在把遭遇的反对视为迫害时，那反对在他便可能是件很美的事了……

假如说这样的文字很多，那么与它相连，而且紧密相连的，则是生

---

[7] 即莱斯利·斯蒂芬爵士（Sir Leslie Stephen，1832—1904），英国学者，主要作品有《图书馆里的时光》《18世纪英国思想史》《18世纪英国的文学和社会》以及为"英国文人"系列丛书撰写的多部传记，并曾担任《康西尔杂志》（*The Cornhill Magazine*，1871—1882）和《国家传记词典》的主编。斯蒂芬生前是很有影响的著名知识分子，梅瑞狄斯的小说《利己主义者》里那个贫穷而真诚的青年学者维农·惠特福德就是以斯蒂芬为原型的；弗吉尼亚·吴尔夫在《到灯塔去》里写的兰姆西教授身上也有他的影子。

动的人物描述，由敏锐而富于想象的观察而来的风趣和幽默，以及鲜活泼辣的对话。观察者不仅态度严肃，而且极富智慧；她毋庸置疑是有头脑的——有一个被知识熏陶和武装了的头脑。对于这个创造性的作家，这个未来的小说家，其优势就体现在典型的心理分析和与此密切相关的社会关怀上——她在这两方面，都是引人注目的独创者。不过这里，在起步阶段，她对自己的艺术家身份尚无把握。她的故事是直接取自生活的：她没有虚构——她对手中艺术的理解还没达到要促使她去虚构的程度。

乔治·艾略特没有再去习艺练笔（我们可以不失公允地说，《教区生活场景》的大部分都是练笔）；《亚当·比德》无疑堪称一部大众经典——只要今天还有这种经典，它就仍然还是。在此我也完全不必把它的诱人之处拿出来赏析一番：它们既货真价实，又明明白白，在批评家那里已有了充分的肯定。在我看来，现在摆在批评面前的倒是一件吃力不讨好的事，即问问这样一个问题：《亚当·比德》作为经典，固然有其传世的价值（英国经典小说里，它在最受读者欢迎的作品之列），但这广受欢迎中所隐含的评价，是否就没有反映出一点过誉的成分呢？也许这样说可以把意思表白清楚，即这本书汇总了一条条可以指名道姓的诱人之处，却做得太过，以致难列伟大小说之间——它太容易被分解成一个个兴味关怀，让我们看见作者是从何处入手的了。其中一个主要的兴味显然是在博伊瑟夫人身上，也表现在对围绕博伊瑟夫人的厨房而展开的乡村生活（按艾略特对童年的回忆）所作的那种令人陶醉的描绘上。人们对它的种种赞叹，它自是当之无愧的。而这里就是我们该说这样一番话的时刻了，即与乔治·艾略特并列比较，乃是一个检验的标准，可以最终把那个"莎士比亚式的"哈代给打发掉；因为，这个形容词即便要用，也是在形容充满丰厚创造力的艺术时显得得体得多，而这种艺术似乎又是真正从生活里汲取活力并且无一丝莎士比亚化迹象的。乔治·艾略特笔下的乡村生活就真实而可信，哪怕在非常迷人的时候也是如此（而且，她也并非总对乡村生活作迷人化的处理呢）。

乔治·艾略特下笔所带的另一个主要的兴味是狄娜，是对她信奉循道宗教的婶子所作的理想化的回忆。狄娜这个形象可不易塑造，算是相当成功的了；但在把她同这本书的整个意义联系起来加以评估的时候，我们又不得不说这种成功是由——这里强调的是这个词的限定性内涵——"魅力"决定的，这股魅力笼罩着她生活于其中并从属于其间的那个世界，同样也笼罩在她的身上。她是像亚当一样的理想化人物，彼此相协相当。我们知道，亚当是对作者父亲的纪念，但他也是理想工匠的形象，体现着劳动的尊严。亚当也是成功的，然而，试把他同乔治·艾略特对其父亲的另一个纪念——《米德尔马契》中与他的环境相协一致的凯莱布·高思作个比较，那么，当我们说《亚当·比德》里的理想化成分使批评家有义务给予限定性的评价时，其含义，我想，也就变得明显了。

博伊瑟夫人、狄娜以及亚当——这三人代表的是乔治·艾略特想在小说里发挥的种种兴味和关怀。但要拿他们作出一部小说，她还得找来点儿别的什么。狄娜这个主题需要监狱场景，故而就得有个爱情故事和诱惑来搭配。乔治·艾略特以令人信服的技巧把它们都编进了她的既定素材中。阿瑟·多尼桑与海蒂·索雷尔之间的感情纠葛——最初是漫不经心的自我放纵，继而不断向诱惑低头，最终是无情的报应——涉及的乃是一个为艾略特最喜欢的道德—心理主题，而且她的处理方式是很个人化的。然而——有谁还想把书中的那一大部分再读一遍吗？再读能有收获吗？我们有一种感觉，即作为维多利亚时代的小说——一种打发时间的方式，爱情故事固有其必须给予承认的功勋,但以我们捧读一位小说大家所抱的期望而论,它却没有给我们一点儿与所花费的阅读时间相当相称的东西(即便我们把大量的泛泛沉思统统砍去)——我们对《亚当·比德》里那个爱情故事所抱的兴趣不正坐实了这种感觉吗?作者在素材间所达致的统一,虽然就自身而论,也还令人满意,但整体统观,她那更加深刻的体验却没有形成任何压强去推动一个必然的发展;结果,我们并没有感到想要怎么热烈地去讨论她接受刘易斯的建议对不对;去讨论狄娜是否**本来**真会成为亚当·比德夫人。我们对小说的兴趣还没有强烈到要去论证这桩姻缘是否可信的程度;压根儿就没有什么必然性遭冒犯的感觉。亨利·詹姆斯的这番评说在我看来是有道理的:

> 在《织工马南》里,在《亚当·比德》里,本真特色上面似乎抹了一层秋日阴霾般的沉思、一种午后光景般的冥想,写真的棱角轮廓因而被抚平了。我很怀疑,作者本人对,比如,狄娜·莫里斯与亚当的姻缘,或海蒂在最后一刻被从断头台上救下,是否有个清晰的想法。个中原因也许真的就在于她的感受是对自然而远非对艺术的感受,而这些事件特例又是在自然(至少我感觉的自然)范围之外的。我的意思并不是说它们属于一个做得非常恰当的艺术;相反,我是把它们当作艺术性薄弱的表现而列举出来的。一个故事理所当然必须有谈婚论嫁之事,必须有紧要关头的救难脱险——它们就是这种观点的极好例证。

詹姆斯在这里点出了魅力与他所谓的"艺术"之关系。当然,它们不是一回事;然而我称之为"魅力"并说成是理想化成分的东西,意味的却是把更加深重的责任搁置起来,以便我们可以处之泰然地在同一本书中,既看到詹姆斯所说的"艺术"——那种从习规俗套里获致信心而被隐约呈现的东西,又能读到像海蒂·索雷尔四处漂泊那样着实感人的事。在此,我要后话先说,表明这样一个观点,即在《弗罗斯河上的磨坊》里的斯蒂芬·盖司特所激起的众怒公愤,根本就与"艺术"无关,而完全是另一种东西;它很有意思,也意味深长。

相关的一点是,如果《亚当·比德》(以及按詹姆斯所说,《织工马南》)里充斥的是"魅力",那么我们在《弗罗斯河上的磨坊》里发现的东西就该用另一个词来称谓了。我们在自传部分看到了一个孩子清新率真的目光和想象,那是与回忆的"午后的光景"截然不同的东西。这种重新捕获的早年目光,眉目清晰又"意蕴"丰富,在我看来,无疑是令人陶醉的;而它也并未做理想化的描绘,或在伤感柔情的阴霾下变软变弱(且它与"艺术"是无法搭配的)。我们看到的不是博伊瑟夫人和她的背景,而是叔伯婶娘们。假如我们问一下这群人里是否会有狄娜那样的人物,那么这种变化的意义也就明明白白了。还会有亚当那样的人物吗?他们俩可都是另一个世界的人。

事实上,葛莱格一家、普力特一家以及道森一族,与博伊瑟夫人家厨房的常客们并无关联;与他们接近的乃是聚集在斯通庄园等待彼得·费瑟斯通上天的一帮人。作者以具有非凡创造力而令人信服的逼真手法,再现了麦琪那高度纯真的目光;而这种再现又吸纳了与创造天赋相伴相随的智性,从而也透出了智性的气息,于是整个效果生动有力,成就了充满领悟的作品,这一点是再清楚不过的。我所以提出来,是因为我想表达这么一种看法,即在《弗罗斯河上的磨坊》里,虽然尚未见到《米德尔马契》里的那种高度成熟的心智，但创造力在这里的成功发挥，既要归功于情感和回忆的力量，也同样要归功于一种非常敏锐的智性——这一事实，虽然就明摆在那里，却也照样不为习见所看重；而若想弄懂乔治·艾略特的发展，我们则必须对其给予充分的评价。为强调这一点，我要说，小说中对于道森一族的表现具有明显的社会学的意义——不是捎带顺便，而是小说家的才智条件使然。

不过，《弗罗斯河上的磨坊》最引人注目的特征，当然还是那与很强的自传成分连在一起的东西。它给我们的感觉是一种情绪性的调子。我们感到有一种迫切之情、一种激荡之声、一种个人意味的感应共鸣，提醒我们注意到小说里有个直拉拉的作者的身影。小说中写得最好的部分形象生动，鞭辟入里，具有无法抗拒的逼真性，这些自都与作者的直接身影明显相关，既如此，要说这一特征也还带来了批评家们无法忽略的种种负面效应——因为它们转而又同乔治·艾略特在处理题材上表现出来的灾难性的弱点密不可分，也许就是一件棘手的事了。然而实情正是如此：情绪性的特征体现了乔治·艾略特内心的东西，是一种需求或饥渴；它隐隐地陪伴着她的智性，动辄取而代之，主导大局。其实，《弗罗斯河上的磨坊》里公认存在的那些缺陷和不足，要比普遍认定的更有意思一些。

我们都知道，麦琪·塔利弗与年轻的玛丽·安·伊文思[8]根本就是一个人。她有天分，但她降生于其间的环境却不能给予这种天分多大的促进；她极其渴望温情爱意和密切的人际关系；她尤其需要一种情感上的升华、一种宗教热情，可以把日常生活的刻板平庸改头换面，并托起她去献身于某个理想的目标。不过，麦琪·塔利

---

[8] 此即乔治·艾略特真名全称，"乔治·艾略特"是她为掩人耳目而起的男性化的笔名。

弗与玛丽·安·伊文思之间还是有差别的：麦琪是个漂亮的姑娘。起先还是个丑小鸭，后来却变得光彩照人。一个敏感的孩子在那前一个角色里，如何身处麻木不仁的成人之间——小说对此有极其辛辣的描绘：乔治·艾略特只要回忆就成。对于这种由想象丑小鸭变俏天鹅而来的喜悦容光，我们几乎是无须加以分析的；我们可以在相关的每一页里感觉到它，而它也是率真不伪的。然而，这种喜悦却与书中人们普遍认为是些令人扼腕的东西连在了一起；对此我们必须有个认识，这样才能认识到它们的性质和意味，进而看出《弗罗斯河上的磨坊》真正弱在何处。

世人普遍认定，斯蒂芬·盖司特是乔治·艾略特笔下的一个可悲的疏忽。我则以为这个疏忽意味深长，超出了批评一般所想的程度。莱斯利·斯蒂芬有如下一说（《乔治·艾略特》，第104页）：

> 乔治·艾略特自己并不明白，她笔下描绘的斯蒂芬·盖司特，实在只是理发师用的一具帽模。他是艾略特不会描写男性的又一例证。男性作家谁都会知道，引入这样一个人物必定会给读者带来怎样的观感。我们不禁要为麦琪的命运难过叹息起来；她感人至深、动人至极；但至少，我又抑制不住地希望，第三卷的内容要是能被压下去就好了。看到当年《克拉丽莎·哈娄》的读者们恳请理查逊拯救洛夫莱斯的灵魂，我也心生同情之意；现在我在心中呼喊，救救这个迷人的麦琪吧！不要让她因这不相干又不相称的堕落而毁了自己。

对斯蒂芬·盖司特的描绘，毋庸置疑是妇道之心，这一点谁也不会予以否认；但所谓艾略特一般不擅描写男性的说法，不仅在琳琅满目的成功塑造前站不住脚，而且斯蒂芬本人也当之无愧地置身

"其间",从而给这戏剧性的一幕更添了一份说服力。你固然可以对他讨得麦琪的芳心仇恨敌视,可以惊诧乔治·艾略特竟会允许这样的事情发生,但这不应该导致我们去反驳那个显而易见的事实,即仇视惊诧并不真就能否认他的真实性。把他称为"只是理发师用的一具帽模",这是在表达一种评价——一种与乔治·艾略特的评价截然不同的评价。而假如我们自己与艾略特的见解在此也同样有别的话(谁又不是这样呢?),那么,当我们一致认为她的评价令人吃惊时,就必须对这"令人吃惊"一词的含义心存谨慎才行。在莱斯利·斯蒂芬看来,麦琪与斯蒂芬·盖司特的感情纠葛乃是一种"不相干又不相称的堕落"——与什么不相干又与什么不相称呢?

这本书的整个主题,无疑就是"美好心灵"与平庸环境之间的反差对照,是圣灵而充满想象力的天性的苏醒,是为更高天赋的发挥寻找一些空间的需要,不管是朝向宗教神秘主义的,还是面向人间温情爱意的。

——这么一个秀外慧中的姑娘,竟然被写成为一个土鳖纨绔而一倾芳心,实在是糟糕得可以;而当我们再补充说,她还迷恋上了坎普滕的托马斯[9],而且是个冰清玉洁之人时,激起的义愤或难以置信之情(按论争的说法)就更加厉害了。隐忍克己是她的个人历程和日常沉思冥想的主题;可是,当诱惑以斯蒂芬·盖司特先生之身显现时,竟然完全不同了!这是令人难以置信的,或说无法容忍的,超出了我们能够接受的最大限度,因为这种层次上的诱惑,与我们在

---

[9] 坎普滕的托马斯(Thomas à Kempis, 1379—1471),德意志天主教修士,终身从事抄写书稿和辅导新修士的工作,可能是灵修著作《效法基督》的作者;艾略特早年即读此书以为修身养性之用。

麦琪的精神生活里所熟悉的克己主题,不可能有任何关系——这是"不相干又不相称的"。是为斯蒂芬的观点。

实际上,我们在沉思之余应该说,麦琪不敌斯蒂芬的诱惑,根本就不那么令人吃惊;之所以这样说,原因即在麦琪那热情奔放的一面,在她对于理想情感升华的渴望上,这也是我们在小说的前半部看到的东西。麦琪这热情奔放的一面已获普遍认可,而批评之声,在我看来,尤其付之阙如。乔治·艾略特自己——这当然是主要的一点——写出来就尤乏批评之意。然而,确实在什么地方又**存在**着一种不相一致、一种脱节、一种没能把事情归结到恰当关联性上的闲墨败笔;这是乔治·艾略特那里的一个典型而意味深长的败笔。不相一致之处并不在她的两种表现能力之间,即不在对麦琪的渴望与对斯蒂芬·盖司特作为不可抗拒之诱惑的分别表现上,而是在,一方面她能把那些渴望这样来表现;另一方面,她却本是个才智卓绝之人。

对于麦琪的那一部分性格,乔治·艾略特刻画得非常可信;她是由内入手的。我们对此的批评是,她内得太过了。麦琪在情感和精神上的压力,她对崇高的渴望和隐忍克己,自然都把稚嫩身心的诸多特征悉数呈现了出来,其中包括混乱和不够成熟的判断评价;这些都属于人的心智在某个发展阶段中的自然现象,其时,人尚无力做些根本性的分辨甄别,而要有此能力,条件之一就是能够镇定客观,但在这个阶段,这个条件也是无法企及的。乔治·艾略特以一颗温柔同情之心表现了这种稚嫩,对此我们本也无可厚非;然而,对一位小说大家,我们要求的是,也应该要求,更多的东西。"同情和领悟"是人们通常用来赞扬她的话,可是,她没有表现出来的恰是一点真正意义上的领悟二字。领悟稚嫩意味着要把它与成熟的经验联系起来"评定",不管带有怎样微妙的弦外之音。但是,当乔治·艾略特触及麦琪内心世界的这些稚嫩激情时,共鸣之声便径直从这位小说家心里发了出来,排除了一种比麦琪的头脑更加成熟的智性的出现。也正是在这些地方,我们极有可能会含义明确地批评道,在乔治·艾略特对麦琪的表现中,有一种自我美化的成分;而当我们再说,伴随这种自我美化而来的是一份自怜自艾时,那批评的锋芒便自趋尖锐了。乔治·艾略特对自身之稚嫩所抱的态度,一如麦琪这一形象所示,恰也是稚嫩的。

其实,麦琪·塔利弗所体现出来的稚嫩乃是乔治·艾略特从未稳当妥帖地摆脱掉的。凡是出现下面这种调子的地方,也就会有它的身影在;而在它占据上风的地方,艾略特的智性和成熟判断便不起作用了:

> 麦琪穿着棕色的上衣,眼睛红红的,浓密的头发梳到后面去了,她的眼光从她父亲躺着的床上转到这间忧郁的屋子的暗淡墙壁上,这间屋子就是她的小天地的中心,她热烈而迫切地渴望着一切美丽而愉快的事物;她渴求学识;她侧着耳朵,想听到那一去不复返的梦幻似的音乐;她盲目而不自觉地渴求着一样东西,来把这种神秘生活的奇妙印象贯穿在一起,让她的灵魂感觉到是身处其中。*

这种"盲目而无意识的渴望",尽管随着麦琪的成长,也与智识有过种种接触,并由此而获得了一种自觉意识,但它却从未学会理解自身:麦琪对其本质依然想法天真。她完全无法分析出与之相关的

---

* 《弗罗斯河上的磨坊》,第三卷,第五章。[祝庆英、郑淑贞、方乐颜译,上海译文出版社,1999,第298页;本书中引自《磨坊》的段落均采自这一译本,以下仅注章节页码。——译注]

潜能。上面征引的一段出自小说的前半部，在那里我们看到，这种渴望虽然模糊，但在它呈现出来的宗教意味和理想主义的一面里，还没有掺杂进什么从其内心深处翻冒上来而令人不安的东西。可是，且把那一段与下面这一节作个比较看：

> 可怜的麦琪刚从一所人声嘈杂、工作琐碎的三流学校中出来，这些显然是无足轻重的小事，却使她那很容易激动和饥渴的本性产生一种幻想，连她自己也感到莫名其妙。麦琪并不认为斯蒂芬·盖司特先生与众不同，也不是因为他曾经用钦慕的眼光看她而陶醉，而是因为觉得由她从诗歌和传奇中读到的、在梦幻中想象出来的一些模糊混杂的形象构成的世界——爱情、美丽和愉快的世界，隐约地出现了。*

两相比较，我们便想起了上文引自莱斯利·斯蒂芬的一句话，且从中看出了他明显疏漏了的一个提示：

> ［小说的主题］是圣灵而充满想象力的天性的苏醒；是为更高天赋的发挥寻找一些空间的需要，不管是朝向宗教神秘主义的，还是面向人类温情爱意的。

——就第二种选择而言，我们要给"宗教神秘主义"配上一个比莱斯利·斯蒂芬的用语更能传达情感强度的词。如上面两段小说引文共同所示，"更高天赋的发挥"是与对斯蒂芬·盖司特的热恋密切连在一起的。我们不禁要问，这种"更高天赋的发挥"是否能像

---

* 第六卷，第三章。［第448页。——译注］

麦琪和乔治·艾略特所相信的那样,完全是关乎那"更高的"东西呢?——莱斯利·斯蒂芬对此好像未作质疑。

  显然,麦琪甚乏自知之明——这在她原本很自然,但尤为引人注目的是,乔治·艾略特同样亦不甚了了。诚然,麦琪的良心痛苦至极,而且最终为之所攫,不能自拔。但斯蒂芬·盖司特(当然,且不说他经不住诱惑,拜倒在麦琪的面前,从而暴露了道德品质不够坚强)并不与她那圣灵而理想主义的天性相配,这一点,她却全然不知。没有任何迹象在暗示,倘若命运真让他们无知无识地走到一起,她就会发现盖司特本不是个意气相投的理想伴侣。对乔治·艾略特来说,悲剧是有的——良心上的对立。然而,两性相吸的一般性质却被交代得非常清楚:

  然后这个自信心过强的人就小心翼翼地把踏脚凳放好。做这事的可不是个一般的自信心强的人,而是一个特殊的自信心很强的人。他一下子显得既谦虚又焦急,弯着身子,舍不得离开,问她坐在窗户和壁炉中间是不是有风,可不可以替她把针线桌搬动一下,对她这样一个在童年时代就不得不从琐碎的语言中了解人生教训的女人来说,这一切必然使她眼睛里过快地流露出违反本意的温情。*

明明白白的是,乔治·艾略特对斯蒂芬那不可抗拒的魅力亦深有同感——下面这段里的共鸣之声便令人对此毋庸置疑了:

  几个小时以来,麦琪似乎感到她的斗争是徒然的了。几

---

* 第六卷,第七章。[第530页,略有改动。——译注]

个钟头以来，她竭力想唤起别的思想，但是结果都被只等她一句话便会来到她身边的斯蒂芬的形象推开了。她不在**看**这封信；她好像在倾听他在诉说这些话，而他的声音带着以往的奇特力量摇撼着她……然而，那种代替哀愁的欢乐的希望并没有成为巨大的力量使麦琪受到诱惑。那是斯蒂芬的悲惨声调，那是对自己的决定是否公正的怀疑才使她惴惴不安，甚至使她有一次跳了起来，想去拿笔和纸写"来吧！"*

这里除了叫人隐忍克己的道德律令外，不见一点儿暗示说，这种迷恋与麦琪的"更高天赋"间存有任何抵牾之处。在麦琪应该从属于其间的那个"高等"王国里，与隐忍克己积极相对的是崇高的亢奋，它超越了一切冲突和平常乏味，是伴随着一种不可抗拒的理想化的自我奉献精神而来的。意味深长的是，描写这样一种无论是渴望的还是已然达致的崇高境界的段落——乔治·艾略特的作品里颇有一些——与下面这段（出自"顺流而下"一章，名字就起得耐人寻味），在声调和情感上，都有着一种密切的联系。

  于是他们就去了。麦琪只觉得有人领她穿过玫瑰盛开的花园，小心地用力扶她上了船，把垫子放好，让她搁脚，再在她脚上盖上斗篷还替她撑开阳伞（她自己却忘了）——一切都由这个强有力的人来代办，好像她没有任何主张地给带走了，就像强烈的补药突然产生了令人兴奋的力量，造就了另一个自我一样，除此以外她什么都感觉不到。**

---

*　第七卷，第五章。[第645页至646页。——译注]
**　第六卷，第八章。[第585页。——译注]

第二章　乔治·艾略特

——乔治·艾略特凭想象之力分享了高尚的热诚和自我奉献精神,从而获得了一份满足感;然而,假如她突然获得了她在这些地方所缺乏的那种分析能力,那么联想到这种满足所代表的那些成分,她是会为此而感到惊诧的。

刚刚所引的这一段说的是麦琪与斯蒂芬开始了远足,其间麦琪的内心冲突暂时为机缘、潮水和溪流所左右。已经有人指出,乔治·艾略特喜欢拿船、河水以及机缘派作这种用场。但是区别还是有的。麦琪被内心的冲突搞得筋疲力竭,最终听命而为,独自与斯蒂芬上船,继而木然怠惰,一任小船载她顺流而下直至不可收拾的境地,其举手投足仿佛丧失了抉择力,纯属被动而为——所有这些描写都是可圈可点的。**这一点体现了作者的洞察力和领悟力,是要**给我们分析葛温德琳·哈雷斯为何接受格朗古的那位心理学家之所为。然而《弗罗斯河上的磨坊》的结尾却属于另一种艺术。有些人或许把它归在亨利·詹姆斯所说的"艺术"门类下;而且这种"戏剧化的"结局,无疑正对维多利亚时代小说读者的口味。但对于批评家来说,它却有着超越于此的意味:乔治·艾略特完全在感情上陷了进去。"在感情上"这个限定语所以必要,是因为我们要强调的是这样一种批评,即如果艾略特曾充分运用其成熟的头脑,对自己有个彻底了解的话,那么,某种极似我们都非常熟悉的白日梦般幻想的东西,本是不会硬让这位小说家拿来当作合理结局的。泛滥的河水并无什么象征或隐喻的意义。它只是梦想中的一桩完美事件,给了我们展示梦想中的英勇行为的机会,这种行为将向一个苛刻不公的世界证明我们的价值,带来情感上的满足,令(他人)改变立场,并拉上悲惨壮烈的幕布。这并不是说其间的感伤情怀无遮无掩得令人难堪,而是说那种结局不是伟大艺术的结局法,其意味我已说过,即暴露了一种不成熟。

《织工马南》是一本迷人的小杰作，其成功之处就在于书中看不到与个人直接相关的东西，这是迷人化的回忆性的再创作的成就：《织工马南》在结结实实中，有一点童话的味道。之所以说其"结实"，是因为这则道德寓言是以现实世界的语言表现出来的。但这个世界，虽然是透过成人经验的目光再现而来，却是童年和青春的世界——彼时彼刻所直接认识的那个世界，还有与此几乎难以分割的从逸闻趣事和炉边故事这种形式的家庭忆旧中得来的那个世界。迷人化的成人忆旧之调与重新捕捉到的传统之息交汇融合，构成了《织工马南》的氛围；也正是这个氛围决定了道德意图的成功表现。我们是非常严肃地对待这个意图的，或确切些说，我们被一个得以具体表现出来的道德意义深深打动了；整个故事都是在一个深刻而根本的道德想象里构想出来的。然而，小说的氛围却排除了与我们现行的可能性标准——即我们对于事情如何发生的寻常观念——发生太过直接的关系，于是，对于莱斯利·斯蒂芬在评论《织工马南》的道德寓言特征时所说的话，我们便有了一个回答。斯蒂芬说：

> 这个想象中的事件——一个被枉曲和孤绝逼到疯狂边缘的天性的道德复苏——读来也许让人觉得是好看而不太可能的事。至少，假如有人不得不甩掉一个弃儿，那么一个明智的慈善家，是不会试着把婴儿扔在一个独居隐士的小屋旁，去指望他会把孩子抚养好并使自己获得新生的。

当然，莱斯利·斯蒂芬真正关心的是作出一个限定性的评价，这在他说出下面这样一句话时，其实就已经作出了：

> 然而事实上，按整个故事的构思来说，一个欢快的结尾是自然而和谐的。

我们倒没有觉得故事有什么虚假之处；其魅力取决于我们能够相信它的道德真实性。不过，在我们表达满意之情的描述里，"魅力"仍是个意味深长的词。

另有一部杰出的小说是人们自然要归在"道德寓言"名目下的：狄更斯的《艰难时世》；我们在此引来作个参照比较，或许就能把那限定性评价的要旨揭示出来。这部伟大作品具有高度的真实性，其间没有一点童话的成分，以至于完全排除了欢快之气；读者所能获得的满意取决于一种与魅力没有什么关系的道德意蕴。但是，这种比较当然是不公平的*：《艰难时世》的主题大而复杂，牵涉到作者对当时文明现状的极其深刻的回应，而《织工马南》则本分地意识到了自己的小模小样。

我们可以拿过莱斯利·斯蒂芬的说法以弥补这种不公。斯蒂芬指出，"《织工马南》……在英国文学里几乎无出其右者，除非是哈代先生的乡村小说，即《远离尘嚣》和其他几部早期作品"。实际上，这种比较，对乔治·艾略特是（极为）有利而对哈代却是有损其令誉的事，何以如此，我们在前面已有说明。对于人们给予在彩虹客栈里谈话那一幕的赞扬，乔治·艾略特自是当之无愧的：一个女人，竟然能够如此令人信服地表现一个完全属于男性的**天地**，这

---

* 我现在认为对于《织工马南》，我还是有失公允，而且一味强调"小模小样"和"童话"特征也是不恰当的。如果公平地作个比较，我们必定会看到，《织工马南》对比《艰难时世》尚有一些我未提出来的优点（见下文第325页）：明显的一点是乔治·艾略特对宗教的处理，以及她敏锐地看到了新教在工业文明早期所扮演的关键性的角色。（《绿荫树下》可以作为比较中的第三项，提供一些富有启发意义的参照。）——F. R. 利维斯［1959］

的确不同凡响。《弗罗斯河上的磨坊》里有一个鲍博·亚金,非常明显地是个女性产物,令人难堪。而当我们想起这一可怜的形象时,乔治·艾略特在《织工马南》里的这番表现便更加非同凡响了。

乔治·艾略特的创作生活的第一阶段以《织工马南》收尾。她发现倘若她要继续做个小说家,就必须是非常不同的一个。她在《罗慕拉》里第一次去作必要的创新尝试,这部作品本来完全可能证明这样一个信念,即她的创作生命已经结束了。

从《罗慕拉》到《米德尔马契》

假如我们犹豫不敢断定乔治·艾略特在《罗慕拉》里"是从抽象走向具体",那是因为"走向"也许有"达致"的意味。关于这个虚构与重建的墓碑,亨利·詹姆斯说道:"乔治·艾略特的小说里,就数这一本是从她的道德意识——一种为车载斗量的文学研究所环绕的道德意识——演变而来的。"那些"人物形象和情境"确实"费尽了作者的心血且有大量的支撑",也表现了这位小说家的典型关怀,但它们却没能脱出泛泛兴趣的状态:它们还没有一点儿真实而棱角分明的形象。铁托·梅利马从一个只是有些不够正当无私之人,变成了一个危害极大的十足的恶棍,这一形象阐明的是最为作者所喜爱的道德和心理主题,但他也仍然还是个经想象、思索又费力详加说明的图解,从来就没有变成什么像先于意识的实在这种可以体现主题并予以活生生再现的东西。萨沃那洛拉[10]这个人物

---

[10] 萨沃那洛拉(Girolamo Savonarola,1452—1498),意大利宗教政治活动家,多明我会宣教士,反抗美第奇暴政,抨击罗马教廷腐败,谴责人文主义文化违背基督教义,在佛罗伦萨推动建立民主共和制,后被逐出教会,以异教徒罪名被处死。乔治·艾略特在《罗慕拉》里对他作了细致的刻画。

的情况也与之相仿，而且更糟。莱斯利·斯蒂芬从中引了一段佶屈聱牙的分析文字（《乔治·艾略特》，第134页）加以评说，公道地指出了艾略特的败笔：

> 这种几乎是德语式的连环套句，不仅把明显的事实表达得软弱无力，而且也把萨沃那洛拉本人推得离读者远远的。我们不是在听一个哈姆雷特的述说，而是在听一位卓有见地的批评家分析是什么样的心智勾起了"生存还是毁灭"这个问题。

——也就是说没有具体可感的形象，取而代之的是分析。

莱斯利·斯蒂芬对罗慕拉本人倒是多一份好感——确实评价甚高。诚然，她所体现的不是一个发达的大脑未能将分析催化成创作；她是一个触摸得到的情感形象：事实上，罗慕拉是另一个理想化了的乔治·艾略特——比麦琪·塔利弗这个形象少一分真实而多一分理想。她高贵美丽而不怒自威，却也融会了乔治·艾略特的智识、无拘无束的个性、天生的虔诚以及对于高尚情感的渴望。

> 让那无私的感情烈焰永不熄灭，从而使伤心的生活仍然可以成为跳动着爱的生活……这就是罗慕拉当时面临的迫切问题。

——把"罗慕拉"换成"麦琪"，这段话本可以变成《弗罗斯河上的磨坊》所发出的明显带有自传意味的调子。而在下面这段文字里，我们所感觉到的正是斯特劳斯[11]那位充满渴望之情的译者的直接身影：

>　　罗慕拉跪倒在地，把脸埋在圣坛的台阶上；原先唯一有力量让她觉得生活还有价值的那股热情，好像无可逃脱地与妄想和任性的闭眼不见搅在了一起。此刻的她正陷在这令人恶心的分分秒秒之中。

而当我们读到"对身边最近之人的温柔同情也有其危险，往往会对更大的目标心生胆怯，产生怀疑，但生活缺了这些目标便无法升入宗教"时，我们知道，我们这是在直接触及19世纪知识分子——与穆勒、马修·阿诺德以及孔德同时代的知识分子的"迫切问题"。于是，当我们继续下去，读到如下这么一段文字时，便几乎禁不住要刨根问底，猜测所指何人了：

>　　你原本深深热爱并敬重的同胞，现在让你丧失了信念，知道这种幻灭厉害的人，谁也不会轻巧地说由此而来的震颤不会撼动对于上帝的信仰。人的高尚寄托丧失了，生活的尊严也就丧失了：我们不再相信自己身上那更好的本性，因为普遍的天性在我们的思想中已然贬值，它也是其中的一部分，而且灵魂深处那更加美好的冲动全都削弱了。

---

[11] 斯特劳斯（David Friedrich Strauss，1808—1874），德国基督教神学家、圣经批评家，著《耶稣传》，对福音书中有关耶稣生平的描述进行严格的历史分析，认为耶稣的故事是神话而非历史事实。乔治·艾略特曾研习此书，并将其译成英语（这是她发表的第一部作品），由此也坚定了她与基督教的决裂。

——是约翰·查普曼博士吗？[12]我们问。

当然，答案是无关紧要的。我们必须要说的一点是，存在于女主人公与作者之间的这种紧密关系，无论在这里还是在乔治·艾略特的其他地方，都同样不是一个长处。事实上，罗慕拉没有一点儿麦琪·塔利弗身上的真实性，却把《弗罗斯河上的磨坊》里那与麦琪相连而令我们难堪别扭的弱点带了过来。

刚刚所引的这一段是小说中一节的开头，其间，罗慕拉躺在一只空船上，任风吹拂，随潮漂荡——"在所有的动机都受到挫伤后，撇下抉择的负担，于沉睡中听任命运的摆弄，或是撞上死亡，或是遇见可以激起她新生命的一些新的迫切需要"。她躺在滑动的船里问自己，"她找到过什么与她的童年梦想相像的东西吗？没有"。然而，她现在却要在可疑的现实中找出某种东西，找出与她少女时代的梦想相似而令人难堪的东西。她漂上岸，来到了瘟疫肆虐的村庄，于是一个施惠于人的圣母马利亚——"身披光环照料病人的圣母"——成了村民眼中的奇迹。对她来说，这也是个奇迹，燃起了她"无私奉献的激情之火"，把她从那"迫切的问题"中解救了出来，这是凭空而来的天赐的良机。

很少有人会想把《罗慕拉》再读一遍，也很少有人能够不呻不吟就把它一遍读下来。毫无疑问，这是一部天分极高的才智之作，但那才智却用错了地方。乔治·艾略特死后，舆论骤变，贬低其作之声成一时之风，对此要负责的就是这部小说。

然而，《罗慕拉》却通常出现在廉价再版书的单子上，而且折

---

[12] 约翰·查普曼（John Chapman，1821—1894），出版商和编辑，出版过艾略特的译著，后买下《威斯敏斯特评论》，挂名主编，实际由助理艾略特操办。查普曼是当时伦敦文学界的一位闻人，也是一个英俊潇洒的花花公子；艾略特曾一度为之倾倒，却不料陷入了他老妻和情人的围攻之中。

腾过它的读者，可能要比摸过《费利克斯·霍尔特》的读者多出许多。《费利克斯·霍尔特》把我们带回了英格兰。在写这部作品的过程中，乔治·艾略特确实查看了1830年前后的《泰晤士报》，不过这里并没有什么庞大而累人的重建历史的工作。她必须要做却令她最觉厌恶的苦差乃是精心设计情节——这件差事（我们今天觉得）可与描绘萨沃那洛拉时代的佛罗伦萨生活相比，其用力之不当，即便不是同样地劳神伤命，也差不多是同样有悖常理的。那十足维多利亚时代的情节纠葛，依据的是限嗣继承法的一些神秘奥妙之处，（由于采纳了实证主义者弗雷德里克·哈里森这位朋友的专业建议）两相符合到了令人痛苦的地步，而且它们要求读者保持高度紧张的注意力，而如果还是乔治·艾略特的爱好者的话，他是不会愿意这么做的。

这种从"抽象"出发而未能将其变成可信感知的"道德意识"，具有很重的"沉思的"分量，明显表现出这一点的地方，就是由这本书的名字所代表的主题。费利克斯·霍尔特是理想的劳动者。他虽然受过教育，却依然完全忠于他的阶级（依然举止粗鲁，不修边幅），并献身于改善其处境的事业之中。然而，他虽有意积极参与政治，却无法赞成任何有组织的政治妥协行为。他公开谴责自由党激进派的竞选经理人依循旧规争夺选区的做法。唯有理性地诉诸纯粹的原则，才是可取的行为；沿袭已久的党派斗争法，虽被说成是政党取得成功的现实必行之事而得到维护，实际却是对人民事业的侮辱与背叛，因而一定不能染指其间。费利克斯言行如一，高尚而勇敢，是完全为其创造者所肯定的人物。在对这些虚构幻想的表现中，乔治·艾略特表明的是自己对政治、社会以及经济史，对文明的整个复杂走向所抱的一份强烈的兴趣，而且展示了令人钦佩的驾驭事实的能力。这一点似乎证实了人们对知识分子与小说家之关系

一般所抱的不以为然的看法。费利克斯·霍尔特这个激进派是这样说话的:

"哦,是这样的,你的那些戴着戒指、浑身香喷喷的人呐!——我就不愿与他们为伍。你让人拿丝袜勒住自己的脖子,他就会有新的要求和新的动机了。变态大概是从他的喉头开始的,还会继续下去,直到先改了他的嗜好,再改了他的思维,因为他的思维随他的嗜好而来,就像一条饿狗的腿总是跟着它的鼻子走一样。我不要你们神职人员的那份文雅派头。那样的话,没准儿我最后就会从穷人手上刮来油腻腻的便士,替自己买件漂亮的外套,再海吃一顿呢,还说这是在为穷人服务。我宁肯做培利[13]养的肥鸽也不愿做个摇唇鼓舌、骗吃骗喝的煽动家,不过"——费利克斯说到这儿,声音变了一点儿——"如果可行的话,我倒很愿意做另一种煽动家。"

"这么说,你对当今激烈的政治运动很感兴趣喽?"里昂先生问道,眼睛里明显放光。

"我想是的。谁缺乏这种兴趣,或自己有了兴趣却不努力激发别人的兴趣,我就鄙视谁。"

与一位年轻女士首次见面时,他这样对人道:

"哦,你们那些讲究法——我知道它们是些什么东西,"费利克斯一如既往,情绪激动地说,"全是你们虚伪做作的那

---

[13] 培利(William Paley,1743—1805),英国神学家、功利主义哲学家,著《论道德和政治哲学原理》,攻击私有财产,将人的贪婪与一群鸽子的行为作类比,因而得一绰号:"鸽子培利"。《自然神学》是他的另一部名著。

一套。'腐烂'也许给人带来不快的联想,所以你们觉得最好说'甜腻',或别的什么词儿,反正都离事实远远的,谁也不必去想它。这就是你们那些拐弯抹角的委婉话,直把欺骗打扮得像诚实一样;开枪不用子弹,而是用煮豌豆。我讨厌你们那些说起话来文腔雅调的人。"*

泛泛的意图加上经验欠缺,其结果是不幸而明显的。当我们把亚当·比德与《米德尔马契》里的凯莱布·高思作比时,便看出前者身上非常明显地体现出来的那种理想化的倾向,实在不是一个长处;不过乔治·艾略特对于乡村手艺人还是有直接而深刻的了解的;问题是,在试图表现理想化的城镇工人所体现出来的劳动尊严时,她所依赖的却是不受第一手知识限制的她的"道德意识"。

　　费利克斯·霍尔特的母亲倒是很实在,不过,她的形象虽然不是同样的灾难(当然,她只是个次要人物),却也没有多少更加可信的成分。她似乎不是来于生活而是从狄更斯那里出来的。公理会牧师卢弗斯·里昂大人古怪而有侠义之风,让人想起了清教那英雄辈出的年代(我们猜测是受了司各特的启发);他这个形象令人难以置信又让人讨厌——这样说可是个严厉的批评,因为他的谈话占据了这本书的一大部分。被人视为他女儿的埃丝特,是个漂亮而优雅的小姐,但她这个形象也只有在同作者的其他女性研究,同她对女性魅力的一般描述联系起来时,才显出些趣味来。

---

* 比较一下后来他对埃丝特说的这番话:"'一个脸蛋儿漂亮,'他仍看着她,继续道,'又心灵高尚的女人,她把一个男人对她的热恋与他毕生追求的伟大目标汇聚在了一起。也不知道精密的测量仪哪天能否测出这个漂亮女人身上的力量有多大。'"

然而，小说里有一个成分迄今尚未被触及过。其表现就是，有些地方的对话与费利克斯出现于其中的对话，有着本质上的区别，而且那种分析与《罗慕拉》里的典型分析，也是非常不同的（文笔也很不一样）：

"哈罗德头脑非常敏锐，人很聪敏，"他终于开口道，因为特兰萨姆夫人不说话，"他要是进了议会，肯定会有出色的表现，这一点我毫不怀疑。他对各种事情都看得很准。"

"我一点儿也不舒心。"特兰萨姆夫人说。她一见哲明，心中便起怨恨，但她一般总是小心地压抑着，因为万一她心里的那份屈辱感从自己的行为或话语中流露出来——万一从他的一词半语或神色中反映出来，她是会受不了的；然而她今天的感觉又比平时强烈了些。多少年过去了，他们对两人间的那段往事一直都讳莫如深：在她是因为她记在心里；而在他则是由于他越来越没记忆了。

"我相信他对你没有什么不好的地方。我也知道他的看法让你难过；但我相信在其他一切方面，你都会发现他是个好儿子。"

"那当然啦——就像男人乐意善待女人那样地好法，给她们坐垫和马车，叫她们开心地去过日子，然后指望她们在蔑视和冷落中心满意足。我对他没什么影响——你记住——一点儿也没有。"

哲明扭头朝特兰萨姆夫人的脸上望去：他很久没听到她像要失控似的这么同他说话了。

"他对你的管理有什么不快吗？"

"我的管理！"特兰萨姆夫人怒火中烧，狠狠地回了哲明一眼。她克制住自己,她感到仿佛手里正点燃一把火炬,把自己过去的荒唐事和痛苦都给照亮了。决不与这人争吵——决不把自己对他的看法告诉他,这个决心已经成了她的习惯。她把那份女人的自尊和敏感保护得完好无损:她一生中心里一直颤动着小姑娘家的心愿——让人来吻自己的手,成为男人殷勤追求的对象。于是她又陷入了沉默,浑身颤抖起来。

哲明感到恼火——再没有别的了。特兰萨姆夫人是心有百结,而他这边却了无反应。他这人可不是呆瓜,但在他想表现体贴之意或宽宏大量时,却总是弄得一团糟;他始终企图以自我表扬来达到安慰别人的目的。道德精神上的粗野,就像遗传气味一样,粘在他身上。现在他又弄糟了。

"我亲爱的特兰萨姆夫人,"他以无滋无味的亲切语气说,"你激动了——像是在生我的气。但我觉得,如果你想一想,你就会明白,对我你是没有什么可以埋怨的,除非你要埋怨人生在世的天命。顺境也好,逆境也罢,我一直都是合着你的愿望。如果可以的话,我现在也准备这样去做。"

一言一句说得真让她舒服,就像拿刀刻在她裸露的胳膊上一样。有些男人的亲切和爱抚,要比别人的嘲笑更让人觉得羞愤;但可怜的女人,一旦私下把自己寄托在了一个用情不如己深的男人身上,她就得承受这般羞愤,因为她害怕出现更糟的情况。粗野的亲切至少比粗野的愤怒要强;于是在一切私下的争吵中,天生鲁钝的一方便因其鲁钝而占了上风。特兰萨姆夫人在内心深处知道,她因那些恩恩怨怨而对哲明的做事行径开不了口,但在哲明,它们却成了一个由头,他据此就以为只要情况需要,他的手脚再不干净也无所谓。她知道,由于他这人不老实、自私自利,自己遭受了格外的苦楚。现在哈罗德获得了姗姗来迟的继承权;他回来了,出乎意料地明察秋毫,让人吃惊;他四下里张罗着,当家做主不容置疑,这一切便把他们俩完全推到了一种困难的境地,那是多年来的地产收益含混不清造成的。

从这些文字所表现出来的特征,我们当可清楚地看到,这里所处理的主题是有深刻感受的,是形象鲜明的。这个主题涉及特兰萨姆夫人、其子哈罗德以及家庭律师马修·哲明。它在本质上完全不同于《费利克斯·霍尔特》里的其他任何东西,也不同于乔治·艾略特以前所写的任何东西,而当我们发现它时,我们便终于意识到,亨利·詹姆斯所谓的"感知"与"沉思"之对立的说法是行不通的。因为这里所表现出来的艺术,比乔治·艾略特此前所作的任何东西,都要令人惊讶地更加精湛也更加成熟;如果要问个中缘由,那么答案就在感知上,它之所以这么清晰和深刻有加,乃是因为感知瞄准的是经年累月的深刻经验——被沉思充分过滤因而能够被聚焦瞄准的经验。我们能感知到什么取决于我们拿什么来感知;乔治·艾略特用的是博大精深的智性,它在这里发挥着成熟领悟力的作用。智性在她身上并不总是被情感需要打败;而体现在她(令人敬畏的"大脑从不懈怠")身上的艺术家与知识分子的关系,也并不总是她的智性为其稚嫩服务这么一回事。

特兰萨姆夫人这个主题重新超越了个人意味,我们在其中可以看到艺术家与知识分子的相得益彰。表现这个主题的情感强度,肯定不亚于乔治·艾略特作品里自传意味最强之处的激情,但是,我们在麦琪·塔利弗身上即便是最得当的激情里所感觉到的那种直接个人化的共鸣——小说家本人的直接卷入——在这里却见不到了。"艺术家越完美,他身上那受苦的人与那创作的头脑便分离得越彻底"[14]：乔治·艾略特正是因《费利克斯·霍尔特》里描写特兰萨姆夫人的这一部分，进入了具有独创性的艺术大家之列。我们会注意到，她在这里没有一个可以勾起她去认同的女主人公。特兰萨姆夫人是世家出身，下面这段对她的描述就足以显现她与小说家是怎样地不同了：

> 她整个人透着出身高贵的专横气，若叫一帮闹革命的暴民看见，是会激起他们的仇恨和谩骂的。社会差别在她的身上体现得太过典型了，任何人都不可能漠然不见她这个人：试想一位当之无愧的女皇，手下虽然内讧倾轧，她还得把江山来统；还得不怕撕毁和约，再诚惶诚恐等待敌人的报复入侵；还得再去开疆拓土，临危傲然不惧；还要感受一个女人那永不满足的情感饥渴——特兰萨姆夫人的那份气度，若放在这样一位女皇的身上，也是合适的……年轻时，人都说她聪敏了得，多才多艺；她自己也雄心勃勃，想在才智上出人头地。她悄悄从危险的法国作家里挑些比较轻松的私下来读——于是在人面前，已然能谈论伯克先生的文风，或夏多布里昂的流畅了；她还曾笑话过《抒情歌谣集》，赞美过骚塞先生的《萨拉巴》呢。她一直认为危险的法国作家是邪恶的，她读他们是桩罪孽；可

---

[14] 语出T. S. 艾略特《传统与个人才能》一文。艾略特认为，诗人成熟的标志并不在于如何张扬"个性"（personality），或更加有趣，或有更多的东西要说，而是在于他的头脑成了一个更加精美完善的媒介，种种情感可以自由进入，合成新的东西。为形象说明诗人与诗作的关系——他的"客观诗歌理论"（impersonal theory of poetry）的另一面，艾略特打了一个比方，说诗人的头脑就像一片白金催化剂："它可以部分或完全地作用于人本身的经验；但是，艺术家越完美，他身上那受苦的人与那创作的头脑便分离得越彻底；创作的头脑也会越发完美地消化和转化作为其素材的激情。"

她又觉得许多有罪的东西极合胃口,而许多她不怀疑是真而又善的东西却沉闷又毫无意义。她发现嘲笑《圣经》里的人物读来很好玩,对讲不正当情感的故事也有兴趣,但她又始终相信真理和安全还是在正当的祈祷和布道中,在英国国教的极好信条和仪式中——那是些同样远离清教和罗马天主教的东西;实际上就是在对今世和来世所抱的一种看法中,这种看法会把英国社会的现行格局岿然不动地保存下去,会把粗俗之人的莽撞冒昧和穷人的不满压制住。

这段描述或许可以表明,对特兰萨姆夫人的处理并没有反讽的意味。反讽,那悲剧性的反讽,乃是在她的处境中,这一点得到了完全客观的呈现——不过也带着强烈的同情,虽然她的个性及悲哀苦楚与小说家本人的并不一样。在这份同情里,没有一点自我怜悯或自我放纵的痕迹。特兰萨姆夫人是作者对天谴报应的研究。虽然她的情况是在一种深刻的道德想象中构想出来的,但表现起来靠的却是心理观察——其意义是非常可信的,以至于无须一个道德家来强调指出特兰萨姆夫人为其罪孽最终所必然付出的代价;书中也没有一点儿这样的道德之声。我们感到,若把这里的乔治·艾略特说成是个道德家,那便是踩错了点。她完全是个大艺术家——一个小说大家,具有一个小说大家在把握人性心理上的洞察力和知人论世的敏锐烛幽。下面这一段说的就是特兰萨姆夫人悲剧的一个方面:

> 母爱一开始是极其有趣的快乐,把其他一切情感都弱化了;它是动物性存在的扩张,放大了想象中自我可以进入其间的范围;然而在以后的岁月里,它只有与其他经久的爱处于同样的位置才能继续成为一种欢乐——也就是说,必须大力压

制自我，必须能够体验到另一个人的感受。特兰萨姆夫人在冥冥中感觉到了这无可更改的事实的压力，但她却仍然抱着个信念，即从某种角度来看，手里有这么个儿子乃是她一生为之奋斗的最好东西。如果不这样想，她的记忆就会变成一个可怕得不堪忍受的陪伴了。

当然，特兰萨姆夫人无法承认她"冥冥中"感到其压力的那个"无可更改的事实"。她无法改变自己，而且对她来说，生活的价值和意义就在于发号施令，在于伸张她的意志。作者让我们看到这一点，并没有丝毫怂恿我们去谴责她的意思，而是在最终的结局里把她表现得悲惨可怜。对于她那位弱智的丈夫，她是只有蔑视的。长子与其父相像，不能令人满意；他的死亡倒是件非常令人愉快的事：次子哈罗德，一个完全不同的儿子，现在成了继承人，而且自东方发财还乡后，将能够把负债累累的家庭地产置于一个新的基础之上，这样，晚虽晚些，但特兰萨姆庄园的夫人将会真正颐指气使起来，并在郡上获得应有的地位。这个梦想在多年的贫困岁月里构成了生存的理由，一经实现，却又旋即破灭了：她认识到这次子真是她的儿子，*对他来说，生活的意义也是发号施令，也是行使意志，于是，随之而来的那股绝望的苦涩便吞没了她——作者描绘这一面时（明显见于特兰萨姆夫人与女佣丹娜的交谈中）所带的那股辛辣动人的力量，在文学里是无出其右的。

在令人痛苦的挫折和无助感之外，很快又添上了恐惧。哈罗德

---

* "特兰萨姆夫人发现儿子思想激进，震惊之下，什么也不想说了，一如一个人在额头被打上烙印后，平常惯有的所有动机都会被根除掉。至于哈罗德，他完全就没有忤逆不肖的意思，但他那些杂乱的想法又受着习惯的绝对控制，而这些习惯是不顾女人会有什么感情的……"

在四平八稳的体贴中完全没有意识到她的存在,他不仅自称是激进派,从而打破了她所抱的社会希望,并在家中取代了她的权威,她那存在的理由,而且他还对马修·哲明对家庭权益的监护权产生了怀疑,表示要追查到底——这可吓坏了她。那枚等待引爆的地雷将会把他们三人统统炸烂。因为哈罗德也是哲明之子。

作者对特兰萨姆夫人早年失足的处理竟然没有一点儿维多利亚时代道德家的气息,这一点非比寻常,也反映了乔治·艾略特在艺术上的成熟。在这种成熟艺术所造的世界里,禁忌的氛围是不为人所知的;没有什么激动嘘嘘的遮掩、兜圈子、震惊谴责的刺激,或只有维多利亚时代的小说在处理这种主题时才会带有的任何一种形式的伤感。相反,取而代之的是一种一心一意的事实如此的率直:此乃人性,此乃事实,此乃无可变更的后果。除了那一份恐惧之外,在特兰萨姆夫人眼里,后悔过去所能有的最糟糕的面目,就是我们在下面这段文字里所见的这样(接在上面《费利克斯·霍尔特》里所引的第一段长文之后):

> 她感到一个巨大的恐惧正笼罩在头上,这一点哲明也知道,而且应该感到这是他给她带来的;身陷这种处境,她真想把愤怒泼向他,用正适合他所作所为的那些字眼来灼伤他——当哲明全不顾她的真实心情感受而说出那一番不咸不淡又厚颜无耻的话时,她越发想那么做了。然而,她心里刚一冒出"都是你给我惹的事"这句话,马上就听到心里又冒出了一个反驳的声音,"你自找的"。这反驳真要从外面传来,她说什么也受不了。她怎么办呢?如此一番快速的心潮澎湃却带来了奇怪的结果:她沉默几分钟后,以温柔而近乎颤抖的声音说——
>
> "让我扶着你的胳膊"……

她把手拿开时，哲明放下了胳膊，把双手插进口袋里，耸着肩膀说，"他怎么待我，我就怎么待他"。

哲明摆出了他野蛮的一面，他的温和消失了。特兰萨姆夫人一直怕的就是这一点：这个男人身上可能有一股凶狠而厚颜无耻的劲头。在离她最近的那些人眼里，他应该是个蒙恩受惠的仆人，但她却在私下带上了他的烙印。她对儿子无可奈何；她对他也同样无可奈何。

这个女人喜欢管人，却再不敢说一句来劝他了。

特兰萨姆夫人没有，也不可能有一点儿要做道德家所谓的那种忏悔的冲动：

她对世事的理解分析根本就超不出血统和家族的圈子——芬箫家族的鹭或希尔伯里家族的獾。她从未看到在展现她生活的那块画布背后还有什么。朦胧的背景里有燃烧着的山和刻在石碑上的律法；前景则是德巴里夫人私下散布她的流言蜚语，以及威文夫人最终决定不请她来吃饭了。

哲明提出由她告诉哈罗德实情，他就会没事了；特兰萨姆夫人对此的反应即显露了她的本色：

"现在你这样要求我，我还就不对他说了！等着完蛋吧——不——还是厚包一点儿，救救自己吧。要是我有罪过，我事先就受过审判了——我竟然会为你这样的人而犯下罪孽。"

第二章 乔治·艾略特　79

她的悲剧的实质就在于这种局限；在乔治·艾略特的笔下，也正是这一点使她成了一个令人难忘又让人同情的人物。下面这段文字让我们看见了在紧张时刻下她茫然不知所措的痛苦：

> 哈罗德离开桌子后，她进了长长的客厅，在那儿她可以来回走走，以减轻心中的不安；哈罗德的屋子就在隔壁，所以她还可以听见哲明进去的声音。她在蒙着玫瑰色缎子的座椅和帘幕间走过来又走过去——关于这个世界的大故事，因为她，已被缩减成关于她自己生存的小传说了——四处昏暗不明，唯有她自己那狭窄的命运之轨上照着强烈的光，宽得仅够容纳一个女人的痛苦。终于传来了等待中的铃声和脚步声、开门和关门声。她再也走不动了，一下瘫坐进一把大大的坐垫椅里，无助也不祈求。她想的不是上帝的愤怒或慈悲，而是儿子的。她在想会有什么结果，不是死了会怎样，而是活着会怎样。

这段文字没有一点儿说教的味道；它是戏剧化的论断，深刻犀利又完全可信，而个中所隐含的道德教训乃是建立在形象展示的必然性之上的，是一个心理现实主义者所认识到的那种教训。随着她的紧张愈见厉害，我们也痛苦地起了同情关切之心，结果等到哲明说出"不要以为哈罗德要是知道整个真相就会拿我怎么样……"这一关键时刻（第四十二章），我们便完全感受到这话对她是何等残酷了。不仅如此，她原先的毕生决定是决不"与这人"争吵——"决不把自己对他的看法告诉他"；现在她要破了这个戒，而我们明白，如此便意味着何等巨大而不可逆转的灾难了。

对那男人的刻画也是很成功的。就他而言，天谴的面目是与他的道德品质相对应的。"哈罗德，就是这个哈罗德·特兰萨姆，居然可能会是天降厄运而不是行正义的工具",这是他"在愤怒中,在恼羞成怒之下"思忖琢磨的一件事,"因为当一百个人里有九十九个都逃脱惩罚时,还有什么正义可言吗?他发现自己开始痛恨哈罗德了……"作者以精湛细腻之笔,把父子间的相似传达给我们,又对各自的利己自私行为作了区分。

如果我们同意这两个男人是"女人笔下的男人",那也没有丝毫要贬低其可信度的意思;相反,那是指对他们男性特征的这种深入而"到位"的分析是一种,我们感觉,需要由女性来做的事。哲明的情况与铁托·梅利马的情况一样,不过,这一次不是在努力从抽象到具体中琢磨出来的,而是在生活中展现出来的,有着令人信服的真实性:他毋庸置疑是在"那里"的,在丰满具体的形象中,而且毋庸置疑(就铁托的存在来说,他就不是这样)是那样一种人——"他们经年累月地为一种日见膨胀的自私本性所驱使,而这种自私之习,已将其触角,深远广泛地扎进了日常生存的那些盘根错节的空虚无聊中,扎进了卑鄙龌龊的蝇营狗苟之间"。

至于哈罗德,他"意志充沛有力,反应敏捷却想象狭隘,正是所谓'头脑实际之人'"。他是一个"聪明、直率、性情和蔼的利己主义者"。

> 他性情和蔼,却少同情:不是因为对在他手中蒙恩之人的脑中所想有完全的了解而和蔼;不是因为对被他迁就之人心中所念抱有深深的敬意而和蔼——从来都不是的;他的和蔼就像他对母亲的亲切——是他为他人幸福所做的一种安排,他人若明事理,应该觉得不错的。

当然,他改变不了自己的出身;下面这一段便交代了在他的灾难里那天谴所具有的反讽成分*：

"该死的东西——还有他的那位哲明夫人！他以为我们近乎得可以让我知道他太太的什么情况吗？"

乔治·艾略特的特点在于，她能把这样一个人变成一出真切动人的悲剧的焦点：因为当哲明被迫说出"我是你父亲！"时，哈罗德凶猛地扑了上去，转而在扭打中从镜子里瞥见了两张挨在一起的脸，而且看到了"那令人痛恨的父权再得伸张"，这一刻，哈罗德在我们眼里毋庸置疑成了悲剧的焦点。如此这般地概述，听起来或许有点儿情节剧的味道；然而在实际的文本里，它竟是绝对合情合理的——这正表明乔治·艾略特何等出色地证明了她对主题所作的具有高度悲剧意味的构思是正确的。她的特点就在于能够从"道德平庸"中造出悲剧来。"道德平庸"是作者为传达恢复了身份的埃丝特·里昂对特兰萨姆庄园的生活有何感受时用的一个词；小说里先前有表现埃丝特沉思琢磨的话："特兰萨姆先生有他的甲虫可玩，可特兰萨姆夫人呢——？"乔治·艾略特对人之平庸与"陈腐"的看法不是什么感情用事，但她在其中看到了可予以同情的东西，而且她写它们，为的是强调人性的尊严。能够以这种方式证明人性尊严，自然是了不起的成就：由此而与福楼拜所形成的反差对照是值得一番玩味的。

《费利克斯·霍尔特》不在有文化的人应该读过的小说之列，

---

* "'母亲，你为什么要护着这么个东西？'特兰萨姆夫人那蹿起的怒火变成了一种可怕的感觉，其疼痛震荡之烈，就像我们挥出拳头要去打一个像我们一样温暖、柔软且呼吸有声的东西，却突然砸在了一个坚硬不动的东西上面。可怜的特兰萨姆夫人挥出的拳头，就被一个坚硬而不堪忍受的过去，尖利刺耳地反弹了回来。"

而且即便有人读过，也几乎未见提及，故而我们有理由说，小说中的一件精品实际尚不为人所知呢。令人恼怒的是，乔治·艾略特竟然把她的一些至为成熟的手笔嵌在如此不同的一大堆文字里——不过《费利克斯·霍尔特》并不像《罗慕拉》那样令人"难以卒读"，其中有些部分充满生机，写得极好，这一点人们当是不得不予以承认的。这令人恼怒，却也是她的特点。从整体上看（不过不是没有保留的），只有一本书可以说反映了她那成熟的创造天才。那当然就是《米德尔马契》了。

在《米德尔马契》这样的成功之作里，明显可见博大智识所占的必要分量。小说的副标题是《外省生活研究》，这可不是什么妄称。单是它所提供的关于社会及其组织，关于不同阶层的人的生活方式和（如果必要的话）谋生手段方面的知识，其范围之广，就给人留下了深刻的印象，而且那是真正的知识，即那是饱含着理解领悟的知识。乔治·艾略特曾在《费利克斯·霍尔特》里说过一句话，为她在小说中给予"社会变革"和"公共事物"的篇幅加以辩护："个人生活，无一不受更为宽广的公共生活的影响。"这句话里所隐含的志向，就在《米德尔马契》里得到了极好的实现，是由一个在对个人进行深刻分析中展现其天赋的小说家加以实现的。贝娅特丽斯·波特[15]要把自己培养成一个"社会学的研究者"，却在课本里找不到所要的东西。我们可以想见，她或许真就在这里可以得到满足呢。*

---

[15] 贝娅特丽斯·波特（Beatrice Potter, 1858—1943），即韦布夫人，英国史学家、政治活动家，出身富裕，却热心社会改良，与丈夫西德尼·韦布同为"费边社"的主要成员，写有大量社会历史方面的文字。

* "为得到点对复杂人性的描述，我只好求助于小说家和诗人……"——B. 韦布，《我的学徒生涯》，第138页。

小说里有一些表现极其成功的主题,我们在作者对这些主题的构想中,也再次见到了智识的明显作用。唯有从内心了解长远的学问事业令人疲惫又灰心丧气的小说家,才能够传达出卡苏朋博士身陷困境的哀婉不幸来。这并不是说卡苏朋应该才智出众;他是一个想做学人而未能如愿的人:

> 非但如此,如果一个人把一件工作看得像生命一样重要,现在它却面临着中断的危险,眼看毕生的心血即将付诸东流,成为谁也不需要的废品,那么,为克服这种恐惧所作的内心挣扎,难道不是最崇高的悲剧,能够与之相比的情况很少吗?然而卡苏朋先生却不能给人一点崇高的气息,利德盖特对徒劳无益的学问,一向采取藐视的态度,现在听了前者的话,只是觉得滑稽,又有些同情。目前他对不幸还缺乏认识,不能体会那种凄凉的命运,何况这个人从任何一点看,都没有达到悲剧的水平,只是强烈的私欲不能得到满足而已。[16]

实际上,卡苏朋所展现的"不够悲剧水平"的那种哀婉,并不全是这一段本身或许表明的那样;利己主义在此所扮演的角色更像它在特兰萨姆夫人的悲剧里的角色。这两种情况下的根本困境,都是与利己主义同一切大目标或崇高追求相隔绝有着直接关联的。卡苏朋的学术不单徒劳无益;他自己在内心里也知道就是如此,却进而更忙于免使自己不得不承认这一事实而违顾其他了。作品动人地传达出了这一处境的哀婉不幸,这一点尤其非同凡响,因为利德盖

---

〔16〕 项星耀译《米德尔马契》(人民文学出版社,1987),第504页。本书引自《米德尔马契》的段落均采用项译文,以下仅注译本书名和页码。

特对他的顽皮蔑视,明显与小说家的强烈感受并非完全不同:艾略特之所为,不止于在暗示卡苏朋身上的喜剧潜力,而是在暗示一种批判意味胜于同情的喜剧潜力。譬如,下面这一段就同 E. M. 福斯特早期的精妙讽刺尤其相像:

> 可想而知,这几个星期里,卡苏朋先生在蒂普顿田庄花费的时间不少。求婚必然妨碍他的伟大著作——《世界神话索隐大全》——的进展,他自然迫不及待,希望这事尽快圆满结束。然而这妨碍是他经过深思熟虑之后,自愿承担的,他认为,眼下已到了用伉俪之情点缀他的生活的时刻。在他勤奋工作的间隙中,疲倦使他百无聊赖,他要用女性的温情照亮他郁郁寡欢的心灵,何况他年事日高,必须在他的有生之日,为自己安排一个温柔乡。这样,他才决定跳进爱情的激流,但出乎他的意料,他发现这只是一条极浅的小溪。正如在干旱地区,浸礼只能用象征的方式进行,卡苏朋先生投入的溪水,充其量也仅仅在他身上溅了几滴水点。于是他断定,男子的所谓激情其实并无其事,只是诗人们的夸张罢了。然而他愉快地看到,布鲁克小姐对他百依百顺,温柔体贴,是可以满足他对婚姻的最高理想的。有一两次他也想过,他的感情之所以只能停留在常温状态,也许是由于多萝西娅存在着某些缺点。但是他又找不到这些缺点,也不能想象怎样的女人才更合他的心意。因此他无从作出解释,只得相信,有关感情的传统说法完全是言过其实的。[17]

---

[17]《米德尔马契》,第73页至74页,略有改动。

——且把这一段同《最长的旅途》里对彭布鲁克先生求婚的描述作个比较,我们便很难不怀疑,这同经乔治·艾略特和简·奥斯丁而把福斯特先生与菲尔丁挂上钩的那些泛泛相似之处是不一样的东西,而且我们在这里看到的是一种直接勾起联想的关系。不管这一层关系如何,我们要说的观点涉及的是乔治·艾略特反讽的批判性。在下面这一段里,我们又再次看到了这种特征:

> 在结婚上,他没有任何越轨行为,他做的一切都是社会所准许的,他们是正式的花烛夫妻。那时他觉得,他的婚姻大事不宜再拖了,他考虑,一个有地位的男子要娶妻子,就该慎重选择,务必物色一位年轻美貌的小姐——越年轻越好,因为比较容易教育,也比较听话——不仅得门当户对,而且要有坚定的宗教原则,贞洁贤惠,聪明伶俐。对这样一位小姐,他可以在结婚时授予她丰厚的财产,为她的幸福做出最好的安排,而作为这一切的报答,他可以得到家庭的温暖,并在身后留下自己的子嗣,这对于男子是十分必要的,它可以成为16世纪十四行诗作者的题材。当然,从那时以来,时代变了,十四行诗作者不再需要卡苏朋先生的爱情故事。再说,他需要留下的,主要是自己的神话大全,它还没有完成,但结婚同样也是必须完成的一件人生大事,他知道,他的日子已屈指可数,世界在他眼中正在逐渐暗淡,他感到孤独,因此再也不能迟疑不决,必须当机立断,尽快取得夫妇生活的乐趣,免得错过时机,后悔莫及。他见到多萝西娅以后,相信他找到的已超过了他的要求。她确实既可以做他的配偶,又可以做他的助手,使他省却雇用秘书的麻烦,当然,他还没有雇过秘书,他不信任这些人(卡苏朋先生敏感的神经使他觉得,他必须表现坚强的

意志），上天是仁慈的，给他提供了一位他所需要的妻子。这个谦逊的少女有着女性的纯洁和温存，虚心而又聪明，这样一个妻子必然会把丈夫的意志放在第一位。至于上天在把布鲁克小姐介绍给卡苏朋先生时，是不是对她也同样关怀，这一点他可以不必考虑。社会也从未提出过这种荒谬要求，要一个男子不仅想到一个少女应该具备什么条件才能使他幸福，也想到他自己应该具备什么条件，才能使这个可爱的少女也得到幸福。仿佛一个男子不仅有权选择妻子，也有权为他的妻子选择丈夫似的！或者仿佛他的责任只是要通过他本人，让他的子女取得一位可爱的母亲！因此当多萝西娅热情洋溢地接受他的求婚时，他认为这是完全自然的，他相信，他的幸福生活即将从此开始。[18]

至此，卡苏朋先生的磨难已经开始了，我们的感觉也是如此。尽管刚刚才领略了如许的调门，但我们还是感觉到了他的孤绝之痛，因为他的婚姻已将他对自己的怀疑出乎意料而可怕地变成了一种乖僻磨人的幽闭：

> 哪怕不光彩的自我忏悔，要是别人完全信以为真，我们也难免愤愤不平，那么，如果我们心中那些含混的低语，那些连我们自己也不愿承认，要把它们说成是病态的表现，竭力加以抵制，仿佛全属子虚乌有的东西，忽然由我们身边的一位旁观者，用清晰响亮的声音讲了出来，这结果会如何，就可想而知了！何况现在这位站在一旁的残酷的谴责者是以妻子的面

---

[18]《米德尔马契》，第331页至332页，略有改动。

目出现的——不,还是一个年轻的新娘,她非但对他的手不停挥,以及堆积如山的稿子视若无睹,没有像体贴入微的金丝雀那样对他肃然起敬,表示心悦诚服,反而像一个暗探那样,怀着恶意在窥测他的动静。正是在罗盘的这一点上,卡苏朋先生是和多萝西娅同样敏感,也同样会超过事实想入非非的。以前他赞扬过她,说她有判断力,懂得尊敬应该尊敬的一切;现在他却突然怀着惶恐的心情预见到,这种能力可以变成自以为是,这种尊敬也可以变成令人愤慨的指责——这种指责只知向往许多美好的成果,对取得这些成果所花的辛勤劳动却视而不见,一无所知。[19]

能让我们与她一起充分意识到这种处境值得同情——这样的人,便不单是个知识分子了,她还是个心灵极其高洁的人,一个深信人可以追求潜在崇高境界的人。紧接在上面所引的那一段反讽长文之后,她说道:

不论如何,这不是一种轻松的命运,因为具备了我们所说的高深教养,却无法从中得到享乐,望见了广阔无垠的前景,却不能超脱琐碎的烦恼和战栗,始终觉得光荣可望而不可即,始终不能体味到自豪的欢乐,从而使思想变得活跃,感情变得奔放,行动变得朝气蓬勃,只能夜以继日地埋头在故纸堆中,寻章摘句,管窥蠡测,既野心勃勃,又胆小如鼠,顾虑重重,目光如豆。[20]

---

[19]《米德尔马契》,第242页,略有改动。
[20]《米德尔马契》,第333页,略有改动。

这样一节文字提醒我们——迅速认识到这一点，在我们礼赞乔治·艾略特时，乃是一种明智的预防措施——她的崇高并不完全是个简单的问题。这个提醒是由表达方式里的某种东西发出的，这种东西要我们注意多萝西娅并不很远了。乔治·艾略特往往把自己想象成多萝西娅，不过多萝西娅却远远不是乔治·艾略特的全部。当论及乔治·艾略特而带出"崇高"一词的时候，大多数人多半会想到她那里的多萝西娅（或麦琪·塔利弗）。我在此想强调（且不忙考虑多萝西娅，她并不反映其作者之长）的一点是，我们在对卡苏朋的描绘中所看到的乃是作者不折不扣的过人之处。

利德盖特则是另一个我们尤其可以说，唯有从内心了解求知生活的人才能够塑造好的人物。他的形象是圆满成功的。"只有那些，"他的创造者对我们说，"了解求知生活——这种生活内含令人崇高的思想和志向的种子——至高无上的人，才能明白一个人从那宁静致远的活动跌入与世俗烦恼做靡精费神的挣扎中时所感到的悲伤。"利德盖特所关心的"令人崇高的思想和志向"，与多萝西娅的关心是非常不同的。他知道自己的意图，而且他的目标是具体的。引人注目的是，乔治·艾略特如何让我们感受到他的思想激情是一种具体的东西。当小说家们告诉我们说一个人物是个思想家（或艺术家）的时候，我们通常只能听他们这么说，但利德盖特"喜洋洋地搞他的研究"却是具体有形的：显然，乔治·艾略特谙熟个中情形，而且了解他研究的是什么。

然而，尽管她极其钦佩他的知识理想主义[*]，尽管她令人毛骨悚然地描绘了罗莎蒙德那令人瘫痪的鱼雷撞击般的影响，她却并没有把利德盖特写成一个要为她也显然远远不能欣赏的那种女性——

---

[*] 他相信，医学行业是把"博取知识与社会公益结合起来的最为直接的途径"。

缺乏思想兴味或任何一种理想主义的女性——而英勇殉道的人。利德盖特是个即刻就讨罗莎蒙德喜爱的那种绅士——"除了与医疗改革以及发现探索有关的事情外,"他"一点也不激进"。也就是说,罗莎蒙德所欣赏的那种"卓越",是同被乔治·艾略特称之为"平庸"的那种"个人的骄傲和无思想的利己主义"分不开的。特别是利德盖特对待女人的态度——"他认为女人崇拜一个男人却不太了解他卓越在什么地方,这是女性头脑最最令人赏心悦目的一个特征",如此一来,他的婚姻不相匹配便有了一种诗学上的公正色彩。我们看到他先前与法国演员劳拉有那么一段恋情,这更说明他对女性的兴趣是与他的严肃关怀相互隔绝的。作为一个情人,他是罗莎蒙德·文西的补充。

在下面这一段里(他们现在已经结合),我们可以明显看到两人关系里那诗学上的公正成分:

> 他一向认为,罗莎蒙德的聪明在于善于采纳忠告,这是妇女应有的品德。现在他却开始发现,这种聪明是怎么回事,它好像钻在一只封口的网袋里,你抓不住它,它也不接受你的约束。没有人比罗莎蒙德更机灵,在追逐她的爱好和利益的道路上,她一眼就能发现,她可以依靠什么达到什么目的。她清楚地看出了利德盖特在米德尔马契社会中的优异地位,她还发挥自己的想象力,进一步察觉到了他的才能一旦使他出人头地,可以带来多么美好的社会效果。但是对她说来,他在职业上和科学上的远大抱负,跟她所期待的这些效果毫无关系,它们可以说只是一种难闻的油脂,是无意之中偶然碰到的。对于油脂,她自然一窍不通,但是除了它,在其他一切方面,她都相信自己的看法,不相信他的。利德盖特感到惊异,他发觉,

在无数小事上,正如在最近这次严重的骑马事故中,感情并没有使她接受他的意见。[21]

罗莎蒙德内心别无他物,唯有利己原则——那与利德盖特的"平庸"(如在小说中那样)相对应的利己原则,这便令她处于极其有利的地位,变得无往而不胜了。她是纯粹的自我,专心致志而精明自如,不为内心一点杂念所乱。她一直知道所要的是什么,而且知道那是她应得的东西。别人通常最后都是"讨厌的人,脑子里只有他们自己,也不管多么让她讨厌"。至于她本人,她一直"确信没有任何女人能够比她做得更好了"。什么道德呼求也求不到她的身上;她生来就不受那份窘迫,就像她不为逻辑所苦一样。骂她撒谎成性,或虚言伪行,或任何一种来而不往的德行,都是徒劳的:

> 罗莎蒙德知道她正被人注视着,为了适应这新的情况,她把身上所有的神经和肌肉都调动了起来。她天生是一个表演艺术家,身体的各个部分都浸透着这种才能,她甚至把自己变成了角色,以至扮演得出神入化,连她本人也不再意识到这就是她自己。[22]

假如我们断定,乔治·艾略特对罗莎蒙德的描绘,比对她笔下的其他任何主要人物(《丹尼尔·狄隆达》里的格朗古除外)的描绘都要少些同情,那么我们紧接着就会指出,罗莎蒙德身上让人同情的地方可说微乎其微。而假如作者笔下曾带有一点儿敌意仇视的

---

[21]《米德尔马契》,第693页。
[22]《米德尔马契》,第142页。

话，罗莎蒙德的浅薄所具有的腐蚀破坏力，便不会让我们感觉那么可怕了。这样说对乔治·艾略特可是个恰如其分的赞扬。她让我们不时地从罗莎蒙德自私自利的圈子里面去感受——不过，我们当然在任何时候都不会局限于此，而且由于这里没有什么潜在的崇高可言，我们隐而不宣的看法就是，这一例，无论激起怎样的同情，也几乎不能让人觉出它的悲剧意味来。

按乔治·艾略特的描述，罗莎蒙德的扭头折颈既表现出了令人气愤的倔强，又透出来一丝毒蛇般的阴险气息，读者肯定会时不时地发现自己想一把拧断她那优雅的脖子。如果不加上这一点，那么，当我们说作者描绘罗莎蒙德却笔下不带一点敌意时，或许就会使人产生误解了。不过，罗莎蒙德也给我们带来了消遣。书中多的是精彩的对话，而她就出现在一些绝妙的交锋中。小说的第一卷第十二章有一场她与玛丽·高思之间的晤谈，她拿话来验证她那特有的怀疑，即玛丽对利德盖特感兴趣。玛丽轻而易举就击败了她。这个玛丽是与她截然相反的人，可以说在对女性的表现上抵消了她的形象，因为玛丽也同样是真实的。她同样也是一个女人的创造，同样具有女人味，然而她身上的女子气却是全然令人钦佩的——这使她与任何人在一起，都显露出一种全然令人赞叹的优势来。她明智而反应敏捷，性格柔韧；表现在谈吐上，则是一种沉着而活泼、于泼辣中透出机敏与和善更兼率真坦诚的风韵。倘若她的优点里不包括天生缺乏崇高之志这一点的话，没准儿倒可以说她代表了乔治·艾略特心目中的理想女性呢——她肯定是代表了乔治·艾略特自身大半的典型优点的。

罗莎蒙德在玛丽·高思跟前（这一次）无疑落了下风，但她与布尔斯特罗德夫人却要旗鼓相当一些。在小说的第三卷第三十一章里，布尔斯特罗德夫人前来造访，想看看她此番与利德盖特的恋爱，是真像那么回事，还是一时闹着玩儿的。两个人一边斗着嘴，一边在心里对彼此的衣着互表欣赏。同在这一章里，还发生了布尔斯特罗德夫人与普里姆但尔夫人之间的会面，"两个都是好心善意的女人，对彼此的动机知之甚少"。我们在女人们之间发生的这些接触里，看到了乔治·艾略特的一些最出色的喜剧，是唯有女人才能写出的喜剧，而这种喜剧有时可以让我们深刻感受到悲剧的意味来；我们在第八卷第七十四章里看到的就是这种情形：布尔斯特罗德夫人问了一圈的朋友，想知道她的丈夫是怎么了：

> 在米德尔马契，丈夫的坏名声，妻子是不会长期不知道的。诚然，没有一个女子会在友谊上如此忠心耿耿，把她听到的、或者信以为真的关于一个丈夫的不愉快事件，直截了当告诉他的妻子；但是一个女人如果头脑闲得无聊，没有事干，这时突然发现了一桩对她的邻人十分不利的消息，她全身的道德神经马上会活跃起来，非把这事宣扬出去不可。坦率是一个原因。在米德尔马契的词汇中，坦率的意思就是指争取最早的机会，让你的朋友们知道，你对她们的才能，她们的行为，或者她们的地位，抱着并不乐观的态度；真正的坦率是不必别人前来征询意见的。其次，那就是对真理的热爱……尤其重要的是，应该关心一个朋友道德上的成长，这有时被称作灵魂，而不顺耳的话对它是有益的，这些话要伴以对着家具若有所思的目光，以及含有深意的语调，这语调的言外之意，是说话者考虑到对方的情绪，本不想直言相告。[23]

---

[23]《米德尔马契》，第870页至871页。

对布尔斯特罗德本人的刻画则是一项了不起的成就,里面有一些但凡小说所能展现的最为精湛的分析,体现了小说家艺术里那一份博大智识的作用。布尔斯特罗德所从属的那个独特的宗教世界,它的精神特质和语言,乔治·艾略特是从自己的内心深处体味到的——我们想起了她年轻时对福音教派的信奉。她的分析是个创造的过程,是深刻敏锐的想象,是精湛而生动的领悟,把具体实实在在地呈现在了我们面前。布尔斯特罗德并不是个吸引人的形象:

> 他私人借出的小额贷款为数不少,但是在出借前后,他总要把具体情况详细了解清楚。就这样,他赢得了当地人的心,大家依赖他,怕他,也感激他。权力一旦进入那个微妙的领域,就会自行繁殖,大大超出它的外在财产所拥有的实力。布尔斯特罗德先生的一个原则,就是要尽可能扩大自己的权力,用它来为上帝增添荣耀。为了调整他的动机,明确为了上帝的荣耀他应该怎么办,他经历了复杂的精神矛盾和内心斗争。[24]

这一段看上去可能比较讽刺。但乔治·艾略特的艺术可不是讽刺的艺术;成为讽刺家所需的那些感知她是应有尽有的,可艾略特眼中看的东西太多,而且她又是绝顶聪明且有自知之明的人,因而又太过谦卑了,纵使她要嘲讽,也不可能超出偶尔为之的程度。布尔斯特罗德虽然不讨人喜欢,但我们却不可忘记,他是我们自己所隶属于其间的人类里高度进化的一分子,因而是会有剧烈痛苦的:我们也不可忘记他的处境与我们可能会有的处境——两者之间的距

---

[24]《米德尔马契》,第185页至186页。

离,并不像其具体细节怂恿我们扬扬得意而以为的那么遥远。*当天谴将他包围起来的时候,我们从内心深深感受到了他那极度痛苦的坐立不安——这就是乔治·艾略特的分析所产生的效果——以致我们不能不对他报以更多的同情而不是轻蔑了:

> 这个不幸的人在心灵中进行的挣扎是奇怪的,可怜的。多少年来,他一直想把自己打扮得比实际更好,自私的欲望在他身上与教规融为一体,披上了庄严的道袍,像一个虔诚的唱诗班,跟着他走过了漫长的一生,可是现在恐怖突然从它们中间崛起,它们再也无法大声歌唱,只能为苟全性命发出寻常的哀鸣了。[25]

乔治·艾略特的分析是"残酷无情的",是唯有被同情之光照亮的智识才能达致的状态:

> 到六点钟,他早已穿好衣服,怀着满腹心事在做祷告,为他逃避厄运的动机辩护,说如果他做了错事,在上帝面前讲了不真实的话,请上帝宽恕他,不要降罪给他。因为布尔斯特

---

[25]《米德尔马契》,第830页。

* "他的疑虑并非来自这事对乔舒亚·李格的命运可能产生的影响,那个人的命运在上帝统治的世界中是排不上队的,它在那里也许至多只能算一块不足挂齿的殖民地。他的疑虑在于他担心,这天意对他可能也是一种惩罚,就像费厄布拉泽先生之接任牧师,显然是这么回事一样。

"这不是布尔斯特罗德先生为了蒙骗别人,对其他人说的,他是对自己说的——他对事物的解释总是坦率的,不会比你不同意他的解释时,提出的任何理论差一些。因为自私渗入我们的理论,并不会影响它们的真诚,相反,它们越能满足我们的私心,我们对它们的信心也越坚定。"[《米德尔马契》,第619页。——译注]

罗德虽然干过不少见不得人的勾当，却不敢公然撒谎。这些坏事大多像微细的肌肉活动，不会在意识中引起丝毫反映，尽管它们能使我们达到我们所企求的、盼望的目标。可是只要我们鲜明地意识到的行为，我们才能鲜明地想象到它们已为上帝所看见。[26]

在下面这一段里，他在那无助的折磨他的人的卧榻旁，与希望和诱惑搏斗着：

> 布尔斯特罗德天生的专断傲慢和坚决意志，帮了他的大忙。这个外表脆弱的人，尽管心烦意乱，还是找到了必要的力量对付艰难的环境。在那难挨的一夜和清晨，他的神气像一具还魂的僵尸，身体凉了，但仍然活动；他阴沉森严地端坐在那里，主宰着一切，心中紧张地盘算着，该用什么办法保护自己，才能转危为安。不论他可以发出什么祈祷，不论他的内心对那个人腐朽的精神状态可能作出什么说明，也不论他是否意识到他目前的责任是接受上天的惩罚，而不是指望别人得到灾难，然而通过这些思索，在他力图把千言万语凝固成一个坚定的意志的过程中，符合他心愿的幻景仍以不可抗拒的力量，栩栩如生地显现和扩大了。而且这一系列幻景也带来了为它们辩解的理由。他从这些幻景中看到，拉弗尔斯只能死，也只有他死，布尔斯特罗德才能得救。这个堕落的灵魂离开人世，算得什么？他不知悔改——那些国事犯不是也不知悔改吗？于是法律判处了他们死刑。如果在这件事上，死是天意，那么希望它

---

[26]《米德尔马契》，第808页至809页，略有改动。

以死结束，也就算不得罪过，只要他没有亲手制造着后果，只要他严格按照医生的嘱咐行事。万一出现失误，那是难免的，处方是人开的，不会万无一失，利德盖特说过，另一种治疗方法会促成死亡，那么他自己的治疗方法为什么就不会呢？但是当然，在错和对的问题上，意图决定一切。

这样，布尔斯特罗德把他的意图和他的愿望分割开了。他在心中宣布，他的意图是服从医生的指示。但他为什么要对这些指示的效力反复推敲呢？那只是愿望玩弄的普通花招，为了使它可以利用各种毫不相干的怀疑观点，从效果尚不明确的一切措施中，从貌似不合规律的一切隐晦状况中，为自己扩大活动的地盘。但他还是服从医生的指示的。[27]

下面是对他贿赂利德盖特行为的评说：

银行家觉得，他已达到目的，排除了一个不安全因素，但他还是心事重重。他出于罪恶的动机，希望赢得利德盖特的好感，然而他没有测量到这个动机的分量，它不会就此销声匿迹，却依然作为滋生烦恼的根源潜伏在他的血液中。一个人立了誓言，但不一定能把违反誓言的路堵死。那么他是不是有意识要违反它呢？完全不是，只是导致违反它的愿望，仍在他身上暗暗发生作用，渗入他的想象，就在他一再叮嘱自己牢记他的誓言时，使他放松了警惕。拉弗尔斯恢复得很快，又能自由运用他那讨厌的知觉了——这怎么能叫布尔斯特罗德喜欢呢？[28]

---

[27]《米德尔马契》，第828页至829页。
[28]《米德尔马契》，第832页至833页，略有改动。

乔治·艾略特在表现布尔斯特罗德这个人物上所显现的特点是，她竟然让我们感受到，对布尔斯特罗德，天谴报应的根本面目就是他在这里，在拯救的表象里，所面对的东西——此刻，他在等待他已保险要来的死亡——是以违背利德盖特的严格"医嘱"而保险要来的死亡，他怀里揣着的是从阴暗的迂回欺诈和翻来覆去的内心诡辩中挤出来的一个意图：

  时间就这样慢慢过去了，鼾声终于出现了明显的变化，把他的注意力吸引到了病床上，他不由得想起，那个正在离开的生命，一度是从属于他的生命的，他曾为它的卑鄙无耻，对他唯命是从，感到由衷的喜悦。但正是这种昨天的喜悦，促使他今天为这生命的结束感到喜悦。

  谁能说拉弗尔斯的死是意外的暴卒呢？谁能知道，他怎样就可以不死呢？[29]

拉弗尔斯本身则是狄更斯笔下的人物，拍卖商博思洛普·特朗步尔先生也是，这样说是要指出，他们虽然担得起自身的职责，但却展现不出乔治·艾略特自己的创造性想象所具备的那种独特的活力。这本书总体说来是充满了这种活力的；我们在高思一家的父母及女儿身上，在文西一家人那里，在费厄布拉泽先生和卡德瓦拉德夫妇身上，也还在彼得·费瑟斯通的怪诞和其亲属那里都看到了这种活力，它明确无疑是乔治·艾略特而非狄更斯的东西。

  我们已经暗示过，这本书的薄弱之处在多萝西娅。我们发现危险信号的地方，就在一开篇那简短的序曲里提到了圣德雷莎，其发

---

[29]《米德尔马契》，第837页，略有改动。

自内心的"烈焰……向往着永无止境的完美,探求着永远没有理由厌弃的目标,让自身的不幸融化在自身以外的永生的幸福中"。"许多德雷莎",作者告诉我们,"降生到了人间,但没有找到自己的史诗,无法把心头的抱负不断转化为引起深远共鸣的行动……"由于没有"严密的社会信仰和教派的帮助,给她们炽烈虔诚的心灵提供学识上的指导",她们没能实现自己的抱负,"她们的热情只得在朦胧的理想和女性的一般憧憬之间反复摇摆……"她们的失败,我们猜测,就是"庄严的理想与平庸的机遇格格不入"的一个例子。对乔治·艾略特来说,这是个危险的主题,而我们也听出了一个远不是令人感到放心的调门。序曲终了处,我们发现了下面这段明显令人想起麦琪·塔利弗的文字,我们的担心便依然照旧着:

> 在污浊的池塘里一群小鸭中间,偶尔也会出现一只小天鹅,它在那里落落寡合,觉得自己这类蹼足动物,无论如何没法生活在那样的水流中。在女人中间,有时也会出现一个圣德雷莎,只是她的一生无所建树,她的善良心愿无从实现,她那博爱的心灵,那阵阵的叹息,也只得徒唤奈何,消耗在重重阻力中,而不是倾注在任何可以永垂青史的事业上。[30]

虽然如此,开头两章的姿态是那样地沉稳,调子是那样地合度,我们还是忘记了这些担忧。当我们得知多萝西娅·布鲁克"头脑偏重推理,天然渴望对这个世界获得某种崇高的观念,而蒂普顿教区的状况,以及她个人在那儿的行为准则,不言而喻,都应该符

---

[30]《米德尔马契》,第2页,包括行文中的引言部分。

合这个观念"[31]时,我们便对那个"蒂普顿教区"给予了充分的重视。乔治·艾略特所展现的乡村场景的褊狭性并不单是为衬托女主人公的;我们在多萝西娅本人这个被教育强化了的嫩苗身上也看到了这种褊狭:她和她的妹妹都"按照一种既狭隘又混乱的计划,起先在一个英国人家庭,后又在洛桑的一个瑞士人家庭里接受教育……"[32]这种教育对麦琪·塔利弗——我们感到小说家现在不仅是从内心来感觉她,而且还从外面来看她了——是没有什么作用的。这即是说,我们在西莉亚、布鲁克先生、詹姆士·彻泰姆爵士以及卡苏朋先生——这开头几章里几个人物身上所洞察到的反讽意味,多萝西娅也是不能幸免的。乔治·艾略特仿佛是把这最具抵抗力而又无可救药的自我,成功地收进她已然达致的成熟里去了。

不幸的是,我们的这番信念不能持久。到了第三章,我们就发现了令人回想起序曲的诸多理由来。多萝西娅的"精神饥渴"致使她把卡苏朋异想天开地看成了"插着翅膀的信使",在作者对此所作的描述中,我们便看不到引她出场时的那番描述所特有的镇定沉着了:

> 长期以来,她要求自己的生命发热放光,可不知该怎么办,这种无所适从的感觉像夏日的烟雾似的,一直笼罩在她的心头。她能够做什么,应该做什么?……她那虔诚的宗教精神,它对她的生活所施加的压力,只是她无限热烈、喜欢思索、擅长推理的天性的一个方面,对于这种天性说来,修身养性的狭隘说教,无关紧要的社会活动,不过是在深山幽谷中徘

---

[31]《米德尔马契》,第5页。
[32] 同上。

徊，在曲折的小径间行走，而这些小径像迷宫一样，周围筑有高墙，不能通向广阔的世界。她想越出这个范围，便势必引起别人的非议，认为那是偏激和不守本分。[33]

我们感到奇怪，难道我们在这里看到的是一种毫无保留的自我认同？反讽似乎只为乡村背景和环境而备，女主人公则不受影响——这种做法是不是有点儿危险呢？这样的怀疑很快就不只是怀疑了。多萝西娅想表明自己喜欢什么样的音乐，就说出她从洛桑返家的途中，在弗赖贝格听到的大管风琴令她啜泣（第七章），这时，我们不禁注意到是昏庸的布鲁克先生，这个不断供我们作反讽沉思的人物，说了这样一句话："亲爱的，那种东西可是不益于健康的。"等到我们看见她在梵蒂冈站在"斜躺着的阿里阿德涅"的旁边，一如威尔·拉迪斯拉夫眼中所见——

> 这是一个活的少女，洋溢着青春的气息，外形并不比阿里阿德涅逊色，穿一身淡灰色衣服，有点像贵格派教徒。她的长斗篷从领口上系紧，披在身后，两条胳膊伸在外边，一只手没戴手套，显得纤细洁白，支着她的腮帮子，把那顶白海狸皮帽稍稍推后了一些，以致它像一圈光华，围在编成朴素的发辫的深棕色头发周围。[34]

——这时，我们便可以说，在这里透过威尔的眼睛来看她，对我们的视角是不会带来什么变化的：我们**一直**就是这样来看她的——或

---

[33]《米德尔马契》，第31页。
[34]《米德尔马契》，第227页。

已经知道该怎样来看她了。一般而言，只要我们响应作者的意图，我们的视角就继续是威尔的视角。

理想化的描述在这一刻是公开明显的，因为周围的雕像和威尔的艺术家身份（他是同一个德国艺术家朋友在一起）允许这么做。但是威尔将人理想化的能耐，即使在这里，显然也没有局限于她的外表。在此后三十页左右的地方，威尔一边同她和卡苏朋交谈，一边思忖道，"她是个受骗上当的天使"，这时，我们或小说家，显然都是必须给予认同的。实际上，威尔自己一点儿独立的身份也没有——我们不能说他存在；他所表现的不是一个戏剧化了的真正视角，而仅仅是乔治·艾略特的一些意图——是她没能创造性地加以形象化的意图，其中最要紧的就是把她对多萝西娅的一己看法和评价强加于读者。

当然，作者还有拿威尔与卡苏朋对照，当成多萝西娅知音伴侣的意思——这其实并不是个孤立的问题。他并不实实在在地（大家都同意）在"那里"，然而我们可以非常清楚地意识到，作者指的是怎样的一些品质和魅力；我们也可以同样清楚地意识到，作者要我们予以认同的对它们的评价，比我们一时所能认可的任何看法，都要高得离谱。简言之，正像威尔对多萝西娅的评价是乔治·艾略特对她的评价一样，乔治·艾略特对威尔·拉迪斯拉夫的评价，也就是多萝西娅对他的评价。换言之，多萝西娅是乔治·艾略特自己"精神饥渴"的产物——另一个幻想中的理想自我。在周遭如此不同的氛围里，还继续留存着一块未被缩减的往昔稚嫩性情的飞地，这是件令人极感窘迫的事。时而是精湛老到的智慧，透出沉稳客观的洞察力；时而又来点儿像青春少年期的那种情感混沌和自高自大的东西。

当然，作者一开篇就告诉我们——这也是多萝西娅问题的至关重要的一点——多萝西娅在如何崇高的问题上含糊不明,她"要求自己的生命发热放光,可不知该怎么办,这种无所适从的感觉像夏日的烟雾似的,一直笼罩在她的心头"。然而要自外展现这种烟雾的迹象很快就消失了;就多萝西娅而论,乔治·艾略特自己明显也在烟雾中。这一点在作者对多萝西娅和威尔之间发生的那些令人难以置信的促膝——或推心置腹——的夸夸其谈所作的描述中表现得尤为明显。那是完全不带反讽或批评意味的描述,其口吻和特征在这句回顾概述的话里(见第八十二章结尾处)得到了充分的表达:"他们看到的、想到的对方,都处在另一个世界中,那里阳光灿烂,照在高高的白百合花上,那里没有潜伏的邪恶,没有第三者的闯入。"[35]做这番思索的应该是威尔,但这里的威尔——一如他对多萝西娅的态度处处所表现的那样——无疑是不能同小说家分割开来的(我们已经说过,他几乎就不存在)。*

其实在有个地方,乔治·艾略特是同他拉开了一会儿距离的(第三十四章):

> 一时间,威尔对她的爱慕似乎遇到了一阵冷风,使他产生了疏远的感觉。任何男子只要看到女子身上有点伟大的气质,便不乐意爱她,而且并不为这种情绪害臊,这也难怪,大自然总是把伟大赋予男子。[36]

我们会注意到,她所与之拉开距离的东西不是评价;反讽矛头并不

---

[35]《米德尔马契》,第942页。
[36]《米德尔马契》,第464页,略有改动。
 * 不过,意味深长的是,唯有他能无情而得体地对待罗莎蒙德——见第七十八章里他"当面直言"作者对她的看法。

是针对它，相反却是在暗中给它以支持。威尔感到多萝西娅"那高尚而对人深信不疑的纯朴天性，具有一种震慑力，温柔而庄严"，乔治·艾略特也同此感受，指出这一点，或许不像是个很损人的批评。可是，当这种自我认同明明白白地牵涉到如此重要的评价问题时，我们的批评看上去便不同了。

> 世上的男女往往对自身的一些迹象作出极其错误的判断，把模糊不安的憧憬有时当作天才的表现，有时当作一种宗教情绪，更多的是把它当作强烈的爱情。[37]

——乔治·艾略特的天赋是毋庸置疑的，然而，她在此就罗莎蒙德·文西说的这番话，明显也关乎到了她自己那不够成熟的自我——那与自知之明和一种罕见的成熟这种天赋如此非同寻常地坚持结伴而行的自我。

多萝西娅"天生情感高尚"，心中有一条"潜流"，"她的一切思想和感情迟早都会汇集到那儿，而它在不断向前，把她的全部意识引向最完美的真理，最公正无私的善"[38]（第二十章末尾），而且她有能力把那条潜流变成对威尔·拉迪斯拉夫的热恋，这样一个多萝西娅又给我们展现出了麦琪的情形以及麦琪的意味：我们又看见了体现在麦琪那"精神饥渴"的亢奋含糊中的混沌困惑；我们看到了那些不可接受的评价和白日梦般的自我放纵。

明白表现出自我放纵这一面而最令人尴尬的，就是多萝西娅与利德盖特的关系（作者要我们看到的关系）。利德盖特不同于拉

---

[37]《米德尔马契》，第884页。
[38]《米德尔马契》，第245页。

迪斯拉夫，他是真实的一个人。他的真实性令乔治·艾略特（或她身上的多萝西娅）所盘算的伟大场面的不真实，变得令人更加窘迫了：那场面就是，在遭人误解、孤立、排斥的利德盖特面前，出乎意料地有天使降临——理解一切、善良而不可抗拒的多萝西娅来了（第七十六章）：

> "啊，那太残忍了！"多萝西娅说，"我明白，你要辩明自己无罪，那是很难的。一切都在于你同一般人不同，对生活抱有更高的目标，要寻找更好的道路……但我不能听其自然，认为这是不可改变的。我知道你以前也这样。你第一次跟我谈到医院的时候说过的话，我还记得。我一直在考虑这点，我觉得，向往伟大的目标，企图达到它，可是仍以失败告终，这是最大的不幸。"
>
> "是的"，利德盖特说，觉得正是应该从这方面来理解他的灾难的全部意义……
>
> "要是……"多萝西娅一边考虑，一边说，"要是我们按照目前的计划，把医院办下去，你留在这儿，尽管只有少数人支持你，做你的朋友，但是，对你的仇视会逐渐消失，到了一定的时候，人们就不得不承认，他们对你是不公正的，因为他们会看到，你的目的是纯洁无私的。你仍然能赢得巨大的声誉，就像路易斯和雷奈克一样——我听你提到过他们。我们大家也会为你感到骄傲。"她最后说，露出了一丝微笑。[39]

同样一种迷人的单纯，作者还让我们看了许许多多。一个如此

---

[39]《米德尔马契》，第896页至897页。

智慧的小说家,竟然如此这般地发挥失常,这就不止是个表面问题了;它暴露出的是一种根本性的内在紊乱。作者告诉我们,对利德盖特来说,"多萝西娅讲这话时,眼神严肃,那种孩子似的认真态度是不可抗拒的,这和她对高尚的精神境界的同情和向往,构成了一个令人敬仰的整体"。[40] 作者生怕我们对她的欣赏不够充分,又交代道:

> 利德盖特告辞后,骑在马上想:"这位年轻妇女有着宽阔的胸怀,简直比得上圣母马利亚。她显然毫不考虑自己的未来,只想马上把一半的收入捐献出来,仿佛她什么也不需要,只要有一张椅子,可以让她坐在上面,用那对清澈的眼睛,俯视世上嗷嗷待哺的众生。她似乎有一种东西,那是我以前从没在任何女人身上看到过的,这便是对人的丰富同情,这样的人是可以当作朋友的。"[41]

我们在这里所看到的,与罗慕拉在瘟疫肆虐的村庄里的顿悟,无疑是同一种东西,不过要更糟一点——或,不管怎么说,令人痛苦的意味都要更强一些。由于这实际是出现在乔治·艾略特最为成熟的艺术中,不仅关系更大,而且还更驱使我们认识到,艾略特之短是何等紧密地伴随她之所长而来的。在强调这个场面所要蕴含的意义时,她在其间说道:

> 高尚的人格,慷慨的胸怀,与人为善的仁慈,这一切出

---

[40]《米德尔马契》,第897页。
[41]《米德尔马契》,第901页至902页。

现在我们面前的时候，会改变我们对世界的看法，我们的眼界重又扩大了，我们的心情重又平静了，我们相信，人们也能全面地、准确地看待和评价我们。[42]

这是一段具有典型意味的话，若不是因为眼前所见的形象说明，我们倒要说它是源于艾略特的长处——她在刻画卡苏朋、罗莎蒙德、利德盖特以及布尔斯特罗德这些人物时所展现的长处。身为小说家而天生一颗高尚炽热之心，这无疑是她的所长——也是令她那样成熟而成为比福楼拜更加伟大的艺术家的前提条件。她说多萝西娅的那番话或许也是在说她自己呢：

暴乱不息，生活因缺乏一些深情而虔敬的决心便乱七八糟，这是她所不能接受的。

但是，她拿这话说的是多萝西娅，我们因而一定要意识到，我们眼前所打量的远远不是一个简单的性格特征，一定要意识到这句话可以何等容易就悄悄变成了这样一句：

对多萝西娅来说，生活若不充满激情，便不成其为生活。

一面是长处强项；一面是踌躇而不敌诱惑——这当然完全不是一回事，但在乔治·艾略特这里，我们却看见它们是如何暗中相连的。她极聪明且极富想象同情之心，敏于生动形象地展现他人——甚至像卡苏朋或罗莎蒙德这种人——那"对应相等的自我之中心"；

---

[42]《米德尔马契》，第894页。

她无法阴郁冷漠起来，或按常人惯态而变得迟钝麻木。作为对她最佳状态的描述，我们可以满含赞扬之意地说，生活若不充满激情，则对她也不成其为生活了：她的感觉向外而受；她的回应则由内里生发。在这种状态下，"激情"是由其对象所限定的一种不偏不倚的回应，与运用智识和自知之明几乎难以分别：智识和自知之明赋予激情以超越个人的意味。但是多萝西娅所代表的那种情感的"充沛"，若要具有昂扬之力，却有赖于把智识和自知之明暂时搁置起来；而由"客观对应物"所展现的情境，则与经验有着白日梦般的关系；它们是一种需要——要翱翔于真实世界里难以驯服的事实和状况之上的需要的产物。它们实在没有给我们什么真实的感觉；它们没有什么客观性，没有什么幻觉的活力。在这种放纵中，由于乔治·艾略特心满意足地随波逐流，她的创造活力便不起什么作用了。

《丹尼尔·狄隆达》与《一位女士的画像》

在乔治·艾略特的作品里，没有哪一部像《丹尼尔·狄隆达》那样，把其长处与短处结合得那么显眼或那样地不幸。说其非常特别地不幸，并非因为短处坏了长处——双方泾渭分明，都颇具规模——而是因为激昂热烈又喋喋冗长而不真不实的那一部分，似乎招来了对这本书的大部分的注意力，也似乎是人们对它的全部记忆。我以为，这种情况的出现表明，人们对乔治·艾略特的接受，是何等少而又少地建立在对其真正优点和卓异处进行严谨识别之上的，而传统上对她早期作品的过高评价，事实上对她又是何等地不公。因为，如果她的真长实处已为人准确领会的话，则像《丹尼尔·狄隆达》里优秀的一半那样壮观动人的成就，便不可能不让人发出赞叹，从而仍会将其立于小说大观之列，尽管那糟糕的一半糟到了令人瞠目的程度。

最好还是先把那糟糕的一半打发掉。这很快就能办到，因为那薄弱之处已被人详加讨论过，无须再给予什么长久的关注了。它就表现在狄隆达本人身上，表现在可以统称为犹太复国主义的灵感激情上。这里该提一下乔治·艾略特在《米德尔马契》前写的一部作品——《西班牙吉卜赛人》。这是一部诗剧，故事发生在中世纪的西班牙。女主人公要嫁给她的恋人，一个西班牙贵族，可就在新婚前夜，来了一个吉卜赛人，他（我们引用莱斯利·斯蒂芬的概述）"不失时机地道明他是她的父亲，说他就要成为吉卜赛民族的摩西或穆罕默德；他命令她放弃她的国家、她的宗教信仰以及她的恋人，同他一起加入到这个大有希望的事业中去"。女主人公因此便陷入了爱情与责任的冲突之中。她的解决办法是热烈地拥抱责任，感到那是一种崇高而令人亢奋的激情或事业：

> 父亲，我的灵魂并不太过卑俗，您
> 伟大的思想一触及，它便嘹亮回应；是的，在
> 我的血液里，流淌着难以言传的同种同族感，就
> 像豹子见豹子，自在而怡然。
>
> ……我要嫁——嫁
> 给那摧残我们民族的祸根。

"为什么要把女主人公置于如此难以想象的境地？"莱斯利·斯蒂芬问道。他自己未作任何回答，只是对一位小说大家那学究气的心血来潮报以微笑，但我们对作者薄弱之处所作的分析，却给我们指

出了一个答案来，而且，比起莱斯利·斯蒂芬的微笑里似乎含有的意味，这个答案要更加有趣一些。

乔治·艾略特是个聪明人，不会在实证主义或维多利亚时代对种族和遗传的兴趣里找线索，当作提供了她所渴望的宗教上的崇高境界——也就是说，她灵敏非常，不可能就这样把它们直接端出来。然而想象的艺术却给了她混淆的机会；她发现自己可以自由地摆弄梦幻虚境，劲头十足得不知其为虚幻了。她是《罗慕拉》的作者，也为《罗慕拉》而饱受了折磨；可她却以令人痛苦而学究气的严肃口吻说，那些虚幻是历史的，是真实的，但是这种准历史场景的基本功用与诗体形式的功用是一样的，即逃脱任何严肃的真实性检验（我们知道，诗歌是对事物的理想化描述，追求的是更高的真实）。

相比之下，我们便看到犹太复国主义给她的机会是何等地好了。她不必去重建反犹行为或与它相反对立的东西：犹太人就在现实当世之中，体现着真正的、活生生而尖锐的问题。一方面，她全部的慷慨道德热情都天然自发地去维护他们的利益，而另一方面，她的宗教倾向和虔敬之心，还有她的才智和兴趣，也在犹太文化、历史和传统里找到了一块相宜的土壤。这些便宜一旦感受到，便成了难以抵御的诱惑。亨利·詹姆斯在就《丹尼尔·狄隆达》所作的"谈话"里，（通过康斯坦梯斯之口）说出乔治·艾略特身上的长短之别在于有"灵感下的她与别人期望下的她"之分。然而我本人在读《丹尼尔·狄隆达》里那个糟糕部分时的感觉，却与"有作者在某种外力压迫下写作的感觉"（康斯坦梯斯语）正好相反。如果说哪里有"灵感"迹象的话，那就是在这里：乔治·艾略特明明白白地感觉到自己被一股激情暖流带走了。亨利·詹姆斯（还是借康斯坦梯斯之口）说道，"关于犹太人的那部分，底子里就全是冰冷的东西"。假如对这个说法还有什么要说的话,那必然就是,我们可以用它来指出那一部分具有一种特征,一种将其与D. H. 劳伦斯的一部小说联系起来的特征。这部小说就是《羽蛇》——劳伦斯在充满想象力的创作中试图相信,基督教创立之前就存在的墨西哥宗教,或许有复活的可能——劳伦斯陷入虚言伪意的一本书。这种虚言伪意本是他极善诊断和加以挑明的东西,它当然就在致使我们说"试图"的那种特征里——不过我们所意识到的是涌流而不是一种努力。《丹尼尔·狄隆达》肯定就带了一些那种特征——引得我们不禁要说,如此聪慧的一个作家,倘若内心不存默许或共谋之意,则在那种状态下,本是不可能让自己那么相信灵感的:这里有一种隐隐**故意**的成分。

可这并不是说乔治·艾略特的智性在此压倒了天然自发的东西,或其内心没有生发出一种决定性的动力,一种欢欣的激情压力;动力压力是有的,而这也正是麻烦之所在。在她受到的犹太复国主义的灵感激发里,肯定有维多利亚时代知识分子的不小作用,但那并没有降低这些灵感的激情热度;知识的作用在于欢快服帖地同她的不成熟结合在一起。我们已经看到,这种结合来得非常自然(因为艾略特身上所体现出来的维多利亚时代的知识分子与十足女性的关系,并不是她的批评家们似乎普遍以为的那种简单的对立);它来得非常自然而诡秘,形成了种种格局,令她那成熟的头脑退化而不再抑制她的激情迸发——这些激情迸发不是因任何外界压力而来的。在《丹尼尔·狄隆达》那糟糕的部分里,无疑也可见到卓越的才智和高尚的情操,但糟糕的部分**还是**糟糕;与此同时,那高尚、宽宏以及道德理想主义,也都成为自我放纵的形式了。

艾略特由想象她的主人公狄隆达(如果可以说他是想象出来的

话）而得到的那份满足是无须加以分析的。他绝对是个女人的创造：*

> 他越是能护卫他们、拯救他们、用某种补偿影响他们的生活……这种人就越能吸引他，他总想从幸运者身旁冷漠地走开，他得抵御自己心中的这个倾向。（第二十八章）

他个人具有摩狄凯那个患肺痨的预言家所设想的一切长处，可以实现他的梦想，成为新的摩西：

> 他必须是个犹太人，有才智，有道德热诚——这一切之中，还得天生乐意接受摩狄凯的性情给他的灌输；但他的容貌必须出众，体格必须强健；一定是个谙熟社交生活一切优雅之道的人；他的生活必须过得充裕而自在，他的境况必须不为龌龊的贫困所苦：他必须给犹太人的前途增光……（第三十八章）

其实，我们感觉到，狄隆达是以泛泛特征的字眼构想出来的，

---

* 但即使在乔治·艾略特的薄弱之处，也有无数的东西提醒我们，眼前所面对的乃是一个极富活力而出类拔萃的头脑，无论在哪一方面都不因是女人的头脑而无能为力，下面这段对狄隆达在剑桥经历的描述就捎带反映出了这些无数东西的特征：
"他爱琢磨，有刨根问底的精神，但却发现自己的这一倾向日益偏离了考试标准所划出的轨道。只需大量的死记硬背加灵活运用，却对构成知识间重要联系的那些原则缺乏洞察力，这种要求令人疲惫而无益，劳神又害智，狄隆达对它的不满日渐高涨。"（第二卷，第十六章）
这同她对利德盖特所受教育而下的评注是非常一致的：
"开明的教育方式，自然使他在学校里可以任意阅读古典作品中不太文雅的段落，但是对身体内部的构造，除了一般的神秘感和猥亵感以外，他还从未作过任何想象，因此他所知道的头脑，只是位于太阳穴旁边的一些小袋子，他不懂得血液是怎么循环的，正如他不明白纸币怎么能代替黄金一样。"[《米德尔马契》，第173页，略有改动。——译注]

因为乔治·艾略特与他的关系，几乎就是这里所表明的摩狄凯与他的关系；摩狄凯自己所表现出来的戏剧化的存在，只是给了作者一种自由，让她可以盛产出像她身上的多萝西娅所渴望的那种崇高的境界和炽热来。

对她到底给了狄隆达多少具体可感的形象，艾略特自己也疑惑不定。这一点，如亨利·詹姆斯所指，就反映在她一而再、再而三地提醒我们注意她赋予狄隆达的一个本来无足轻重的习惯动作——他在说话时喜欢抓住外套的翻领。下面就是他的说话风格：

> 把心中的害怕变成一个守卫。让你的恐惧一直想着，倘若不慎，那令你苦不堪言的懊悔就会增加。凝神沉思对弄清我们的渴望或恐惧会有很大的帮助。我们并不总是处在感情强烈的状态下，当我们平静下来的时候，就可以动用记忆，逐渐改变我们害怕的倾向，就像改变我们的趣味一样。让你的害怕护卫着你吧；它就像灵敏的听觉一样；也许会让你强烈地感受到后果的。要努力抓住你的感受力，运用它，就当它是个官能，像眼力一样。（第三十六章）

诚然，他在这里对葛温德琳·哈雷斯说话的口吻，像个在俗的告解神父（哈雷斯的情感把这人变成了神父），但在乔治·艾略特的构想里，这乃是他最为自然又最能表现自我的角色，*而且这种

---

* 他在一般的客厅谈话里是这样说话的："'就我而言，'狄隆达说，'不管做什么，只要把事情做得漂亮的人，总能激励我去试一试。我并不是说他们让我相信我能做得一样好。但他们让那事情，不管是什么事，显得值得一做。你说我的音乐不怎么样，我能忍受；但假如我认为音乐本身不怎么样，那世界可就更惨了。杰出成就可以给生活以普遍的鼓舞，这显示了世界具有的精神财富。'"（第三十六章）

说话风格是与这本书薄弱部分的整体风格妥帖一致的（如果可以这么说的话）——不过，单从狄隆达说话的这一实例上，你几乎难以想象乔治·艾略特的语言可以是何等的芜蔓、笨拙和抽象，而且还是连篇累牍的（属于她那热烈而最令人难堪的篇章之列，因为喋喋不休是与情绪昂扬连在一起的）。假如我们挑一些最糟糕的对话和最糟糕的文字，把它们与最好的例子（书中应有尽有）放在一起，我们就会看到一些令人瞠目的反差对照。可这里腾不出那么多的篇幅，况且读者若有兴趣，便会很容易地给自己找出一些具有代表性的例子来。

乔治·艾略特在狄隆达的犹太复国主义里找到了何种满足，那是明摆着的。"你现在需要的、可以帮你摆脱个人烦恼的，是高一层的东西，是对超越于我们一己嗜好和虚荣的东西抱有热情的宗教生活。"但是，由于可怜的葛温德琳不能发现自己是个犹太人，因而也无法按狄隆达的办法求得超度。她也许最终——等狄隆达与米拉去了巴勒斯坦之后——会反思怀疑起狄隆达的见识到底有多深刻又有多大的普遍意义。无论如何，对乔治·艾略特如此毫无保留地赞同狄隆达所表述的那"高一层的东西……宗教生活"，我们是必须持批评态度的。他狄隆达乃是美德、慷慨、智慧和公正无私的化身，他没有什么要他寻求躲避的"烦恼"；他感觉他需要，也是他渴求的，乃是一种"热情"——一种同时也得是"责任"的热情。这样一种欲望是否必然要左右逢源，我们是不必讨论的；但非常明显的是，狄隆达所拥抱的"责任"——"把自己……与我同宗同族的人们连成一体——我认为这是我的责任——是我的情感的意愿冲动"——是把道德热情和强烈激情的效应同本质上的懈怠掺和在了一起，以至于对他所提倡的任何一种"高层次的生活"，我们兴许都能在酒精的亢奋效果里找到一个类似的东西。自我放纵的成分是显而易见的；混乱不清也是明摆着的。对葛温德琳来说，不存在什么与犹太复国主义相等的东西，即便有——拿遗传或种族当宗教——这是我们可以从书中归纳出来的解决问题的办法，但假如乔治·艾略特也身陷此境的话，她自己都不可能会笃信坚守它的。这些灵感激发没有用到她的智性和真正的道德洞察力；但除此之外，她可是把全副身心都投入了进去——我们后来又进一步充分领悟到，这种投入是何等地全心全意又是何等地意味深长了——我们注意到，狄隆达的种族使命不知不觉间已与他对米拉的爱等同了——那"美好而不可抗拒的憧憬——希望人类可有的最好的东西会降临他的头上——完全的个人的爱与一个更大的责任融汇合流……"——于是，他抱有这种憧憬，最终便是正当的了。

这本书里由这灵感激发出来的东西，统统失真而且冗长无力，其情形一如先前论及多萝西娅时所说的那样——不过，若说到加在摩狄凯头上的对《圣经》故事和炽热理想主义（"启示"）的滥用，或工人俱乐部那冗长而乏味可笑的不可能之事（第四十二章），或第五十二章里汉斯·梅瑞克的那封信所散发出来的完全是老一套莎士比亚化的活泼，《米德尔马契》里便没有什么堪与相比的东西了。梅瑞克一家虽然不是神灵预言启示的直接产物，却也是附属其下的执行者，乔治·艾略特的作品里有一些似乎不是源于生活而是来自狄更斯的成分，他们就在那些东西之列；当铺老板一家也是这样：幽默和温情令人痛苦难挨，因为它们具有一种明显的意图性，是同它们要加以推动的那庄严肃穆的大氛围紧密连在一起的。

关于《丹尼尔·狄隆达》那薄弱糟糕的一面，我们无须再多费口舌了。在除此之外的另一大半部分里，乔治·艾略特不仅超越了她的弱点，而且还超越了一般认为的她的局限范围。这一部分之好之美，与另一部分之糟之陋，形成了令人瞠目的反差，对此我将予以充分的强调并在此基础上力陈这样一个事实，作出这样一番审慎的比较来，即倘若亨利·詹姆斯未曾读过《葛温德琳·哈雷斯》（我将这样称呼《丹尼尔·狄隆达》里出色的那一部分），他便不会写出《一位女士的画像》来，而且在这两部极其相仿的作品中，乔治·艾略特的作品不仅在时间上领先（如果可以这么说的话），它还明确无误地更胜一筹。这个事实一经说出，大概是不会有人表示怀疑的。亨利·詹姆斯关于《丹尼尔·狄隆达》的"谈话"写于1876年，他动笔写作《一位女士的画像》是在"1879年的春天"。对于《葛温德琳·哈雷斯》，他表露了浓厚的兴趣，并且极富鉴赏力；而他自己所写的主题又与乔治·艾略特的特别相像（《一位女士的画像》简直可以说就是一个变调），凡是考虑过这两方面情况的人，都不会说这种相像是偶然的，没有什么意义。

伊莎贝尔·阿切尔就是葛温德琳，而奥斯蒙德则是格朗古——相似之处若明列出来，无论如何都是非常接近也非常明显的。至于分开单个来看，说奥斯蒙德是格朗古，这话引起非议的可能性相对要小一些。伊莎贝尔与葛温德琳之间的差别，肯定要比奥斯蒙德与格朗古之间的差异来得更大——女性是主角，也是兴趣关注的中心之所在，故而承认这一点，对于詹姆斯的独创性来说，似乎没准儿还是件非常有利而意义重大的事呢。然而，如果说伊莎贝尔·阿切尔是男人眼中的葛温德琳·哈雷斯，那么我看到的种种差别便被清楚明白地点了出来。还要补充的一点是，在表现这种类型的人物上，乔治·艾略特具有身为女性的优势。

如果说相比之下，詹姆斯的描写让人觉出在感情用事，那也许还是不够的；不过我以为，他的描写给人的是双重意义上的偏颇之感——即是说，控制它的视角既不完整又纵情逞性，这样一来，我们在事实上就得承认乔治·艾略特的描写比他的强了。在此也许有人会反驳说詹姆斯描写的**不是**葛温德琳·哈雷斯，而是另外一个姑娘，而且他也完全有权利挑一个更加不折不扣讨人喜爱的人物来写。毫无疑问，只要詹姆斯心中还装着葛温德琳·哈雷斯，这就正是他要做的事。但要说他也自觉意识到心中念的是哈雷斯，从而认识到自己是在乔治·艾略特的主题上做变异，这在我看来倒是极不可能的了。他所意识到的灵感，或激励，乃是在现实生活里碰到的某个姑娘：

> 一幅完美的青春画像——热切、放肆、关注自我、虚荣又傻气、感觉自己无所不能。但她又是极其聪敏伶俐的，所以悲剧**会**找上她。

这其实就是詹姆斯对葛温德琳的描述（由"谈话"三方中最富同情之心的西奥多拉说出，其风格本身就表明，她的话在这里受到了审慎明断的中心人物康斯坦梯斯的赞同）：伊莎贝尔·阿切尔是男人眼中的葛温德琳·哈雷斯——或葛温德琳是女人眼中的伊莎贝尔——我们似乎无须再强调这种提法自有道理了。因为明白清楚的是，如此这般描绘出来的姑娘，一定会（即使我们把她看作伊莎贝尔·阿切尔——詹姆斯在她身上是看不到虚荣或愚蠢的）有"关注自我"和"感觉自己无所不能"的表现，从而证明她要得到的评价和反应当比来自詹姆斯的更加审慎也更加无情一些。这倒不是说乔治·艾略特对葛温德琳抱有什么敌意；纯粹是，身为女人且聪明非常，她能免于男性视野的偏颇，又因是女人而更加敏锐，表现她的主题时便能比詹姆斯来得**全面**得多。这一总之表现为全面性的长处，在局部给我们的感觉是更加详尽具体，若细想起来，这详尽具体的优点竟也还是艾略特比詹姆斯更加连贯一致的一个长处。事实上，显著的具体性正是艾略特成熟艺术之所长的一般性标志。

这一长处就见于她与詹姆斯在描绘乡间宅第和"郡级"阶层的对比上。普遍以为这是超出她范围的东西。我们知道她早年的生活是什么样的，我们也知道她专写小说的日子是怎样与 G. H. 刘易斯一起度过的——"与世隔绝"（"对小说家来说，损失重大"，吴尔夫夫人如是说）；既如此，对于那"无人显摆任何东西、且因惯享世俗利益反报以气派高雅之蔑视的上流社会"（她自己的话），她又能知道些什么呢？回答是，不管她的知识是如何得来的，按《丹尼尔·狄隆达》的陈情来看，她是有能力充分而真实地表现那个世界的，足可以向世人表明，她对它了解之全面与深入就像她了解米德尔马契一样。艾略特的这一面能耐给詹姆斯本人留下了极深的印象。针对艾略特这本书的前一部分，他说道（借康斯坦梯斯之口）："我喜欢它那深沉、浓郁的英国情调，里面好像融汇了许许多多的声音。"

我们应该强调的不是"融汇"，而是"许许多多的声音"，因为詹姆斯有感而发的是描写的具体性和全面性，而"融汇"意味的则是吸收同化的醇和，把种种感知洞见加以调和柔媚化；是一种弥散性的丰赡，平和柔润又淡而无味。乔治·艾略特的丰赡不是这样一种；她的现实感太过强烈，她看得太明，悟得太透，一副品评判别的目光把一切都同她最为深刻的道德经验挂上了钩，其结果——她那生机勃勃的价值观全部牵动了，而且发出了灵敏的回应。并非是她不欣赏亨利·詹姆斯非常喜欢的那些特征：描绘起来，她至少做得同他一样好——还要更好一些，因为她能给它们"定位"（这一点同另一点密切相关，即她的"音"域比詹姆斯的宽广得多）。诚然，如弗吉尼亚·吴尔夫所说，"她算不上什么讽刺家"。但她给出的原因——"她的脑袋转得太慢，累赘太多，不适合写喜剧"——

却表明吴尔夫夫人未曾读过《丹尼尔·狄隆达》——也完全不可能深刻读懂过别的东西。如果乔治·艾略特算不上什么讽刺家，那倒不是由于她反应不快、触觉不敏、精确不够；也肯定不是说她缺乏有助于产生讽刺的那些个见识和回应。我们且看这样一例：第十三章里葛温德琳与她的姨父加思科因牧师（"由世俗之人变成的牧师"）之间的晤谈：

> 与格朗古的这桩婚姻在他看来是一件公事，甚至没准儿还能怎么着加强一下国教的地位呢。教区长的父亲（谁也不会想到，也没人听说过）曾升至地方谷物买办的位置，在教区长看来，贵族的世袭地位就像法定继承权一样，可以使受益人越出道德评判的一般标准。格朗古差不多就是男爵了，未来还有望成为上院议员呢，这样一个人物是得与名流要人摆在一起的，也是一个要从国家和教会利益的大前提出发加以接受的婚姻对象……但即便格朗古确曾比前程远大的年轻人一般的放荡愚行还要出格一些，或更不成体统，那么，到了现在这个年纪，他也就戒掉了。只要没把自己给毁了，所有的账都还能妥帖地了结掉，而且有了过去付出的代价，未来也就不会出错了。这是世事洞明之人的观点；就更高的见解而论，忏悔还具有极高的道德意义和宗教价值呢。人们完全有理由相信，一个头脑清楚的女人与格朗古在一起是会感到幸福的……
>
> "他这人你讨厌吗？"
>
> "不讨厌。"
>
> "你听说过他有什么让你反感的事吗？"教区长认为葛温德琳不可能听到他耳闻的那些闲言碎语，但不管怎样，他得尽量把一切都给她摆明。

"都说他是个如意的郎君,其他倒什么也没听说过呢,"葛温德琳有点儿调皮地说,"真让我感觉好爽哟。"

"那好,我亲爱的葛温德琳,我只有一点要说了:你的命运掌握在你自己的手里——这种命运很少降临在像你这种境遇的姑娘身上——实际上,这种命运几乎就把问题带出了单纯是个人情感的范围,而让你对它的接受成了一种责任。假如上帝给你权力和身份——尤其是在没有任何让你反感的条件构成障碍的情况下——你的一言一行就要负责,里面绝不能有心血来潮的成分。男人是不愿意人家拿他的感情来玩耍的;你一下可能回不了他——这是个人性情不同的问题。但玩耍也可能会过火的。所以我得给你指出来,万一格朗古退了回去,而你并没有拒绝过他——并没有最终打定要拒绝他,那么你的处境可就不光彩了,会很麻烦的。就我来说,我会非常讨厌你,因为伤害你的不是别人,正是你自己的风骚和放荡。"

葛温德琳听着这番告诫,脸色变得煞白。一字一句勾起的念头很是令人耸动,她身上的反抗勇气在这里也帮不了她了,因为,她的姨父并不是在怂恿她反对自己决意要做的事;他是在拿她已经感觉到的害怕来压她;他是在让她更深切地意识到自己身上存在着的危险。她不吭声了,教区长看出这一番话已经有了些效果。

"我这样说也是好意呀,亲爱的。"他放缓了语气。

"这我知道,姨父,"葛温德琳说,一边站起身,向后摇摇头,好像要把自己从痛苦的被动中唤醒过来,"我不傻,知道有一天得把自己嫁出去——别太晚了。我也明白不可能有比嫁给格朗古先生更好的事了。我打算接受他,如果可能的话。"她感到这样毅然决然地对姨父说,就像在给自己打气似的。

这正是教区长的意思,然而,听着那嫩牙幼齿如此赤裸裸地道出他的心中之意,他却有点儿给吓住了。他本希望他的意见能够在她心里激起一个姑娘家应有的脆弱情感,那么着被她接受下来,还有一个牧师的建议里理所当然的那些东西,不过他也许并不以为把它们说出来总是合适的。他希望他的外甥女有庭园,有马车,有身份——总之拥有一切能够把这个世界变成一个欢乐窝的东西;但他却也希望她不要愤世嫉俗,相反,要虔诚尽责,充满温暖的妇道情怀。

"我亲爱的葛温德琳呀,"他也站起身来说道,神态慈祥而庄重,"我相信你会在婚姻中找到责任和感情的新源泉的。只有婚姻才是一个女人可以真正而又充分施展的领域。假如你与格朗古先生能够喜结良缘,那么你的力量——无论是地位的还是财富的——都有可能越来越大;你也可以以此来造福别人。这些考虑是高于浪漫的东西。你天生就适合这样的位置,但鉴于你的出身和早期可见的前景,正常情况下,你几乎是不可能达到的。我相信你会为这个位置添彩增光的,不仅用你的那些个人天赋,而且用一个健全而本分的生活。"

"我希望妈妈能好过点儿,"葛温德琳说道,样子快活了些,抬起双手抱住后脖颈,就朝门口走去。她想把那些更高的考虑搁置起来。

这是撒缪尔·巴特勒[43]的题材,而且就其本身来看,实际离巴特勒的风格并不很远了。这里对牧师的描写是直接的讽刺——无论

---

[43] 撒缪尔·巴特勒(Samuel Butler,1835—1902),英国小说家,对宗教持怀疑态度,也反对达尔文的进化论,笔锋带刺,语多吊诡,主要作品有《埃瑞洪》《重访埃瑞洪》和《众生之路》。

如何，若说它出自一部讽刺小说，也是不无可能的。但即便在所引的这一节里，也不乏迹象（显见于描述葛温德琳心境的一段）告诉我们，作者并不是个讽刺家。我们也从加思科因先生在小说中其他地方的表现得知，艾略特对他的一般态度远没有讥讽的意思；在她的笔下，他给人留下了深刻的印象，而且总体说来，是个可敬可佩的形象："乐呵呵的成功的世故"——她对我们这样说——"给人一种假象，似乎比那种刻薄的碌碌无为之流还要自私，那种人的秘史是可以用'出卖而未得报偿'这样可怕的字眼加以概括的。"加思科因先生不仅有强烈的家族情感和宽宏的责任心，而且在窘困时还表现得极有头脑又大公无私。乔治·艾略特见得太多，现实感太强（另外还太有自知之明且对自己的人性有太过充分而恒常的意识），以致她不可能就是个讽刺家了。

艾略特笔下的加思科因先生所体现出来的这种复杂性和完整性，视角和反应上的完备充分，也是作者对他所从属的那个世界的再现所具有的一般特征。相比之下，亨利·詹姆斯对基本是同样一个世界所作的描绘，便让人觉出是排除了许多东西而大大简化了的。他的艺术固然是精湛微妙之道，他也有反讽之意，但这反讽却并不意味着万象包容——可以充分而具体丰满地表现真实的复杂性；它也并不表明就是一个复杂的评价过程（这种评价的要旨在于一个总体态度，其间汇聚了构成充分回应的一切成分）。他的艺术（我指的是在《一位女士的画像》里表现这一世界的艺术），似乎把能够再现我们表达严厉和不快之意时所用的种种语调和面部表情的那些感知统统略去了。他的反讽就是这精细入微之道的一部分，借此，詹姆斯一面可以给人温暖具体的感受，一面却又能安安稳稳地那样有所局限，有所选择，而且——这也是他有所选择的一个条件——与乔治·艾略特相比，那样地缺乏明确特征。他的"上流社会"和乡间宅第虽然也不乏种种生气和魅力,但与乔治·艾略特的相比,在真实性(这个词在这里的含义非常明白,耐人寻味)上的差距便不可以道里计了。他是在做理想化的描述,而这样一种理想化就是对大量的真实视而不见,也不闻不问(或不思不虑)。在我看来,我们在他的伊莎贝尔·阿切尔身上基本就能看到这种理想化的倾向;她之于葛温德琳·哈雷斯,一如詹姆斯的"上流社会"之于乔治·艾略特的"上流社会"。

当然,我这样说是在强调要在葛温德琳与伊莎贝尔之间作个比较。詹姆斯本人曾(借康斯坦梯斯之口)对艾略特笔下主要人物身上体现出来的作者手法的典型长处给予了赞扬,我作比较的用意即在于揭示这种赞扬的要义何在:

> 你看作者对这个姑娘是如何从里到外加以认识的,她对她的感受和理解又是何等地彻底、全面。这是乔治·艾略特的所有作品里最见**智慧**的东西,也就是说它是很棒的。它非常深厚,非常真实,非常地完全,含有极其丰富的心理上的细节详情,不只是技艺的高超呢。

对伊莎贝尔·阿切尔的描写,我们则难以说是完整全面的;詹姆斯给她的形象没有一点儿"丰富的心理细节"的意思,倒也满可以表现他的意图,这便是詹姆斯艺术的典型特征。事实上,阿切尔所以自有其令人难忘之处,靠的就是对她**不甚**彻底的了解,而这一点——我们得承认——乔治·艾略特是做不来的:她太了解这种女孩儿家了。因为公正地说,假如詹姆斯遇见个葛温德琳·哈雷斯式的人物(无论如何,应是个美国人),他眼中所见的便会是伊莎贝尔·阿切尔。对于乔治·艾略特描写之深入与全面,詹姆斯是大为赞叹的，可等到在现实生活中遇见这种人进而要去构思《一位女士的画像》时，他便又用一个美国绅士的目光去看她了。我们必须补充一点——根本的一点，即他是把**她**看成了美国人。

当然，可以想象有这么一个姑娘：美丽、聪明又充满活力，"对人差不多满脑子的优越支配感"（乔治·艾略特描写葛温德琳的用语，但用在伊莎贝尔身上也同样合适），而其自私自利的品性却不必像葛温德琳的那样饱受一位有见识的女人的批评。然而，我们难以相信的是，生活中的她也能够像詹姆斯眼中的伊莎贝尔·阿切尔那样，能够不带有会招来批评的种种品质。在问及何以葛温德琳虽不过一个女孩子家却处处成为令人仰慕的中心时，乔治·艾略特道（第四章）：

> 答案似乎就在外表——在她的美貌里；她有一种与众不同的气质；她举止优雅，说话朗朗干脆，无不透着一股坚定的意志力，于是，假如在一个雨天，人人都蔫了而且不能一眼看出万事万物还有什么益处——假如这时她走进屋里，那么突然间似乎就会冒出一个理由来，让人们把生活的样子保持下去。

詹姆斯若能给自己的女主人公找来这样的话，他完全可能会很高兴的。但乔治·艾略特对答案却并不满意：她不仅继续——詹姆斯就几乎不会这么做——谈论这个姑娘的"天生自私之欲的能量"，而且还非常详尽具体地展现这种能量的作用——如何把她的欲求强加在周围的人身上。单说詹姆斯不必如此具体，那是不够的——即使我们可以承认两位作者写的不是同一个姑娘：显而易见的是，乔治·艾略特对她的姑娘的了解，要比詹姆斯对他的姑娘的了解，来得更深一些，而这也正是那表面显而易见的大半不同的原因。

只要这种表面显现的差异的确——我们必须承认确实如此——是源于小说家在关怀对象上的实际差别,那么,我以为,我们就必须承认乔治·艾略特不选——这是由她兴味关怀的本质和倾向所决定的——伊莎贝尔式的而去选择葛温德琳式的人物,乃是一个见多识广且对真实有更加完整把握之人的抉择;必须承认这一抉择使小说家得以更加彻底和深入地探讨特殊的人性领域,而表现出这一面,正是两位姑娘呈现给人的根本兴趣——只不过一个比另一个展露得更加完整也更加丰富一些。一面是选来予以表现的实际人物有不同;一面是在表现的具体性和深度上有差异——我们其实无法将这两面精确地区分开来并说出我们主要谈的是哪一面。伊莎贝尔这个漂亮又令人难忘的美国姑娘,习惯于从男人们那里得到殷勤的仰视;倘若她还没有养成习惯去期待某种类似于膜拜的东西,那她倒肯定是非常特别的了。下面是乔治·艾略特对葛温德琳的描述(第十一章):

> 在女士小姐们的饭厅里,葛温德琳显而易见不是普遍讨同性喜欢的人,在她与别的姑娘之间,没有一点儿亲密的苗头,谈话中她们只是留神她说的话而不是同她进行自由的交谈。这也许是因为她对她们兴趣不大,一个人同她们在一起时,有一种空板凳的感觉。福尔卡尼夫人有一次说哈雷斯小姐是太喜欢先生们了;可我们知道她一点儿也不喜欢他们——她只是喜欢他们的膜拜——而女人们是不对她进行膜拜的。

类似这样关于伊莎贝尔的话,詹姆斯没对我们**说过**;事实上,他让我们看到她也从女人们那里博得了崇敬。但我们不禁要想起詹姆斯本人乃一介绅士——还要想起的相关一点是(这里当然无意说詹姆斯愚蠢），乔治·艾略特对由阿罗波音特夫人引见给葛温德琳的克莱斯默先生的描述（第五章）："男人要讨美人欢心，纵使天才有时也难免冒傻气，恰在那时，这种令人软化的傻气就从他的身上冒了出来，把他那惊人的聪明劲儿弄得黯然失色了。"

葛温德琳和伊莎贝尔一样，对人有优越感，而乔治·艾略特的天才就在于她明确具体地展示了葛温德琳身上伴随优越意识而来的种种现象。试看就在克莱斯默有机会冒出那股"令人软化的傻气"前，她与阿罗波音特夫人的那场谈话。那是一次表明自私自利之残缺局限的谈话："自信往往是因想象别人愚蠢而来的，就像富有之人对穷人说话要连哄带骗，也像壮年之人面对老人时，遽然就以为他们耳背且有些痴呆，说话便要提高嗓门，拿腔拿调一样。"我们在这里看到的可不是个脑子转得"太慢，累赘太多而无法写喜剧"且"对话写得拖拖拉拉"的作家。在她发挥最佳时，如《葛温德琳·哈雷斯》里大段大段所显示的那样，没有哪位作家比她更与这些批评对不上号了。最能明显看出其天才的地方，恰恰是在她"控制对话"所表现出来的那份敏锐精确上，那是一种同时可以带来种种充满生机之张力的控制力。有两个例子可以说明这一点：一个是继格朗古表白自己的那封短信到达后发生在葛温德琳与母亲之间的一幕（见本书第132页）；一个是葛温德琳与格朗古之间那场决定性的私下晤谈（见本书第137页）。从根本上说，葛温德琳正是通过她说的话才有了一个具体的形象——那个"理想就是放胆说话，面对精神和肉体危险无所顾忌"的葛温德琳；那个我们很难把她说成倾向于表现自我合适呢，还是说她有扮演其理想自我之癖更恰当的葛温德琳；"那个大胆活泼的谈话给人以风趣之感"的葛温德琳（"她只图把话说得机巧，从未想过还要说得及义——这一点在为她说的话进行辩护时应该记住，她的话听上去通常比她这人要糟"）。下面

是与格朗古的首次见面在即,葛温德琳与她母亲在一起时的情形:

葛温德琳突然摆出了开弓上弦的架势,达威罗夫人一阵耳鸣,就听她面带滑稽快乐之色说道——

"我真的好同情射箭比赛大会上的那些姑娘们哟——都想着格朗古先生呢!只可惜一点儿机会都没了。"

达威罗夫人还没缓过神来马上接她的话,葛温德琳便迅速转过身来对着她,顽皮地道,"妈妈,现在你知道她们没有机会了。你和我的伯父还有伯母——你们都想让他爱上我的。"

达威罗夫人动了点儿心眼,说道,"哦,亲爱的,那可说不准。阿罗波音特小姐的魅力你就没有。"

"我知道,不过那且得琢磨呢。而不等他有空去琢磨,我的箭就要射穿他了。他会口口声声说自己是我的奴隶——我要叫他跑遍全球去给我弄来一枚幸福女人佩戴的结婚戒指——与此同时,所有挡着他道儿的男人都会害上各种各样的病而死去——他回来的时候已是格朗古勋爵了——不过没有弄到戒指——他跪在我的脚下。我要嘲笑他——他会愤而起身——我笑得更响——他就叫过他的骏马,骑上直奔科特彻姆,到了那儿,却发现阿罗波音特小姐刚刚嫁给了一个穷音乐家,阿罗波音特夫人扯掉了帽子,阿罗波音特先生站在一旁。格朗古先生退下,回到迪普罗,像雅宝先生那样,**换件内衣**。"

见过这样的小巫婆吗?你想着藏点儿东西不让她知道——就把秘密压在屁股底下,还作没事状,而与此同时,她看你的眼角余光早已知道,你屁股底下压的就是五镑零十便士!想瞒她,门儿都没有!多半她连掐带算,对格朗古先生的了解已经超过了其他任何人。达威罗夫人想到这一点,便问起她一个问题来,这种问题的出现常常并没有什么明显的缘由,只是因为人能说话而又不知该拿这一功能怎么办才好。

"哎,葛温德琳,照你的想象,他是怎样的一种人呢?"

"让我想想看!"小巫婆道,一面眉头微蹙,把食指搭在嘴上,接着就把食指果断地一伸。"矮个儿——刚过我的肩膀——嘴角胡子上翘,下巴留着长须,想把自己往高里拔——右眼里的玻璃眼珠让他看上去与众不同——对自己身上穿的马甲有坚定的自信,可对他想要带我出去的那一天会是什么天气却左右摇摆不定。他会一直盯着我看,眼睛里的玻璃球能让他的表情吓死人,尤其在他胁肩谄笑的时候。于是我就垂下目光,而他便会知道我对他的殷勤并非无动于衷。到了夜里,我会梦见自己正看着一只放大了的昆虫的奇怪的脸——第二天上午他就来向我求爱;结局同前。"

葛温德琳爱作如此这般活泼、"莽撞"的轻浮状,反映出来的当不止是个习惯问题,而乔治·艾略特于此着墨,其笔法之精之准,不禁令人一再想到了康格利夫[44]享有的独特声誉。人们给予他的那种赞扬,若是用在乔治·艾略特所达致的完美上,倒是更为合适一些;也更为相配的一点是,艾略特始终真切地抓住了她这位主角那千姿百态的轻浮世故和作戏般的矫揉造作——比起康格利夫赋予米拉芒[45]的所谓"风格的完美",这里的实质内涵要丰富得多,

---

[44] 威廉·康格利夫(William Congrave,1670—1729),英国王政复辟时期喜剧大师,善以犀利巧智之笔,展现爱情和婚姻所承受的社会压力,讽喻世道人心,主要作品有《如此世道》《老光棍》和《两面派》等。

[45] 米拉芒(Millamant)是康格利夫《如此世道》中的女主角,一个卖弄风情又舌灿生花的时髦女郎,也是康格利夫塑造的最为生动的形象。

因为葛温德琳的谈吐是真正戏剧化的,具有相应的意味而且"定位"得当。艾略特给我们带来的不是一些可供我们赞赏和大快朵颐的妙言和警句。

最能彰显乔治·艾略特驾驭对话之道的地方,乃是发生在葛温德琳和格朗古之间的那一幕。我们在第十一章紧接他们被相互引见之后而发生的那次小小的接触里,便一窥作者的身手。接下来在第十三章里,当葛温德琳面对格朗古明确的求婚意图而闪烁其词的时候,我们在作者对高度紧张的戏剧化场面的描绘中又再见其高超的控制力。这里不作引证,为的是留给那简练非凡的一段(后面将会适时提及),其间,葛温德琳发现自己已无法接受格朗古而承诺却似乎不受意志控制地自行决定了。在接下来的一章(第二十八章)里,还有他们两人之间轻巧对话的一个好例子。

眼下我们要强调的是,虽然詹姆斯"谈话"里的普尔切莉亚说"她们像极了"("这证明世故、做作、自私的年轻女子在她看来是何等的普遍"),葛温德琳却明白无疑不是另一个罗莎蒙德·文西:她的谈吐足以证明这一点;正如西奥多拉所说,她聪明。特兰萨姆夫人才是她的同道,因为她正像特兰萨姆夫人年轻时那样,有条件去扮演才色双全的大胆美女的角色:"她从未把幸福同个人的地位显赫与风光分开来过。"* 她聪明——像特兰萨姆夫人那样:

> 莫名其妙的规则和彼此不沾边的事实——这种能令无知的人免于任何痛苦无力感的硬邦邦的东西,都被她反应敏捷的头脑在课堂上爽快地吸收了进去;剩下的一切可知可识的东

---

* "在她的头脑里,教会同其他形式的自我表现并没有明显的分别……"(第四十八章)

西,她明白,自己都已通过小说、戏剧和诗歌而有了足够的了解。至于法文和音乐——姑娘家立身的两项才艺,她感觉不到有什么好担心的;而当我们在所有这些正负条件之外再加上一条,即某些幸运之人,天生就自命不凡,以至于他们所关注的任何东西,都因他们能对之做出一个正确判断而给自己留下了深刻的印象,那么,如果葛温德琳感觉当下就能掌管自己的命运,还有谁会感到奇怪呢?(第四章)

只是在同乔治·艾略特本人比较的时候,她才(像特兰萨姆夫人一样)要与罗莎蒙德·文西归为一类:这三个人物里谁也不像多萝西娅,或可能具有一点儿多萝西娅与小说家的那种关系。正如詹姆斯笔下的西奥多拉所说,她聪明,"所以悲剧**会**找上她"。葛温德琳就是年轻的特兰萨姆夫人,灾难催发出了她的良心;因为,用乔治·艾略特的话来说,"她身上还有良心的根茎"。一开始就有,在她的害怕里——她怕"那令人不快的对自己母亲的内疚感,这是她所体验到的最接近于自谴自责和缺乏自信的东西"。我们还得知:"欢天喜地中总要带着点儿恐惧,而这份恐惧随时都会凝结而一露狰狞——她天生就属于这一类人。"这一点在第六章描写玩字谜游戏的过程中突然露出死人脸面画像的那一节得到了戏剧化的反映,而它给人的印象或许不过是个主观的预设主题。其实,在一个惧怕内疚且聪明到也还惧怕内心未知不明的东西——那后果无可挽回地混乱冲动——的年轻气盛的利己主义者身上,这倒可能是一份真情实况呢,尤其当这一特征是与一种不安——因自私的"欢欣"和利己要求之靠不住而来的那份不安感——连在一起的时候。对一个身心尚未成熟、为敏感所困且富于幻想的小利己主义者来说,有这种不安感也是自然而然的事。"任何大场面下的孤寂,"作者告诉我们,"都令她深刻而模糊地感觉到,在她之外有一片无边无际的天地,她在其间无依无靠,无法逞能发威。"在我看来,这里的想象无不是真实而敏锐的,其分析也无不令人叫绝。于是当作者告诉我们,"但凡普遍认定与小姐身份相符的事,她行来便全无顾忌;而在那属于被叫做丢脸、不轨以及愧疚有罪这阴暗界内的东西前,她则自负又恐惧地抽身缩回"时,一个完整具体的实例便在这扼要概述中清晰地凸显了出来。对我们来说,葛温德琳身上具有爆发强烈悔恨之情的潜能就此已得到了具体的落实。

当然,我们在这里看到了葛温德琳与伊莎贝尔·阿切尔之间的不同:悔恨自责——詹姆斯构想中的年轻女人是无须悔恨自责的。她只会选择不当,而这种不当是由判断失误所致,并不牵扯她的什么过错,可这却给她带来了悲惨的后果。按伊沃·温特斯先生在《默里的诅咒》一书里论詹姆斯的文章中所说,詹姆斯典型关心的是把这种选择表现成自觉自愿的——把它表现成纯粹的选择。"于是,道德问题,由于主要说的是美国人的事,在大部分詹姆斯式的小说以及所有最优秀的小说里,便不受行为准则的影响。"这一点对造成葛温德琳与伊莎贝尔之间的差异无疑是有一定影响的:一个是生在维多利亚时代中期英国"上流社会"环境下的年轻英国淑女,虽然"鲁莽大胆",却"无法想象自己不是淑女";*一个则是"无拘无束的"美国姑娘,作为一个无限自由且得天独厚的闯入者,行走在旧世界的舞台上。然而,还有一个更加明显的大不同:"道

---

* "她很高兴地感到自己非同一般;不过她的见识却不出一种温文尔雅的浪漫传奇的范围,那里的女主人公在日记里倾吐的心声满是模糊的力量,满是新颖别致,满是全面的反叛,而与此同时,她的生活却严格不出上流社会的圈子;假如她迷途走入一片沼泽,那哀婉动人之处,不妨说,有一半是在她脚上穿着的缎子鞋上。"(第六章)

德问题也还不受经济条件的制约……伊莎贝尔·阿切尔在她的故事开始后，便得到了仁慈的经济资助，那用意很明确，即她的举手投足自此而后将不受制约了。"

乔治·艾略特的关注所带来的反差是极其强烈的。她调动全部的创造力去勾画一个从四面八方压向葛温德琳而令她难以承受的压力体系，给人的印象是，葛温德琳最终接受格朗古不是出于自愿，而是因为这些压力所致；如果她有所行动，那也肯定不是自由自在的，她甚至没有行使选择权的意识。经济上的因素起了决定性的作用。在故事的早期，她倒面像面对沃伯顿勋爵和吉尔伯特·奥斯蒙德的伊莎贝尔·阿切尔那样，还有选择的自由：她是想嫁格朗古呢还是不想嫁他？然而在见了格拉舍尔夫人和格朗古的孩子以后，她厌恶而恐惧地不敢再想嫁给他了；她不敢去伤害别人，也不敢自取其辱（这是她的感觉）。接下来的经济灾难吞没了她的家庭。葛温德琳所受到的影响，她那难以驯服的自私利己之心，还有她对现实处境所表现出来的无知——那种被宠坏了的孩子式的无知——这些都一一得到了生动而精细的描绘。她的伯父，好心而能干的教区长要她接受一份差事，以为这同时也是一个她不会不心存感激又高兴迎接的天赐良机——去蒙伯特夫人家做家庭教师：那位主教夫人行为做事有"严格的准则"，致使她"屋檐下不留法国人"；她还定要在正式委派前看一下人，哪怕是教区长的推荐：葛温德琳完全无法接受这份"职业"，对此我们是从心底里感觉到的。在此不可能之外又添了另一桩不可能之事，即她不可能实现自己的如意算盘，辉煌一展天赋所长从而成为大牌演员或歌坛巨星——克莱斯默先生令她彻底而蒙羞受辱地认识到了这一点（第二十三章）。这次会面已让她在蒙伯特夫人和那"圣公会裁判所"之外另寻出路的希望彻底破灭了；可紧接这场会面之后，格朗古的信到了，询问可否前来拜访。从乔治·艾略特那里，你不可能再引出一段文字会比她对葛温德琳此刻反应的描写更能展现她作为小说家的特别天赋了——那是一种与人们一般对她的称道很不相同的天赋。我们在这里看到了最为精湛而令人信服的具体分析，特别生动而简洁——葛温德琳的言谈举止透露出她内心变幻不定的紧张，整个场面（体现小说根本之道）极富戏剧性，以致我们分不出哪里是描写，哪里又是评说了：

葛温德琳让信掉到了地上，转过脸去。

"宝贝儿，咱们得给个答复呀，"达威罗夫人怯怯地说，"人家等着呢。"

葛温德琳依在靠椅上，两手十指交叉地紧握着，目光直视前方，并不看她的母亲。那副表情就像谁听到什么声音而吓了一跳，正竖起耳朵来听会有什么东西。形势转眼间就变了样，让人不知所措。几分钟前，她的面前还是一条令人憎恶却无可逃避的单调小道，激起她内心对专横命运不给她任何选择余地的无望反抗；可再瞧现在，选择的时刻来到了。然而——她最大的感受是欣喜还是恐惧？在她第一次品尝到卑微轻贱的这一刻，葛温德琳不可能不为自己的能耐而感到一点儿欣喜：她好像又对自己的生活取得了某种绝对的控制力。可如何来用呢？这就来了恐惧。刷刷刷——仿佛一本匆忙打开的书中的画面，她与格朗古相关的经历全部又活生生但却零零碎碎地从眼前闪了过去——诱惑、犹豫、决定答应他、终而生厌起腻；带着可爱男孩的黑眼睛女士的那张尖刻的脸；她自己下的保证（是保证不嫁给他吗？）——对世人与物价值几何又起了怀疑，显露隐情的那一幕就是一个象征。在这最初心神不宁的时刻，面对那段改变不了的经历所构成的幻象，沉思反省还未赶上把它调和冲淡，她那天生的恐惧便令她退缩了回来。

又可以选择了，可好处在哪儿呢？她想要什么？有什么不一样吗？没有！可就在这意识的模糊萌芽中，一个新的愿望冒了出来——"要是不知道那事该多好！"她害怕让格朗古来，她希望能有什么东西可以让她免于这种恐惧，随便什么都行。

并没有过多久——不过达威罗夫人感觉挺长，她认为现在是说话的时候了，便轻轻地说道——

"亲爱的，你该给人回信了。要不我替你写——你来口述？"

"不，妈妈，"葛温德琳深吸一口气说，"还是请你把笔和纸给我铺好吧。"

这是为赢得一些时间。她该婉拒格朗古的来访——放下窗帘——连外面会发生什么都不去看一眼吗？——哪怕她的处境肯定会依然如此？年轻的心的跳动掀起一股暖流，穿过了她的恐惧，激起她去向往某种会成为一件大事的东西——一个她可以像以前那样神色夺人、谈笑风生的机会。明日之计有了。

"妈妈呀，干吗让那人等上几分钟，你就这样慌张？真是没有道理。"达威罗夫人铺好了纸笔，眼巴巴地望着她，便惹来了葛温德琳的抗议。"仆人只有等候听招的份儿。我是不该立马就给回信的。"

"是不该，亲爱的，"达威罗夫人改了口，转身坐下，顺手捡起一点儿针线活，"只要你愿意，就让他再等上一时半刻吧。"

她话说得很简单，做得也很简单，但保不准这还就是她的心计呢。葛温德琳很矛盾地感到希望有人来催促自己：匆忙急就便用不着她择来择去了。

"我并不是要他等到你把手里的活做完了才行。"她抬起手向后捋捋卷发,同时起身站立在那儿。

"可你要是觉得拿不定呢?"达威罗夫人同情地问道。

"我**必须**拿定主意。"葛温德琳说着,就走到写字台前坐了下来。这期间,她脑海里一直在暗暗不停地涌动,就像一个人一边谈着话,一边在盘算如何开溜一样。她干吗不让他来呢?让他来并不等于就承诺了什么。他去卢伯荣找过她:以前只是拐弯抹角表达的求婚之意,他现在当然要开诚布公明确再提一次。那又怎么样呢?她可以拒绝他。她干吗要剥夺自己这样做——她也喜欢这样做——的自由呢?

葛温德琳拿起笔后又靠回到座椅上,达威罗夫人看在眼里,便说道:"要是格朗古先生才从卢伯荣回来,不知道他有没有听说咱们家的不幸呢?"

"对他那样地位的人,又会有什么两样吗?"葛温德琳很是鄙夷地说。

"对有些人,会有的,"达威罗夫人说道,"他们可不喜欢从一个像我们这样可说是一贫如洗的人家找个妻子的。我们现在是在奥芬德尼,一如既往还住着这么一间大宅子。可你想想,他要是看见我们住在索亚的村舍里又会是个什么样吧。男人们大多是怕被妻子的家人麻烦拖累的。要是格朗古先生真是知道了怎么回事,我想那倒充分证明他对你是有感情的。"

达威罗夫人的这番话说得异乎寻常地郑重其事:放胆以这样必然要给人以替人说项之印象的言辞来谈论格朗古先生,这在她还是头一回,因为她平日的印象是,这种话说了也肯定是白说,没准儿还适得其反。眼下她一番话的效果倒是超出她想象地强烈:葛温德琳的脑子里冒出了一整套新的可能性来——她在想，如果她葛温德琳做了她本不打算要做的事，那么格朗古便会替她的母亲做些什么。这蜂拥而来的新念头深深打动了她，结果就像一个意识到有急事有待前去处理的人一样，她感到眼前的任务必须赶紧了结：信必须马上就写，否则没准儿就会无止境地拖下去了。挨了这些时辰，她终究还是如己所愿的那样匆匆去做了。行得匆匆为的是避免作出终极的决定，为的是尽可能多地留下有待解决的问题。

她提笔写道："哈雷斯小姐向格朗古先生谨致问候。明日午后二时在家恭候光临。"

读着这样的文字，我们难以想象乔治·艾略特是与特罗洛普同处一个时代的人。在表现内心冲动上，在描摹发为言辞和行动且潜藏于成形的思想和明白意志之下的心理动机上，后代可有哪位小说家下笔比她还要入木三分的？那效果一半是**通过**对人物言行的描写而达致的。但与此配合的还有一种心理记录法，在上面所引的段落里，就有成功的体现和范例，诸如"刷刷刷——仿佛一本匆忙打开的书中的画面……"；"可就在这意识的模糊萌芽中，一个新的愿望冒了出来……"；那颗"年轻的心的跳动掀起一股暖流，穿过了她的恐惧……"；以及"这期间，她脑海里一直在暗暗不停地涌动，就像一个人一边谈着话，一边在盘算如何开溜一样"——等等，等等，不一而足。这种写法乃是艾略特成熟风格的一个鲜明特征，*

---

* 对葛温德琳后期绝望日子的记录里满含值得一引的例子，如："想要他死去的念头打消不掉：仿佛是经过梦境的变幻，这念头变成了一种恐惧，即他会因她有这种念头而报复她，把她掐死。种种奇思怪想在她的头脑里像鬼魂一样地游动，在她更可以接受的意识间不冲不撞，畅通无阻：阴光暗线在光天化日下无影无形地作用着。"（第四十八章）

还有对格朗古的描写（第二十八章）："格朗古今晚的思绪就像（转下页）

所起的作用总是难以替代地恰到好处——而《丹尼尔·狄隆达》（与《米德尔马契》）还是写于19世纪70年代早期的作品。不过，这种写法虽然不同凡响，而且可以迅速收集来的例子也诚然令人难忘，但在强调它的同时，最好还是补充一点，即艾略特的这一手法实际是与她通过人物言行描写"心理"之术连体并用的。我感觉，如此展现出来的她的天才之处，似乎一点也没有得到应有的承认。

刚刚引出的这一大段可不是"大脑迟钝又笨拙"之人做得来的事。至于"控制对话的能力"，请看下面求婚这一幕（第二十七章——还得大段大段地引）：

> 葛温德琳避开了他直接的恳求，又恢复了一些镇定。她说话时神态端庄，目光直视格朗古，而格朗古的一双细长且难以琢磨的眼睛也对着她的眼，且神秘莫测地就攫住了它们：神秘莫测，因为男女之间充满戏剧性的微妙情感变幻，往往不是像摆多米诺骨牌那样，把字词按明显固定的标号排列起来就能够传达的。"爱"，这个万金油字眼，表达不了形形色色两情相

（接上页）我们在一个黑池塘里看到的小水圈一样，不停地散于无形，又被水面下的什么动力不停地搅出来。那深藏于下的中心动力就是葛温德琳的形象……"

或且看从《米德尔马契》里选出的一段（第一卷，第二十一章末尾）：
"我们大家生来就处在精神的愚昧状态，把世界当作哺育我们至高无上的自我的乳房。多萝西娅很早就开始摆脱这种愚昧状态了，然而对她来说，她很容易想象自己如何去忠于卡苏朋先生，以他的智慧和力量作为她自己的智慧和力量，却难以明确地认识到（这种明确已不再是一种思维活动，而是一种感觉——一种变回到像感觉物体硬度那样具有感觉直接性的概念）——明确地认识到卡苏朋先生也同样有一个自我做中心，从那里发出的光和影，必然与她的有所不同。"〔第254页，有改动。——译注〕

读者大概已经注意到这里有一个T. S. 艾略特先生或许会感激又快意的词：其时他正在呼吁人们注意17世纪诗歌里的"感觉到的思想"（felt thought）。

悦的方式，就像"思想"这个词无法告诉你邻居的脑子里都在想些什么。我们难以看出哪一方——葛温德琳还是格朗古——受到的影响更复杂些。格朗古此刻最强烈的愿望就是要彻底征服眼前的这个人——这个集少女之娴雅和顽皮淘气于一身而风趣泼辣的人：她知道了那些事后便吓得躲开了他，可这么一来反倒激起他去战胜她的厌恶；他相信自己应该成功。而她呢——呵！可怜也同样地想压人一头！——她的感觉就像一个人口干舌燥正被拖向沙漠里貌似有水的地方，她全身都充斥着一个意识，即眼前这个男人对她的膜拜，可以把她从对暴虐命运的无望屈从中解救出来。

他们一直相互对视着，这时就听格朗古开了腔，慢悠悠，懒散散地，仿佛别的事情都已敲定，说不说全都无关紧要了——

"我希望，您现在会告诉我，您不会再为达威罗夫人的财产损失而烦心了。您会让我来解决由此而给她带来的负担。您会赋予我提供保障的权利。"

这番话说得停停顿顿又慢条斯理的，让葛温德琳可以得闲去体验一下人生的梦想。随着一字一句钻入她的心底，这些话仿佛化作了一口玉液琼浆，一下就令一切事情都变得容易了，有利可图的事也不那么不当了，人也普遍不那么讨厌了。这个男人把话说得这么好，全然就是体贴崇拜的化身，不禁令葛温德琳对他产生了一丝短暂的虚幻之爱。厌恶、恐惧、顾虑不安——这些想起忆来的痛苦隐约朦胧起来，而与此同时，她已在品尝摆脱了眼前无依无靠之苦而来的宽慰释然了。她想象着自己已经蹦向了母亲的身边，又顽皮嬉戏了。然而，当格朗古的说话声停下时，她有那么一刻意识到已经是身处岔路口了。

"您太慷慨了。"她目不转睛地说,语调轻柔。

"您答应让这些都成为理所当然的事吗?"格朗古一点儿不再热切地问,"您同意做我的妻子了?"

这一下,葛温德琳的脸还是变得煞白。她不知怎么就不由自主地从座位上站起身,离开了几步。接着她转过身来,双手合抱胸前,一言不发地站在那里。

格朗古也立即起身,把帽子放在椅子上,不过仍然手不离它。这个身无分文的姑娘,面对他的阔绰出手,竟还明显犹豫不决,这激起了他好些年都没有体验过的强烈兴趣。不过这也还是因为他把她的犹豫完全归于她知道格拉舍尔夫人这件事上。他摆出这副要走的架势问道——

"您要我走吗?"即便鬼使神差,他也不可能想到还有比这更加有效的话了。

"不。"葛温德琳说。她不能放他走:这一声"不"是紧要关头的伸手一抓。她感觉到自己毕竟只是在漂向一个重大的决定:——但风帆既已扬起,漂流除了要看水势外,还得靠点儿别的什么。

"您接受我的衷心伺候?"格朗古把帽子拿在身边,目光直视她的眼睛,没有其他的动作。四只眼睛那样相对,似乎可以一直滞留下去;可随便她等多久,她又怎么能说话自相矛盾呢?她留他下来干什么?他已经排除了任何解释。

"是的。"葛温德琳的嘴里吐出这两个字,语调之庄重,仿佛是在法庭上应答自己的名字。格朗古也神态庄重地接受了她的答复,两个人还依然姿态不改地对视着。以前可曾有过谁像这样来接受这赐喜降福的"是的"?格朗古宁愿与她保持这样的距离,感受由葛温德琳的仪态散发出来的一种难以名状的凛然之气所加给人的仪式氛围。

但他最终还是放下帽子,上前拉过葛温德琳的一只手,只往嘴唇上一按,便又放开了。葛温德琳觉得他的举止无可挑剔,便获得了一种自由的感觉,令她几乎快要来点儿恶作剧了。她这一声"是的"眼下并没有多少负担承诺,因而没有什么东西来遮蔽她那暗淡前景的这番柳暗花明:她的视野里只有她自己摆脱了蒙伯特夫妇,她的母亲摆脱了索亚村舍。她欢快地把嘴一撒说道——

"见见妈妈好吗?我去叫她。"

"稍等一下。"格朗古说。他左手的食指和拇指叉在背心的口袋上,右手的食指和拇指将着胡须——这是他最喜欢摆出的姿势,就这么站在葛温德琳的身边,看着她——俨然一个绅士在晚会上被得体地介绍给人的派头。

"您还有别的话要对我说吗?"葛温德琳开起了玩笑。

"是的——我知道您很烦人家对您说事儿。"格朗古用很是体贴的口吻说。

"爱听的事儿,就不烦。"

"您烦我问您咱们多久能结婚吗?"

"我想,就今天吧。"葛温德琳顽皮地翘起了下巴。

"今天就不谈了,还是明天再说。好好想想,明天我来时告诉我。两个礼拜后——或三个礼拜后——越快越好。"

"哦,您是料到您会讨厌和我在一起的,"葛温德琳说,"我发现人结婚以后,做丈夫的就不常和妻子在一块儿了,不像订婚的时候。不过,没准儿我也更喜欢那样呢。"

她迷人地笑了起来。

"您想怎么样就怎么样。"格朗古说。

"不想怎么样就不怎么样？——请您答应我，因为我觉得想怎么样就怎么样固然好，可我更讨厌不想怎么样偏要我怎么样。"葛温德琳发现自己进了女人的天堂，任她信嘴胡诌，也无一不是可亲可爱的话了。

我们会注意到，一俟一段强烈的排斥否定以"是的"告终，葛温德琳那自发展示的自我之态，便何等巧妙地在她释然轻松之下的扮相中显出了清晰的轮廓来。说出那个"是的"的显然不是这个自我；也不是一个深刻完整的自我。乔治·艾略特的表述方式可谓大有深意存焉："'是的'，葛温德琳的嘴里吐出这两个字，语调之庄重，仿佛是在法庭上应答自己的名字。"这像是搁置了意愿的什么东西发出的回答；冥冥之中替她决定了。没有什么样的认可，能比这更不像是自由选择的表达了。然而，我们并不认为葛温德琳因此便不可被当作一个负有道义责任的人来衡量看待。那一声"是的"真实表达了她的道德体系；种种压力的作用，其结果就是这声回答，这是已为她品评人事的习惯和身体力行的种种根本性的抉择所决定了的。"她感觉到自己毕竟只是在漂向一个重大的决定：——但风帆既已扬起，漂流除了要看水势外，还得靠点儿别的什么。"甚至在她视为来自道义的反对横在她的面前之前，她一点也不曾意识到自己能够以明确自由的选择解决与格朗古的关系：

甚至在葛温德琳的头脑里，那种结局也只是交替呈现的两种可能中的一种，她被催促着马上要作出的两个决定里的一个，仿佛它们是一条界线分开的两边，而她不知道自己该站到哪边去。这样对一个潜在自我，一个无法绝对把握的自我的屈从，给她带来了一些震惊和恐惧：她最喜欢的生活基调——任意而为——像是辜负了她，而她也无法预见到在某个时刻她没准儿会想做什么。（第十三章）

然而，我们还是无意因此就不把她视为道德评判的对象；相反，随着阅读的深入，我们注意到，她从沉溺于极度的不确定状态中获得了一种刺激；我们还注意到，作者在开篇首次把她介绍给我们的时候，她的形象是个陶醉在撞大运之中的赌徒，这也不是等闲之笔。当然，葛温德琳的选择还另承受了两股方向相反的推拉作用：由格拉舍尔夫人代表的一股强大的干扰力，把她从格朗古那儿吓得缩了回来，而另一股新的力量又抵消了这股压力，把她推上前去——这就是经济的压力（葛温德琳把它转换成了对母亲的责任）。*虽然如此，就葛温德琳作为一个负有道义责任的人而言，情况并不因此而有根本性的改变。

葛温德琳看到有充分的道义上的理由来拒绝格朗古，就她对此的态度而言，我们注意到"在这意识的模糊萌芽中，一个新的愿望冒了出来——'要是不知道那事该多好'"。表达这层意思的具体的心理描述有许多，都是源于一个小说大家的深刻洞察力；这里明明白白是含有一种道德意味的，是与那看似机械而不情不愿的"是的"有着关系的。但是，对于葛温德琳就格拉舍尔夫人而言所犯的

---

*　"支票上的数字是五百英镑，葛温德琳连同来信一起交给了母亲。

"'真是太体贴周到了！'达威罗夫人很是动情地说，'不过，我真的才不愿靠女婿呢。我和姑娘们是可以过得很好的。'

"'妈妈，你要再那样说，我就不嫁他了。'葛温德琳生了气。

"'乖孩子，我相信你不会单单为我去嫁人的。'达威罗夫人不以为然地说。

"葛温德琳把头在枕上一甩，背过母亲，也不去理论了。她恨人要这样除去一个动机。"（第二十八章）

罪过，一种存心故意的罪过，我们有可能会过甚其词。乔治·艾略特对道德问题的理解不同于她笔下主人公的理解，也与维多利亚时代传统道德家的看法相左。在艾略特看来，葛温德琳处境的根本意义就在于下面这段所表达出的自私自利（这一段紧接上面所引"无法预见到在某个时刻她没准儿会想做什么"那一段）：

> 与她事先所想象的一切婚姻的前景相比，嫁给格朗古确实要显得更加诱人一些：而今那近在咫尺、伸手就得放手即失的荣华富贵，那可使她去做许许多多她想做之事的权势，这一切攫住了她的禀性，仿佛散发出了她以前仅仅想象和向往过的那些东西的强烈气息。而格朗古本人呢？作为情人和丈夫，他的命相似乎也是无可挑剔的。葛温德琳希望能爬上四轮马车，亲自驾驭奔窜的马匹，而让配偶坐于身旁，抱着胳膊且不丢人现眼地面露赞许鼓励之色。

这又是一个狂妄自大而正当报应的例子。此前没有任何一个男人让葛温德琳动过心思，而最早促使她对"这个格朗古先生"打起算盘的，乃是"他似乎看重自己更甚于他对她的看重——一种很少有人能够容忍的乖情悖理"。葛温德琳对格朗古也有一股类似的吸引力。当她最终彻底却为时已晚地认识到自己的自负之谬而且发现是自讨苦吃的时候，格朗古对她的强大约束力便在于她与他本是德行相似的人："因为她对世人动辄厌恶，更喜欢连带崇拜者们一块儿厌恶。"而她最多能够做到的就是"面不改色、镇定自若地承受这最后一搏的惨败"。"的确，她仍然注意她'行为做事要与妈妈有别'；然而，她的处世之道而今只意味着她会作出面不改色、镇定自若之态来承担烦恼痛苦，不让任何人有所怀疑。"至于她认为自己所犯下的罪过，那可是骄傲之情压倒了悔恨之意的：她最关心的是不要让格朗古知道她在接受他之前就了解格拉舍尔夫人的情况。（不过，具有反讽意味的是，他一直知道这件事，而且正因为他知道了，葛温德琳对他的吸引力才又增添了几分。）随之而来的折磨令人紧紧地想起了特兰萨姆夫人的报应："既然已为人妻，再意识到格朗古去了加德斯麦方（他为格拉舍尔夫人和他的孩子们建立的家），那滋味便像快要燃烧的红红炉火一样了。在她看来，她是自取其辱——辱在她注定要被吓得只能保持缄默，以防丈夫发现她是带着何种意识嫁给他的，正如她对狄隆达所说，她'必须继续下去'。"又"她虽然心生悔恨之意，但要她怎么着拿自己出洋相，这似乎仍然是她这桩婚姻的最坏结果；而且只有格拉舍尔夫人一人知道令她感觉屈辱的原因，这样一想，她的屈辱便也减轻了"。

如许的傲慢，如许的勇气，如许的敏感，如许的聪慧，却因判断失误又缺乏自知之明而身陷毁灭之境，不能自拔——葛温德琳由此而成了悲剧人物。那错综复杂的内在素质和外部情境，使她呈现出与伊莎贝尔·阿切尔大为不同的面貌，乔治·艾略特端出这些给我们看，而我们据自己的切身经验亦明白，她是在展示像人类一切行为那样的一个负有责任和道德义务者的行为，因而像人的一切行为一样，是要经受道德评判的。当然，这并不是说我们要摆出一副法官审判犯人的架势，但我们的态度也不是所谓理解一切，便宽宥一切，而是，或应该是（借助乔治·艾略特的帮助），乔治·艾略特独有的态度，即一个关心知人论事和道德品评的小说大家的态度；她的关心用的是与其艺术相宜的方式，这种方式让我们不会忘记，眼前明亮所见之物，其根乃在内里。

再回到伊莎贝尔·阿切尔，我们不妨问一问，在选择这件事情上，她是否真像温特斯先生的解释所说的那样，与葛温德琳不同：

她凭她的"伦理感受力"去抉择，似乎游刃有余，但这表象难道大半不是一种幻觉吗？结婚以后，她了解到丈夫与梅尔夫人的关系，也了解到梅尔夫人在她作出嫁给奥斯蒙德的"抉择"中所起的作用，这时再回首她那宝贵的抉择自由，她自己一定会觉出一些反讽的意味来。不过，对我们来说，需要详加讨论的是这真相大白所具有的宽广意味。如此年轻的一个姑娘，且对这种社会风气如此不谙不熟，她无法看到梅尔夫人或奥斯蒙德的本质，原也是不足奇怪的事。那么，任何一个人，倘若像她这样缺乏经验，这样没有自知之明，而且（不可避免）对要在生活中达致的"优雅"具体说来会是个什么样还这样地模糊——这样一个姑娘所作的抉择与葛温德琳的相比，又如何在根本上就是伦理感受力的一种自由表达呢？

　　而这（温特斯先生的解释评论说）难道不正是詹姆斯的观点吗？但他的解释却让我们反思起了詹姆斯艺术的一个鲜明特征——由于这一特征，一个有才智的批评家才会像温特斯先生那样忽视反讽意味，那样来看这本书。事实上，在詹姆斯的含糊其词里，难道不是有一点儿回避躲闪的意味吗？他孜孜以求的目标是排除一切，但留"本质"，为此他曲笔迂回，含蓄奥妙，这里面难道不是有一点儿暧昧可疑的东西吗？对照葛温德琳给我们展现出来的丰富意蕴，我们要问，我们对伊莎贝尔的兴趣其**实质**何在呢？在《一位女士的画像》第四十二章里，有一段文字写她发现"望尽纷繁多样的生活之路，前景是一条黑暗的胡同，无限遥远的尽头处，立着一堵死气沉沉的墙壁"，尽管有这样一些妙笔，我们还是意识到，詹姆斯的非凡艺术并没有要以刻画伊莎贝尔的内心世界来满足我们的意思。相反，他是专心要以一种像心理侦探小说的东西来吸引我们的兴趣——让我们一直在外面极度地疑惑好奇，并根据极少可用的迹象，来构想人物的内心活动。而如果思忖一下，我们便会发现，循此而来的那些构想,在从生活角度发出的任何深入细致的考察面前,既不会提出质疑,也经受不起它的检验。詹姆斯与乔治·艾略特之别,大半就在他所丢弃的东西上。当然,有所丢弃也是一种非常积极有益的艺术,自有其补偿之道。但我们仍可不失公允地说,詹姆斯对《葛温德琳·哈雷斯》的处置,让人极其清楚地看到了温特斯先生联系新英格兰背景所讨论的那种独特道德意识的典型作用——其趋势由此也确实显现了极度的局限性。《一位女士的画像》是詹姆斯的艺术正当生机勃勃时期的作品,其时,技巧尚未开始膨胀,但鉴于它与《葛温德琳·哈雷斯》的明显关系,我们已经能够看出某种不相称的格局,即一面是高度的艺术,同时也让人感觉有高度的道德意味,一面则是由此而提供了不少实实在在的人性关怀。詹姆斯在乔治·艾略特那里发现了那些东西,却弄出了**这个**来,而且做得这样费力考究!——这便是我们的反应。

其实,我们能够看出,问题是出在他从乔治·艾略特那里得到的东西要比他意识到的多出许多:他大半是弄错了自己所获灵感的性质,那里来源于生活的成分并没有他以为的那么多。葛温德琳婚后处境的反讽意味令他深深难忘,他也确实很想写出一种类似的反讽之意。但他终于没能写出那种表明必然性和道德意义的寓言来。他会依然不知道自己的失败,因为他主要是忙于(这一点可以得到详尽说明)把乔治·艾略特变个调,而乔治·艾略特的力量,乃是源于她的想象具有深刻的心理真实性,源于她一以贯之地扩展这种想象。

尽管詹姆斯全力关注的是——如果温特斯先生说的有道理——在伊莎贝尔·阿切尔身上找出伦理抉择的问题,但与葛温德琳·哈雷斯相比,阿切尔所体现出来的道德意义并不是更强或更加丰富,而是恰恰相反。这样陈述詹姆斯对她的兴趣或许显得感觉迟钝,而我们应该做的是去领会詹姆斯在表现她的反讽处境时笔下带有的充足反讽之意,而且应该说(我们肯定会说),他意在给她的幻觉作个具有反讽之意的"定位"——即便这样,我们对詹姆斯所作的负面批评,也仍然是站得住脚的。因为,我们仍然可以看出温特斯先生何以要**那样**来陈述问题:詹姆斯要我们不带任何疑问地去认同对伊莎贝尔的评价,而这种评价是与一个真正批判性的反讽不相一致的。美国人的理想主义孕育了伊莎贝尔对生活、对她自己选择能力的浪漫自信,针对这一背景,我们甚至不能说詹姆斯在暗中给予了批评:他太欣赏她了,还要读者也那样去欣赏她、膜拜她,以至于我们不能称赞作者,说他给伊莎贝尔这个令人赞叹的美国姑娘所体现的情境"定了位"。詹姆斯下笔缺少具体性而爱回避躲闪,而这种回避躲闪,只要细加分析,便会现出缺乏连贯一致性,这种不能连贯一致,在某种程度上,便使《一位女士的画像》的主题丧失了道德要义。

葛温德琳的处境激起了我们的同情,虽然如此,作者并没有要我们因而就对之丧失批判力,但詹姆斯却让伊莎贝尔免于了那样的处境之累:经济压力,还有她的伯父——代表着构成她的世界的那个社会所抱的殷切期望——给她施加的类似父母般的压力(因为,事关格朗古的求婚时,加思科因先生所展现的便不只是一个简单的同意问题了)。就"自由的"伊莎贝尔而言,我们甚至不能强调说,她是被人出的坏主意所害,或众人暗中串通一气,纵容梅尔夫人的阴谋诡计,把她给坑了;相反,伊莎贝尔最该尊重其判断的那些人——拉尔夫·杜歇、杜歇夫人、沃伯顿勋爵——无一不是据己对奥斯蒙德的评价而提出了中肯的反对意见。然而,他们异口同声的反对竟不能令她对自己的判断起疑,这即使不能说明她极其愚蠢固执(我们在书中所看到的事无一能够缓减这一印象),至少也能证明她是甚少见识的——至少，我们会这么想；但是，詹姆斯没让我们觉得他也抱有同样的看法。我们看到的是，伊莎贝尔在婚后，出于自尊而掩饰着自己的悲哀孤寂，享受着别人满含赞赏之意的怜悯，那是一个超越批评的高尚受害者当享的荣誉。

　　这些不一致处，这些道德意义上不连贯的地方，虽然在我们对故事细加思量的时候显露了出来，但乍读之下，却发现不了，因为詹姆斯在选择他的精彩场面时，用的是戏剧化呈现的高超艺术。其实，他的戏剧化成就，常常是受了乔治·艾略特那诸多精彩的戏剧化呈现的激励的（可以断定，他自己对此并无意识），不过，他的艺术终究有他自己的特色。虽然如此，两相比较之下，我们还是发现，艾略特的艺术，就其对戏剧化手法的掌握来说，并不比詹姆斯的逊色——实际上，她在此还胜出詹姆斯一筹呢，这也是她的一个典型特色。艾略特长于具体，在生动性和直接感染力上，定然不会输于詹姆斯；而当我们慎思明辨，把场面的前前后后连起来看时，我们便越发有理由去赞叹她在道德问题上的卓识和对人性心理的洞见，赞叹她在把握和真实展现其主题时所表现出来的完整性了。

　　在詹姆斯对《葛温德琳·哈雷斯》的处置里，有某种先兆存于其间。我们读他的后期作品时，便一再地发问：道德要义何在？他持续不断又费力地提示我们，事关重大问题，要作重大抉择了；然而书中有什么，用人性关怀的明确字眼来说，能够证明他这提示是正当合理的吗？他专注于排除非本质的东西，但他的这种专注，显然往往就成了对一个本为虚幻的本质的追求。

　　我们这里说的是"詹姆斯如何处置《葛温德琳·哈雷斯》"，倘若有人对我们这样谈论是否得当仍存疑虑，那么，联系格朗古来考虑一下奥斯蒙德，应该可以最终解决这一问题：奥斯蒙德明明白白就是格朗古,几乎不加掩饰,以至于詹姆斯的小说是从乔治·艾略特那里派生而出这一层总体关联都变得毫无疑问了。诚然,格朗古不是什么艺术鉴赏家,但奥斯蒙德对艺术古玩品的兴趣,终究也不过是表现了自觉然而却空虚无力的优越感所带来的一种沾沾自喜的挑剔品味,而这,正是格朗古的德行:"打一开始,她就注意到,他这人一点儿也不傻;他倒是非常巧妙地给她留下了这种印象,即所有的蠢事都是别人犯下的,他们干了他不想去干的事。"这句话满可以说写的就是奥斯蒙德给伊莎贝尔的感受,不过这是出自乔治·艾略特的手笔。格朗古身为英国贵族,其地位容许他恣意表现出懒散不屑,他无须一个象征性的业余爱好来闹着玩儿:

> 他自己知道人身上让人厌恶的东西是什么——没有人比他更精通了,他的头脑里常常念叨的就是:他的同类,这些男男女女们,都是畜生;瞧他们的放肆亲昵多让人恶心吧;那样的傻笑;那样挥舞手帕;那副穿着打扮;那么冲的薰衣草香水味;那么肿胀的眼睛;尽说些无人要听的话,还以为自己能讨人喜欢呢,真是愚不可及了。他对人类这样挑剔刻薄,在结婚以前,倒是与葛温德琳很投缘,而我们也知道,他对葛温德琳说的那些否定人类而透出高雅品位的话,曾经是富有魅力地影响过她的。(第五十四章)

这同样是对奥斯蒙德的写照,关于他,我们或许同样可以说,"久经厌烦无聊,终成举止优雅,他就是这样一种人";同样可以说"他已经磨掉了对世事的一切正常兴趣"。这两人所关心的都是要确信有高人一等的感觉,而优越感必赖他人方能确立,否则便无从优越,但对来自他人的判断,优越感又摆出一副鄙夷之态。乔治·艾

略特在下面这段文字里,就干净利落地给这种卑劣可鄙的自相矛盾"定了位":

> 诚然,格朗古成天以为他不在乎有没有人仰慕他,他根本就懒得理会;然而,这种不在乎,正像欲望一样,是要有个相关对象的,也就是说,需要一大批表示倾慕或艳羡的观众:因为,假如你喜欢以冷脸对笑脸,也得有人拿脸对着你,得冲你笑——这一基本的实情真相,一定是被那些抱怨人类统统卑劣可鄙的人忘记了,因为,他们的轻蔑贪得无厌,人类若是换了一副别的什么面孔,一定会令他们失望的。

当然,像在别处一样,格朗古这个形象也体现出乔治·艾略特落笔具体的力量和优势。格朗古以其慵懒而残忍的控制力把葛温德琳罩在一种令人麻木的魔道里,但我们意识到这一点,靠的却不是暗示性的含糊其词,不是预示凶险的弦外之音,也不是从遥远处投来的几瞥。"对她来说,格朗古在一切方面已然意味着绝对的不确定了,唯一确定的只有一点,那就是他会想怎么样就怎么样":我们并不因为在一连串尽现乔治·艾略特落笔明晰又充分真实的戏剧化场面里,看见格朗古如何蓄意制造这种效果(其情状我们了然于胸),便觉得他不像奥斯蒙德那么阴险可怕。这些场面是:格朗古让葛温德琳知道,他完全明白她为何偷偷拜访了拉匹多斯小姐(他在她回来时撞见了她);格朗古告诉葛温德琳,她得从令她痛恨的拉什那里获悉他的遗嘱,以及那很短却特别令人不安的一幕——葛温德琳与狄隆达在一起时,格朗古突然出现——这一幕结束时,他提到要乘快艇出游(葛温德琳把这看作是天赐良机,可以让母亲来到自己的身边):"不,你要同我一起去。"(所有这些都在第四十八章。)

在这些场面里,作者对人物的外在举动给予了细致而意味深长的描写,鲜明、清晰,非常地醒目。

> 她对自己的激动不安感觉害怕了,她动手解开手套的纽扣以便再给扣上,她咬紧嘴唇,装出费力的样子。

一切都是透过眼睛**看**来的,一招一式、一举一动无不生动又准确。詹姆斯笔下的康斯坦梯斯将乔治·艾略特与屠格涅夫对比——所谓一个是"哲人",一个是"诗人"——他说:"一个关注事物的面;另一个关注的是事物的因。"最能显出这一特征界定离谱的地方,恰是在艾略特的**大智大慧**最为清晰可见之处。她所以能够如此生动地再现事物的"面",恰是因为她关心事物的"因";她的智识贯穿了她的感知和视觉想象力。再现的生动在于意味深长。

我们可以在第三十章里找到同样很好地体现艾略特具有这种能量的一个大例子:格朗古去加德斯麦尔找格拉舍尔夫人,告诉她准备结婚的事,并要从她那里取走准备给葛温德琳的钻石。不单是格拉舍尔夫人怕他,他也害怕格拉舍尔夫人,因为,"不管他怎样坚称与格拉舍尔夫人的过去无关,他都已经给自己留下了一个过去,这是他能给自己套上的最为牢固的枷锁。他已经答应过葛温德琳,他必须要回那些钻石来"。两个人彼此作用,各自内心的激烈波动都化为外在的举动,活灵活现地呈现在我们眼前,我们就像在看一出戏,直至"在这种你怕我我怕你的爱抚举动中,他们分手了"才落幕。

我们在此或许可以指出,这些钻石体现的乃是乔治·艾略特所特有的对象征手法的精湛而令人信服的运用。钻石是格朗古母亲的，他"很久以前"拿给了莉迪亚去戴。通过把它们要回来给葛温德琳，他可以向莉迪亚宣告，钻石所象征的关系——事实上的婚姻——就要结束了。不过，她若不愿意交出来，他也不能强迫她；她本是以他妻子的身份接受钻石的，而且除了缺少法律上的名分和社会承认之外，她在一切方面都是他的妻子——这是她手里攥着的牌。"她人与钻石般配相宜，而且令它们看上去仿佛真是物有所值"——这种关系的自然合法性就蕴含在这句话里。葛温德琳在新婚之夜拿到了钻石，还有裹在其中把钻石变成毒药的那张便条（第三十一章）："我是埋葬你幸福机缘的坟墓……"葛温德琳勃然大怒：在她看来，这些钻石即意味着她知道格朗古与莉迪亚的那段过去，这样一来，格朗古与她的夫妻关系便不可能和睦了。

> "您愿意戴上这些钻石站在您丈夫的面前，而您和他的头脑里都想着我的这些话吗？等他让您痛苦的时候，他会认为您有抱怨的权利吗？您是眼睁睁地接受他的。您执意给我的伤害也将令您自己遭殃。"

葛温德琳婚后第一次在公开场合露面时，身上是戴着钻石的。作者告诉我们，她"对自己握有的驾驭能力已经完全丧失了信心"。这些钻石一再扮演着它们满含象征意蕴的角色，自然而逼真可信。它们开始成了报应的体现：葛温德琳嫁给格朗古为的就是它们，葛温德琳必得戴上它们，这便是对她的惩罚。

詹姆斯对象征的运用虽然卓有声誉，但同乔治·艾略特的相比，尚显欠缺。他的象征形象是他脱离情节构思出来，然后再拿给我们的。那只贵重的咖啡杯便是一个例子。梅尔夫人视之为"珍宝"，但它却已经"掉了价"；在与梅尔夫人摊牌的那一场（第四十九章），奥斯蒙德拿起杯子，"冷冰冰地"说它就要开裂了。很显然，杯子以其特有的方式，象征着两人间的关系，那裂缝意味的便是奥斯蒙德对梅尔夫人"帮忙"让他娶到伊莎贝尔所感到的怨恨之情。值得指出的是，我们在这里看到了那著名的象征——金碗的最早形式。在以金碗命名的那部小说里，它被派上了如许众多的用场，虽然一时也享尽风光，但却总是自外而来的精心设计，给人以牵强之感。乔治·艾略特引钻石入小说，则是从社会生活的戏剧性情境中自然生发而来，而且它们在故事情节中的作用也很自然。表现葛温德琳与狄隆达关系的那串绿松石项链，也属同一类型的象征。

莉迪亚·格拉舍尔（再回到她这里）是这本书里刻画极好的次要人物之一。当我们把那糟糕的一半砍去之后，这本书照样让人不觉人物稀少。达威罗夫人、加思科因一家、葛温德琳讨厌痛恨的拉什先生（"他没有一点儿热切的同情和善意，同样也没有一点儿歹毒的狠劲，他主要是沉湎于自己的独特嗜好里"）、阿罗波音特夫人、阿罗波音特小姐（与玛丽·高思相近）——一个个都在**那里**，实实在在，充满活力，是别人无有而唯乔治·艾略特笔下所独有的人物。

接下来还有克莱斯默先生。他虽是个次要人物，但对我们来说，却有一个重大意义。我们指着他可以说：我们在这里看到的东西，不仅令乔治·艾略特胜过简·奥斯丁（关于她，我们感到无须申说这一点），而且也胜过了《一位女士的画像》里的亨利·詹姆斯。这一点非常重要，所以在此给出一个长例子加以说明，似乎也是恰当的。以下就是克莱斯默先生在射箭比赛大会上的不协调的身影：

我们英国人是个多种多样的民族,你随便找来五十个人,他们的身体结构或面部装点都会花样各异。但你必须承认,我们这个种族不会沉溺于观念空想而拿真实世界权当充数,我们普遍的表情便也不是那种神神道道、激情昂扬的人种的模样。地道英国绅士的强项在于体形和衣着具有潇洒自如之风,他反对服饰上的花里胡哨;他也反对面露神灵附体之色。

试想在一个集会上,男人们是清一色有教养的英国人的常规模样,这时克莱斯默先生在众目睽睽之下登场了:高顶礼帽下,一波又长又密的头发向后披散开,极不协调,那帽子就像是为搞笑而戴上去的;再下面则是棱廓分明而端正的眉目、胡子刮得光光而有力的嘴和下巴;他身材瘦长,衣着本已不合英国式样,加之其用意明白突出,于是更见糟糕。若是披上一袭宽松外套,头顶佛罗伦萨法冠,他倒是适合站在达·芬奇的身边;可当他穿的裤子不合英国人的品味对于膝盖的要求时,那又如何是好呢?——要戴高顶礼帽,帽下之人必须发短齐整,举止沉稳持重,比如像阿罗波音特先生那样,一身衣着无可挑剔,而且不露声色,走到哪儿都不会惹人笑话,可克莱斯默先生好奇地四下里张望,头上的那顶高帽便把他的目光和扭头折颈里所透出来的激情变成了喜剧性的东西——这时又该如何是好呢?我们明白了人的伟大何以常常要在死去之后,且要摆脱了外在皮囊才更好。

在场的许多人认识克莱斯默,或听说过他,但他们也仅是在他单以音乐家身份出现的点着蜡烛的场合见过他,而他尚不具备那种遐迩闻名的巨大声望,可以让寻常百姓知道一个艺术家的昂贵身价而觉出他的伟大来。在七月天的这个下午,他出乎意料地出现在一个高等社交场所,这确实让人换了一副眼光来看他：有人想笑；另一些人则对阿罗波音特夫妇缺乏判断力而把这样的人介绍进来感到一丝恶心。

"那些搞艺术的家伙通常可偏激了！"小克林托克对葛温德琳说。

外国人在英国人的社交和运动场合，因为不谙其中的名堂——或准确地说，不知道不做什么、不说什么以及不穿什么，结果自然闹得洋相百出，这一直是《笨拙》杂志上的一个人所熟知的形象。乔治·艾略特也没有放过克莱斯默身上的滑稽成分，但她是拿他来"评定"英国上流社会的庸俗无知*及其对衣着举止得体的热衷讲究所表现出来的自鸣得意的愚蠢。而在《一位女士的画像》里，詹姆斯对乡间宅第及其文明则无法表现出一点儿这样的坦荡批评之态。

相比之下，克莱斯默先生在乔治·艾略特笔下的效用就更大一些，因为艾略特的立场非常地全面而平衡：她在条顿知识分子和有特权及自觉意识的艺术家身上看到了真正可笑的东西：

……葛温德琳接受了克莱斯默做舞伴；这位目光开阔的大人物，一会儿目无遗失，一会儿又什么也不见，两人跳走步舞的时候，他对葛温德琳说，"格朗古先生有品味。他喜欢看

---

* 戴维·塞西尔勋爵说："此外，像维多利亚时代所有的理性主义者一样，她也是个俗人。她口头上赞美艺术，但却像面对梵蒂冈雕塑的多萝西娅·布鲁克一样，她其实并不明白人们何以这样珍视它。"（《早期维多利亚时代小说家》，第332页）我们可以猜测一下，对这番话里流露出来的自鸣得意的自信和极端的褊狭，乔治·艾略特会如何加以评定——是把它们放到庸俗无知的一边呢，还是放到"社交"准则的一边。我们必须承认，对今天的上流社会之人就"艺术"所说的那种东西，她是不懂的。在我们的批评家眼里，她因此便成了个俗人。然而在另一方面，读着这样一位批评家就她（及其他小说家）写下的文字，我们不禁要问他何以就认为自己是非常珍视文学的呢？

您跳舞"。

"他也许是喜欢看不合他口味的东西吧,"葛温德琳轻轻笑道;她在克莱斯默面前现在很大胆了,"他没准儿是欣赏得腻味了,想倒倒胃口,换个花样呢。"

"这话从您嘴里说出来可不大合适。"克莱斯默迅速接道。他眉头紧蹙,一边挥起手,仿佛要把不协调的声音赶了去。

"您对人说的话也像对音乐那样挑剔吗?"

"那是自然。我应该要求您说的话能像您的容貌和身材一样——总合着一曲高雅音乐的含义。"

"这既是批评,也是赞扬。横竖我都感激您呢。不过,您知不知道,我胆子很大,也想纠正**您**一下,要求您能领会别人的玩笑?"

"我可以领会玩笑,但并不喜欢玩笑,"克莱斯默令人敬畏地说,"别人给我送过尽是玩笑的歌剧唱词;正因为我领会了它们,所以我不喜欢它们。喜爱胡闹的人见别人一脸严肃,动不动就要上来责怪。'先生,您不懂俏皮话吗?''是的,先生,但我明白您的意思。'这样一来,我就成了咱们所说的没有情趣的家伙。可,事实上,"克莱斯默的口吻突然从快速的叙说一变而为沉思,眉头也令人敬畏地蹙了起来,"我对机趣和幽默还是很敏感的。"

"您告诉我这些,我很高兴。"葛温德琳道,话里不无一丝调皮之意。然而,克莱斯默的思绪,照惯例,已经循着他自己的话神游物外了,结果,葛温德琳的调皮作恶便全部落到了自己的头上。"请问,玩牌室门旁站着的那人是谁?"她继续说道。克莱斯默曾在射箭场上与那陌生人谈得很热烈,她看出是同一个人。"我想,他是您的朋友吧。"

"不，不是；是我在城里见过的一个音乐爱好者：拉什，一个叫拉什的先生——酷爱梅耶贝尔和斯克里布——酷爱机械-戏剧化的东西。"

"多谢。我想知道，您是否认为他的容貌和身材也要求他说的话应该合着一曲高雅音乐的含义呢？"克莱斯默被镇住了，向她投来的目光里满含快乐的笑意，两个人就此变得非常热乎，直到葛温德琳恳请他把自己放到妈妈的身边去。

——条顿人的特征就极好地体现在"可，事实上，我对机趣和幽默还是很敏感的"这句话里。然而，艾略特非常灵活而稳健地维持着这场对话的均势，克莱斯默几乎并不处在下风。

但是，鉴于我们眼下的关心所在，克莱斯默与布尔特先生（绝妙的名字——乔治·艾略特给人物起的名字都好极了）在一起的那一段或许是最富意味的一节：

这时，期待着封侯晋爵的布尔特先生进来了。这是一位受人尊敬的党派成员，私生活上中庸无奇，却对尼日尔地区有独到之见，对巴西也如数家珍，说起南太平洋的事务坚定果断，对他在议会和巡回时发表的演说极其关切用心，而且身体结实，气色红润，是一个居于生活中央高地上的健康不列颠人普遍具有的特征。凯瑟琳明白，这是公认给一位女财产继承人准备的夫君，人人对此都心照不宣，所以她说不上他有什么不好，只是自己觉得他这人非常讨厌。布尔特先生倒是一派和蔼自信，一点儿不曾想到他于对位法的麻木不仁竟会对自己不利。他几乎没把克莱斯默看作一个应该享有投票权的正经人，他也不在意阿罗波音特小姐迷上了音乐，就像不在意她可能花钱买一条古老的饰带一样。因而,当克莱斯默在饭后激烈抨击英国的政治缺乏理想主义的时候,他便有点儿惊讶了。在克莱斯默看来,这种欠缺导致了相距遥远的种族之间的关系尽由市场的需求来决定,而当年十字军东征至少还有这样一个借口,即他们竖起了一杆情感的大旗,能够把高洁豪爽之士聚集在周围:当然,也招来了恶棍,可那又怎么样呢?在你们"贱买贵卖"的广告车的周围,也聚集着同样一支大军。克莱斯默就这一主题慷慨陈词,连比带画地说了一气,就像偶然点着而四下里飞溅的烟花,接着便掉在了凝固的沉寂里。克莱斯默会发些轻浮的意见,布尔特先生并不感到奇怪,但他惊讶的是克莱斯默对英语成语竟如此娴熟,竟能像在选民的饭桌上谈话那样表达观点看法——对此可能的解释是:他是个波兰人,或是个捷克人,或躁动亢奋诸如此类的那种人,为寻求政治避难而被迫以音乐为业。于是,那天晚上,在客厅里,布尔特先生第一次走到在钢琴旁的克莱斯默跟前——阿罗波音特小姐就在附近——说道——

"我以前压根儿没想到您原来是个政治家。"

克莱斯默唯一的回答是抱起双臂,噘出下嘴唇,拿眼瞪着布尔特先生。

"您过去一定是惯于对公众发表演说的。您的话说得非常之好,不过我与您的看法不同。从您就情感说的那些话来看,我猜您是个泛斯拉夫主义者。"

"不,我叫艾利亚。是个流浪的犹太人。"克莱斯默说,同时向阿罗波音特小姐微微一笑,接着突然在钢琴键上来来回回刮起一道神秘的旋风般的音响。布尔特先生觉得这样插科打诨甚是无礼,波兰人的味道十足,只是——阿罗波音特小姐在此——他还不愿走开。

"克莱斯默先生是个国际主义者,"阿罗波音特小姐说道,她想尽力缓和这种局面,"他向往的是世界民族的大融合。"

"我完全赞同,"布尔特先生说,他愿意拿出一些风度来,"我相信他的天分极高,不会只是一个音乐家。"

"嗨,先生,您这可就错了,"克莱斯默来了气,"没有谁因为天分太高而不能去做音乐家的。大多数人是天分太低而做不了。一个有创造力的艺术家绝非单是个音乐家,就像一个伟大的政治家绝非单是个政客一样。先生,我们不是制作精巧的木偶,平时待在箱子里,只在人开箱要娱乐的时候才来露露脸。我们也像其他任何社会活动家一样,在协助治理国家,创造时代。我们自认是与立法者起平坐的。一个以音乐慷慨陈词的人,他要做的是比在议会滔滔不绝更难的事。"

克莱斯默说完最后这句话,便转身离开了钢琴。

阿罗波音特小姐涨红了脸,但布尔特先生是一如既往地镇静而稳健,他说道:"您的这位钢琴家还自觉很了不起呢。"

"克莱斯默先生可不单是个钢琴家,"阿罗波音特小姐辩解道,"他是个地地道道的伟大的音乐家。他会与舒伯特和门德尔松并列比美的。"

"啊,那是你们女士们懂得的事。"布尔特先生说。他仍然确信这些事轻浮而浅薄,因为克莱斯默原来是个自以为是的大蠢货。(第二十二章)

我们在这里看到的,可不是个被操办《威斯敏斯特评论》的那个知识分子加以损害或致残了的小说家。这里所显现出来的知识和兴味关怀、对于政界的意识,自然是为斯宾塞和穆勒的同事所有;

但那立场态度却不是他们的。与波德斯奈普[46]相比，布尔特是对维多利亚时代普遍风气的更加有力的"评定"：乔治·艾略特确实了解她写的是什么——了解之深一如研究政治的专业学者和公共世界中人，而且还有更为他们所不能及的了解。简言之，艾略特的伟大乃在于，她一方面保留了地方性的全部长处和优势，同时在另一方面，又避免了地方性的褊狭和局限，这在维多利亚时代的小说家里是没有第二个人能做到的事。

至于《丹尼尔·狄隆达》里那糟糕的一部分，除了把它砍掉外，别无他法——尽管詹姆斯借康斯坦梯斯之口，对此还另有一套说辞：

> 宇宙以缓慢而不可阻挡的压力，把自己塞进一个狭隘、自得、然而却毕竟是极其敏感的头脑里，让这头脑因这过程的痛苦而疼痛——这就是葛温德琳的故事。它极其典型，因为葛温德琳看到高尚而非卑劣的激情往往遭遇挫折；也正是在这里，她发现了一件最为要紧的事，那就是世界正从她的身边掠过。她似乎得不到真正的机会，去拥抱作者极爱说的一种"更加宽广的生活"。她因"狭隘"而受惩罚，却又得不到扩展的机会。她发现狄隆达有约在先，要去东方激起犹太人的民族情感，这在我看来真是个妥帖绝妙的构想。这个复杂情节所具有的反讽意味，对可怜的葛温德琳来说，几乎到了荒诞的地步；而我们因而疑惑的是：作者在小说里搭起了犹太人问题的沉重框架——但那整个结构是不是专为给这独特的一笔使上它的一份力量呢？

---

[46] 波德斯奈普先生，狄更斯《我们共同的朋友》一书中的人物，是个沾沾自喜而妄自尊大的形象。

假如作者搭起它为的就是这一目的（我们无疑不能接受这是对它的全部解释），那么它的效力也实在太糟了，没有给出一点预想的力量。假如乔治·艾略特怀揣这样一个意图，而且证明了它的正确合理性，那么《丹尼尔·狄隆达》本来确会成为一部非常伟大的小说。事实却是，这个书名是毁灭性的，它掩埋了一部实实在在伟大的小说，需要我们加以发掘。而把它发掘出来，再冠以《葛温德琳·哈雷斯》之名单独刊印出版，这在我看来，似乎是最有希望能让人认可赏识它的途径。《葛温德琳·哈雷斯》会有一些粗糙的棱角和毛边，但它会是一个自足且非常充实的整体（按现代的标准，无疑还是一部长篇小说呢）。狄隆达则会被限制在充当葛温德琳的世俗告解神父所必需的活动范围之内，而整部小说就在格朗古溺水而亡后彻底结束，但给我们留下葛温德琳的这副形象：她从自感罪孽深重的幻觉中痛苦地探出头，直面显现狄隆达钟情何方的明白事实。

我的论点是：乔治·艾略特的伟大之处并不在人们一般所赞誉的地方。为能充分证明这一点，我觉得似乎有必要这样深入细致地进行探讨。作为对此要点的总结，我将再次援引亨利·詹姆斯的话。这位领会乔治·艾略特最见悟性的批评家说：

> 我并没有觉得她天生是个批评家，更没有觉得她天生是个怀疑家；她天然的职责应该是观察生活，感受生活——极其深刻地感受它。凝视、同情和信念——类似这样的东西，我应该说，才是她的天然尺度。假如她生在了一个对古老信条热烈赞同的年代，那么我觉得，她的发展就有可能比她的实际现状更加完美一些，更加和谐一些，也更加风雅一些。

我想这里存在着一个完全的误解。乔治·艾略特的发展也许还不够"完美"或"风雅",而"和谐"也的确不是我们谈及她的发展会用的形容词,然而,她却继续发展,直到最后,这是少有作家能够做到的事,而且在她最后的作品里,她把自己的卓越天赋表现得最是非凡:她在《葛温德琳·哈雷斯》里所表现出来的艺术已臻至为成熟的境界。从根本上说,她对人的道德本质的深刻洞见,乃是一个批评才智为其信念精耕细作之人才能有的见识。天生或后天养成的怀疑家?——才不是那么回事呢;但这并非是因为她那极富活力的智性没有给她的全部关怀和坚定信仰带来大大的启迪。我总感到惊讶的是,人们竟会认为艾略特令人感到沉闷(比如,莱斯利·斯蒂芬就持这种看法)。她所展现的那个传统的道德感受力并非是在一个(如詹姆斯明显所指的)"古老信条"的框架里;而是满有把握地体现在她下的评判中,这些评判固然含有自负而决断的标准,但给我们的感觉却纯粹是睿智之声。她写的是人性的弱点和平庸之处,但她并不以为其卑劣可鄙,或敌视或自欺欺人地纵容之。她虽然出类拔萃而且品性高洁,但我们读她时却感觉到,在她以如此明晰而客观的想象加以描绘的人性里,就有她自己的身影在;她也是人。我觉得,对于今天的我们来说,她是个具有振奋精神的独特功效并有益身心健康的作者,而且是有启发性的:我们所处的时代不是一个"对古老信条热烈赞同"的时代,面对种种腐化堕落和令人灰心丧气的挫折,有些人往往开出些简单的处方——比如,以为夏洛蒂·永格的东西或许相关有用。这些人不妨好好琢磨一下乔治·艾略特吧。

至于她在小说家中的排行座次,我要与奥利弗·艾尔顿较一回劲。此公是传播流行时见的代表人物:我们可以放心地认定,他的话在成千上万有文化的人听来都是合情合理的话;而且成千上万的文科学生，或通过直接阅读，或在课堂上听讲，也都在学着说他的话。他认为"另两位小说大师"——梅瑞狄斯和哈代——"更加充分地"展现在人们的"眼前"，便"阻挡了乔治·艾略特的名声"。在讨论这一问题时，他是这么说的*："在观察男男女女人间世道这一方面，这两位小说家谁都比乔治·艾略特来得无拘无束，而且他们还衬出了艾略特最大的缺陷之一，即她在详尽描述生活的时候，往往遗漏了生活本身的灵魂。"我只能说，对于任何已经开始了批评教育的人，这句话之荒谬应该是令人震惊的，也证实了我的定见，即在乔治·艾略特的身旁——这种比较应该是不必要的——梅瑞狄斯就像个好出风头的浅薄之人（他那闻名的"才智"不过是种矫揉造作且庸俗不堪之才），而哈代，虽然尚且过得去，却也像个未见过世面的乡野匠人，在那儿笨拙而沉重地摆弄着小说，不过也因而偶有一得罢了。为能从正面标示她的地位和特色，我想到了一个俄国人，不是屠格涅夫，而是伟大得多的托尔斯泰——我们都知道，托尔斯泰在抓住"生活本身的灵魂"方面造诣极高。当然，乔治·艾略特的伟大不如托尔斯泰的那般卓绝盖世，但她**的确**是伟大的，而且伟大之处与托尔斯泰的相同。《安娜·卡列尼娜》（我认为是托尔斯泰最重要的杰作）所具有的非凡真实性，来源于一种强烈的对于人性的道德关怀，这种关怀进而便为展开深刻的心理分析提供了角度和勇气。这样进行的分析是艺术化的（《安娜·卡列尼

---

* 《英国文学概论》（1830—1880），第二卷，第二十三章。艾尔顿颇能代表受人尊重的学术"权威"，而"乔治·艾略特和安东尼·特罗洛普"这一章又颇能代表艾尔顿的观点。文中予人方便且无意间很好玩地概述了我在此加以批驳的有关乔治·艾略特的种种见解。艾尔顿体现的是绅士对待葛温德琳的态度："作者对她大加挞伐，像是要给人留下这么一种印象，即葛温德琳罪有应得。她年纪轻轻，却太过苛刻；生性活泼，却很是飞扬跋扈。"（关于《米德尔马契》，他说："这几乎是英语语言里伟大小说中的一部。"）

娜》，请马修·阿诺德原谅，乃是由妙笔精心绘出），[47]其手法正与乔治·艾略特在《葛温德琳·哈雷斯》里所用相仿——这一观点是经得起拿到作品面前去反复掂量的。至于乔治·艾略特，我们可以反过来说，她最好的作品里有一种托尔斯泰式的深刻和真实在。

---

[47] 阿诺德在《列·托尔斯泰伯爵》（1887）一文中认为，《安娜·卡列尼娜》是最能代表托尔斯泰的一部作品，有两条并行的情节主线贯穿其间，带出了众多人物和大小事件，但这些人物和事件往往对主要人物的性格刻画以及主要情节的发展并无什么关联或助益，与严格要求一个情节、林林总总辐辏归一的艺术品很不一样。阿诺德的结论是我们不要把《安娜·卡列尼娜》当作"一件艺术品"，而是应该以"生活的断面"视之；它不是作者虚构出来的，而是他看到的，是在他那"内心之眼"前发生的事。

第三章
亨利·詹姆斯

早期至《一位女士的画像》

关于乔治·艾略特在詹姆斯的发展中所起的作用，我已经说了许多，而我所说的怕是不会给人以这样的信息，即《一位女士的画像》是一部具有独创性的杰作。然而，我认为它正是这样一部杰作，在英语语言的最伟大的小说之列。在前面专论詹姆斯的篇幅里，我其实要做的是探讨詹姆斯缘何条件而得以改写《葛温德琳·哈雷斯》——对此，我想我已经说得有理有据了；他的改写无疑是与其所本大不相同的东西，也很不同于乔治·艾略特会写下的任何东西。我所谓的条件指的是内在条件——在很大程度上其实是由外部条件决定的。我指的是些基本的关怀和态度，它们构成了他的世界观的特点和他回应生活所具有的特点。

我觉得这是一条不错的途径，循此可以着手简要地讨论一下詹姆斯。这样一来，我们的侧重肯定将是在其成就上。我很明白有这样一种危险，即由于种种原因，我们对其成就的强调会欠缺不足。詹姆斯多产惊人，创作生涯跨度极长，且有众多的方方面面可供研究，以至论及他，除了写出一本专著，一本大部头的专著外，无论如何都是难说充分的。我也意识到，20世纪头二十来年里形成的对詹姆斯的膜拜之风（从人们写下的论述文字来看，这种膜拜似乎并没有带来对所崇拜的著作进行深入细致的耕耘），如何已令他显赫地成了后期作品的作者。人们要我们去欣赏《专使》(1903)，而在我看来，《专使》不仅**不**在他的优秀作品之列，而且还是一本糟糕的书。倘若，如我就要表明的那样，这本书显出了老态龙钟，那么老态龙钟便不单是在世纪之交从《圣泉》开始的。这其实是个比老态龙钟更加有趣的症候。

这样说并非是否认存在着具有鲜明"晚期"风格的成功作品。《未成熟的少年时代》(1899)就是一部惊世的天才之作（挑剔的欣赏者们会在某些方面有所保留），而《梅西所知》更是完美无缺。总之，对这两部作品欣赏而挑剔的人，大概还听说詹姆斯有许多精美的短篇和中篇小说。但涉及这后期之作，他们也将在很大程度上忙于筛选、剔除、限定和哀叹，这就是说，他们无可避免地要面对詹姆斯的"病例"——思索他在后期的发展中出了什么问题，因为毫无疑问是出了问题的。《一位女士的画像》(1881)同《波士顿人》(1885)一起，代表的是他的天才活力得到最为充分而自由发挥的时期。这就是我的立场，而且这一立场，在我看来，也是我们简要赏析詹姆斯而正当予以强调的地方。《一位女士的画像》所取得的卓越成就取决于种种兴味关怀的交织，在讨论这一问题的过程中，我的目标是在其他一些作品里找出例证，这些作品虽然未被人们认可，但却具有经典品质。由此我们可望指出詹姆斯成就的一般特征，同时也坦率承认我们这样论述有不足之处，承认我们的关注点是有严格选择的。

所谓"兴味关怀"指的是种种深刻的关注——具有个人一己问题的迫切性又让人感觉是道德问题，超出了个人意义的范围。奥斯丁的艺术根基就是这些关注，使她得以吸收各式各样的影响和形形色色的素材，从而写出了优秀的小说。像乔治·艾略特一样，詹姆斯对她也极表推崇，这当不是没有来由的；我们从詹姆斯这里也能找到一些明显可见奥斯丁影响的段落。因为詹姆斯回到奥斯丁那里不仅是取道乔治·艾略特，而且也是直接的。面对自己语言里两位具有那种道德关怀的小说家可供研究，他很快便发现法国的大师们到底有多少东西可以教给他，以及他是在怎样的一个传统之下了。于是，他在早期便对巴黎毅然决然地起了逆反之心——这对当代时髦的法国迷们不啻是一件令人倍感惊诧的事（如果他们有所耳闻的话）。

当然，由于处境不同，他的兴味关怀也与奥斯丁的大不相同。一面是特异而非常敏感的个人；一面是成熟而稳定的社会，具有牢固而公认的规范、条例和常规，如何在这两方面的吁求之间求得平衡，这是奥斯丁而不是詹姆斯的问题。詹姆斯处境的各个方面是人所共知的。他生于纽约，其时，纽约社会保留着成熟而雅致的欧洲传统，而与此同时，任何一个具有文学和思想禀赋的纽约人，在成长岁月里，一定都曾非常明确地意识到了新英格兰文化的独特和极大的不同。在这里，我们已经看见了存在着一种互动作用力，有可能促发一种批判之态，推动身心解放而使其不再完全依附于一种规则标准或精神特质。接下来便是他早年对欧洲的体验和终而定居于英伦。无足奇怪的是，在一个天才的头脑里，最终产生的乃是对比较的偏好，是对文明社会本质的不断深刻的思考，是不断深刻地思考有无可能设想一种比他所知的任何文明都要更加优雅的文明。

当我称他为"诗人小说家"时，我想到的就是这种思考所具有的深刻性：他的"兴味关怀"不是那种仅仅被下笔**涉猎**的东西。下面引自《金碗》前言的一段话便是个贴切的说明：

　　……一个人"品位"的健全发展——这是对我们内心深

处许多东西的一个神圣的统称。诗人的"品位",在根本上,而且只要他内心的诗人压倒了其他一切东西,就是他对于生活的积极感受:依据这一实情而把握住它,便是抓住了通往他意识的整个迷宫的那根银线。*

人说詹姆斯的作品展现的是品位试图代行道德意识之职,詹姆斯在此用"诗人"一词来涵盖小说家,并以如此这般解释,把它与"品位"一词相连,便是对这种并非罕见的提法作出的回答。我自己称他为"诗人小说家"的时候,是意在传达这样一层意思,即存在于他的艺术里而起决定和控制作用的兴味关怀,处理的乃是"他内心最深处的"东西(因他是个具有非凡感受力的人),而且也诉诸我们内心最深处的东西。

詹姆斯艺术的这一特征就表现在他对象征手法的出色运用上——比如,请参见《快乐角》《地毯上的图案》以及《大好地方》(我点明这些是作为明显成功的例子)。然而过于强调象征手法,往往会带来误解:他的艺术所具有的特色乃是源于他对生活所抱的极其严肃的关怀——我们称他为诗人的时候,强调的正是这些总体上的特色,我们可以在多个地方和多种形式里发现它们,而假如我们考虑的是他对象征手法的运用,我们便不会即刻注意到这些地方。

---

* 数年前我已留意到这一段文字。1946年秋季号的《肯庸评论》(收到时,我正在修改我的打印稿)刊登了昆丁·安德森先生的一篇文章,也引用了这一段。在这篇题为《亨利·詹姆斯和新耶路撒冷》的文章里,安德森先生很有说服力地表明,詹姆斯深受其父的体系和象征主义的影响(说斯维登博格也起了一些作用,或许可以点明其性质)。安德森先生好像没有充分认识到,对于这种兴味关怀的专注与小说家真正创造性的关注并不一定就是一回事。不过,我期待着读到安德森先生允诺要写的书。(也请参见《细察》杂志第十四卷第4期和第十五卷第1期)。[《美国人亨利·詹姆斯》这本书现已出版,见本书第212页脚注。——1959年]

当我们给予这些特色以应有的承认后，再把"诗人"一词留给《海浪》和《岁月》的作者，[1]便显得荒谬可笑了。这些作品给人的是类似乔治时代诗风[2]的东西。(《到灯塔去》在她的作品里或许算得上出类拔萃，能够充分证明她那明显的"诗化"手法，但即便这样一本书，也无疑是个次等小物——那是小技。)詹姆斯在早年为"英国文人"系列丛书而写的专论里说："霍桑不断地寻找一些意象，要的是它们能与他所关心的精神实况处于栩栩如生的相符之态，而这种求索当然就具有诗歌的本色。"詹姆斯自己对于精神实况的恒常而极度的关心，不仅体现在明显被称为象征手法的运用中，而且也体现在对人物、事件和对话的处理上，体现在情节的完整性上，所以，当他似乎拿给我们一部社会风俗小说时，他给予我们的实不止于此，他的"诗"才是主要的东西。

经詹姆斯的提醒，我们在此还得承认霍桑对他的巨大影响。对于这样一位具有独创性的天才（因为，无论其成就有多少局限，他仍然不失为天才），我们很难把他同先前的哪位小说家联系起来——除非班扬算一个。霍桑与詹姆斯和梅尔维尔一起，构成了鲜明独特的美国传统。我们对詹姆斯的早期作品观察得越仔细（而且越发联系晚期作品来看早期作品），霍桑的影响便越发显出了重要性。霍桑没有詹姆斯的老到或社会阅历，对社会风俗也没有什么兴趣，他专心在一种诗化的小说艺术里探讨深刻的道德和心理关怀。在奥斯丁的艺术里，道德关怀是与社会风俗密切相连的；但霍桑

---

[1] 指弗吉尼亚·吴尔夫，《海浪》被认为是她最富诗意的小说杰作，而《岁月》则是她篇幅最长的小说。
[2] 1912年至1922年间，由E. 马什主编陆续出版了五卷诗歌集，取名《乔治时代诗歌》，包括了R. 布鲁克、W. H. 戴维斯、德·拉·梅尔等一批当代诗人的作品，甫一问世，影响颇大，后随世道文风演变，声誉大跌，多为批评家所诟病，有"周末派"之讥，庞德和艾略特等对其持全盘否定的态度。

的艺术与此正相反，他对道德问题的处理是心理学的手法，而且他的心理学乃是直觉所取得的一项突出的成就，成为被认为是现代探索所获成果的先声（试比较托尔斯泰和劳伦斯）。我们可以认为他对詹姆斯的影响抵消了奥斯丁的影响，而且他的影响一定曾与詹姆斯挣脱了可说以萨克雷为代表的英国传统有着极大的关系。他的影响无疑同乔治·艾略特的影响一道，帮助詹姆斯弃绝了法国（见第20—22页）。

以这样强调詹姆斯的伟大之处来开场，我以为是适宜的，因为但凡简要概述他的作品而着重谈论个中所含重大意义的，往往在事实上无不有失公允。我已经说过，其卷帙浩繁的作品（詹姆斯那天才的多产是惊人的）导致人们把注意力集中在了发展而不是已取得的成就本身上。所以，就让我来立即强调一下那份突出的成就吧，这份成就之大甚至成了其小说家生涯开端期的特点。

事实上，《罗德里克·赫德森》（1874）——詹姆斯"在小说上的初试身手"——虽然名声不佳，却是一本真正优秀的书，值得流传后世——比起许多人们认为是经典的小说要有价值得多。这是一个兴味关怀成熟的作家所写的作品，他向世人表明自己能够用小说来处理内心的关怀，而这些关怀乃是一个认真研究当代文明且极具智慧之人所拥有的关怀。詹姆斯问自己，假设有个美国天才来自世风纯朴的新英格兰的一个小镇，他会受到什么样的欧洲影响呢？——欧洲，那意味着世世代代的文化、传统和罗马的欧洲？这本书有个缺点，詹姆斯在后来回顾时点了出来：艺术家的堕落——他在巴登巴登放浪形骸并终而自杀——来得太快了点儿。但是，《罗德里克·赫德森》在本质上是一部戏剧化的研究之作，具有评价性和探索性，考察的是对立文化传统间的相互作用（因为在詹姆斯的关注中心，我们可以瞥见一个理想）。而其主题和处理手法自始至终透着成熟之气，使这本书在整体上符合了成人的阅读要求，相比之下，萨克雷的小说就没有一本能够达到这样的标准。

　　我在前面说了象征手法的运用并道出了詹姆斯关于霍桑所作的相关评论——不过我所给的例子是很晚时期的，读者据此或许已经猜知，在詹姆斯最早的一些短篇小说里，霍桑的影响是非常明显的。然而，我们在《罗德里克·赫德森》里发现的却不是霍桑的影响。下面是从第十章选出的段落：

　　　　利文渥斯先生是个高大、开朗又温和的绅士，胡子梳理得一丝不苟。他脸面开阔、白皙而漂亮，可不知怎么，似乎不能被他那极慈祥的微笑所覆盖，结果，这张（额头平展也白皙的）脸竟有点儿像个铺了猩红地毯却四壁空白无饰的大客厅。他昂首挺胸，说起话来令人肃然起敬，不到五分钟便让罗德里克知道了他是个出来散心的鳏夫，在中西部拥有数座硼砂大矿，新近才退的休。罗德里克起先以为他是因丧偶难熬，前来给自己订墓碑的，然而，看到他对布朗查小姐说话时的那份极慈爱的劲头，罗德里克相信他来日方长，明智地预见到，等墓碑真备好的那一天，有一块标志他悲痛欲绝的石头或许就显得不合时宜了。不过，利文渥斯先生还是有意下个订单——一份大订单。

　　　　"您会发现我迫切想赞助咱们土生土长的人才，"他说，"眼下在俄亥俄河的两岸，我正在盖着一大片住宅，也许您能相信，我为此雇了个本地的建筑师。我的损失可大了，可那话怎么说来着——艺术之功用仅次于宗教之功用，对吧？所以我就找到您这儿来了，先生。我在着手给自己建个修身养性的场所，周围环绕着我走南闯北的纪念品，我希望从中能弄出点儿情调来。有些特色方面的美妙效果，巴黎那边有人正尽力在做，但我本人最关心的还是书房的效果，里面要分门别类排满精心挑选又装帧精美的著作，不同门类科目间用高档雕塑来分隔衬托。我想委托您——您看成吗？——来做这些主题科目中的一项。您说，用纯白大理石来表现精湛思想，这怎么样？"

……年轻的大师热情和蔼地保证尽力达到顾主的设想要求。"他的设想——见他的鬼去！"罗德里克在利文渥斯先生离开后还是忍不住大喊了起来。"他的设想是女神坐在橡胶垫子上，耳朵上夹支笔，手里攥一摞证券表。当然，这活干得，正对胃口——可这么个招摇撞骗的家伙能够喜欢的东西，你又怎么就**能**喜欢上了呢？喜欢上他的臭钱可真够要命的。我想，"咱们的年轻人补充道，"我从没咽过这么难咽的东西，现在随你说什么低三下四不要脸的事，我大概都快干得出来了。"

狄更斯的影响在这里是很明显的。不是见于《卡萨玛西玛公主》里写《小杜丽》的那个狄更斯，而是写《马丁·朱述尔维特》的那个狄更斯。当然，《罗德里克·赫德森》里的这一段不可能是狄更斯所写：作者出手给了狄更斯风格一道令人倍感钦佩的智慧锋芒。我们感到在那讥讽幽默的背后，还有一种更加细腻敏锐且更加丰满的意识，关乎的是狄更斯无所意识的那种成熟的标准和关怀。它颇具个性，对于第一部小说来说，算是一种非同凡响的成功风格。事实上，《罗德里克·赫德森》要比人们据詹姆斯在回顾时所说而普遍认定的更加出色得多，也生动有趣得多。

我举出这一段要说明的不仅是詹姆斯，一如我先前在本书里提及的那样，在透过文学——且是英国文学——看生活。更重要的是，我们还在这里看到了一个上好的例子，显示出一位具有独创性的大艺术家是如何向另一位学习的。詹姆斯在原则标准方面的成熟虽然令狄更斯无法比拟，但狄更斯惠施于他的却还不只是个风格。他帮詹姆斯从外面看自己周围的生活并以批判的眼光加以评定。

为揭示出这一观点的全部要义，我将向前跳过十几年，从公认是詹姆斯的杰作之一——《波士顿人》里引出一段，以资比较：

> 接近九点的时候，她那嘶嘶作响的喷灯发出的光一下照在了法林德夫人那壮观的身躯上，法林德夫人也许本会对钱斯勒小姐的那个问题*给予否定回答的。她丰满而美丽，棱角已为志得意满之色所矫正；一身衣服窸窣作响（**她**对品味的见解是明摆着的）；一头黑发，浓密而闪亮；双臂交叉抱于胸前，那表情仿佛要说，在她这样的生涯中，休息是短暂又甜蜜的；此外，她的五官之端庄令人极感敬畏。我之所以这样说她那张漂亮、温和的面孔，是因为她面对你的时候似乎就在问你一个问题，那就是尺寸比例如此恰当得体的一副尊容，怎能不给人以高贵之感呢？而回答也是注定了的。无论对尺寸比例，还是对高贵雍容，你都是无法加以质疑的，你不得不感到法林德夫人气度逼人。她周身有一种平版印刷的光滑感，是个集美国家庭主妇与社会名流于一身的人物。她的目光里有某种面对公众时的神情，开阔、冷漠而平静；这位杰出人物习惯于从讲坛上俯视人头攒动的海洋，一边听着一个公众召集人的颂扬，久而久之，那眼神里便带上了某种无遮无拦的矜持气。法林德夫人

---

* "……在这样的生涯中，她的精神不断受到折磨，而令她感觉痛苦最甚的便是对她品位的伤害。她曾试图要灭掉那根神经，让自己相信，品味不过是披着知识外衣的无聊而已。然而，她的敏感始终不断地春风吹又生，令她疑惑缺乏整齐条理是否就是人性热情中不可或缺的一部分呢。"

几乎随时都是一副被人三言两语介绍于人的神态。她说起话来语速极慢，口齿清晰，显然具有高度的责任意识。她把每个字词的每一个音节都吐念出来，坚持把话说得明明白白。假如在同她谈话中，你要把什么看得想当然，或要一次跳过两三步，她就会停下来，冷漠而耐心地看着你，仿佛她知道你的花招，然后再从容不迫地按她自己的节奏谈下去。戒酒和妇女权益是她演讲谈论的内容；她努力奋斗的目标是让这个国家的每一名妇女都有选举权，并把酒罐从每一个男人的手里夺下来。人们认为她的举止非常优雅，认为她体现了妇道贤德和客厅里的优雅风范，简而言之，她是个光辉的榜样，证明对女士而言，论坛与灶台未必就水火不容。她有丈夫，名字叫阿麻里亚。

这一段本身也许还不会让人想到与狄更斯的关系，可当我们经由出自《罗德里克·赫德森》的那一段来看它时，这层关系便明明白白了。不过，我们现在看到的可是纯粹的詹姆斯风格。而且，如我们在描写伯宰小姐的文字中所见，这种非狄更斯式的精湛微妙——鞭辟入里的分析和暗中对成熟的规范与关怀的援引参照——就把这层关联完完全全地割断了：

> 她是个小老太太，脑袋硕大，这是兰瑟姆首先注意到的——一对近视的眼睛，慈祥而疲惫，眉上一壁宽广、白皙、坦荡无饰的额头，其隆起之势并未被脑后一顶帽子遮消：那帽子戴得摇摇欲坠的，伯宰小姐在说话的当儿，往往会突然伸手，不相干地朝帽子上瞎摸一气。她一脸的哀伤，柔软而苍白，仿佛——这也是她整个脑袋给人的印象——被某种效力缓慢的溶剂浸泡得迷糊不清了。经年累月的慈悲行善并没有让她

的眉目棱角分明,而是抹去了彼此间的过渡,抹去了各自的意义。同情之波、热情之浪之于它们,一如时间的浪潮之于古老的大理石雕像一样,最终磨平了石面,逐渐冲去了它们的棱角、它们的细部。在她这张大脸上,她那些许的微笑几乎就看不出来,仅仅是微笑的一个概要,一种分期付款,一种赊账,好像在说如果有时间,她会笑得更狠一些,不过,即便在没有这丝笑容的情况下,你也可以看出,她是个性情温和、很容易上当受骗的人。

我们在此已经离狄更斯很远了。细腻微妙是绝对不缺的。尽管如此,这样提示一句显然也还正当,即在对由公关人士、江湖骗子、怪胎、新宗教偏执狂、女权主义分子以及报业人员所代表的繁荣鼎盛的美国文明所作的描绘中,詹姆斯让我们看到的,乃是《马丁·朱述尔维特》,经一个大大更富才智也大大更有教养的头脑重写之后而呈现出来的面貌。这出喜剧不仅气醇味浓,而且还意蕴微妙呢。

然而,当我们来到奥莉芙·钱斯勒的面前,来到这个新英格兰的老处女同时也是热切提高波士顿文化的代表人物的面前时,我们便看到了与狄更斯可能做过的任何事都毫无关联的东西,不过这种东西却与这出喜剧有着根本性的关联。詹姆斯了解那更加优雅的新英格兰的文明,而且,因他不只是个冷嘲热讽的批评家,所以冷嘲热讽起来便也更形有力。他了解它,因为他既从内部认识它,也从外部来看它,带着一个专业文明研究者的眼光,且对非清教文化有着丰富的体验。以下是在小说的开篇巴兹尔·兰瑟姆所作的反思:

> 她妹妹就她那狂热的"改革"热情对他所说的一席话,

令他事后想来很有几分不是滋味。至少他感到,假如说她信的是人性教的话——巴兹尔·兰瑟姆读过孔德,他无所不读——她就绝不会理解他的。他对改革私下也有个想法,其首要原则就是改革那些改革家们。

詹姆斯信手拈来孔德,可说意味深长。我们确信,他有这样潇洒自如的权利。这并不是说我们以为他认真研究过孔德——或曾有此需要,而是说他给小说家这一行带来了一个广博的知识教养,也带来了极高的关于人类个体和具体社会的知识,是我们期待一位小说大家应具有的那种知识——有此知识,人便不会赞成对于诸如人性教这类建构的热情。我们不是要在他与兰瑟姆之间画等号,但我们也并不以为他对那种宗教抱有热情;非常明显的倒是,他同兰瑟姆一样,对"改革家们"持有冷嘲之态。

事实上,《波士顿人》是有明确政治关怀的。詹姆斯描写女权主义运动,笔锋轻灵而雄健,浑然不露声色,一路洞幽发微,虽或难免冷嘲热讽,却也完全不带一丝敌意,以致吕贝卡·韦斯特小姐[3]对他无法加以原谅(她在论述詹姆斯的书中,对《波士顿人》说不出一句好话来)。诚然,这种政治关怀是捎带次要的,但其发人深思之力却端赖于此:詹姆斯全神贯注的是描写钱斯勒小姐及其与维芮娜·塔兰特的关系。维芮娜是个红头发的姑娘,活泼、可爱,美国味儿十足;而钱斯勒小姐执意要把她从妇女的共同命运——爱情和婚姻——中解救出来,并使她献身于大事业之中。詹姆斯的天才就在一出描写具体而非常出色的心理分析中显现了出

---

[3] 吕贝卡·韦斯特女士(Rebecca West,1892—1983),生于爱尔兰,女权主义者、记者、小说家和批评家。写过论詹姆斯的专著,以见解敏锐、文笔犀利著称。

来。(值得注意的是,几十年后,人们才在弗洛伊德的影响下,开始对无意识和潜意识有了普遍的认识。)

钱斯勒小姐与维芮娜的关系,实际在内里是非常痛苦的,但由此却产生了一些极好的心理喜剧。且看钱斯勒小姐是如何处理她的一个大难题的:

> 一两天后,亨利·布拉吉先生在钱斯勒小姐的门口留下了名片,并附带个字条,说他将于某日同母亲在一起,他希望维芮娜能在这一天前来他家喝茶。奥莉芙接受邀请,同维芮娜一道去了,但这样做的当儿,她却使自己处于了一个在她看来很是奇特的境地,即她并不十分明白自己在做什么。维芮娜自己是尽可单独前往的,但她竟然敦促她也去,这在她看来,似乎就有些奇怪了,而这便证明了两件事:一,她对亨利·布拉吉先生极感兴趣;二,她的天性特别地完美可人。钱斯勒小姐认为这是调情的最佳时机,而她对此却无所谓,还有什么实际能比这更坦坦荡荡的吗?维芮娜想了解真相实情,而这时候,她显然已经相信实情多半就在奥莉芙·钱斯勒的掌握之中。因此,她坚持要她去,首先就表明她更在乎的不是她自己而是她朋友对亨利·布拉吉的看法——毋庸置疑,这令奥莉芙想起了自己着手塑造这颗高洁的心灵所担负的责任,也提醒她意识到现而今自己在她心目中所占据的崇高位置。这个发现本该令人心满意足,假如不尽然的话,那也仅仅是因为老姑娘心中起了惆怅,惋惜这要她加以评判的对象居然是个没有极大恶行的年轻人。她在塔兰特夫人家见到他的那一晚,按这些小姐们的说法,也已经被亨利·布拉吉弄得"迷乱"了,不过,奥莉芙从耳边的议论听出,这是位绅士,是个品行端庄的人。

到了他住处的时候,这一点明显得叫人痛苦:他是那么和善,那么有趣,那么亲切而体贴,对钱斯勒小姐是那么关怀备至,在他这单身安乐窝里把地主之谊尽得是那么体面而自如,以至有那么一会儿,奥莉芙默默无言地坐在那里,像晃动一块不走的手表那样摇晃着自己的良知,让它给出个更有说服力的理由,告诉自己何以不该喜欢上他。她明白,要讨厌起他的母亲来不会有什么困难;然而不幸的是,这根本不能圆满地解决她的问题。

在欢快的茶会之后:

"看人就看表面,不必想他们有多坏……这样人们就可以坐在那里……去听舒伯特和门德尔松——要是总能这样,那该多美。**他们**才不管妇女有没有投票权呢!我今天压根儿就没感到需要投票权,你呢?"维芮娜最后问奥莉芙,她最后总要陷在这些思索中,又总要这样问她。

这位小姐认为必须给她一个非常坚定的回答。"我一直感到需要——走到哪里都有——日日夜夜都有。在**这儿,**"奥莉芙庄严地把手放在胸口,"我感到的是个深深而难以忘却的枉屈不公;我的感觉就像名誉上有个污点。"

维芮娜朗朗地笑了一声,继而轻声一叹,然后说道:"你知道吗,奥莉芙,有时我就纳闷,要不是因为你,我是否还会有那么强烈的感觉呢!"

"我的好朋友,"奥莉芙答道,"这样明白表明我们之间紧密而神圣团结一致的话,你可从来没对我说起过。"

"你确实让我保持上进,"维芮娜继续说道,"你是我的良知。"

在女性主义与良知的关系上,詹姆斯把握得很好——当然,新英格兰良知对他来说是个核心主题。在奥莉芙·钱斯勒身上,他把良知、女权主义、文化以及教养联系在了一起。"冬天的夜晚,屋外飘着雪花,屋里一方桌几上摆着茶饮,灯光下,与一位挑选而来的同伴,共同研读歌德著作的好译本"(因为 *Entsagen sollst du, sollst du entsagen*!就是当时正涉及的一句话[4])——当她给自己设想出这般理想幸福之景时,"奥莉芙几乎巴望得直喘";歌德"几乎是她唯一感兴趣的外国作家,因为她讨厌法国人的作品,尽管他们重视妇女。"至于粗俗:"奥莉芙·钱斯勒鄙视粗俗,而且对之嗅觉灵敏,在自己的家庭里也追踪不放……真的,有时候,似乎人人都粗俗;只有伯宰小姐(她与粗俗不沾边——她是个古董)以及最可怜、最卑微的人才例外"……"钱斯勒小姐本会感觉快活得多,要是她感兴趣的这些运动可以只由她喜欢的人来进行,要是革命不必总是从自身开始——从内部的大动乱、牺牲、处决开始的话。"

她不得不受到形形色色荒诞之极的粗俗的影响,这当然是她的典型困境。比如,她因无法把玛他提亚·帕尔东先生——维芮娜的父母视之为理想的女婿——拒于门外而不得不接受他的造访(第十七章)。"对于这个充满时代精神而胸无城府的人来说,个人与艺术家之间的一切分别都不存在了。作者写的是个人的事,个人则是报童的粮食,一切事都是大家的事,你的事也就是我的事。"美国报人——"警惕的民意"之仆——能够厚颜放肆到软硬不吃、刀枪不入而且几近浑然不觉的地步——詹姆斯对此表现的力度大大超过了狄更斯的笔力(我们还记得《马丁·朱述尔维特》的主题),原

---

[4] 这是钱斯勒小姐在与维芮娜交谈中引自歌德《浮士德》里的一句,她随后说了英语译文 "Thou shalt renounce, refrain, abstain!"(第一卷,第十一章),汉语姑译为"汝当弃绝、隐忍、克制!"。

因即在詹姆斯的艺术要精湛细腻得多,也在于整个背景所生发出的那种意义。名门出身的波士顿老处女固然冷傲凛然,贵不可犯,但在这里却全无用处。"她认为帕尔东先生的造访有失礼仪,然而,倘若她不作任何要他坐下来的表示,指望以此来传达她的这一看法的话,她就大错而特错了,因为他先发制人,反客为主,自己给她搬来了一把座椅。他的举止体现出的殷勤足以招待他们两个人了……"

我所以举出这个具体的场面(需要的话,我也同样可以举出许多别的场面),是因为它的典型意义。虚弱的优雅对自负的粗俗;审慎谨严对名闻街巷;自我约束的良心对泛滥风行的欺世盗名——这种相互作用的对立反差完全贯穿了詹姆斯对美国文明的新英格兰面貌所作的描绘再现。*《波士顿人》确是一本内容丰富、充满智慧而才情洋溢的奇妙之书。我说过这是一本公认的杰作,但事实上,我认为它还完全没有获得应有的荣誉。只有詹姆斯才能写出这样一本书,而书中明显呈现出来的那种生活的丰富性,一般是不会令人联想到詹姆斯的。它妙趣横生得无与伦比,却也正经严肃得无以复加,相比之下,受人推崇而被赋予经典地位的维多利亚时代的小说,除开屈指可数的几本之外,无不显得傻里傻气。《波士顿人》是詹姆斯经典大作中的一部,在他专写美国生活的作品里也是极品。

当然,他还写有其他一些"美国"经典。且不说他的短篇和不够长篇小说篇幅的那些文字了,《华盛顿广场》(1880)就是一部。它规模不及《波士顿人》,而且质地很不相同。虽说并不是同样意

---

* 美国社会容许报业人员对新闻消息无所顾忌地滥加炒作,报业人员因而刀枪不入,所向披靡,由此而体现出来的冲撞是詹姆斯作品里一个反复出现的主题。我们在他1888年的一部中篇小说《反射灯》里看得非常分明。

义上的对美国文明的"研究",但纽约这一背景却给了詹姆斯一个机会,使他能够以独有的方式记录以往岁月的风情。《华盛顿广场》是一个"默默受苦受难的故事",让人非常明显就想到了《欧仁妮·葛朗台》——这样说并非意味着它不是一个极富独创性、极具特色的作品,并非意味着它的细腻没有超越巴尔扎克。《华盛顿广场》与《波士顿人》种类虽然有别,出类拔萃则一,这也突出显示了詹姆斯在19世纪80年代早期不仅是何等的成熟,而且是何等的灵活,具有着何等宽广的笔趣。

像《华盛顿广场》这样的优秀之作,我们三言两语就给打发了,这说明任何定向而有限的概述都不可能公正地对待詹姆斯。我走的是一条既定的探索之路,面对一个如此多产、如此复杂而且发展得如此有趣的作家,任何人都必然会这样行事的。因此,我得立即由《波士顿人》折返,回到介于它和《罗德里克·赫德森》之间的一部早期作品——《欧洲人》(1878)上去。如书名所示,"国际背景"在这本书里出现了。但是,欧洲人——来访美洲的表亲们,主要是为陪衬美国人家而设,詹姆斯的根本意图毕竟还是在研究新英格兰的习性上。

> 在温特渥斯一家那井井有条的意识里突然闯入了一个不为其惯常义务体系所考虑的成分,这便要求构成其主要内容的那种责任感作出调整。面对一个事件,大胆而赤裸裸地考虑它能带来多大的快乐,这是费利克斯·杨的美国老表们几乎完全不谙的脑力劳动,而他们也绝没有想到人类社会会有任何部门是以此为主要追求的。费利克斯和他姐姐的到来是件令人快乐的事,但这却扩大了责任,扩大了对更加隐秘美德的践行……

关于费利克斯，作者告诉我们：

> 说他有良知，那是不着边际的话，因为良知达于极致乃是一种自责，而这位年轻人把他那健康卓绝的禀性都耗在了客观美意上，这些美意，除了准确击中目标外，是不知道还有任何准则存在的。

这种"闯入"仁善而有益。小女儿葛储德逐渐开始意识到自己不是什么清教徒，也并不属于**这里**；费利克斯帮她坚定了信念（他带走了她），并多方施以援手，以其温暖而令人亢奋的身影，维护生命的权利，反抗顽固良知的种种桎梏。然而，詹姆斯的讥诮是完全不带刻毒之意的；他在他加以批评的习性里看到了太多令他赞赏的东西而不能一味地谴责它。他在下面这段文字里赋予那位世故的男爵夫人的反应（当然不是永恒的）就显得超出了貌似可信的程度：

> 她眼里噙着泪花。亮堂堂的内心，温文尔雅的人，质朴、严肃的生活——她感到这些东西难以抵挡了，感到自己正为所体验过的最为真挚的一种激情而动。"我想留在这儿，"她说，"请接受我吧。"

而且，优势也不尽在欧洲人这一边：

> 温特渥斯先生也打量着小女儿。
> "我说不上她过去的生活可能是个什么样，"他说道，"但她的家绝对不可能比这里更有教养，对身心健康更有益。"

葛储德站在那里看着所有的人。"她可是个王妃。"她说。

"我们这儿都是王爷呢，"温特渥斯先生接道，"这一带街坊四邻，没听说有谁家要把豪宅租出去的。"

同前面引自《罗德里克·赫德森》和《波士顿人》的段落比较起来，这一段饶有趣味地表明了与狄更斯的关系。我们在温特渥斯先生的评说和反驳里都听出了鲜明的美国调门，不过，我们也注意到，作者对他的态度，虽然看上去可能纯粹是狄更斯式的，但随着我们从他这评说看到他那反驳，却发生了变化，而且在这变化中，构成了詹姆斯所作的一个基本分别。当一幢有"80个年头"的木屋被如此这般拔高时，我们不可能拿不准作者的意图；我们知道，面对这表达独特的典型的美国人的踌躇自得，我们应该感到好笑；我们也知道，"有教养"和"对身心健康有益"这两个精心挑来的修饰语，就詹姆斯而言，表达的乃是针对新英格兰习性里的某些成分而起的批判讥讽之意。但假如我们给了它所需（也是应得）的关注，那么，当我们看到那句反驳时，就会觉察到温特渥斯先生在那一刻，背后是有其创造者在支持的，而且他在这里是站在男爵夫人的对立面上，因而便代表了美国式的民主，这种民主是被詹姆斯当作美国的优越性而深信不疑地呈现给我们的。

我们将会注意到，男爵夫人和她弟弟之间在价值观上也是彼此对立的。作为欧洲人的代表，他们相互补充，并以彼此间的差异，替詹姆斯建立了另一个基本分别。事实上，书中所有人物都参与在他这分辨性的立场态度和价值判断中，而詹姆斯做得也是异常地精确而简练，以充满灵感的艺术力量，达到了一种断言肯定的整体效果。无论对新英格兰还是对欧洲，詹姆斯都既不谴责，也不赞同；他在每一个里面挑出他珍视的东西，将其与他讨厌的分别开，从而明确勾勒出一种在想象中令人满意的积极的东西。如书中人物之名所表明的那样,《欧洲人》是一部道德寓言。它遭遇了与《艰难时世》相同的命运,为的也是——我们必须说——相同的缘故:"英国小说"的批评传统——如果还可用"批评"一词称之的话——谈的是"真实人物的创造",它以表面外在的丰盛来衡量作品的活力,并期待看到大量而松散的枝节插曲和情节场面,但对判断艺术的要义和作用有什么成熟的标准却全然不知。(它竟能把萨克雷当作一流小说家介绍给我们。)因而,当你把浓缩的意蕴——密切不懈地关联着一个严肃而真正深厚的主题——拿给它时,它眼中所见不过是毫无意义:《艰难时世》默默无闻;《欧洲人》以"微不足道"而见弃。然而,詹姆斯在创作生涯之初写下的这本小书,实际却是分量厚重的一部杰作。*

就"国际背景"而言(因为我们现在必须回到这一点),他早已采取了明确的美国路线。接续《罗德里克·赫德森》而来的是《美国人》(1875),而在这部小说所开启的长长一串的作品里,詹姆斯可以说是要替他的祖国洗雪《马丁·朱述尔维特》之耻。[5]不幸的是,他在这本书里挑了他几乎一无所知的商人来代表美国人的正派和真诚,并给我们展现了一幅完全不可信的理想化的画面。克里斯托弗·纽曼白手起家,在内战后的十年里发财致富。他虽成了一个粗人(意指不谙社交世故),却超凡脱俗,对道德标准高度敏

---

[5]《马丁·朱述尔维特》里有小马丁在美国上当受骗,投资"伊甸园"地产,蚀尽钱财还差点病死他乡的故事。这一部分曾激起美国人的众怒公愤。

* 兴许可以这样说,即对照一下《欧洲人》,我们就能明确道出《波英顿的珍藏品》(1897)不足何在了。这部较晚时期的小说固然有许多引人注目的长处,但詹姆斯于其间,却没有严格遵循其基本意义的结构的约束,而是听任自己过度发展局部性的关怀,去追求某种无拘无束——即松散——的"再现"(《艰难时世》的分析见后文第296页以下)。

感，为此而在邪恶又老奸巨猾的法国贵族手里吃亏受骗。浪漫的故事，异想天开又滑稽可笑。

然而，单说纽曼是个浪漫想象还是不够的。从他的名字可以看出，他体现了詹姆斯的一个非常积极而重要的意图。他的教名让人想起克里斯托弗·哥伦布，而"纽曼"这个姓本身就说明了其中的含义，[6]即詹姆斯要让他带上一种独特的象征意味。他回答的是这样一个问题：撇开来自欧洲的东西——跨洋带过来的传统，我们能拿出什么说是美国人的独特贡献呢？《罗德里克·赫德森》里的利文渥斯先生是詹姆斯对这一形象的最初设计，他在这里竟又将其如此这般地改头换面，这既说明他对这一问题的感受何等迫切，也体现了要找到一个满意的答复是何等的艰难。"新人"身上没有欧洲文化的优雅品味，因而也就没有了种种堕行；他要代表的是生机能量，是不折不扣的道德活力以及坦率直接的意志。我们在《一位女士的画像》里又遇见了他——他叫卡斯帕·戈德伍德；我们在其后期那细腻已极的艺术里发现了他，《金碗》里的亚当·沃弗便是他的极致。在《象牙塔》里，他则是那个名字意味深长的弗兰克·贝特曼。[7]

在许多方面，《美国人》都是一本有趣的书，不过它并不在詹姆斯的成功作品之列。詹姆斯写国际主题而给人留下更深印象的是他的另一部小说——不是长篇，而是一个中篇，即早于《美国人》一年写下的《德谟芙夫人》(1874)。女主人公是个对大笔财产拥有继承权的美国人，她理想化地把一个靠结婚骗财的法国贵族的"高贵"血统当作实在的卓越人品并嫁给了他。然而，女主人公在最终

---

[6] "纽曼"英文原名为Newman，字面意思是"新人"。
[7] "弗兰克·贝特曼"英文原名为Frank Betterman，从字面上看，Frank有"坦诚"之义，而Betterman则意为"好上加好之人"。

醒悟之后，却表现出了她本人那不屈不挠的精神优越感来。德谟芙夫人的处境明显就是伊莎贝尔·阿切尔的预兆，而更为相像的一点是，虽然有个美国青年倾心于她，人也值得，但她本人对自我的理想化却使她不能把他当作情人来接受。小说颇多精彩笔墨，值得一读，不过也有明显的缺点，而读者在结局处或许会感到詹姆斯的总体态度可能是有些暧昧的；因为德谟芙夫人依然不依不饶，不仅对那个美国青年，而且对她那位忏悔且"改邪归正"的丈夫（难以置信——我们感到这是异想天开）亦然，结果她的丈夫把自己给崩了。

《黛茜·米勒》（1878）就没有什么暧昧的地方。它是对詹姆斯最喜欢的一个主题的变奏：美国姑娘优于全世界。故事自是大师之作，而我们也能明白它何以一面世即大获成功。然而，我们却得把它与《美国人》归入一类，因为它们都体现了一个站在美国人的立场但脚下根基却并不踏实的詹姆斯。黛茜·米勒面对欧洲社会习俗所表现出来的那种无拘无束，放在任何一个文明社会里，都是让人无法忍受的。她与詹姆斯在《波士顿人》里加以讥讽的美国景观的种种特征天生就是一路。她没有一点儿教养，才智之士谁也无法长久地忍受她，因为你根本不可能与她进行交谈：她别无所长，只有脸蛋、美元、自信和衣着（詹姆斯想必是听人说只有美国姑娘才会打扮呢）。且不论关于伊莎贝尔·阿切尔（一个很不一样的例子），我说的话里有怎样的意味，黛茜·米勒经詹姆斯之笔而呈现出来的楚楚动人的形象，明显就是透过一个美国绅士的目光来看她的结果——当然距离还没有近乎到让人以为他与她有私交或有社会关系的地步。

黛茜·米勒的意味是与克里斯托弗·纽曼密切相关的。两相对照，她的形象无可比拟地要更加真实一些，但其作用反倒凸显了她所代表的那种回答——针对产生出纽曼的那同样一个问题的回答——是何等的无力。詹姆斯通过《潘多拉》（1884）中的潘多拉·戴的形象，为我们提供了一些更有趣的东西，这部作品虽然并不广为人知，但却是他更加精美的中篇小说里的一部。潘多拉来自中西部地区的尤蒂卡，甚至长得还不漂亮；除了美国人的活力、进取精神、"无拘无束"以及自信外，她别无特色，而就在她身上，美国的民主，在与德国外交家福格斯坦伯爵所代表的东西形成的反差对照中，得到了强有力的维护（因为她一直坦然公开地忠于她先前的亲属们）。但是，从詹姆斯的艺术所呈现出的后果来看，要挑出具有鲜明美国特色的东西并加以拔高颂扬——这种企图在想法上就是错误的。创作的冲动追求的是超越于单纯再现的东西，詹姆斯还有一个比较站得住脚的积极的理想物在等着他呢。"美国信仰"最终导致的（且掂量一下詹姆斯笔下的女人们）乃是虚弱无力，是判断评价的乖谬，这一点我们可以用《鸽翼》中的蜜莉·西勒这个形象来说明。一个腰缠万贯的美国女人，仅仅因为她是个腰缠万贯的美国女人，便成了公主般的人物，且这样一个公主，就因为她是个公主，便要被认为具有极大的道德意义：这就是全部要说的东西。而背上了这层意义的蜜莉·西勒，在詹姆斯的全部作品里，是不乏其他同伴的。

德谟芙夫人具有真正的道德优势，而且风姿卓绝。而着眼于詹姆斯的发展，我们发现有意思的是他明显依稀瞥见了一种潜在的"文明"，其间，成熟的社交艺术所要求的风度举止应该显示出美国式的最高的道德教养，显示出要求人类文化达致成熟的那种严肃性。这一关注在一篇极好的小说里得到了进一步的明确表达，那就是与《黛茜·米勒》篇幅相当的《一个国际性的插曲》。故事说的是纽约一位"社交界的女主人"有个名叫贝茜·艾尔顿的"波士顿妹妹"——聪明，老于世故，而且还一本正经（音乐会上贝茜总是

侧耳倾听)。贝茜发现来访美国的兰姆贝斯勋爵对自己很有吸引力:

> 此外,她完全意识到自己喜欢想象他还有些额外附带的优点——脑中浮现一个英俊的年轻人坐拥如许众多的机会,这幅景象激发了她的想象力并使其得到了满足。至于那是些什么机会,她几乎还说不上来,但照她的想象,都是可以干大事的——可以树立榜样,可以施加影响,可以予人幸福,可以促进艺术。至于一个年轻人真要身处这种优越地位又该怎么做,她是有个理想行为模式的,她也努力要把这种模式套在兰姆贝斯勋爵的举止上,就像你可能会试图拿一幅剪影去套投在墙上的阴影一样。然而,贝茜·艾尔顿的剪影却怎么也合不上爵爷大人的形象,这种不协不调令她懊恼,有时到了她都觉得不近情理的程度。

贝茜后来与她姐姐来到英国,再次见到了他。兰姆贝斯勋爵挺可爱,也不傻,但他却没有一点儿逸致雅趣:

> 哪里只要有兰姆贝斯勋爵的身影,那便表示此处断无诗人和哲学家,结果——这几乎就是绝对的结果——她便常常给这个年轻人列举她崇拜的这些人物来。
> "您好像很喜欢这类人。"兰姆贝斯勋爵有一天对她说,仿佛才想到这一点。
> "他们是我最想见一见的英国人。"贝茜·艾尔顿答道。
> "我想,那是因为您书读多了的缘故。"兰姆贝斯勋爵殷勤地说。
> "我并没读过多少书。只是他们在我们那儿很受人推崇。"

"啊，明白了！"年少的贵族应道，"在波士顿。"

"不光在波士顿，到处都一样，"贝茜说道，"我们可敬重他们了；他们是上流社会晚宴上的座上客。"

"我想您说的不错。我不能说他们中有许多我都认识。"

兰姆贝斯勋爵的世界斤斤计较于身份地位的高低，令人厌恶，而与此特征相伴的则是一种自鸣得意而彻头彻尾的庸俗习气。贝茜·艾尔顿看出了这一真情实况，认定为无可否认的事实就平心静气地去适应，这时候，我们便看到詹姆斯对英国上流社会发出的批评了——这种批评是詹姆斯要接下去做上一辈子的事，其间每每可闻奚落鄙夷之声。后来，当兰姆贝斯勋爵的母亲和姐姐上门来大耍贵族的傲慢无礼派头并警告她离开勋爵时，贝茜早已拿定主意要与他分手了。她撇下他，立即动身离开英国，无惆无怅。*

---

* 在《巴巴里纳夫人》（1888）里，我们看到了一种倒转《一个国际性的插曲》主题的情况。从许多方面来说，《巴巴里纳夫人》都是詹姆斯以文化比较为题的反英国小说（或许可以这样称呼之）里最有意思的一篇。杰克逊·雷蒙是个抱有强烈科学兴趣的美国医生，其父暴发致富，遂使这个年轻人成了婚嫁市场上的香饽饽。他爱上了巴博夫人［詹姆斯笔下人物的名字常常都带一种暗示性，但这一点并非总能为人所注意——"巴巴里纳"（Barbarina）暗指阿诺德的"野蛮人"（Barbarian），而"巴博"（Barb）则指纯种良马。——译注］，他娶她是因为他在她身上看到了"漂亮母亲"的身影——生下"漂亮的孩子，个个该当都是'高贵血统'的光鲜模样"。他坚持要带她回纽约并在那里定居，可对她来说，除了狩猎和英国的社交规范外，生活便了无意义，她在纽约的社交界找不到任何提神助兴的东西，因为，尽管她的"社交传统丰富而源远流长"，但她却无法同人交谈——可怜的医生原还巴望开创出美国的沙龙来呢。她最终说服他回英国看一看，于是无限期的逗留变成了永久性的居住，而他的生活本是与他的职业和对祖国的感情连在一起的，如今却逐渐陷入了无聊之中。小说结尾处，我们看到他端详着幼小女儿的脸，寻找"高贵血统的面貌"——不过很忐忑不安。［阿诺德在《文化与无政府状态》里把英国贵族称为"野蛮人"，意在涵盖这样一些品性：追求个人自由，热衷野外运动，体貌健硕，举止优雅，才情外露，有"柔美"（sweetness）之相，但因多为权势名位和安逸享乐所感，天生不为思想观念所动，内乏智慧之"光"（light）。——译注］

于是，我们注意到詹姆斯对待国际主题的态度明显是复杂的——更不用说变化多端而不相一致了。他表现出来的倾向是多种多样的。在《罗德里克·赫德森》里，得狄更斯之助，他表现起美国生活的一些特征来，已然是一副成熟稳健的"评定"反讽的笔调。可在紧接着而来的小说《美国人》里，他仍能塑造出专横决断、靠自我奋斗起家的商人克里斯托弗·纽曼这一形象，来体现面对一个腐败堕落、物质至上因而飞黄腾达的欧洲，美国所具有的优越性。他还能够以黛茜·米勒的形象来颂扬美国姑娘。然而，他又能够运用他对一种更加成熟的文明所具有的知识，来批评新英格兰的道德风气和智识教养，并进而在《波士顿人》里，以更加辛辣之笔，重写了《马丁·朱述尔维特》。而在另一方面，他也能够给我们展示，良知和严肃与真正智识教养上的优越和风度举止上的优雅相结合乃是典型的美国特色。我们进一步得到一种暗示，即在他的内心深处，在他所经验的各色现实间的相互作用中，正在形成一个不同于任何一种现实而存在于想象中的理想之物。于是我们便来到了《一位女士的画像》前。

不过，在接着审视这本书之前，我还要顺便简要地说两句，以免显得有忽视他在描写现实上所取得的非凡成就之嫌。庞德说，詹姆斯"让美国出了名……他所赋予她的那种现实性，是唯有在大师的艺术和写作里记录下的风貌景观才能达到的"。"除了美国人之外，"他说，"无人能够知道——真正知道——他其实有多棒，他的美国有多棒。"*然而，一个英国读者就能够知道，詹姆斯对英国文明基本特征的表现是多么的出色，对典型英国人物的表现又是多么的出色。（不过，我们有时发现，这些人物是明显透过一个旁观者

---

* 见《创新》。

的目光来看的，沃伯顿勋爵就是个例子。）无论英国读者还是美国读者，人人都能看出，他这位无与伦比的大师，一般更拿手的，乃是分辨不同民族的本质和特征——在脾性、传统和道德观上存在着哪些根本性的差别。当然，在美国人和英国人之后，他最关注的是法国人，早在写《美国人》的时候，他就对法国人的形象有了一些细腻的观察和刻画。他也写过意大利人。德国人在他的书里倒是不常见，但我们还是可以找得到，而且他对他们的"描写"也显示了他一贯的洞察力。在1870年以后的十年里，他给我们展现了所谓天生优越的德意志民族——见《一捆信》。（在其后不久的《潘多拉》里，另有一种类型的德意志人，即"容克中的容克"。）

这里要说的还是《一位女士的画像》。在我看来，这本书之所以伟大，在根本上乃是取决于它所代表的那种包容性的和谐（或与此接近的东西）——在我指出的各式倾向与冲动之间取得的一种至关重要的平衡。我们在伊莎贝尔·阿切尔身上又看到了美国姑娘的至高无上，但我们可以承认她确有优越之处，即便在审慎思考下，我们判定这种优越性是建立在大量理想化的描述基础之上的。面对英国人的陈规习俗，她的无拘无束看上去——对我们来说，她的形象是实在而具体的——的确像是真正的精神解放。与黛茜·米勒不同的是，她自有一套高尚准则，行为有所顾忌，自爱而敏感；她是个富有教养且极灵慧的人。诚然，比起贝茜·艾尔顿，她要更加理想化一些，然而，无论她被理想化到何种程度，也无论在拿她与葛温德琳·哈雷斯比较时我可能说过些什么，她都还是令人信服也令人难忘的：理想化意味的是由詹姆斯加以出色想象的一种真正的优雅。

在另一方面，沃伯顿勋爵也大大地高于《一个国际性的插曲》里的兰姆贝斯勋爵。他全无愚蠢之气，或者说，他的头脑一点儿也不顽固僵化("那对灰色眼睛充满生气")。在他的眼里,他所从属的那个阶层代表的乃是某种超越于地位和特权的东西。其实,在《一位女士的画像》里,这一阶层仍然在某些方面被理想化了,其所呈现出来的面貌完美而圆润,大大增强了构成全书特色的富丽之美。开场一幕便定下了基调:草坪上,上了年纪的美国银行家和他的同伴在一起,背景是乡间宅第。作者笔触饱满而细腻,立见大师风范。老杜歇对沃伯顿勋爵以及沃伯顿勋爵的世界都心仪敬重,与此同时,他本人代表的却是全然不同的准则(历经英伦三十载的成功生涯,他依然不失美国人的本色),并与儿子一道,把无拘无束的心灵和精神引入了那个世界——这一面,如我先前所说,便构成了对那个世界的无言批评。理想化的描述与这批评如何调和一处从而构成全书的总体效果,我们在这里已有了一个充分的提示。

沃伯顿勋爵令我们仰慕,他的世界令我们赞叹,这些对理解伊莎贝尔做出相反抉择的意义都是必不可少的东西。她拒绝了它们,对此我们并没有觉得有什么怪诞任性的地方;我们倒感到这一举动是完全的伦理评判,而我们能有这种感觉实是对詹姆斯所赋予她的那种真实性的褒奖(我们必须承认,她到底不是葛温德琳·哈雷斯):

> 我不怕读者误解,把我的话当作她自高自大的又一个证明,我还是得说,有的时候,她想到她可能已得到一位"贵人"的青睐,便会大吃一惊,几乎感到受了冒犯,甚至骚扰。她从没认识过一个显贵,她的生活中也没出现过这样的人物,她本国可能也没有贵族。每逢她想到一个人的优点时,她总是从性格和智慧上来考虑——那位男子的思想和谈吐是否令人喜爱。她自己也有优异的性格,这是她不能不意识到的。在她的

想象中，完美的意识一向主要与道德观念联系在一起，这些观念涉及的问题就是能不能引起她崇高的心灵的共鸣。现在沃伯顿勋爵在她的面前出现了，他那么高大，那么光辉灿烂，他具有的各种品质和力量已不能用那把简单的尺子来衡量了，它们需要另一种评价方式。但这位少女习惯于敏捷而自由的判断，觉得她缺乏耐心来从事这种评价。他对她的要求，会是任何其他人所不敢提出的。她感到的是，一个政治和社会方面的地方巨子正在孕育着一个意图，要把她拉进他所生存和活动的体系中去，而这种生存和活动的方式是相当令人反感的。有一种本能，它并不专横，但是有说服力，告诉她要抵制——它悄悄对她说，事实上她有自己的体系和轨道。[8]

詹姆斯接着立即告诉我们"有一个年轻人刚从美国来，他压根儿没什么体系"。[9]这是个来自新英格兰叫作卡斯帕·戈德伍德的美国商人。他代表了美国可以给予伊莎贝尔的东西——质朴刚正和自立之志，与"体系"和文明的优雅恰成对照。"他的下巴颏太方，太严峻，他的身子太直，太僵硬，这些特点表示对生活中较深的意境不容易协调。"*然而，尽管这番描述让人看好，就他在"那里"而言，他却是个被情绪化了的人物——成了这本书的一个薄弱

---

[8] 项星耀译《一位女士的画像》（人民文学出版社，1984），第117页，译文略有改动。后文也简称为"《画像》"。本书中引自《画像》的段落均采用项星耀译文，以下仅注译本书名和页码。
[9] 《画像》，第118页。
* [《画像》，第134页。——译注] 这番描述体现出了一种细腻，它所流露出来的对于生活的深刻兴味，乃是"社会风俗小说家"这样的名称表达不来的，而这恰恰高度反映了詹姆斯文字的特点。这是一种"风格"特征，一如他对象征手法的更加大量的运用，都是源于同样的一个根本癖好。

所在。不过,他所代表的那种求婚意图没能奏效,却给了伊莎贝尔拒绝沃伯顿勋爵这一举动所有的意义。

这层意义在沃伯顿勋爵犯下的失礼过错(并非绝无仅有)这类缺点中得到了极好的暗示,其时杜歇夫人不让伊莎贝尔单独与先生们深夜待在一起(第七章):

> "我也得去吗,姨妈?我想过半个钟头再上楼去。"
> "我不能再等你了。"杜歇夫人回答。
> "那你不用等我,拉尔夫会给我点蜡烛的。"伊莎贝尔笑着说。
> "我给你点蜡烛好了,伊莎贝尔小姐,让我给你点蜡烛!"沃伯顿勋爵喊道,"不过我要求,我们至少得坐到半夜。"
> 杜歇夫人把那对闪闪发亮的小眼睛对着他瞧了一会儿,然后又把它们冷冷地转向她的外甥女。[10]

对一个英国姑娘,沃伯顿是不会用这种腔调说话的。他意识到事关英国**礼仪**的地方,伊莎贝尔都享有美国人的自由,便立即把她定为"美国姑娘",且一下就拿出了本会对亨利艾塔·斯塔克波尔才合适的举止——那个年轻聪明的记者有"不敲门便径直走进人家"的习惯。我们对此感到震惊,这就是詹姆斯艺术的力量。我们的震惊比伊莎贝尔的震惊还要强烈,虽然如此,这件事仍让我们具体意识到伊莎贝尔拒绝沃伯顿是何等的正当。因为它给我们昭示出一种隐隐的自得之意,当此之下,沃伯顿勋爵一时间似乎露出了他

---

[10]《画像》,第74页。

从属于其间的那个"体系"的精神来。

第十章里拉尔夫和亨利艾塔之间的交谈有与此相似之处，也让人回想到这一段：拉尔夫假装以为亨利艾塔对自己有意，结果把她弄得莫名其妙。拉尔夫的过失重复了沃伯顿勋爵的过失，他已经非美国化了，足以算得上沃伯顿勋爵那个世界中的一员，所以能够那样来对待一个美国女人。他衬托出了他的父亲——那个虽然常年生活在英伦却原样不改的美国人，明白清楚地代表着纯纯正正的美国人的美德。拉尔夫是被视为既非美国人，也非英国人的——或者说他既是美国人，也是英国人，而这段插曲却隐隐地承认他的这一状态所具有的优势或许有其暧昧的一面。不过，一般来说，他给人的形象是集中了两者之长，同时又摆脱了各自的局限。他占据着一个中心的位置，因而能够评定每个人。*

他明白伊莎贝尔为何喜欢亨利艾塔，然而当他得知亨利艾塔的衣服里带着她那伟大国家的"强烈、芳香而清新的气味"时，他答道：她身上"的确散发着未来的气息——几乎能把人熏倒！"在亨利艾塔看来，他只是另一个侨民，像奥斯蒙德一样。侨居巴黎的这些美国人是伊莎贝尔**能够**根据他们的外在表象加以评判的，她问他们："你们都就这么活着，可结果会怎样呢？"这时杜歇夫人一边评判着自己，一边"认为这个问题配得上出自亨利艾塔·斯塔克波尔之口"。其实，人物之间的分辨甄别在每一处都是极其精确的。伊莎贝尔自己发现拉尔夫品味挑剔，这一点似乎像奥斯蒙德——然

---

* 事实上，这个积极确凿的理想已隐含在詹姆斯1888年写给其兄的一封信中，我们从下面这段便可以看出：

"……我希望能够这样来写作，让局外人说不准我在某一刻是一个写英国的美国人呢，还是一个写美国的英国人（因为这两个国家都在我的笔下），所以，我非但不以这样的暧昧为耻，反倒要大大引以为荣，因为那是极文明的。"——《亨利·詹姆斯书信集》，第一卷，第143页。

而两人之间差别还是有的。拉尔夫本人替她把握奥斯蒙德（当然，她听不进去，这是可悲的反讽），解释那是怎么一回事："他最怕庸俗，这是他的特点，此外我就不知道他还有什么别的特点了。"他也对梅尔夫人做了评价——也还是不起作用：

> "啊，有了梅尔夫人，你哪儿都能去，de confiance（放心好了），"拉尔夫说，"她认识的全是最高尚的人。"[11]

这将足以把使得《一位女士的画像》成为一部杰作的那种基本结构标示出来，尽管在讨论乔治·艾略特的时候我对它提出了种种批评。它的卓越乃是詹姆斯的独特天才和经历使然，而它也体现了詹姆斯心中重大关怀的组织结构。这些关怀贯穿了书中的方方面面：智趣、对话、情节和人物刻画。

这本书充满了丰富的创造力，纯然是鲜明的詹姆斯风格。比如，梅尔夫人就不可能出自乔治·艾略特之手。下面这个眼光是伊莎贝尔的，她还没有看穿梅尔夫人：

> 她已变得太柔顺圆滑，也太纯熟、太高雅了。一句话，她是完美的社会动物，是一般男女应该向往的典范。在她身上，那种健康的野性已荡然无存，而这种野性在乡间宅第生活蔚然成风以前，是连最温和的人也具备的。伊莎贝尔很难把梅尔夫人想象成一个离群索居之人，总是把她跟周围的人直接或间接地连在一起。人们不禁会想，不知道她跟自己的灵魂是什么关系。不过，他们最后还是认为，迷人的外表并

---

[11]《画像》，第296页。

不必然意味着肤浅；所谓迷人便肤浅只是一种错觉，人们幼稚无知，刚刚才摆脱了它的影响。梅尔夫人绝不虚有其表，她是表里如一的。〔12〕

这即是说，她代表的社会"文明"（"圆圆的大天地本身"）并非詹姆斯本人所追求的那种（就像同奥斯蒙德在一起，她是完全的侨民，身上没有一点美国人的美德）。相形之下，杜歇夫人则令人想到我们在劳伦斯的一些最优秀的作品（如《圣马》）里所遇见的那种美国人。詹姆斯是以其典型的智趣——我已经说过，不单是表面的表达习惯——来表现她的："她的行为总是锋芒毕露，棱角鲜明，这对那些敏感的人，有时难免产生伤害感情的作用。"〔13〕亨利艾塔·斯塔克波尔是另一种美国人，刻画得完美无缺——奇迹般地避免了漫画的效果，而且虽说她有种种自命不凡的表现，却仍然甚得读者喜爱。还有奥斯蒙德的姐姐，格米尼伯爵夫人——"她的放荡行为由于处置不善，已弄得满城风雨，无法掩饰——而这是在这类问题上最起码的要求——她的名声已一败涂地，再也不宜在社会上流通"；〔14〕她会像"一只鬈毛狗纵身追逐人甩出的一根棍棒一样"一头扎进一场明晰的谈话里去。

虽然描写得如此出色，但格米尼伯爵夫人却是这本书的一个薄弱之处，因为她在那里的作用简直就是一件道具。唯有她可以向伊莎贝尔透露奥斯蒙德与梅尔夫人之间的私情，以及帕茜是他们的女儿这件事，但她如此帮衬的动机却交代得并不充分。帕茜这一形象本身就提出了一个问题，即詹姆斯对于受人保护的纯真女孩（所谓

---

〔12〕《画像》，第226页，略有改动。
〔13〕《画像》，第22页。
〔14〕《画像》，第332页。

第三章 亨利·詹姆斯

"白纸")的态度,这类人对他似乎有一种奇怪的吸引力。在《未成熟的少年时代》里,他展现了作为南达陪衬的善良的小艾琪,婚后如何在爱德华时代的上流时髦社会里,变成了一个近于破鞋的人物;而我们也爽快地接受了作者的暗示,即在这样一种环境下,变化乃是这种"纯真"的自然产物。在《专使》里,他给了绝不纯真的维雍尼夫人另一个受到精心监护的"白纸"做女儿,像是要加强这种暗示。

尽管帕茜的明显功能是在伊莎贝尔和奥斯蒙德的关系里充当一件道具,但她在书中的形象也另有某种意义在。作为一个代表人物——"那文雅可人的白花",她与亨利艾塔·斯塔克波尔形成了鲜明的对照。后者体现的是一种完全不同的纯真——一种纵情入世、生机勃勃而体魄强健的美国式的纯真。事实上,我们通过帕茜而有了一个一般性的看法,即几乎所有的人物都可被视为在一个完整的结构里,以同样的方式,获取了各自的价值和意义。因为尽管与《欧洲人》比起来,《一位女士的画像》在规模上要大出许多,而且因其具有的复杂性,没有招来"道德寓言"的称谓,但两者在结构上却是相似的;《画像》亦是蕴意极深之作。* 它给我们的不是什么慷慨大量的不相干的"生活";它的生机完全是艺术性的。

在一个特罗洛普、盖斯凯尔夫人之流再度风行的时代,《一位女士的画像》没有得到一点儿应有的承认,原因即明显在此。与《画像》相伴的那些杰作所以遭人忽视,原因亦在此间。《一位女士的画像》《波士顿人》《欧洲人》《华盛顿广场》——且不提短一些

---

* 詹姆斯在《梅西所知》的前言里,就梅西说了一番话,他也许可以拿来说帕茜的;他在这里如此典型而意味深长地加以描述的这种"结构",乃是他始终如一的关怀:"这样,通过本身是饶有趣味的一种程序结构,我们便得到了充分形象化的人物——那鲜明而有形的象征,我们也因而受益。"

的篇章——这一组蔚为大观的经典之作怎么就能不受赞扬，反使这位小说家未能像简·奥斯丁和乔治·艾略特那样名列卓越之榜呢？它们并不难读，也没有奥秘天书的模样，反倒很有一些明显吸引人的地方，兴许看上去还是可以讨人喜爱的呢。那答案就是，尽管简·奥斯丁和乔治·艾略特广受接纳，但两人的真正卓越处实际均未真正获得普遍的认识。这便是"英国小说"的传统，以至于老练的批评家们尽管不赞成把《教堂和家灶》视为一部伟大的小说，但就连他们也怀有一些成见，令他们无法在小说里识别出严肃艺术的标记。这是一个灾难性的传统。

　　大量才智的误用和浪费无疑就源于这个传统；吉辛在他令人难忘的小说《新格拉布街》里一展才智，把个人经历的压力善加利用，可此后写出的却是许许多多可以忽略的东西，乏善可陈，个中缘由或许能援此传统而得解答。我们从才智之士转到天才来看，詹姆斯本人所遭遇的忽视——就他的艺术而言，其最终的影响是灾难性的——就是导源于此；康拉德的写作生涯因遭忽视而更见困苦，也是导源于此。这个传统意味着劳伦斯在写出《恋爱中的女人》后，必须一改他的习惯，从旷日持久地精雕细琢一部缓慢孕育成熟的大作中脱身，不再与创作中的难题做纠缠，转而奋笔疾书，一本小说紧接一本小说地出，把他的天才投入新闻报道中，把他的精美艺术限于短篇小说里面去。

　　然而，这里要强调的是，尽管詹姆斯还在早期就遭遇了种种挫折，但他正是在这段时间里写出了一组成功的杰作。《一位女士的画像》是一部伟大的小说，而且没有比它以及《波士顿人》（它们在我看来似乎是最出色的两部英语小说）能把詹姆斯的独特才能更好加以展现的了。后期的发展带来了细腻非凡的艺术——以及富有诗意的成就，譬如詹姆斯在《大师的教训》里用来把他对自己的生涯（他显然对此有作彻底扪心自问的癖好）所抱的复杂态度加以戏剧化的那种手法——这种发展固然趣味多多，带来了大量技艺高超的故事，但我们一路读下来，却很难不生遗憾了。

晚期的詹姆斯

时下人们对《罗德里克·赫德森》的评价不高，其发端，我已经说过，似乎是詹姆斯本人在给这本小说所作的序言里说过的一番话。然而，写序言的詹姆斯——给其著作的"纽约版"[15]写出那些著名序言的詹姆斯——远**不**是写早期作品的詹姆斯，因而我们肯定不该拿他当这些作品的批评权威，至少在关乎评价的地方是不行的。这些序言的有趣之处在于它们是出自构想晚期作品的头脑——也就是说，倘若它们完全不能算是令人满意的批评，那么它们与批评的关联性还是明白无误的。

R. P. 布莱克默先生做了一件有价值的事：他把这些序言收集在了《小说的艺术》里。詹姆斯绝对在大家巨擘之列，应该让人能够方便地看到这些资料。然而，假如我们发现布莱克默先生的导论令人失望的话，那么在读完这本书之后，我们便得承认，这种失望乃是源于詹姆斯的序言本身。

　　批评从来没有过这样大的抱负，这样有用过。从来没有一批作品像亨利·詹姆斯的小说这样特别地适合批评，也从来

---

[15] 纽约的 Scribner 出版社，在 1907—1909 年间出版了詹姆斯自选的 67 部作品，取名《亨利·詹姆斯的小说和故事集》，共计 24 卷，詹姆斯为这个版本写有 18 篇序言。詹姆斯死后，出版社又在 1918 年增加了两卷，共计 26 卷。这就是常说的"纽约版"。

没有哪位作者像他这样认识到有必要而且有能力对自己的作品展开具体而详尽的批评。他对自己得到的这一机会非常地热衷，对能借此做出的事是既骄傲又谦虚的。"这些评注"，他在《罗德里克·赫德森》的序言里写道，"反映的是在一个相当长的历程里一位艺术家坚持不懈的努力，他的全部创造意识的发展……"

——如果这给人以很大希望的话，那它也是与我们的期待相一致、与我们对亨利·詹姆斯的一般看法相吻合的一个希望。

在接下来的30页的导论里，布莱克默先生把詹姆斯的序言分门别类，并列举了他的主题，除此而外，他还对其内容做了概述和品评，然而他的论述却一点也不清晰有力，他对问题并不了然于胸，完全没有说清道明，他之所以令人失望，原因就在这里。事实上，布莱克默先生的导论似乎是个费力又于人无益的东西。假如我们起先以为这是源于布莱克默先生的谦虚过甚或缺乏雄心——源于他对自己的手脚限定太死，只做列举归类的事，那么此后我们便发现，若要他做出更加令人满意的事，他就得毫不谦虚，雄心勃勃才行：他得完成亨利·詹姆斯没有做成的事。假如我们最终对他还有意见的话，那就是他鼓动我们去期待事实上并没有给予我们的东西。

对詹姆斯如此缺乏必要的认识（我认为是这样）也是有许多原因的：他的序言不仅难读，而且读后获益不大。生出它们的那个头脑之卓异不凡在字里行间是显而易见的，而这种卓异不凡正是在那份艰涩难解中伸张着自己。我们谦虚的读者放下序言，已是筋疲力尽，叹服之下，就把实际并不存在的成就安在了詹姆斯的头上。如果说布莱克默先生是个少有的合格的读者——我们必须承认这一点，那么他也还是一个专家，一个正式的引荐人，一心想的是如何使他的作家理应受到读者的关注。

布莱克默先生的那篇导论最先是发在《猎狗与号角》所出的亨利·詹姆斯的专集（1934年4—6月）上，他肯定是读过那些序言的，而且对它们烂熟于胸。然而专集里有几位撰稿人的文章却暴露出他们未曾读过，或未能啃下自己笔下所谈的作品，这是当代亨利·詹姆斯热（如果可以这样说的话）的一个典型特征，也证明了实在需要把他理应受到关注的一般理由重新表述出来。《一位女士的画像》自非艰深难读的后期作品（他的那些序言倒几乎都是），但一位批评家（H. R. 海斯以《讽刺家亨利·詹姆斯》为题作文）却告诉我们，小说所描绘的复杂情节"化解成了传统式样的欢快结局，以离婚和美国商人男子的出手解救而告终"。我们难以相信，但凡实际从头至尾读过小说的人，不管多么马虎或能力多么有限，有谁还能够读出这样的东西来。不过我们也难以相信，但凡能好歹理解一点亨利·詹姆斯的人，又有谁会像另一位撰稿人斯蒂芬·斯本德先生那样说出这样一番话来："这本书里有三分之一的笔墨与故事毫不相干，而是在渲染詹姆斯的决心：要把伊莎贝尔·阿切尔真正介绍给我们。"经此之后，再听斯本德先生告诉我们说："《梅西所知》这部小说里有些特别淫秽的地方；它以令人赞叹的手法，展现了一个小姑娘对她那些乱交胡搞的长辈们的性生活的窥视"——这时，我们几乎就不觉惊诧了，几乎惊诧不起来了。然而《梅西所知》这部小说有个被"作"得无懈可击的主题，那就是梅西那腐蚀不了的纯洁，这种纯洁，不仅在似乎是令人不可抗拒地要走向堕落的环境里保持了自身，而且甚至能从成年人人际关系的自私龌龊里，激发出端庄体面来。詹姆斯在序言里描述的意图，在故事里得到了形象的表现：

由于生活的混乱，悲喜紧相连，福祸常相倚，恒悬于我们面前的是那清澈明亮的硬金属，非常奇怪的一种合金，它的一面是某人的权利和安逸，另一面则是某人的痛苦和冤屈——什么主题也比不了替我们反映出这一层面的那些更富人情味了。因而，我那有趣的小人物的职责，就是在混杂不堪的小天地里，尽情体验种种困惑和快乐，把起码分开来更合适的人聚合在一起，把起码聚在一起更合适的人分开来；她的茁壮成长，在一定程度上，是以牺牲诸多习规和礼仪乃至得体行为规范为代价的；她真正是在护卫着道德的火炬，不让无限窒息的空间扼杀它，简言之，真正是在乱上加乱，在自私自利的气息上盖上零星几缕理想的清香，单以其自身的形象，在荒滩上播撒下道德生活的种子。

"为看故事情节"而懒懒散散地翻一遍《一位女士的画像》——纵使这样读书，大概也不会像斯本德先生那样完全不得要领吧。然而，《梅西所知》却肯定要求读者保持密切不懈的注意力，进行积极而灵敏的合作。它决不容我们发现它"像小说一样地好读"。虽然如此，任你精读细读，却照旧可能把握不住它的主题的一般特征，这似乎也仍是一件非同寻常的事。不过，在对詹姆斯后期作品的批评鉴赏里，这就远不是特别非同寻常的了。譬如，像范·威克·布鲁克斯那样可敬的批评家竟会写道[*]："一个年轻人，按描述是个'身心大体健康、性情大体和蔼的绅士'，却莫名其妙地上来就卷入了凶残之极的阴谋里（《鸽翼》中的默顿·丹舍尔）。"这与H. R. 海斯在《猎狗与号角》上所做的解读看上去简直没什么两样：

---

[*] 《亨利·詹姆斯的朝圣之旅》，第133页。

"恶棍如《鸽翼》里的默顿·丹舍尔,或凯特,《画像》里的梅尔夫人……"

好了,不论《鸽翼》在哪儿有闪失,那也不是在对凯特·克罗里以及默顿·丹舍尔的描写上。詹姆斯艺术上的一切细腻、拐弯抹角和兜圈子的笔触,都成功地用在了向我们展示这样一幅画面,即丹舍尔虽抗拒不从也决不随波逐流,但还是被拖入了身不由己的境地,除了参与阴谋外别无选择——那是个他从未默许或从未加以纵容的阴谋。他与凯特相爱了——是完全普通意义上的"相爱"。恋人之间相引相吸,詹姆斯对此给予了率真有力的传达(必须承认,这种力度在詹姆斯那里并不常见,他一般对肉体之事不够坦率,令斯本德先生觉得"庸俗"),而这种率真的力度,也把丹舍尔不情不愿的参与表现得更加可信了。阴谋是由凯特·克罗里的坚定意图造成的,但即便是凯特,也没有被写成一个恶棍——如果"恶棍"是指其"恶"行令我们毫不动心同情便径直加以谴责的那种人的话。事实上,她的坚定果敢,在我们看来,倒有几分令人钦佩呢:她所承受的压力——她那成为不法之徒的可恨的父亲;她在嫁出去的姐姐家那莫大的龌龊里看到的凶险运兆;她华贵而庸俗的姨妈娄德夫人那不屈不挠的野心——所有这些都得到了有力的表现,从而使得它们,在一个具有如此骄人而令人赞叹的活力的人看来,变得不可抗拒了。这即是说,詹姆斯的艺术具有一种道德锋芒,远非他的批评家们所能觉察,以致他们反倒可以指责他的作品缺乏道德意义了。这些个批评家在他的迂言曲语和含糊其词的技巧面前摸不着头脑,殊不知贯穿这一技巧的精神就是这道锋芒,这种洞察深远的道德睿智。

詹姆斯状态最佳时,他的技巧所服务和表达的就是这道锋芒。虽说如此,《鸽翼》却仍不能算是成功之作;整体统观,它体现出来

的并不是詹姆斯的最佳状态。那个重大的,那个伤筋动骨的败笔就出在对"鸽子"——蜜莉·西勒的表现上。如詹姆斯在序言中所说,

> 小说要求以一个年轻的女病人为中心人物,在她崩溃的整个过程以及她的意识所受到的全部磨难里,人们必须给予真诚的帮助。

然而在序言的后一部分,他发现小说在重读之下变得"惹眼、迷人又奇特了",他注意到,

> 处处可见作者本能地欲**间接**表现其主要人物形象。我注意到我对径直——即直截了当地表现蜜莉是如何一再地三心二意,但有可能,这种直接的描述总要转向更加温和、更加仁慈一些的间接手法,一切似乎都在迂回地绕向她,隔一层来描绘她,就像对待一位遭人忽视的公主一样。围绕在她四周的压力保持在一个和缓宽松的状态;声音和动作受着调控;种种形式和含糊模棱处变得迷人起来。

詹姆斯被蒙了。在他看来,生动而特别逼真的蜜莉的形象也许存在于他的种种间接描述里,可在他的读者看来,这些迂言曲笔所兜起来的简直就是一片虚空:那里没有她的人影在,而其他人物围绕她这只"鸽子"掀起来的风风雨雨,直让人觉得是一种令人恼火的滥情。[*]

---

[*] 詹姆斯有个年纪轻轻就去世的表妹,叫米妮·坦普尔,他是把蜜莉同他热爱又加以理想化了的这位表妹联系在一起的,但我们并没有因此而觉得蜜莉的形象就充实了些。

以远兜远转来表现本质的东西，来让本质的东西自我表现，以便它在一片暗示和意会文字所留出的空间里自己成形——晚期詹姆斯的这一追求，这种根深蒂固的间接手法，无疑是他序言的一个缺陷，也是序言所以不能令人满意的原因。表现在批评上，就是无力陈述——无力处理他的主题，或无力明确而果断地说出任何东西。这并不是说序言里没有多少吸引读者且引用出来特别令人叫绝的东西，而是说那充分阐发又详尽论述了的东西，与运笔着墨之吃力费劲以及阅读起来所需付出的辛苦相比，实在是极不成比例的。

　　然而，小说则另当别论了。批评之道不是小说之艺，而詹姆斯对于技巧的专注，他的风格和手法的发展，明显是与他的天才本质连在一起的。它们表达的是他的宏智博识，是他对于人性所抱有的强烈而细致的关怀。任何直接而断然的手法都处理不了他最感关切的事实、资料和素材；而在他看来似乎最值得探讨的道德处境，也不是可让人直截了当而自信地断定全"好"和全"坏"的问题。埃德蒙·威尔逊[16]先生给《猎狗与号角》纪念专刊写的文章，显然是其中最为出色的一篇，他称他的主题是"亨利·詹姆斯的暧昧性"。他先是对《古堡鬼魂》作了一个见解独到而极有说服力的解释，继而论道，随着后期风格的发展，詹姆斯技巧上的细腻处，他的含糊其词和迂言曲语，往往是在促成一种根本性的暧昧，换言之，这是他自己也不清楚的暧昧。譬如，就《圣泉》里的中心人物，我们要问："这个讨厌的周末客人，是过去常被称作精英中的一员，代表一种高品位的文明的感受力呢，抑或仅仅是个病态的、一个叫人讨厌的家伙？"威尔逊先生的意思是詹姆斯本人其实并不

---

[16] 埃德蒙·威尔逊（Edmund Wilson，1895—1972），美国现代文学和文化批评大家，其《阿克塞城堡》（1931）是一部全面总结象征主义文学思潮的权威经典之作。

清楚。原因何在？——

　　终其一生，亨利·詹姆斯的头脑里，始终有欧洲人的观点同美国人的观点争吵不下的问题；詹姆斯有时所以不能说清他对某一类人的看法，我以为是同这些争吵密切相关的。

诚然，詹姆斯是走向了过度的细腻，而且我们必须看到，与这一走向相连的是他丧失了道德触觉上的准确性，令人不能满意，致使我们在读他后期几部比较雄心勃勃的作品时，要对他的隐含评价提出质疑来。但是，这种令人无法满意的状态，在最为糟糕的时候——至少在它最显严重的时候，与威尔逊先生从《圣泉》里引例加以说明的暧昧性相比，似乎是某种更加确凿无疑的东西。譬如，我们在《金碗》里看到的就是。《金碗》是晚期的"伟大"小说之一，而且毫无疑问，是詹姆斯的发展历程上具有代表性的一部。詹姆斯在那里明显指望着我们对其主要人物应抱怎样的态度，而我们如果不首先忘却自己那更加敏锐的道德意识——我们对生活和人格所抱的更加敏锐的分辨力，那么，我们就不可能做到詹姆斯希望的那样。美国富商亚当·沃弗和他的女儿麦琪"收集"起王子来，那股劲头与他们收集其他"物件"实在没什么两样。詹姆斯对此说得明白：

　　面对如此不同的财产，譬如，古波斯地毯和新添的人，却用同样的价值尺度去衡量，大概没有什么能比这种做法更令我们感觉怪诞的了；的确，更加可怪的是，这位和蔼可亲的人并非一点儿也不知道作为生活的品尝者，他的构造是很经济的。凡是他举到嘴边的任何东西，他都要先把它们倒进自己的

小玻璃杯里……（第一部，第175页）

他后来得到了夏洛蒂·斯当特，另一个漂亮的"物件"——娶她为妻，以便打消麦琪因自己的出嫁给他的生活带来变化而感到的不安（不过实际上，父女俩似乎一如从前那样长相厮守，完全待在一起）。下面这一段说的是在小说收场的那一幕他是如何看待他们的：

> 坐在那里谈话喝茶的两位贵人于是便融入了辉煌的效果和普遍的和谐之中：沃弗夫人和王子，不管他们本人怎样地不知不觉，却已把自己"摆放"得非常漂亮，构成了这种场景在审美上所要求的那种人体家具的最佳表情。他们的身影同装饰性成分的融合，他们对于精选名品这一巨大成就的贡献，可谓彻底而绝妙了。不过在一道滞留审视的目光———一道比这种场合真正所需更加犀利的目光的注视下，他们或许已成了非凡购买力的具体证明。（第二部，第317页）

虽然詹姆斯能偶尔明白如是，但他要我们对待沃弗一家却不要抱嘲讽之态。我们要设身处地，要同情他们，要以极大的同情观看麦琪的胜利搏斗：她终止了丈夫与夏洛蒂之间的暗中勾搭，又装作没事一样，然后安全稳妥地把夏洛蒂发配去美国这个终身流放的地方。事实上，如果我们起了同情心，那也是对夏洛蒂，对王子也有点儿。我们感到，在小说的道德大背景下，这两人所代表的只能是正当的爱情；在一个陈腐、病态而压抑的氛围下，他们代表的是生命。亨利·詹姆斯虽然写下了上面所引的段落，但他似乎完全不曾意识到我们还会对沃弗父女俩产生反感。

当然，威尔逊先生也许在这里，又给他的暧昧主题找到了一个例子。但事实上，我们在《金碗》的这一面里所看到的却不是詹姆斯的什么根本性的暧昧，倒像是注意力不够集中——是一种疏漏，仿佛他对素材所抱的兴味太过专门，太集中于有限的几种发展上了；又仿佛在苦心经营技巧以表达这一专门兴味的过程中，他已经丧失了对生活的充分识别力，不知不觉便把自己的道德品位搁置了起来。*《专使》也是这样。詹姆斯似乎还认为这是他最为成功的作品，但它给人的印象却也是"作法"不成比例——技巧上一任往细腻、繁复的路上走，却没有一种对于生存的价值和意义的感悟从旁给予充分的控制。巴黎象征了史垂则觉得自己在生活里错过的东西，那么我们要问，这个东西又是什么呢？詹姆斯自己作过充分的探讨吗？有什么充分形象化的表现吗？假如我们要以作者要求的那种态度去接受他对主题的阐发，那么我们不就得像史垂则那样为其光彩夺目的表象所惑，而太过信以为真地接受那个象征吗？换言之，相对于问题——相对于被具体把握而表述出来的所有问题，这份投在"作法"上的精力（以及要求读者所费的精力）难道不是不成比例的吗？

　　亨利·詹姆斯的运道有个典型的特点，那就是，在人们应该普遍认定他的发展出了问题的时候，却偏偏几乎有了这样一个共识，即我们应该知道的书——他应该因而闻名的书——是后期的三部长篇小说：《鸽翼》（1902），《专使》（1903）和《金碗》（1905）。尤其是《专使》。自从珀西·路伯克在《小说的技艺》一书里选中了它（E. M. 福斯特先生在《小说面面观》里肯定了他

---

*　　昆丁·安德森先生所讨论的詹姆斯对于象征手法的那种兴趣，大概也有着同样的倾向。

的做法），[17]《专使》大概就成了那些希望以亨利·詹姆斯获取学位资格的人最常攻读的一本书。这是很可悲的事，因为《一位女士的画像》一经开卷，不仅更有可能让人读下去，让人真觉快乐地读完它，而且也是远为更值一读的书。我已说过，至少在我看来，它是詹姆斯最最杰出的成就，也是英语语言里伟大小说中的一部。

　　《一位女士的画像》（1881）属于他早年成熟期的作品。之前是《华盛顿广场》，之后有《波士顿人》，这两部小说在主题和背景上都完全是美国式的，而它们三者都有着营养良好的机体，丰沛旺盛的生命力。当然，对亨利·詹姆斯那令人不能满意的发展，人们通常的解释是他的背井离乡。这是范·威克·布鲁克斯先生在《亨利·詹姆斯的朝圣之旅》里提出的说法，其表述也最为可观。有失敏锐的阐发与申说，多多少少是在径直批评詹姆斯没有待在美国从而成为一个地地道道的美国小说家。他本该把天才献给自己的国家，本该把现代美国——最早的真正美国的——文学的序幕拉开来才对。

　　话已明说到这种程度，我们要问，意思何在呢？是说亨利·詹姆斯本该抢在德莱塞和辛克莱·刘易斯的作品之前吗？是说他本该一心一意为多斯·帕索斯式的作家更早得多的出现铺平道路吗？他

---

[17] 路伯克在《小说的技艺》中专辟一章（XI），分析詹姆斯在《专使》里如何隐形息声，退避三舍，而让史垂则的视角贯穿全书，令读者既直接看见史垂则的眼中所见，又直接面对史垂则的意识波动。换言之，故事始终不出史垂则的间接印象，但一切却又是直观呈现的效果，无人居间或从旁解说。路伯克认为，对意识和经验作戏剧化呈现这种手法在《专使》里达到了极限。E. M. 福斯特在他的书中称赞路伯克的视角分析精湛高超，他自己则从情节事件统一对称的角度，分析了《专使》的布局形态（pattem）之美。不过，福斯特的赞赏也不是没有保留的。他接下来便指出了追求这种严格的布局形态所要付出的巨大代价，那就是"把生活拒于门外，而让小说家通常在客厅里面做练习"。

因天分或因早年的生活和环境而实际成了这样，但他无论如何都本该是个与此完全不同的作家——这就是话里的意思。

詹姆斯的根本兴味是与对高度文明化举止的兴趣分不开的，是与对优雅文明交往的兴趣分不开的。美国曾有的社会文明也许会给他（或似乎会给他）所要的东西，但那种文明，如沃顿夫人在自传性的《回首》一书中所指出的，随着詹姆斯的青春一同消失了。英国当然比美国有更多的东西可给詹姆斯。可是，范·威克·布鲁克斯先生说，"英国是摸不透的"。

> 就算他已经丧失了对生活和人物的直接分辨力，就算美国已从他的心里消失，就算他知道，他对小说家职责的认识要求他必须深入而自如地描写英国的风俗，而他却绝无做到这一点的可能了……

——然而，想到（比如说）《未成熟的少年时代》（1899）以及《梅西所知》（1897），我们又怎么能够同意这最后一个假定呢？詹姆斯曾在很长一段时间里徒劳地去写戏剧（其实在此期间，他倒是源源不断地写出了一些短篇），这两部杰作就是在这众所周知的分界期之后写出的。它们的作者一点也没有觉得自己不具备深入而自如地描写英国风俗的能力。相反，他对英国的风俗了如指掌；他已经把它摸透了。

要诊断詹姆斯异常发展的症结之所在，有个明显可以入手的论断，即他这个小说家职业化太甚，结果反为其害：做个小说家逐渐成了他生活中过于重大的一部分，也就是说，他生活得不够。他在这一方面的失败，无疑表明他身上起先就存在着某种不足。不过，这种不足有何特点，还需我们进行讨论，而这些特点却远不是以纯粹缺点的面目出现的。詹姆斯对风俗的兴趣竟会带上如此强烈的道德-智识色彩,这一点初看上去,肯定令人觉得奇怪。但他抱有兴趣的风俗却得是人在精神上和智识上完美杰出的外在标志,或至少是适于被这样来对待的东西。从根本上说,他是在寻求一种理想社会,一种理想的文明。而英国社会——随着他深入进去,他不得不承认——毕竟还不能给他什么接近他的理想的支持物。美国,他知道,更不可能。于是我们便发现他变得有点像个悖谬的隐士,一个在社会之中过着群居生活的隐士。

然而,要他做一个真正的隐士,确确实实地离群索居,又是我们无法想象的事。我们这样说的时候,无疑就触及了詹姆斯天才的某些局限性。他的天才不是探索家的天才,不是开拓者的天才,它也没有任何预言的能力。它不是在对心灵的孤寂探索或对人类经验的常见形式进行的激烈考问中显现出来的那种天才。简而言之,它不是D. H. 劳伦斯的天才或任何类似的东西。如果对人类的休戚相关具有直接的感悟,直觉到生命的完整一体并由此而获益,这本也能够替他弥补上文明交往的不足,但詹姆斯完全缺乏这些:生活,对他来说,必须是优雅文明的生活,否则便什么都不是。在他的作品里,无处可见对于终极律令的那种我们或可称之为宗教性的关怀。*(在此我想到了《死者的祭坛》是何等的糟糕。这是个病态伤感而极其令人不快的故事——当然,它是后期作品——也显示了可怜的詹姆斯在精神上的那份疲惫、雅致的孤独。)正是这样一个艺术家,特别深刻地认识到了在他渴望的文明与英国社会之间存在着的差距:

---

* 等昆丁·安德森先生的论述完全面世后(见第168页脚注),我将要重新考虑这个说法。不过我怀疑,到时候要做的与其说是收回这一说法,不如说是来个不那么简单的表述。(安德森的书已经面世,但我发现无须重新表述。)

当然，艺术家可以恣意梦想某种（艺术的）天堂，在那里直接诉诸头脑也许会是合法正当的，因为对如此这样一些恣意妄想，他那颗渴望的心几乎是无望把它们完全拒之于外的。他所能做到的，充其量也就是记住它们**是**些恣意妄想罢了。

在为《一位女士的画像》所作的序言里，詹姆斯已经说过，小说家必须承认，但凡是读者经一番沉思或分辨之后而给予他的东西，他都是无权得到的。这些刻薄挖苦的话充斥着詹姆斯的序言，而这些序言，按他在给 W. D. 豪威尔斯的信中所道，

> 一般都是对批评、对分辨甄别、对远非幼稚的鉴赏的一种吁求——针对的是在盎格鲁－撒克逊人中间几乎就普遍看不到这些东西的现象，而这一现象，在我看来，往往是令我们整个行当都觉伤心的事……

詹姆斯在《大师的教训》的序言里，对短篇小说《地毯上的图案》所作的评论，特别地意味深长。詹姆斯在提到他那位不受欣赏的伟大作家时说：

> 总而言之，我是经归纳概述这条人们常走的路来到休·福雷克跟前的；这是积习下的做法：多年来我已看惯了的是，我们所谓的批评——其好奇之心从来就没有摆脱无精打采的状态——在我们所有这些人中间呈现出的是一种何等厉害而又无可奈何的倾向，即批评与作者意欲传达的对事物的感悟往往不沾边，与艺术家给予了精确证明的他自己的东西，比如精神和形式、偏好和逻辑，统统不沾边。

他已经不那么超然地提到了：

> 那个可怜的人，为求理解，天生便要依赖某种敏锐的批评洞察力，而这样的洞识，他是注定绝不可能截获的……

而下面这段话所表达的意味深长的矜持，便明白无误地显出了这种天生属性的影响来：

> 至于那个精巧的《地毯上的图案》，且让我或许有点气短地作个总结，即无论如何，我都不会就这件逸事与你们细作理论的……此刻我所能说的就是，假如我曾意识到有根据和理由来写一个意义深远的寓言的话，我也是在那种关联之下意识到它们的。

确实如此；要是詹姆斯能够预见到在他死后的20年里他的作品会受到的批评和欣赏——自吕贝卡·韦斯特小姐的独特颂扬开始，他几乎是不会感到欣慰的。

于是，现实的状况驱使他回到了他的艺术之路；也同样是这些状况使他深刻地意识到他的艺术，除他之外，是不会被多少人欣赏的。*因此，他逐渐在艺术里过上了——且并不因为过得艰苦而动摇——一个精神隐士的生活，这种隐士不仅小说家里无人敢做，而且随便哪一类优秀的艺术家里，也找不到一个能够担当得起的人。

---

* 试比较《"贝尔特拉弗奥"的作者》中那位作者对年轻来访者说的一段话："如果你打算做这一行，有件事你应该事先就了解，以后也许能让你少几分失望。世人痛恨艺术，痛恨文学——我是说真正的文学和艺术。可冒牌货呢？——他们会成箩筐地吞下去！"

詹姆斯的技巧便逐渐显出了营养不良和白化症作用下的一种病态的活力。换言之，他对于技巧的专注失去了平衡，技巧不是在有力表达他最为敏锐的感知——为他最充分的生活意识所贯穿并因而相连的诸多感知；相反，对于技巧的专注成了某种使他的才智漫漶不明并使他的敏锐感觉变得麻木迟钝的东西。他在序言里讨论过自己可能有"过度描述"的倾向，这便是由此倾向而来的祸害。与此倾向相连的，则体现在他笔下人物那特别专门化的生活方式里：

> 浩瀚无垠并不包括**他们**。但假如他在脑海里有个念头的话，她在内心深处同样也有一个，两人坐在一起的当儿，在她对他的这一想象的想象，他对她的想象的想象以及她对他想象她之想象的想象之间，就发生着一场异常无声无息的交锋。*

詹姆斯发展历程上的这最后一个特点还有着更加深长的意味——是我们指出的那种意义上的意味深长——因为他本人对此似乎全无意识。沃顿夫人记录到（《回首》，第191页）：

> 心里老是念叨着，有一天我就对他说了："你把《金碗》里的四个主要人物都悬在空中，这是想做什么呢？当他们不是彼此对视的时候，不是相互搪塞回避的时候，他们过的是什么样的生活呢？我们活过一生，必然要拖带着**人性的花边**，可你为什么把他们身上的统统都给剪了呢？"

---

* 《梅西所知》，第163页，袖珍版。试比较"另有一些大理石台地，勾勒出了更加灿烂的前景，他要是站在上面，本就会知道该怎么想的，至少会因此获得一点儿快感，也就是因在特定的表象与被普遍接受的意义之间发现某种联系而给思想带来的那种小小的刺激"。《金碗》，第一卷，第318页。

他吃惊地望着我,而我立即便明白那是痛苦的惊讶,我真希望自己没有说出这番话来。我原以为他的体系是深思熟虑的,是精心设计的,而我真的也很想听到他说出一番理由来。然而,他沉思片刻后,便心神不定地答道:"亲爱的——我并不知道我是那么做的呀!"我明白,我的问题没有激发起我们之间通常是有趣的文学讨论,而仅是让他惊讶地注意到了他此前完全不知不觉的一个特点。*

詹姆斯后期的文字错综复杂,细腻微妙得令人疲惫,且有话不能直接道来。("她对他想象她之想象的想象"以及"因在特定的表象与被普遍接受的意义之间发现某种联系而给思想带来的那种小小的刺激"——詹姆斯自己就是十足的詹姆斯笔下的人物。)对于后期风格的诸多特点,詹姆斯本人不可能全然无知。他的确是有力不能逮之处,他在根本上丧失了活力,他的生活出了问题——沃顿夫人以令人开心之笔,让我们对此有了充分的领略。她讲了一件事,让我们看到詹姆斯无法叫人明白他问路时说的是什么话。《一位女士的画像》的作者就肯定不是这副德行。**

---

* 沃顿夫人继续道:"这种对于批评或任何一种评论的敏感,是与虚荣毫不相干的。真正的原因是这位伟大的艺术家对自身能量的深刻认识,里面掺和着他对自己不获普遍认可而感到的一股刻骨铭心的失望,一股毕生耿耿于怀的失望。"

** "'好心的人家,请您上这儿来,靠近点儿——好了,'等老人来到了跟前,'朋友,简单跟您这么说吧,这位夫人和我刚从斯劳到达这里,也就是说,说得更准确点儿,我们在来这里的途中刚刚**经过**了斯劳,我们实际是从拉伊——那是我们的起点——开车去温莎的。不料现在天黑了,所以如果您能告诉我们,在离开左手边朝南转向火车站的拐弯处后,现在相对于,比如,大街——您当然知道,那里是通向宫堡的——我们处在什么位置,那我们将不胜感激。'

"看到这番不同寻常的请求招来的是沉默,让窗口老人那张(转下页)

詹姆斯笔下的意象——他的隐喻、比拟等等就突出地彰显了这种变化的性质。在他较为早期的风格里，这些手法亦是大量可见的，它们以其风趣，以其诗意的直接性和传达感触之妥帖，给我们留下了深刻的印象。随便翻开《一位女士的画像》，我们都能找到它们，例子可以信手拈来。然而，如果把每一个不扎眼的自然效果从其相宜自如的文脉里挑出来，这种举例说明便会给人以不实的印象（除非我们引出第二卷里的那一大段，*我们在其间第一次看到伊莎贝尔意识到她的婚姻已把她困在了"黑暗、狭窄的胡同里，尽头是一堵死气沉沉的墙"）。同样的东西在他的晚期作品里也可以见到，但伴随詹姆斯文风的发展而来的一个典型特征，就是比喻形象的更加雕琢和繁复，这方面最复杂的例子即是《金碗》第二卷开篇的那座著名的宝塔或同一卷里稍后出现的大篷车（第209页）。我们在这些形象里，更多意识到的不是清晰生动的想象和诗意的感知，而是分析、论证和评说。无论会有怎样新颖独特的认识和感触，在传达到我们之前，都已经过了一个审慎盘点的过程。意象不是直接的，不是无可替代的，而是人造合成的；不是诗意的，而是图解式的。如下面这段文字所示，即便在展现生动的感官刺激时，

（接上页）布满皱纹的脸上一片茫然，我并不感到意外；我也不奇怪詹姆斯会继续道：'简而言之'（他总是这样来开始新一轮的细致解释），'简而言之，好心的人家，我想问您的问题用一句话来说就是：假设我们已经（我有理由这样认为）驶过了朝南转向火车站的拐弯处（顺便说一句，在那种情况下，它也可能不是在我们的左手边而是在右手边），那么现在我们的位置相对于……'

"'哎呀，行行好吧，'我打断了他的话，感到自己完全没有耐心再听他一句插入语了，'你就问他国王路在哪儿就行了。'

"'哦——？国王路？正是这样！一点儿不错！好心的人家，您实际能告诉我们相对于我们现在的位置，国王路究竟在哪儿吗？'"

"'您二位的脚下就是。'窗口那上了年纪的面孔说道。"

* 见《一位女士的画像》第166页及以下文字，袖珍版。

情况也是如此:

> 然而,就是这些东西本身,连带其他一切,连带他那现在坚定了的意图、他那立场鲜明的行为、他的船在他身后投出的粉红色的美妙光芒,绝对炫目而炽烈的光芒——这一切的一切给他的触动,都要比她亲口说出的任何话给他的警告来得更加厉害。此外,她之所以是她本人的那一切,都被这道粉红色的光芒照得更加灿烂了。

这段描述里没有隐喻的具体直接性;*确切地说,这是夸张的图解。

詹姆斯晚期风格的令人烦恼之处在于:它要求读者保持一种分析性的注意力,其强度是如此之高,浸淫要如此之深,以至于内容充实的反应一个也形成不了:这种风格换来的是延宕了的具体直接性,而任何与此充分类似的东西还都是读者不可企及的。至于亨利·詹姆斯本人,我们则感到这种风格必然令他要保持一种注意力,而这种注意力却无助于他在整体上或局部处,把他的主题化为内容充实的生活;这种风格也显示,这样一种注意力就是他身上最为常见的东西。虽然詹姆斯的每一部作品都体现出巨大的思想能量,但其活力之不足却也是掩盖不了的事实。我们已经发现《金碗》的道德意味是不能令人满意的,而问题则出在詹姆斯的活力不

---

* 下面这段也是出自《金碗》的文字就不一样:"于是呀,她那满满的信念之杯一碰便溢了出来!他的想法就**在眼前**,清楚得令她刹那间眼花缭乱。那是一片白乎乎的光芒,她在其间看见了夏洛蒂,像个形成反差的黑色物体一样,看见她在视野中摇摆不定,看见她被迁出、被弄走、完蛋了。他提到了夏洛蒂,再次提到了她;是她令他——这就是她还要的全部东西;仿佛她把一张空白的信纸举到火光旁,而显出的字迹却比她希望的还要大。"——相形之下,最后一句里的比拟便把前面文字里隐喻的直接性彰显了出来。

足上,两者之间的关系应该是相当明显的。詹姆斯本人在《一位女士的画像》的序言里对此就作过相当明了的指涉:

> 我想,就这一点而论,最有益或最富启发性的真理应该是:一部艺术作品的"道德"意义如何,完全取决于创造过程中所感受到的相关生活之多寡。这样,问题显然回到了艺术家的基本感受能力的类型和程度上来,这是产生他的主题的土壤。[18]

——我们在其晚期风格里就感觉不到一种无拘无束、充沛而活泼的感受力了。

但是,限定性的话立即也就跟来了。要说后期没有值得称赞的成功之作,那是不行的:确有那么一些作品,虽然带着鲜明的晚期特征,艰涩难读,但这些特征仅仅或主要是以成功达致的精湛和细腻的面目出现的。《未成熟的少年时代》和《梅西所知》便是其中最值得注意的作品。关于后者,我们已经说了一些。虽然在一卷的篇幅中,它只占了一部分,但以其密集而结构高度紧凑的300页的篇幅,它或许能算一部长篇的。《未成熟的少年时代》占了整整一卷,虽然不及两卷篇幅,[19]但却完全可以被归在詹姆斯的主要成就之列。然而,这种意见似乎是不会为人普遍接受的:詹姆斯告诉我们,小说刚面世时,公众的反应"完全失敬",而撰文品评的批评家们好像发现,小说虽然要求人读时极其仔细、极其用心,但实际却并不值得这样一读。比如埃德蒙·威尔逊这样老资格的批评家

---

[18]《画像》,第6页,译文略有改动。
[19] 在"纽约版"中,《未成熟的少年时代》列第九卷,而《梅西所知》则与一部中篇和一个短篇合成第十一卷。

就认为,"在《未成熟的少年时代》里,一干内囊空洞、胡言乱语之人搅在一起,相互监视,伺机以卑鄙而诡秘的阴谋相加害,我们对此会有怎样的感觉,詹姆斯是绝对不可能知道的"。其实,对于形形色色的人物我们应该抱有怎样形形色色的看法,詹姆斯都给了微妙但却凿实的界定;而且小说的全部要旨就取决于我们要对某些人物感到强烈的厌恶,并赞同詹姆斯对大多数人物所抱的批判之态。然而,对于普遍存在的完全误读,詹姆斯大概也是有一些责任的——不是单单的文字艰涩和隐晦之责。比如,珀西·路伯克先生在《小说的技艺》一书中提到了那个"深谙世故的阶层,其男男女女好像对生活之道驾轻就熟至极,就没有什么能令他们感到意外的"(第190页)。路伯克先生把这个阶层视为一个令人称羡的小圈子,人能隶属其间会是一件很荣耀的事("他们的才智就是一切……""这是一片令人陶醉的天地……")——当他作如是观时,若指出詹姆斯的序言为证,或许还是有道理的。而他若援引同样的权威来支持自己对詹姆斯主题的解释,或许也是说得过去的:

> 南达这个姑娘,据称是个无可奈何的旁观者,她控制局面并替长辈们解决麻烦。她是他们所有人中最灵敏、最内行且最沉着镇静的一个。他们只需把一切都交给她,让她去灵巧地摆弄,则艰难困苦——不是她的,而是他们的——便迎刃而解了。等到她把手中的技艺悉数展露的时候,故事便结束了。她的行动已经回答了提出的问题并给出了出路。

这正是我们从序言里得到的主题概念。詹姆斯在写下《未成熟的少年时代》十年后看出了这部作品的绝妙之处——一部完全戏剧化了的小说,"具有典范的科学性","蕴藏了大量的完美点睛之笔",然而,在对此加以讨论的时候,他竟会忘记就他的基本主题——就在此与他的技巧相互支持的那种强烈的道德和悲剧性的关怀说上点儿什么,这实在是对他后期耽于技巧所能具有的要旨大义的一种反讽。《未成熟的少年时代》虽说把詹姆斯创作社会喜剧的卓越天赋展现得淋漓尽致,但它却是一出悲剧,一出由健全、敏锐而睿智的道德想象构思出来的悲剧。

詹姆斯的对话(《未成熟的少年时代》几乎全是对话)写得可谓精彩非凡,把天赋展现得令人称奇叫绝。与后期的"大作"相比,《未成熟的少年时代》最明显不同的地方就在对话的这种活力上。尽管在读后期那些惯常为人称道的小说时,我们承认作者有把风格程式化的权利,但我们还是得抱怨他笔下人物说话的方式与作者自己的晚期风格,每每常常是太过相像了。而此间对话的这种活力,不仅本身令人着迷,也还意味着一种细腻、生动又多姿多彩的性格活力。《未成熟的少年时代》自是出色的成功之作,但或许就连这样一部作品仍也是"作法"太甚的代表,即对于技巧专注得太过。南达这个悲剧性的女主人公,无疑是个比伊莎贝尔·阿切尔更加单薄的形象。当然,这样说会让人答曰:詹姆斯也无意再给我们来个伊莎贝尔或形象同样比较丰满的任何人。但《一位女士的画像》是有活力的,而詹姆斯若还有同样充沛的活力要传达,他便不可能决意采用像《未成熟的少年时代》里那种如此"典范科学"又如此具有**排斥性**的表现手法来限制自己了——这样说似乎仍然还是公正的。对于技巧的兴味在这里侵占了技巧在最伟大的艺术里所要促进的兴味。

> 啊,难道我们实际不是一样的吗?——都是纯粹热爱生活的人?那吸引意识的东西便是生活的精髓呀——!

这是《未成熟的少年时代》里的一个人物说出的话。"那吸引意识的……精髓"——这句话极好地道出了詹姆斯一己专注的性质。我们不妨说，与《未成熟的少年时代》相比，他在《一位女士的画像》里所追求的，乃是一种实际上丰富得多的生活的精髓。到了后期的这部书里，"意识"的启发暗示力便有了局限：它所意味的东西，与把主题加以提炼的那种风趣而老到的谈话所代表的东西，太过接近了。虽然书中的南达、朗敦先生和米奇可以激起我们强烈的同情，但《未成熟的少年时代》所要求的读法，却在极大程度上普遍是个狭窄意义上的"脑筋"问题，是容不得人去做最为深长、最为浩瀚的想象的。

在《一位女士的画像》里，热爱生活的伊莎贝尔·阿切尔寻求"那吸引意识的……生活的精髓"，可以说体现的就是詹姆斯对那精髓的最意味深长的领悟。作者用了整整一卷的篇幅来描写伊莎贝尔，给她定位，给她以充分的内涵，然后斯蒂芬·斯本德先生所谓的那个"故事"才开始展开，这样做并不是无缘无故的；而这个过程包含了对一个富丽而多姿多彩的环境和背景的描写，也不是没有来头的。虽然场景和人物都令人信服地"在那里"，虽然把它们如此展现在我们面前的想象犀利而有反讽之意，还敏锐之极，但詹姆斯所描绘的英格兰还是有一些他的理想文明色彩的。由沃伯顿勋爵和他的姐妹、拉尔夫·杜歇以及美国老银行家父子这一干人所组成的世界，乃是一片风和日丽、宽广自由的天地，这样一个世界里的风俗和社交之道，似乎确实表现了某种真正的成熟的文雅，一种精神上的雅致。然而，这种真诚信念或幻想的成分，却随着詹姆斯采用"科学的"详尽"作法"，连带那丰沛充足的真实性，都从他的作品中消失了。吉尔伯特·奥斯蒙德这个半吊子的艺术爱好者坑了伊莎贝尔，我们无法相信晚期的詹姆斯——写《金碗》的詹姆斯——还会这样心狠手辣而不会至少有点儿讨好卖乖地来写他,这一点也是耐人寻味的。

这样的发展历程,或许可促使人去审慎反思一下,詹姆斯对"精髓"所抱的关怀具有怎样的根本性质,又处于怎样的状态之中。我们或许可以把对于意识如此强烈的关怀,本身就看作是连带某种缺陷的一个标志——标志着内里和其下,从一开始便存在着某种不太健全、不太完整、不太生机盎然的东西。诚然,《波士顿人》是不会招来这种反思的:这出喜剧充满稳健之智,内容丰富,都是源于对青春和少年时代的经验和观察。但即便就《一位女士的画像》而言,我们或许都可以说,它那活力充沛的效果并不全然是丰富而直接的生活的表现。*《"贝尔特拉弗奥"的作者》里的美国青年谈起那位作者的房舍时说道:

想象就存在于地毯和窗帘里,在图画和书籍中,在房后的花园间——那里的一些棕色的古旧墙壁被葡萄藤蒙盖着,在

---

* 在此(以及见上文第210至211页)相关而要指出的一点是,像詹姆斯小哥俩所受的抚养是有代价的。一个人如果绝不能在任何**环境**里扎根,那么,也只有实在非凡之人才能够强烈意识到社会是个功能和职责的体系。亨利·詹姆斯对于"文明"的兴味,验之以他在眼前那个具体领域里的实际选择力,就暴露出了一个严重的缺陷。"他认识的人并不对头。""Q"一次论及詹姆斯对乡间宅第的批评时对我说。这话说得在理:比如,研究一下亨利·西奇威克(乔治·艾略特的很有灵性的热情崇拜者)的生活环境,我们便会见到些令人赞赏的榜样人物、公共精神以及优雅而严肃的文化,这些才是詹姆斯时代"名门世家"的典型英国产物。可对于这种真正而最令人钦佩的上流,詹姆斯何以似乎一无所知呢?〔奎勒-库奇(Sir Arthur Thomas Quiller-Couch, 1863—1944),剑桥大学英语教授,一直以"Q"做笔名,创作小说、诗歌,撰写批评文字。他编的《牛津英国诗歌集》在时间跨度上比帕尔格雷夫的《金库诗选》长出许多,也是一个影响很大的选本。亨利·西奇威克(Henry Sidgwick, 1838—1900),英国哲学家,剑桥大学道德哲学教授,主要著作是《伦理的方法》。——译注〕

我看来就像是从拉斐尔前派画家的一幅杰作里复制出来的。那时候,英国的许多东西给我的都是这种感觉,像大半是在艺术和文学里业已存在的某种东西的翻版。我感觉像复制的并不是画,并不是诗,并不是虚构的页面;这些都是独创的东西,而幸福又高贵之人的生活却是被这些东西的形象塑造的。

——这里也道出了《一位女士的画像》给人的一些印象。《卡萨玛西玛公主》令那些想以詹姆斯对阶级战争的兴趣来替他辩护的人感到很不舒服,当詹姆斯像在这部作品里那样一反常态,给我们一些有点像是朴实而强健有力的生机时,那在相当程度上都是从狄更斯那里学来的。

但这并不是我们的结语。我们的讨论往往侧重于亨利·詹姆斯虽有天赋却未能做到什么,这意味着我们对其天赋之卓越在认识上是有分寸的。然而在英语里,在小说——针对成年人而完全是一门严肃艺术的小说——的艺术上,我们又能指出什么样的成就超越了詹姆斯的伟绩呢?《欧洲人》《一位女士的画像》《波士顿人》《华盛顿广场》《未成熟的少年时代》以及《梅西所知》——除了这些之外,还有一系列令人难忘的东西——长篇的、中篇的和短篇的——都会成为代代相传的经典。

第四章

约瑟夫·康拉德

次要作品和《诺斯特罗莫》

　　一份季刊上曾刊出一份告示，说要写一篇批评康拉德、题为《康拉德，灵魂和宇宙》的文章。题目中流露出的恼怒之情或许就说明了这篇文章何以未能写成。康拉德写出了经典之作，这一点毋庸置疑；同样毋庸置疑的是，他的经典地位将不会均衡地建立在他的全部作品之上。甄别和限定是必要的，而且并不十分简单，所以我们明显只该以稳健批评的态度从事这项工作。当然，康拉德长久以来一般是被人归在英国大师之列的；而那份恼怒之情表明的则是这样一种意识，即我们往往把康拉德的伟大之处说成是他具有的某种深刻性，但这种"深刻性"却并非人们以为的那样，实际倒是另一种东西，是弱点而不是强项。那篇文章最终被放弃，或许一半是因为E. M. 福斯特先生的缘故，他在《阿宾哲收获集》[1]里对康拉德有如下一评：

　　　　令人困惑的是，他总在那里允诺要对宇宙说些具有普遍

---

[1] E. M. 福斯特出版于1936年的一部批评著作，里面包括了对T. S. 艾略特、普鲁斯特、康拉德等人的评论。

哲理的话，可接下来又硬邦邦地声明他不说了。……这里难道不是有一种根本性的含糊——某种虽然崇高、豪迈、美丽，激发出了六七本伟大的书，但却仍是含含糊糊的东西吗？……这些文章就是要表明，他不仅在边缘，而且在中间也是含混不清的；盛装他天才的神秘盒子里包裹的不是珠宝，而是一团雾气；我们也不必去把他写成一个哲人，因为在这一方面，本就没有什么可写的。事实上，根本就无所谓什么信条，不过是一些观点看法而已，还有在事实让这些观点显得荒谬之时便把它们抛弃的权利。观点看法被披上了永恒的外衣，环以大海，冠以星辰，因而便很容易被误认为是信条了。

——这段话完全有可能合上了那份恼怒之意，它似乎也不必再说什么了。

然而，福斯特先生并没有去做甄别分辨或精确细致的工作（他的康拉德论其实是把就《生活札记和书信》所写的书评拿来重登了一回）；他也没有指出他所描述的那种特征的诸多表现来，而我们在那些表现里，则看到了完全而明显是可悲可叹的东西——它不是表现为一种令人难以捉摸的**音质**，促使我们去分析并进而作出限定性的判断，而是硬生生地表现为一种令人不安的缺点或瑕疵。我们且看一下《黑暗深处》是如何被损害的吧。

普遍认为，《黑暗深处》是康拉德最优秀的作品之一——T. S. 艾略特所作《空心人》的卷首引言："库尔茨先生——他死喽"——正是源出于此。这句话令人想起它的相邻语境的细致描述，体现了《黑暗深处》所具有的长处之所在：

"他耳语般地对着什么影像，对着什么幻影叫喊——他共

叫了两次,那叫声像游丝一般微弱:'真可怕呵!真可怕呵!'

"我吹灭了蜡烛,离开了那间小房子。那些外来移民正在食堂里吃饭,我在经理的对面坐下来。他抬起头,用询问的目光扫了我一眼,对此,我有意回避装作没看见。他向后仰了一下身子,异常平静——露出了一种特有的微笑,他用这种微笑掩盖了自己不可告人的卑鄙心理。一群群小苍蝇不停地飞过来,聚集在灯上、桌布上、人们的手上和脸上。突然,经理的听差把他那傲慢的黑脑袋伸进门口来,并用一种尖酸刻薄的声音说——

"'库尔茨先生——他死喽'。

"所有的那些外来移民都跑出去看。我没有动,继续吃我的饭。我相信他们一定会认为我冷酷无情的。不过,我也无心再吃下去了。那里有一盏灯——有点亮光,你知道吗——外边却是他妈的黑极了,漆黑一团。"[2]

我们将会认识到,这一段所以有力量,乃是源于一个完整而宽广的细节背景,正是这一背景使得这里的诸多要素——外来移民、经理、经理的听差和情节——具有了各自确切的意义。我们不妨从艾略特先生的批评文字里借一个词来,说《黑暗深处》通过"客观对应物",获得了一股强大的再现氛围的力量。我们的眼前浮现了溯刚果河而上旅行的种种细节和情境,就像我们在亲身经历一样;而对这些细节情境的选择记录,既为一个富有想象力的意图所控,它们便也带上了诸多富有激情和暗示力的特征。且

---

[2] 王金铃译,见《黑暗的心脏》(山东文艺出版社,1984),第300页;本书中引自《黑暗深处》的段落均采用王金铃译文,以下仅注译文篇名和引文页码。

看那朝非洲开火的炮艇:

"看岸上连个小棚子也没有,可这条军舰却朝着那里的丛林炮轰不停。看上去像是法国人正在附近进行一场大战。军舰上的舰旗像块破布萎靡不振地耷拉着;口径为六英寸的大炮从船身下部伸出来,全部排满了船身。油光光黏糊糊的海浪,一会儿慢悠悠地将它荡上去,一会儿又让它落下来,它那细桅杆也便不停地晃来晃去。它停在那儿,在那空旷寥阔的大地、蓝天和海洋之中,不知为啥向着一个大陆开炮。咚!六英寸口径的大炮一响,就会有一道不大的火焰喷出去,转眼即息,冒出去的烟也很快散掉,那发小炮弹会发出微弱的尖叫声——然后又一切平安无事,也不可能有事。目睹这种景象,让人感到这是一种疯狂的举动,一出可悲的洋相,尽管船上有人煞有介事地告诉我,说什么确有一处土人的营地——他管土人叫敌人!藏在某个看不见的地方,不过这话仍不能驱散我心中的疑团。

"我们把那条军舰上人的信交给他们(我听说那条孤零零的舰上的人,由于发热病,正以每天三个的平均速度慢慢死掉),又继续开走了。我们又停靠过一些名字奇特可笑的地方,而这些地方,有类似地下陵墓中具有的那种死寂和散发出的那股泥土气味。在那里,死亡和贸易正在欢快地跳舞。"[3]

且看到达贸易站的情景:

"我向山上走去,路上碰到一个深埋在杂草中的锅炉。后

---

[3] 《黑暗的心脏》,第209页至210页。

来我找到了一条上山的小路，它绕过一处处大岩石盘旋而上。有一处，一节小型火车的车厢仰躺在那里，上山只得绕着走。那辆车厢的轮子朝天，有一个轮子还弄掉了，看上去像是一具死掉的动物尸体。路上还碰到一些正在生锈的机器零件和一堆锈痕斑驳的铁轨。左边，一丛树下的浓荫中，有一些黑色的物体在有气无力地移动。我眨眼看了看，那条山路够陡的了。忽而从右边传来了一阵刺耳的号角声，只见一些黑人在奔跑。紧接着发出了一声沉闷的爆炸声，脚下的大地在颤动，一股白烟从绝岩峭壁中升了起来，后来什么动静也没有了。山石的表面见不到什么变化。他们是在建设铁路。这里的悬崖看来并不妨碍筑路；不过，这种盲目的爆破却成了目前紧张进行的全部工作。

"我听到后面传来了一阵轻微的哐啷声，于是便转身去看。只见有六个黑人连成一串向前行进，一步步吃力地沿着山路向上登。他们挺直着腰板缓缓地挪动着，头上顶着装满泥土的小筐，每挪一步便发出那种哐啷声，他们腰上系着黑色的破布片，腰后的碎布头像尾巴一样摇摆着。他们的每条肋骨甚至都能数得出来，四肢的关节像绳子的接头那样突兀外露；每个人的脖子上都锁着铁环，彼此之间用铁链拴在一起。他们中间的铁链摆动时，发出有节奏的哐啷声。山崖上又传来了一声爆炸声，这时我突然想起我曾见到的那艘向大陆上开炮的军舰，它发出的也是这样一种邪恶的声音。不过，至于眼前这些人，无论你的想象力如何发挥，也不可能把他们叫做敌人。他们被当成了犯人……"[4]

---

[4]《黑暗的心脏》，第212页至213页，略有改动。

且看那死亡树丛:

"最后我来到那片树林下面。我本打算到树荫下溜达一下,可是,我一走进里面去,立即感到仿佛跨进了地狱中的一处阴暗的场所。急流显然离这里不远,无休止的单调的向前冲击的流水声,使得这片纹丝不动的沉静凄惨的丛林,充满了一种神秘的音响——好像地球飞奔的声音突然变得清晰可闻似的。

"树林中有一些黑色的物体:有蹲着的、有躺着的、有坐在树空中依在树干上的、有趴在地上的,一半露在光线下,一半掩在阴影中,全都露出各种各样被抛弃后的痛苦绝望的表情。悬崖上又传来了一声地雷的爆炸声,紧接着脚底下感到一种轻微的颤动。那里的工作仍在进行,一种什么样的工作啊!这地方便是参加那项工作的人撤下来等死的处所。

"他们在慢慢死去——这是很明显的。他们不再是敌人,不再是罪犯,尘世间已经不存在他们了,他们只不过是疾病和饥饿的黑色阴影,横七竖八地躺在绿色的黑暗之中……这些垂死的物体像空气一样的自由了——并且也几乎像空气那样稀薄了。我渐渐看清了树下一双双眼睛里发出的微光。后来,偶尔向下一瞥,竟发现离我手边很近有一张脸。那物体黑色的骨头全伸展开,一只肩膀依靠着树,眼皮慢慢抬起,用那深陷的双眼看了看我。眼睛显得那样大,那样空,眼球深处的那种视而不见的白光正在慢慢消失。"[5]

---

[5]《黑暗的心脏》,第214页至215页。

这是生动而基本的记叙，凭借此道，作者以故事中一个主要人物的见闻和经历，以及他与其他人物的特定接触和交流，营造出了一个铺天盖地、凶险又怪诞的"氛围"。环境中弥漫的压抑神秘之气，在所见所闻、所感所受的字眼里，力透纸背，相形映衬之下，寻常的贪婪、愚蠢和道德上的龌龊，看上去已像是疯人院里的行为了。这种丑陋的疯狂给我们的感觉是既正常又荒诞的，而令其更形昭彰的，则是那个俄国小子的一派无忧无虑达离奇程度的天真劲。俄国小子（"主教的儿子……唐波夫政府"）一身马戏团小丑的打扮，作者对他的引入是通过陶沃（或陶森）写的一本《航海术要领探讨》——这是传统、精神健全和道德观念的象征，被人发现落在非洲的黑暗深处，成了一个不相和谐的谜团。

当然，如上面的引文所示，作者的评论不能说是完全含而不露的。尽管如此，我们还是无法把评论与所绘之事分离开来，评论倒像是从描写的震颤中生发出来的，成了格调氛围的一部分。起码，康拉德艺术的最卓绝的表现就见于此。然而，在《黑暗深处》的某些地方，我们却发现评论是横插进来的，更糟的则是一种强行的侵犯，有时令人恼火之极。我们不禁要问，他不是早把"不可思议""不可想象""无法形容"以及诸如此类的词用滥了吗？——可它们还是反复不断地出现在我们的眼前：

> 一股不依不饶的力量发出的寂静之气笼罩在一个秘不可测的意图上——

试问，刚果河那压抑的神秘性是否因这样的句子而增加了些什么呢？对人性之深邃和精神恐惧的描写，用的也是同样的词语，同样的形容词，同样强调的是难以言传又难以理解的神秘性；对人类灵魂诸多无法形容的潜能感到了震惊,渲染起来,用的还是这同样的语言,而实际的效果却不是渲染,相反倒是在抑制。以极富内涵的具体形象加以再现的特定事件、情节和感触——这三者之间的相互作用才是那根本性的震颤之源。正当合理的评论应仿佛是笔下事件的直接而必然的回响,下面两段文字便是一个典型的例子:

"接着,我又把望远镜猛地一挪,那道早已化为乌有的篱墙上的一根残存柱子,跳进了我的视野。你记得我刚才曾告诉过你,从老远我就看到那些残存下来的柱子上有些装饰物,对此我还很觉惊诧,心想在如此荒凉的地方竟有这种东西,确实不同寻常。现在我等于突然在近前看见它了。我对所见景物的第一个反应,像是躲避猛然击来的一拳那样把头向后一闪。然后,我又用望远镜仔细地从一根立柱看到另一根立柱,现在我看明白了,我过去是弄错了。那些圆球状的东西,并不是作为装饰,而是作为象征用的。它们表达得那样明确而又使人迷惑不解,那样令人胆战心惊而更使人惴惴不安——它们既是一种发人深思的材料,同时也是正在天上俯视地面的兀鹰的食物,如果当时有兀鹰存在的话;不过最终还是做了勤于顺杆攀登的那些蚂蚁的食粮。这些放在主柱顶上的人头,假若不是脸朝着房子,一定会给人留下更加深刻的印象的。其中只有一个人头,就是我第一次看清的那个,脸是朝着我这边的。我当时并没有像你们想象的那样害怕。我之所以把头向后一闪,不过是一种猛吃一惊的反应。你知道,我原本想会看见一个木头雕球的。我特意又把镜头对准了首次看见的那个人头,它就在那儿——黑乎乎的,异常干瘪,下陷的眼睛紧闭着——好像在柱子顶上睡着了一样。由于嘴唇干缩,露出窄窄的一道白色的牙齿线，那样子像是在微笑，对着那处在永眠中的没有止境的滑稽梦境不停地微笑。

"我这并不是在向你们泄露任何贸易秘密。事实上，那位经理后来说过，库尔茨先生的这套办法，把那一带的生意全给毁了。对于这一个问题，我没有什么意见可说。不过，我要你们清楚地看到，把那些人头放在那里，并不会真正带来什么好处。那仅仅表明，在满足自己的各种欲望方面，库尔茨缺乏节制；而且还说明，在他身上缺乏点什么东西——一点微不足道的东西，那种在情况紧急时需要而又从他的华丽辞藻中找不到的东西。他自己是否知道这点不足，我不敢妄下断语。我想他后来是觉察到了——可惜是在最后的临终时刻。然而，那里的荒野老早就发现了他的毛病，并且对他的肆无忌惮的侵犯行为给予了可怕的报复。我想，荒野曾在他耳边低声告诉过他，对他说了些自己尚不知道的有关他的事情，某些直到他听取这片大荒野的意见之前连想也没有想过的事情——看来，那荒野的耳语具有不可抗拒的蛊惑力。它在他的身体内大声回响着，因为他的身子已经是空心的了……我放下望远镜，刚才那个近在咫尺像是可以与之谈话的人头忽而离我而去，到了那不可到达的远方。"[6]

——这样的段落所以生动有力，部分就在于"库尔茨先生的崇拜者"，即在此陪伴叙述者的人，竟然是那个健全而天真得离奇的俄国小子。

作者就是以这样的手法，向我们传达了一种强烈的意识，即库

---

[6]《黑暗的心脏》，第280页至281页，略有改动。

尔茨内心那畸形可怕的温室花簇,乃是孤寂和荒野孕育的结果。起决定作用的是像木桩上的人头那样的事——直接而意味深长的一瞥、俄国天真汉的解释、沿河而上碰到的诸多事件,以及被发现存在于自然界和道义上的不相和谐处;简而言之,是形形色色极为具体的再现所产生的意蕴能量。濒临死亡的库尔茨潜行追踪——一具骷髅爬过深长的草地,奔向篝火和手鼓震荡处,这一笔无以复加地表明了奇怪而可怕的变态行径。但康拉德并不满足于这些手法,他感到还有,或应该有,某种恐惧,某种意味,要他加以揭示。于是,我们便看到了"难以言说的仪式""难以言说的秘密""畸形的激情""难以想象的神秘"等等用形容词施加的强调——比多余还要糟糕的强调。在《黑暗深处》里,这种措辞多半还只偶尔一用,但即便如此,格调往往也会因而降低,说来仍然还是一件令人遗憾的事。而实际发生的贬损简直就是灾难了。比如,在刚刚提到的那一节的紧要关头,马洛是这么说的:

> 我有意想打破那种蛊惑力——荒野的那种深沉无声的蛊惑力——似乎正是这种诱人的魅力,力图通过唤醒忘却的野蛮本能,让他回忆起曾经如愿以偿的魔鬼般的强烈欲望,将他拉进它的无情的怀抱中去。我相信,正是荒野的这种魅力,驱使他来到森林边,走进丛莽中,向堆堆篝火的火光,向隆隆的擂鼓声和奇异符咒的嗡嗡念诵声奔过去;也正是荒野的这种魅力,引诱着他的无法无天的灵魂,越出了人的欲望所能容许的限度。另外,你有没有看到,当时我所处的极端危险并不在于被当头一棒打倒——尽管对这种危险我当时也非常警惕——危险是在这里,是我必须与这样一个人打交道,而这个人,我无论用什么名义都不能打动他的心……我一直在对你们讲起我们

说过的话——仅只是重复一下——这又有什么用呢？不过都是些老生常谈罢了——都是大家日常互相交流的一些熟悉而又模棱两可的话语。不过，这又有何妨？这些话的背后，照我看，都有某种可怕的寓意，这些话都是梦中听到的，做噩梦时所说的。幽灵！如果说世界上曾经有过与幽灵作斗争的人的话，那么这人就是在下。而且我还不是和一个疯子去斗去吵……不过，他的灵魂却是发疯了。孤孤单单地长期待在荒野里，它曾进行过反省。哦！天啊！我对你说，他的灵魂发疯了。我不得不——我想这也是我自作自受——历尽千辛万苦亲自观察它。对一个人来说，天下没有任何言辞能像他发自肺腑的临终之言那样，对人类的信仰给予了如此彻底的毁灭性打击。我看得出来，也听说过，他跟自己也进行过斗争。我看到了一个肆无忌惮、毫无信仰、天不怕地不怕、然而却又盲目地跟自己作斗争的令人难以置信的神秘灵魂。[7]

——我们在此必须给康拉德指出，他这是借来了（我们不妨说是从吉卜林和爱伦·坡那里借来的）杂志撰稿人的手法，为的是把某种"意味"强加于读者和他本人，从而让人做出紧张的反应，而这种"意味"，却不过是他对于自己无法写出之物的形象所作的一种情绪化的强调而已。强调暴露的是空乏；拼命而来的"高亢"透出的是虚无。他并不知道自己说的是什么，但他却执意要从中谋出点儿名堂来。他费力而令人敬畏地断言，说那说不清又道不明的乃是意味巨大而深长的东西：

---

[7] 《黑暗的心脏》，第294页至295页，略有改动。

我一直在对你们讲起我们说过的话——仅只是重复一下——这又有什么用呢？不过都是些老生常谈罢了——都是大家日常互相交流的一些熟悉而又模棱两可的话语。不过，这又有何妨？这些话的背后，照我看，都有某种可怕的寓意，这些话都是梦中听到的，做噩梦时所说的。

——确实，又有什么用呢？假如他不能具体地展现事件、背景和意象，从而把词语本身所无法传达的某种极致的东西赋予它们，那么，即便再多的形容强调，即便再多的叫喊，也是无济于事的。

　　我看见了一个……灵魂中所隐藏的令人难以想象的奥秘——等等。

——这当然是个含糊其词的说法。我看见有个奥秘，那么它对我仍然还是个奥秘；我也想不出它是个什么。假如我把这种无能为力的情况说成是一桩令人激动的事——"看见了一个令人难以想象的奥秘"——来让您惊奇，那么我便是体现了人性的一个共同特点。其实，康拉德根本无须这样来把"意味"注入到他的故事中去。他表现了自己成功而意味深长地看见的东西，这足以使《黑暗深处》成为他所追求的那种令人不安的表现了。他想再注入点什么，却反而在对库尔茨之死的叙述中，削弱了那最后的一声叫喊：

　　他耳语般地对着什么影像，对着什么幻影叫喊——他共叫了两次，那叫声像游丝一般微弱："真可怕呵！真可怕呵！"

——假如康拉德省些力气，这"可怕"的喊叫也许要比现在这样生动有力得多。

对库尔茨的最后这番描述，是同一种讥讽的调子连在一起的，我们寻着这一贯彻始终的反讽，又找到了一段糟糕的文字，即马洛最后在布鲁塞尔与库尔茨"未婚妻"的会晤：

> 这时，屋内变得更加阴暗，彤云密布的黄昏似乎将那凄惨惨的光都隐聚在她的额头上。她那如丝的秀发、苍白的面容、纯真的眉宇，似乎被一层灰色的光圈笼罩着，而她那双黑色的眼睛，就从这光圈里面向外望着我。那目光坦率、深沉，对人信赖而且诚实。她把自己的头保持着悲哀的姿势，仿佛对这种悲哀感到自豪，好像在对人说，我——只有我自己知道如何进行对他来说是当之无愧的哀悼。[8]

康拉德对这女人的描写并没有什么反讽的意思，反讽是在把她的品性之高洁、理想化信念之纯粹与库尔茨那难以形容的腐败堕落联系到一起的时候。但康拉德对这反讽之意的扩展（如果用扩展一词恰当的话）用的却是一种哆哆嗦嗦的强调，让人联想起埃德加·爱伦·坡那些情节剧似的激烈笔触：

> 我感到心头一阵冰凉，"请别这样"，我用一种沉郁的声音说。
>
> "请原谅我。我——我——长期以来——我默默地度着悲痛的时光——默默地……你曾经和他在一起——直到最后吧？我可以想到他的孤独的处境，身边没有一个人能像我那样理解

---

[8]《黑暗的心脏》，第307页，略有改动。

他,也许没有任何人听到……"

"就在他临终时,"我说,声音有点颤动,"我听到他说的最后几句话。"我忽而惊惧地停住不说了。

"请说给我,"她用一种令人心碎的声音低声说,"我需要——我需要——有点东西——有点东西——伴着我活下去。"

我差点对她哭出声来。"难道你没听见吗?"黄昏时的幽暗正在我们前后左右的空间中低低地、不停地重复着那两句话,像刚刚刮起的风开头的飒飒声,似乎威胁着要越刮越大。"真可怕呵!真可怕呵!"

"他最后的话——我要以此为生。"她坚持着说,"难道你不明白我爱他——我爱他——我爱他!"

我打起精神,慢慢地说了出来。

"他最后的一句话是——你的名字。"

我听到了一声轻微的叹息,接着,我的心似乎停止了跳动,一声欢喜若狂的可怕的喊叫,一声令人难以想象的胜利和无可名状的痛苦的喊叫,使我的心完全停止了跳动。"我知道这句话——我肯定会是这样!"……她知道。她肯定。〔9〕

康拉德的"不可思议"与荒野相关,它同样也与女人有着明显的关联。库尔茨未婚妻的单纯透出一股令人震颤的神秘性,这与库尔茨的腐败堕落所具有的那种令人震颤的神秘,乃是同一种东西:奥妙深邃是互补的。看来,这位四海为家、师法法国大师、做了英国商船船长的波兰人,在某些方面可能还是个头脑单纯的人物呢。假如有谁怀疑我的说法不当,那么下面这段话或许是能

---

〔9〕《黑暗的心脏》,第311页至312页,略有改动。

给我一些证明的：

> 女人和大海是一起呈现在我面前的，仿佛生活的价值拥有的两个情人。一个浩瀚无垠；一个具有不可名状的诱惑力，自远古以来，便迷住了一代又一代人，最终罩落在了我的心上：一个共同的命运，一道难以忘怀的记忆，说的是大海那变动不居的力量和女人形体所具有的极致魅力——她体内搏动的不是血脉，而是神力。

这一段出自《金箭》——康拉德写的一部比较差劲的小说，也是他最糟糕的作品之一。《金箭》是一本比较复杂的书，它以奥博之笔对我们引文中所体现出来的那种可悲的天真幼稚作了详尽的阐发，遂也使其更加幼稚可叹了。这并非是说作者的才华没有显出，而是说小说的中心思想，一并其普遍的氛围，都是那个"神秘莫测的"丽塔具有的一种"不可名状的诱惑力"；一种光彩迷人的神秘性。康拉德对此的描写虽然比《黑暗深处》结局处对凶险意味——库尔茨具有的那种"难以想象的"神秘性——的描写要长些、复杂些，但两者其实是同样的东西。至于康拉德对库尔茨的未婚妻到底抱有何种态度——《黑暗深处》的读者里，倘有谁曾觉得那里的反讽之意令人在这个问题上犹可疑惑不定，那么，看一下他对丽塔的描写应该是能够解决问题的。

"女人"的形象在早于《金箭》出版的《拯救》一书中就已经显现（1914年的战争刚一结束，这两本书便都面世了，不过《拯救》基本属于康拉德的早期作品）。这里所写的妩媚比较简单——不那么复杂奥妙，而是要单纯一些。可是，如果说《拯救》不像《金箭》那样含有确凿的糟糕之处，它的单纯却大半是令人腻味的。

特拉福斯夫人所代表的那种女人的诱惑力,其"不可名状"虽不似《金箭》里说的那么厉害,那么耸人听闻,却也无法让人保持康拉德所要求的那种兴趣。所以,如果我们说它在形式上足以抗衡由林嘉德——理想化的海上冒险家汤姆王——所代表的英勇行为,那也不是对整本书说了什么大好话。简而言之,《拯救》是一部奥斯卡奖风格的作品,评论家们或许说它"严肃而丰富多彩,无疑是部经典之作",但作者重彩浓抹出了一个由热带海洋、日落和丛林构成的背景,在此之下,词气庄重地演绎了一幕爱与荣誉之间的对立冲撞(事关一个王国的生死存亡),其缓慢而煞费苦心经营出来的富丽堂皇,更多是意在令人心生敬畏而不是激动震颤,因而我们甚至不能建议乖男孩去读它,不过,成人在它那里也找不到多少可看的东西。其实,一个具有执着文学天赋的水手,受了法国文学的熏陶而写出这样一本书,说来也不是什么完全令人惊讶的事。我们所以在这里提到它,为的是要强调这样一点,即康拉德虽然经验老到,却在观点和态度上显出了某种简单性。就他对女人的态度而言,我们可以觉察到,有一点儿简单而殷勤的水手的味道,贯穿了他的整个文学生涯。

　　康拉德的优势主要源于他曾做过水手,这种观点当然是正确的。《黑暗深处》这个基本是成功的故事,并非无缘无故就让汽艇的船长来叙说——从那特定而形象具体的观点道来的:要评估这个故事的成败,便不能不考虑这一点。不过说到现在,我们主要谈的都是康拉德的薄弱环节。那么他的真正长处又在哪里呢?我们也该问问这个问题了。《台风》堪称典范,若以此为例加以说明,我想是会得到普遍赞同的。但至于《台风》强在何处,我就不敢肯定人们对此也会有同样普遍的认识了。这样说或许能把我的意思表白清楚,即《台风》之长,与其说在于对大自然狂暴力量的那番著名描写，不如说是在故事开头对麦克惠尔船长、朱可斯大副和轮机长所罗门·鲁特的介绍上。当然，善于表现英国海员本就是康拉德独特天赋中的一份能耐，这已是老生常谈；但这份能耐乃是一个小说家的特长，而且，尽管康拉德是比狄更斯更加细腻的艺术家，没有走上漫画和怪诞之路，两人却还是因此而挂上了钩——这样说，也是老生常谈吗？且看下面这一例：

> 他的个头在中等以下，肩膀微微发圆，四肢粗壮，衣服罩在他的双臂与双腿上常显得过紧。他好像掌握不住地区间的冷暖差别，总戴一顶棕色的圆顶硬礼帽，穿一身褐色套服，蹬着一双笨重的黑色长筒靴。这些泊港时才穿的服饰，使他那粗壮的身躯带着一种拘谨、粗野的气派。一条细细的银表链垂挂在他的马甲前；而每次离船上岸时，他那毛森森、强有力的拳头里总是握着一把精致的雨伞，质地很考究，可往往任其张开着。年轻的大副朱可斯，在陪同他的长官走向舷梯的时候，不时会壮着胆子，很有礼貌地说："让我帮帮您的忙吧，先生。"于是，恭而敬之地拿过那把伞，将金属包头冲上，摇摇折襞，一瞬间就干净利落地把伞收拢好，递还给船长。他的这番表演自始至终看来是那般古怪地认真，总会惹得正在天窗那里吸他早晨例行要抽的雪茄的总机械师所罗门·鲁特先生，扭转脸偷偷发笑。"哦！是！这把该死的伞……谢谢您，朱可斯，谢谢您。"麦克惠尔船长常这样轻声含糊地表示由衷的感激，可也并不抬头望上一眼。[10]

---

[10] 吴马译《台风》，见《黑暗的心脏》，第314页至315页，本书中引自《台风》的段落均采用吴马译文，以下仅注译文篇名和引文页码。

考虑一下麦克惠尔船长和朱可斯之间就替代了英国商船旗的暹罗旗而展开的谈话吧——可怜的朱可斯觉得这是一件可悲的事。("想想吧,把一头像诺亚方舟那样笨拙可笑的大象画到旗子上,那是个什么样!")考虑一下对麦克惠尔船长和轮机长家庭背景的交代吧。

我们应该进一步注意到,这些背景同故事的主题形成反差,由此而带来的反讽,要比《黑暗深处》里发生在布鲁塞尔的场景所造成的令人满意得多(事实上效果极佳)。与此同时,我们也应注意到,《台风》里可没有一个冷嘲热讽的马洛,在那儿评说着要他予以阐发的事件情节。(尽管《黑暗深处》是从汽艇船长的观点道出,但那船长却正是马洛——这个马洛,在康拉德的笔下,不止一种用途,他既不单是个人物,又够不上个人物;不单是个商船船长,而总是另外一种人。)《台风》里的评论是在轮机长所罗门·鲁特的家书中,在朱可斯写给好友的信件中。总之,小说里没有任何牵强或横插进来的东西;其意蕴不是形容词给予的,而是在所表现的具体事项——人物、事件和整个情节中。我们看到的是船、货物和一班普通的英国海员,以及暴风雨对他们的影响。

康拉德运用小说家的技艺,把这种普通性始终展现在我们的面前,在此之上才有了那特殊的英勇崇高的效果:

> 于是他又听到了那一声音,使劲而微微发颤,可是在那极其杂乱的喧嚣声中,却具有使人安定的深沉的力量,它似乎是从狂风乱作的黑漆海洋外边一处遥远的平静的场所传来的;他又听到了一个男子汉的声音——那声音微弱却不可征服,能用以传达无穷的思考、判断与决心,即使到了世界的末日,天塌下来了,正义的审判在进行,这声音也能讲出自信的话

语——他又听见了。它似乎是从非常、非常远的地方传来的,在向他叫喊——"没有错儿"。[11]

——康拉德可以让自己这样来写,因为那是毫无英雄气概、平平实实的麦克惠尔船长发出的声音,康拉德决不容许我们忘记他那坚实而独特的身影,还有经具体化了的普通海员和轮机手的身影:

> 风偶尔地停息了一下,带着威吓的意味,仿佛是风暴暂时屏住了气——而朱可斯感觉全身遭到摸弄,那是水手长。朱可斯能辨别这双手,那么粗大,看来是属于某些新人种的手。
>
> 水手长已经来到驾驶台上,顶着风匍匐前进,头顶碰到了大副的腿。他马上蹲伏着身子,小心而带有歉意地向上摸索着朱可斯的身体,按照对待上司的态度。[12]

或者看这一节:

> 他身边的水手长还在嚷叫着。"什么?你说什么?"朱可斯烦恼地大声问;于是那一位重复说:"我老婆要是现在看见我,会怎么说啊?"
>
> 走廊里进了好多水,在黑暗中飞溅着,那些人一直安静得像死人,直到朱可斯跌跌撞撞地撞到了他们之中的一个,便恶狠狠地骂他挡道。于是有两三个饱含渴望的微弱声音问:"我们还有点希望吗?先生。"

---

[11]《台风》,第353页。
[12]《台风》,第357页。

"你们这些傻瓜怎么了?"他暴戾地说。他感到好像自己也要躺倒在他们中间,再也挪不动了。但他们倒似乎受到了鼓舞,讨好地提醒他说:"小心!注意那个出入口的盖板,先生。"说着将他吊下煤舱去。水手长跟在他后面滚了下去,一站起身,他就说:"她会说:'这是报应,你这个老傻瓜,谁让你去当海员呢?'"

水手长有些财产,常常会想方设法提到这一点。他那个胖老婆和两个长大成人的女儿,在伦敦东区开着一家卖蔬菜水果的杂货铺。[13]

海员们一如既往,轮机舱里按部就班,于是,"南山号"的英勇胜出便成了普普通通的平常事:

"船上……不许……打架"

麦克惠尔船长透过台风说,于是,朱可斯带上人手,下到甲板舱,冲入打架的苦力所掀起的肉体风暴中,像办一件例行公事那样去恢复秩序和体统了:

"我们已经把那件事办完了,先生。"朱可斯气喘吁吁地说。

"我料想你们会办好的。"麦克惠尔船长说。

"是吗?"朱可斯自言自语地嘀咕着。

"风一下子就停了。"船长继续说着。

---

[13]《台风》,第367页至368页,略有改动。

朱可斯大叫起来；"如果您认为这是一件轻而易举的事情……"

但他的船长紧紧抓着栏杆，并没理会他的话。"按那些书上的说法，最坏的情形可还没过去呢。"[14]

为数不多的几个普通人能够让一群疯狂的暴徒恢复理智，这是纪律的胜利、精神的胜利，而他们之所以能做到这一点，靠的就是素质——我们看出，这无疑正是令麦克惠尔船长蔑视"躲避风暴法"、进而闯入台风中心的那些素质。用不着什么象征性的大架势，船长便立在那里，成了传统的体现。最高的精神胜利是在平平实实的体统意识里，体现在把收捡来的银元加以清点，然后集合中国苦力，重新将银元分给他们——船已破烂不堪，人也累倒了。

在康拉德另一部公认的杰作《阴影线》里，我们看到的也是同样的手法。我以为《阴影线》高于《黑暗深处》，甚至超过了《台风》，人称它是散文体的《古舟子咏》，而它对热带海洋魔力的再现，的确也是极富凶险意味又极其出色的。但这再现用的却是我们所说的那种手法；它靠的不是用形容词来营造"氛围"，即不是用些明明白白属"意味深长的"含糊字眼，不是不停地重复"难以言说"之类的词，或用上解说评论员的那种充满激情的调门，而是从船长的视角具体展现一系列的事项特例；且这船长尽管相当敏感，却不是马洛似的人物；他就是一船之长，众多人物中的一个，不过又另外对船员、船主和船承担了诸多的责任。我们在作者对人物个性、对个性间的感应和共鸣所作的描绘中，都可以明显看到小说家的独特技艺，以及这散文体的《古舟子咏》取得成功所根本端赖的

---

[14]《台风》，第387页。

手法。通过分析我们将会发现,氛围大半是来自那无处不在而又细致具体化了的船员形象。年轻的船长第一次走进休息室,坐在船长的椅子里,发现自己在看一面镜子:

> 在暗淡了的合金金属框架之间的深处,在从篷顶漏下的幽光下,我看见自己用双手捧住了脸颊。我从遥远的地方,超然地望着自己,与其说是出于好奇心不如说是出于其他感情,不过,这种感情并非对某个事实上的王朝的最后代表的同情心,这个王朝的连续性并不表现在其血统上,而是表现在其经历之中,训练中,责任感中以及简朴的、受到祝福的、关于生活的传统观念中……
>
> 忽然,我注意到休息室里还有一个人,他站在一旁全神贯注地看我。这是大副,他的红色的长胡子是脸上的主要特征,他的好斗的面孔(说来奇怪)让我感到恐惧。[15]

大副的这种不甚友善而令人不安的怪癖,原来是已故船长那阴险的变幻无常和不像样的结局造成的:

> 那个人除了年龄与我不同之外在本质上与我没有区别。然而他的死是一种彻头彻尾的背叛,是对我心目中至高无上的传统准则的背叛。由此看来,即便在海上,一个人也可以成为邪恶的牺牲品。我感到左右我们命运的未知力量的呼吸近在咫尺。[16]

---

[15] 赵启光译《阴影线》,见《康拉德小说选》(上海译文出版社,1985),第639页至640页,略有改动,本书中引自《阴影线》的段落均采用赵启光译文,以下仅注译文篇名和引文页码。

[16] 《阴影线》,第648页。

我们是在传统和其精神准则的映照下,才鲜明感悟到控制帆船的那股阴魂的,因为船员就是这传统和精神准则的体现——一船好人,迎着厄运和疾病,驾船坚定前行。上船出诊的医生也是同样的"好人"。我们会注意到,小说的结局是与忠诚的兰塞姆做意外的道别,这个兰塞姆是作者精心加以描绘的一个海员,有一副"极为动听的"嗓门和一颗衰弱的心脏:

> "但是,兰塞姆,"我打断他的话,"我不愿离开你。"
> "我必须走,"他又打断我的话,"我有离开的权利!"他透不过气来,露出非常坚决的表情。一刹那间,他变成了另一个人。在这个人的高尚品质和温和举止后面,我看见了难言的隐衷。他能活下来——虽然活得十分艰辛朝不保夕——对他来说是一种恩惠,他为此忧心忡忡,担惊受怕。
> "当然,如果你愿意,我可以付清你的工资让你走。"[17]
> ……
> 我向他伸出手去。他没有看我,眼神十分紧张。他像一个在倾听警钟的人。
> "你不握手吗,兰塞姆?"我轻轻地说。
> 他叫了一声,脸上微微一红,用力捏了一下我的手,然后,他走了出去,只剩我一个人留在舱里。我听到他谨慎的脚步声回荡在升降梯里,一步又一步,声音里充满了生死存亡关头的恐惧,唯恐触怒潜伏在他多舛的命途中的敌人,那是我们的共同敌人,兰塞姆命中注定要把它带在自己那忠诚的胸膛之中。[18]

---

[17]《阴影线》,第705页,略有改动。
[18]《阴影线》,第709页,略有改动。

编纂文选的人,手头不乏描写落日余晖、异国海域以及熊熊燃烧的船骸最后扎入大海的文字,而康拉德写的这些东西却不知要比它们强出了多少倍。

至少,这可证明人们对康拉德的一般看法在这一点上是正确的,即他的天才在于把海员和作家独特而巧妙地结合于一身。假如他本人实际未曾做过英国海员,他便不可能写出商船社的内涵;而他对此内涵所以能有独特意识并予以清晰的表达,靠的又是在法国文化的影响和法国文学的启蒙熏陶下,他作为一个世界主义者所具有的超然立场。我们也只是在停下来细察其描写之精湛和手法之细腻美妙时,才会意识到这是一个职业艺术家,是个身兼海员的知识分子。

然而,这种精巧的平衡,这种同一,并不总能维持得住。在马洛身上(我们在前面说过,他有好几种用途),这种超然就断开了。作为事件中的一个主要而又——按他的特殊角色来看——超然于外的参与者,他为他在技巧上的功用,谋得了一个位于情节之中的戏剧化的身份,也给了作者一种,我们已经看到,非常诱人的自由出没的便利。但在其他情况下,马洛径直就是投射或表现的一种方式——我们学会了把它同康拉德的典型弱点和不足连在一起。以《青春》为例。这是名气最大的故事中的一篇,但却不在最佳之列。康拉德在其间一味廉价地强调那种魅力,透出的腔调让人处处想起早先评论家的套话,进而领悟到这位以散文讴歌英国海员的人,有时的确会堕落成"南海吉卜林"式的人物。(在此我们应该指出,康拉德在杂志上写的东西可以糟糕到令人震惊的地步——请看结集而隆重题献、取名《浪潮之间》的那本书。)

在《吉姆爷》里,马洛是以相宜的外在现象表现吉姆的手段——总是通过问题,通过怀疑去看吉姆,这即是小说的核心主题。手段和效果都是无可指责的。作者在别处或拿马洛来把兴奋的模糊不解充作大有深意的东西，但这里的却是另一回事。虽然如此，对于人们常常给予它在康拉德作品中的那个显赫地位，《吉姆爷》却是无以担当的：它几乎不在最值得重视的作品之列。康拉德告诉我们，有些评论家"认为这部作品开始是要写成一个短篇的，后来却失去了控制"，结果我们看到的既不是一部皇皇巨著——虽然它长达420页，又列不进康拉德的最佳短篇之中。这些评论家的观点其实是大有文章可作的。书中第一部分对吉姆爷的介绍、对调查情况的报道和对遗弃"帕特纳号"船这件事的描述、与法国中尉的谈话——这些都是康拉德可圈可点的地方。然而接下来的传奇故事，尽管意在继续铺展吉姆的问题，貌似合情合理，却完全不那么真实可信；它也没有把中心关怀加以扩展或使之充实起来，结果，它勉为其难地支撑着一部长篇小说的内容，终于明确无疑地露出了单薄相。

这种勉为其难的支撑，主要靠的是《阿尔迈耶的愚蠢》《海隅逐客》以及《不安的故事集》所写的那个世界。康拉德这三部最早期风格的作品，研究的是马来半岛的异国风情，文中的形容词泛滥成灾。我们在此最好要说的是，尽管它们无伤大雅，而且就故事背景之新颖独特而言，无疑应在成书面世之际，博得世人的几分敬重，但崇拜康拉德而又有见识的人，却不会执意把它们列入他堪称经典的作品之中。它们词彩斐然，令人想起夏多布里昂的影响；又情调外异得令人厌倦；还表现出那样"古怪迷人的"人性趣味，这一切便决定了它们不是容易让人重读的书。

是的，《吉姆爷》既不是康拉德的最佳长篇，也不在他的最佳短篇之列。而在另一方面，假如人们对他最值得注意的作品给予了应有的承认，那么这部作品便会享有优秀英语小说之一的名声。《诺斯特罗莫》肯定无疑就是这样一部作品，而它也把我们如何描述康拉德的天才这一问题复杂化了,因为它并不符合我们在前面得出的公式。康拉德在这里不是英国商船社的"桂冠诗人",不是英国海员之身而巧妙地附上了艺术家——这个艺术家之于英国商船社的"局外性",只见于一门具有充分记录能力的艺术所要求的基本超然度中。《诺斯特罗莫》里的康拉德是堂堂正正的职业艺术家,他自觉地意识到了法语的启蒙熏陶,意识到在技艺上与福楼拜的同道关系。纵观其写作生涯,我们会在他的遣词造句里非常明显而奇怪地看到法语的成分(他是先学的法语,再学的英语),这种成分在这里便显示了它的全部意义,因为与它相连的是对于小说艺术的一个非常严肃又朴实无华的构想。

对于小说家技艺的核心构想是朴实无华的,但这部小说却宏伟而绚丽多彩:它是康拉德再现异域生活和情调的最高成就。白雪覆盖的伊盖罗达山下有个叫苏拉科的地方,人口由印第安人、混血儿、西班牙贵族、意大利人和英国工程师组成。作者把苏拉科逼真而无法抗拒地呈现在我们面前,连带让我们看到了在一个南美国家发生的一系列古怪迷人又腥风血雨的社会事件。康拉德在《诺斯特罗莫》里所表现出来的这份天才,已完全为世人所知;的确,人们几乎不可能看不到这一面。但整部小说如何形成了一个内容丰富、细腻入微却又井井有条的布局(pattem),这似乎还不是人人皆知的事。每一个细节、每一个人物和事件,都对其诸多主题和中心思想发挥重要的影响。上面提到的宏伟绚丽诉诸的是我们的感官,或感官想象;这是具有道德意味的一种布局。

《诺斯特罗莫》有一个主要的政治或社会性的主题,即道德理想主义与"物质利益"之间的关系。我们看到古尔德银矿成为一个中心,聚集了科斯塔瓜纳一切企求和平和秩序的人——立宪派、爱国理想主义者、劫富济贫的绿林好汉、欧洲和北美金融势力的代表。书的结尾是反讽性的：秩序和理想在苏拉科获胜，进步的车轮滚滚向前，然而全能至上的银矿却成了工人和被压迫者仇恨的焦点，成了理想主义者和精神卫士眼中象征压倒一切的物质主义的东西。这个社会性的主题是从若干个人历史的角度加以展现的，或可说依据的是诸多个人主题，每一主题都有一个特定而具代表性的道德意义。

古尔德银矿首先是其继承人查尔斯·古尔德的个人史，是他妻子的悲剧。像其他主要人物一样，他展现的是对一个问题的特定回答，而就这部小说而言，我们感到这个问题所起的作用乃是一种动源和组织机制：人生于世，都有什么样的生活**目标**——什么样的动力和根本态度可以给生活以意义、方向和连贯性呢？查尔斯·古尔德的回答就是他的理想目标，即古尔德银矿能够带来兴旺发达：

> 这里需要的是法律、诚实、秩序和安全。谁都可以就这些东西慷慨陈词一气，不过我信的是物质利益。只要物质利益站稳了脚跟，就一定会带来一种环境，也只有在这种环境下，它们才能继续生存。所以，面对无法无天和混乱的局面，你在此淘金就是正当合理的了。之所以正当合理，就是因为它所要求的安全必定是为受压迫的人分享的。更高的公正会随之而来。那就是你的一线希望。

对查尔斯·古尔德的信念构成戏仿的是他的赞助人美国金融家霍尔罗伊德。霍尔罗伊德关心的是促进一种"纯粹的基督教精神"，而且对美国的天定命运论有着滔滔不绝的信念。我们无法不带讥讽之意地说，这些都使他对于权力的热衷具有了理想的意味。查尔斯本人对这要了他父亲老命的银矿着了迷，而代表人际关系和人类公正同情之心的艾米丽亚·古尔德则在一旁，孤苦伶仃地看着这场令人啼笑皆非而把精神埋葬掉的胜利救赎。

诺斯特罗莫对他的庇护者是别有趣味而不可缺少的人，也是广受欢迎的英雄，他没有任何理想的目标。他是为名声而活，要"受人赞扬"——追求自己在他人眼中的形象。当他受到银子的诱惑而使自己干起偷偷摸摸的勾当时，他生活的主要动力便松弛了下来。他出海回来，发现新灯塔就立在他藏宝处旁孤零零的礁石上，随后又在爱情上误入歧途，这些都是运用象征手法的极好而典型的成就。他那充满情节剧意味而恰如其分的死亡就是银子造成的，发生在他偷偷去探望银子的途中。

马丁·德库德这个有知有识、"拿生活闹着玩的人"，也没有任何理想目标。在那个描绘绝佳的海湾之夜（堪称文学里最为生动而具美感的描写之一），他就在诺斯特罗莫的身旁。他代表的是睿智的怀疑精神，"除了相信自己的感觉外，什么都不信"，因而他明确意识到自己的优势所在，毫无困难地就给诺斯特罗莫下了断语：

> 德库德怀疑成性，一番思索后不是尖酸刻薄，而是心满意足地认识到，这个人所以廉正乃是因为极度虚荣，也就是那种可以戴上一切道德面目的最为精致的自私自利。

他也能够给查尔斯·古尔德一个评价，说这个"感情用事的英国人"

> 若不把每一个简单的欲望或成就理想化，便无法生存。倘若不先把自己的动机弄成某个童话的一部分，他便无法相信它们。

这种人"虽然心中欲望强烈，却决不会为此而有所作为，除非这欲望披上了一身漂亮的理想外衣"，而德库德却傲然不为这种"感情用事"所苦。当他提出措施以挽救银矿并实现爱国志士和理想主义者的目标时，他的动机很坦然，那就是他对安东妮奥·阿维拉诺斯的强烈爱恋，而且这是唯一的动因。就此而言，他已对查尔斯·古尔德隐隐中对妻子的冷落构成了一种批评之势。然而，即便撇开他的爱恋之情不算，他也不完全是个独立自足的人。就在我们可能会期待他去一门心思考虑实际问题的时候，我们却发现他意味深长地显示了人性的一个基本特点，即

> 一个人内心深处那漫无目的而又势在必然的全部真诚，努力要回应另一个人给予的博大同情。

因为

> 在这生死存亡的关头，最具怀疑精神的人心中潜伏着一个强烈的愿望，要把内心情感正确无误地留给世人，仿佛留下一束光，这样，当人已弃世，任何探照之光都无法触及那被每一例死亡从世间带走的真相时，人们便可以借这样的一束光，来看清他的行为。故而，德库德没有去找点儿东西来吃，或抽空赶紧去睡上一两个小时，而是在一本大笔记簿上给他的妹妹写起信来。

困在大伊莎贝尔（后来修建灯塔的地方）上面的时候，他发现他的独立自信确实受到了极大的限制：

单单是外部生存状况的孤寂之息，很快就转成了精神的状态，其间再也找不到矫情的反讽和怀疑的影子了。这孤寂控制了他的心灵，把思想逐入了彻底的怀疑之境。德库德连续三天等待一张人脸的出现，之后，他突然发现自己对自身这一个体是否存在起了疑心。这个体之身已经融入了云和水的世界，融入了自然力和自然形态的天地中⋯⋯

　　⋯⋯除了智慧之外，他不承认还有别的美德，他还把热烈的爱情上升成了职责。他的智慧和爱都被这没有信念、浩瀚无边的孤寂等待轻而易举地吞没了。

他向自己开了一枪。作者以令人痛苦的直接笔触把整个事件端在了我们面前。

　　所有人物中，最接近独立自足的是让人讨厌又叫人戒备的莫尼厄姆医生，他对人性虽然抱着挖苦怀疑的态度，但又确实是个恪守信念之人。他的怀疑主义是建立在自卑自贱基础上的，因为他的理想（他其实是个更加坚强而毫不含糊的吉姆爷）就是他已经违背了的东西，是非常苛刻的理想品行。他同诺斯特罗莫相比，也形成了一大反差，因为他虽孤注一掷，冒险挽救危局，并因而恢复了名誉（在他自己眼里，他等待的是死亡），但他的成功胜出靠的却是他只有"邪恶"和历史可疑的坏名声，是他乐意被人往坏里说，往坏里想。当然，他的理想并不仅是个人的——它与英国商船社的道德观念同属一类（莫尼厄姆是个"高级船员，一位绅士"）：其力量源于一种传统和社会的约束力；而莫尼厄姆医生的一个外在支柱就在对古尔德夫人的挚爱中。

　　或许，与德库德完全相反的人物，应是平和安详的加里波第[19]的拥护者——西奥尔西奥·维奥拉。这个老人也是一个独立自足的人，或者说非常接近之——因为他具有自由派理想主义的信念，其公正无私是毫无疑问的。他以雄伟庄严的气魄，体现了自由主义信念——《日出之前的歌》——的英雄时代，代表了人性的宗教，因而，为在科斯塔瓜纳的政治生活中代表进步的人士提供了一个反差对照的背景（到《诺斯特罗莫》结尾处，马克思主义者们登场了）。这是个绝对逼真的形象，然而，他代表的那些成就竟然产生出了我们所看到的那个南美，这本书的反讽之意部分即在于此。

米切尔船长代表的是英国商船社。他健全持重到了愚蠢的地步。当地一帮暴徒抓了他，还抢了别人赠送给他的一块袖珍天文表，但面对他们那个气势汹汹又很可笑的头领，他，乔·米切尔（"先生，我可是个名人"），却意识不到有什么好怕的，而这副德行竟然唬住了那个手握生杀大权的拉丁佬，迫使他把钟表和自由都还给了他：

> 老水手虽然有种种小毛病和荒唐之处，却是个生来就不会担忧一下个人安全的人。这与其说是沉着镇定，不如说是缺乏几分想象力——而赫希所以遭了大罪，却是因为他在这方面的想象力太过丰富，这种想象力，可以在一个人的生存意识所依赖的其他一切恐惧之上，再加上对皮肉之苦和死亡（想象中绝对只发生在身体上）的盲目恐惧。不幸的是，米切尔船长什么样的洞察力都没有多少，完全看不见点点滴滴反映特征、让人眼亮肚明的表情、行为或举动。他对自己的存在看得太过隆重，想法太过幼稚，结果便看不见别人的存在了。比如，他不

---

[19] 加里波第（Giuseppe Garibaldi, 1807—1882），意大利民族解放运动领袖。

信索提罗真的就是害怕自己,而这纯粹是因为除非在需要自卫的紧急关头,否则他自己是决不会想到要去拿枪杀人的。随便什么人都可以看出,他不是那种杀人不眨眼的人——他一本正经地这么想着。

我们将会看到,他因具备这些特征而得以在对情节的描述中发挥了关键的作用。米切尔与故事情节的联系,就体现在当他这个常客坐在古尔德夫人的客厅里时,他得意扬扬地意识到——这是一种盲目的意识,他一点儿也不明白发生了什么——自己身处局势的中心,从那里指引着历史的发展方向。

至于因绝望而死的自由派理想主义者阿维拉诺斯先生(其《五十年暴政》的书页在"民主"暴动期间,被人拿去"填堵压满了铅字的气弹枪,当作弹塞打出去了")、狂热的科尔贝兰神甫、恐惧之化身的赫希等等这样一些其他人物的意义,我们在此是无须细说的。相反,我们最好是通过着重指出《诺斯特罗莫》令人称道之处的鲜明特征,来说明一个负面的看法。这部小说所以令人称道,并不是它对人类经验作了什么深刻的探讨,或在对人类行为的分析上有什么洞幽烛微之处。确切地说,它令人称道的地方是在那坚实而生动的具体性上,借此,种种具有代表性的立场和动机,以及令它们彼此之间相互作用的丰富形态布局,都得到了形象的再现。爱德华·加尼特在为《康拉德序言集》所写的导言里指出,在实际生活中,这个人物或那个人物也许不会像在小说中那样地行事——照这样来做批评,便是犯了方向性的错误。康拉德笔下的人物是逼真可信的(我们读小说的时候,便觉其惟妙惟肖,慎思精虑之后,仍觉其惟妙惟肖),但这并不是说我们就可以把他们当作活在书本之外的人来作心理分析。这里我想起了 T. S. 艾略特说过的一番话:

所谓"逼真的"人物,并非一定是"与真人无异",而是一个不论与我们所知的人性是否相符,我们都能耳闻其声、目睹其形的人。人物的创造者所需的,与其说是对人性动机的了解,不如说是敏锐的感受力;剧作家无须了解人,但他必须对人具有超乎寻常的觉悟。[20]

艾略特说这番话时,眼前浮现的是伊丽莎白时代的剧作家,这使我一下意识到,《诺斯特罗莫》在艺术上,具有令人想到伊丽莎白时代戏剧之长的某种东西——实际也就是莎士比亚式的东西。康拉德笔下的人物,是为我们清晰地看到和听到了的,这里便明显透出了他的敏锐感受力和超乎寻常的觉悟,而且沉思之下,我们在这些人物身上,也没有发现任何与我们所知的人性相悖不符的东西。然而,看见和听见已然是充分的理解:他们呈现在我们的面前,而且完全就是本色;若欲借赏析或批评探入其后,那便是误读了这本书的内容。《诺斯特罗莫》里显然没有任何余地,可让众多的批评家以为,他们有权要求一个小说家(和莎士比亚)去做那种实例图解式的心理学研究。想一下那诸多围绕个人展开的道德关怀和形形色色的主题;想一下那诸多生动的戏剧化的场景和片段;想一下结成情节整体的丝丝缕缕的不同线条。古尔德家的隐秘悲剧;诺斯特罗莫的故事,也牵涉到维奥拉一家的故事;德库德与安托妮娅的故事;莫尼厄姆医生和他为自己恢复名誉的故事——所有这些以及其他许许多多,都被包容在一系列戏剧性的社会历史事件中,这是对精神力量和物质力量、政治动机和个人动机如何在"西方共和国"的建立过程中发挥影响而作的具体化的探讨。

---

[20] 语出 T. S. 艾略特的"Philip Massinger"一文。

康拉德对动机、对物质与精神之间关系的探讨是令人称道的,但这显然靠的不是对个人复杂的内心世界作什么大段的分析展示。他的探讨所以令人称道乃在于,他让我们看见和听见的事情生动而逼真,在于这些事情于一个井然有序而生动形象化的整体中,因彼此间的关系而具有了意义。驳船载着银子和恐惧(偷渡者赫希是其化身)在海湾的夜色中漂流,德库德和诺斯特罗莫坐于其上,此情此景便足可为人称道;还有诺斯特罗莫与莫尼厄姆医生,贪夜在被遗弃的空旷的海关大楼里不期而遇——这两个截然对立的意识发现,正对门口的那面墙上映现着"一个低头直立、高耸肩膀的难看身影"——原来就是被吊起来折磨致死的赫希的身体投下的。查尔斯·古尔德与佩德里托·蒙特罗——新拿破仑手下的未来的德·莫尔尼公爵[21]——之间的会晤,则堪称一出绝妙的讽刺喜剧;康拉德令人称道的另一个典型例子便是古尔德会晤出来,碰上了他拒绝给予支持的"立宪派"的代表团("接受既成事实或许还能保存议会制度的宝贵残余"):

> 查尔斯·古尔德一边往外走,一边用手擦拭前额,仿佛要驱散一场梦魇的迷雾,梦中那古怪荒唐的夸张给人留下一种身临险境、大脑衰退的微妙感觉。蒙特罗的兵卒们懒散而骄横地堵着旧官殿的过道和楼梯,口吐香烟,谁也不让;整座建筑里回响着刺刀和马刺的碰撞声。有三群身着简朴黑衣的平民在大廊里默默地等候,神态拘谨又茫然无助,各自略略偎作一团,相互间隔开来,仿佛在履行社会义务的时候,他们都被一

---

[21] 莫尔尼公爵(Duc de Morny)是路易·波拿巴·拿破仑同父异母的兄弟,波拿巴主义者、实业家,担任过第二帝国的内政部长等要职。

个强烈的愿望拘住了，即要避开每一道目光的注视。这些是等待接见的代表团。来自省议会的一帮人，整体看上去还要焦躁不安一些，堂·朱斯特·洛佩滋的那张大脸高出众人的头顶，又白又嫩，眼睑突出，满是难以捉摸的庄重神色，就像在密云中。这位省议会议长是勇敢地前来挽救那最后一点（英国模式的）议会制度的。他转过目光，不看圣托米银矿的当家人，以此对他不信奉那个唯一的救世准则发出了庄严的叱责。

查尔斯·古尔德面对佩德里托的威逼利诱不屈不挠，这在一时间为他所赢得的同情已经超出了他一般所能获得的程度。他与代表团之间的小冲突加强了这种效果，同时也大大增强了在《诺斯特罗莫》里发挥重要作用的那种具有政治意味的布局。我们注意到它的主题、分析和例证都有着时事性，不禁又带几分惊奇地提醒自己，这可是一本在爱德华七世治下写出来的书。[22]

其次，在下面这样典型的笔触里，我们又看到了康拉德的戏剧化手法所蕴含的深厚象征意味（背景是贵族和"法律与秩序"的拥护者们逃到"南美草原王"那里寻求庇护）：

赫尔南德斯的使者策马来到跟前。
"矿主没有什么口信要带给草原王吗？"
查尔斯·古尔德一下强烈地感受到这种比较是何等地准确。他坚定不移地控制着银矿，那桀骜不驯的恶棍控制着草原，但他们两人的控制同样都岌岌可危。在举国无法无天的形

---

[22] 英王爱德华七世，1901—1910年在位，其时内安外和、一片繁荣自信之气，人们通常也将"一战"爆发前的十来年称为爱德华时代。

势面前，两人是平等的。要想把自己的一举一动同那卑鄙可耻的交往关系分割开，原就是不可能的事。

康拉德在《诺斯特罗莫》里所用的手法，有一点完全是褒义的——这个形容词在这里自己冒了出来——辞藻扬厉的味道。我们不妨借进一步强调其中含有伊丽莎白时代戏剧的特色来补充这样一点，即康拉德的手法具有一些生机勃勃的情节剧的活力。当然，情节剧的成分完全受制于那个具有道德意义的布局。比如，试想一下这出社会戏剧的高潮是如何呈现给我们的吧：那是关键时刻发生的一次令人激动的突变，但我们却是在事后通过善于夸夸其谈表现自己、什么都不懂而又自以为是的米切尔船长（"大惊小怪的乔"）之口得知的。他声声加以颂扬的进步的胜利，早已是稳稳当当的平常事了，而莫尼厄姆医生已经（几页之后）在问他：

"你以为银矿上的人，现在会走上城里的大街小巷去挽救他们的管事先生吗？你是这样想的吗？"

他才说过这样一番话：

"在物质利益的发展过程中，没有什么和平安宁可言。物质利益有着自己的法则和正当性。不过那是建立在权宜之计上面的，是不近人情的，它无所谓正确与否，无所谓连续性和影响力，这些都是只能在道德准则里才能找到的东西。"

整体统观，读者会发现，小说里有令人称道的微妙倒叙手法——虽说微妙，但一经仔细打量，读者便能领会那是极其令人信服的。这里所引的文字只是其中一例。另一个典型体现康拉德手法的例子便是在小说的开篇，此时我们尚未得以看到主张"改革"的利比拉派的独裁统治，起初在其支持者们那里激起了怎样的希望和热情，而作者便以前瞻之笔，让我们先期一睹了它那可怜的大溃败。

在如此着力强调了《诺斯特罗莫》的道德形态之后，读者或许会期待我就其整体意义说上几句。康拉德这样展现人的动机和立场态度，其主旨何在？要赞同何物？什么是他肯定的东西？相比之下，说他排斥什么或批评什么倒要更容易一些。毫无疑问，他批评了德库德的怀疑主义。甚至德库德自己也承认，"那些英国人"所赖以生存的幻觉"不知怎么就帮他们牢牢抓住了实质"。我们可以把总工程师说的话，同他的这种让步联系起来看：

> "老实说，医生，事物本身是什么好像一文也不值。我现在开始相信，它们只有一点是实在的，那就是每个人在自己的行为方式里所发现的精神价值——"
> "呸！"医生打断了他。

工程师脑子里想的是百万富翁霍尔罗伊德以及他对一种"纯粹基督教"的执迷。不过，自身执着于道德观念的莫尼厄姆医生，尽管显然不是不为作者所赞之人，却被表现得像个堂吉诃德式的人物；而且我们难以感到作者对其他主要人物在各自行为方式里发现的"精神价值"所给予的反讽表现，在根本上比垒在霍尔罗伊德头上的弱一些。事实上，德库德虽然在故事情节里被坚决果断地处理了，但他仍然处于小说的中心，即是说他的意识似乎无处不在，甚至控制了这本书。这个意识显然与作者自己的个人**音色**有着非常密切的联系，这一点在下面这样典型的冷嘲热讽的笔触里就表现了出来：

他们在笼子附近停下。鹦鹉听到了属于它的词语里的一个词,便激动地掺和进来。鹦鹉是很通人性的。

"科斯塔瓜纳万岁!"它尖声叫道……

这不是个"哲学"问题,康拉德不能说有什么哲学。有一些作家自己要明明白白,就把自己的基本见解梳理得非常清晰,所以在谈起他们的时候,我们若用上那个宏伟庄重的词,也还说得过去,但康拉德不在此列。他对英国商船社所代表的那种人类成就——传统、规训和道德理想,确实抱有极强的信念,这原是由具体经验决定的;但联系到四面环绕和潜伏于下的海湾沟壑,他也强烈地意识到这种成就不仅脆弱,而且还是荒谬可笑或虚幻的东西;这种意识非常之强,每每看上去竟极似德库德的极端怀疑主义——作者在叙述他最后几日的文字里,对此有极其意味深长的描述。事实上,我们不妨说,德库德在《诺斯特罗莫》的写作过程中扮演了相当重要的角色,或可以这样说:《诺斯特罗莫》是出自德库德之手,这个德库德不是自鸣得意地拿生活闹着玩,而是在影响之下,积极靠近能够"给他们的举动赋予精神价值"的那些人——如莫尼厄姆、西奥尔西奥·维奥拉、阿维拉诺斯先生、查尔斯·古尔德。

不管怎么说,《诺斯特罗莫》虽然兴味关怀丰富多样,而且布局紧凑,但我们在它的回声里,却听出了点儿空洞之音;虽说它多姿多彩又生趣盎然,但其间也透出了某种虚空的存在。我们引来古尔德夫人的这个反思,或许是足可解释个中缘由的:

她想到生活要丰富而充实,就必须在现在流逝的每一分钟里包含对过去和未来的关怀。

康拉德对英国商船社的了解，显然是身在其中得来的，他由此间落笔，便能传达出那种自给自足的日常生活方式。他让我们认识了要覆灭其海员的种种险恶的自然力，却没有让我们感觉到在生活和意识之下张开的超验的沟壑：轮船上的现实平常亲切，让人安心，是实实在在的东西。《阴影线》里的年轻船长在开始走上新的岗位时说："过去几个月里，由于感到生活空虚，心里一直烦躁不安，而今这种感觉引起的思想混乱和不良影响已经不复存在。"[23]《诺斯特罗莫》里就没有相当于英国商船社生活的东西——对日复一日连贯的社会生活，它没有传达出什么深刻的意识来。尽管作者把隐藏在莫尼厄姆医生那张讥讽面目之后的东西信任地告诉了我们，但整个说来，我们还是从外面来看人物的，而且看到的只是他们在那反讽形态之下的样子——一系列戏剧性的社会事件里徒劳无聊的人，在高山和海湾背景的映衬下更形渺小了。

这种视角，这种生活意识，无疑是与康拉德心里某种根本性的东西对应合拍的。他的每一个读者想必都已注意到，孤寂的主题在他的作品里是何等的频仍和重要。他们想必也已注意到，在德库德的意识与《胜利》里富于同情之心的主人公——说英语的瑞典人阿克塞·黑斯特之间是有密切联系的。

《胜利》《特务》《在西方的眼睛下》和《机缘》

黑斯特是个"背井离乡"（他自己的说法）、无牵无挂之人，在理想幻灭而达观的父亲的教养下，

---

[23]《阴影线》，第637页，略有改动。

> 在孤寂中，一直头脑清晰，有时甚至不乏深刻的见解，外面的生活，在他看来，不过是永恒希望造成的哄人的幻象，常见的自我欺骗下产生的欢快妄想，以及对永远期待中的幸福抱有的甜蜜错觉。

然而，他不由自主地与人结下了一层关系（小说写的就是他不情不愿地身陷其中以及由此产生的后果），之后他发现，"这近在身旁而仍然非常奇怪的人类让他产生的对自我实在的意识，要比他活到现在所体验到的更加强烈"。《胜利》是对黑斯特情况的探讨；他无可争议地位于小说的中心。与德库德不同的是，黑斯特的怀疑里满是同情体谅之心，与此同时，他的怀疑论也显现出是受特定条件限制的，而且在故事结束时便被抛弃了。不过，仍有几分暧昧伴随着这种怀疑：作者戏剧性地表现了黑斯特的冷嘲之态，但这种冷嘲却又与作者的融为一体——其关系之密切，有时是明白无误的：

> 年轻人学会了反思，这是一个毁灭性的过程，是对代价的估算。世上呼风唤雨的并非目光敏锐、头脑清晰之人。大事业都是在幸运而温暖的稀里糊涂的迷雾中成就的，但父亲的分析却像一股无情的寒流，把儿子心中的这片迷雾给驱散了。

——这是作者自己的声音，口吻也很典型。后面一页说到肖姆伯格色迷心窍时，康拉德与黑斯特父亲间的关系也是明显的：

> 四十五岁，对许多人来说，是个肆无忌惮的年纪，仿佛任凭腐朽和死亡于在劫难逃的险恶谷底张开双臂等在那里，也无畏无惧。因为任何年纪都离不开幻象，否则人就会早早地轻

生,人类也就终结了。

肖姆伯格没有一点儿值得称道之处,我们在这种口吻里发现的是黑斯特与麦克惠尔或德库德与米切尔的对立——典型的康拉德式的冷嘲反讽就隐含着这种对立。

然而,康拉德在《胜利》中并不止于这种对立。他把黑斯特身上的聪明才智和敏锐意识表现成特定条件下的产物,其实是在一个具有除幻天才的父亲的影响下而表现出来的变态倒错,而所谓的"胜利"乃是对怀疑主义的胜利,是生活的胜利。虽然胜利来得太晚而且就是死亡,但这种悲剧性的反讽并没有削弱胜利的意味,胜利是明白无疑的:

> "啊,戴维森,人要是在年轻时没有学会去希望,去爱——对生活充满信心,那他就倒霉去吧。"

黑斯特通过与他人的往来接触认识到了这一点,作者以犀利的洞见和令人信服的细腻笔触,表现了这个渐进的自我发现的过程。为了避免陷于生活而带来的侮辱、愚蠢和幻觉,黑斯特给自己规定了一个超然离群的自给自足的生活方式:

> 黑斯特的意识里既没有朋友也没有敌人。他的生活在实质上是要实现一种单一独立的状态,但不是以隐士般的离群索居在寂静和凝固中求之,而是以一系列躁动不安的浪荡,以变动不居景观中一个暂时居民的超然来求之。在这一构想下,他发现了一生一世可以不遭罪受难、可以几乎不带一丝牵挂的法子——因为逃避躲闪,所以刀枪不入!

但这种构想,结果证明是不够明智的,生活验证了黑斯特缺乏自知之明。他有才有智,有极高的道德标准,与此同时,也有一颗敏感的同情体谅之心:

> 黑斯特从不嘲弄正当严肃的情感。

这是作者的表述法。但黑斯特已经习惯成自然地无法认识到构成他性格的这一要素的意义,这习惯就来自于父亲对他的经久不断的影响,下面这一段就典型地体现了这一点:

> "这么说,你仍然信着什么,"他口齿清晰地说,不过声音近来变得孱弱了些,"你相信血肉之躯,大概是吧?可一旦有了彻底而心平气和的蔑视,你很快就会不信它了。不过,你还没到那一步,所以我建议你先培养出那种叫怜悯的蔑视来。"

自尊使黑斯特可以去"蔑视",而这种自尊在本质上乃是一种无法抗拒的同情的冲动,这种冲动促使他去解救走投无路的莫力森,于是便开始了他不情不愿与他人瓜葛纠缠的故事——才开始还是一出喜剧呢。莫力森本人是个堂吉诃德式的人物,敏感而豪爽,可说是体现康拉德塑造人物功力的一个杰作,其形可感可触,带有康拉德的狄更斯式的生动传神的特点——"他身材高大,下巴突出,脸刮得干干净净,俨然一副视假头套如敝屣的律师模样"。这个莫力森想到自己无法报答黑斯特而感情难支:

> 可怜的莫力森竟然把脑袋放在了房舱的小桌子上,而且在听着黑斯特极温文尔雅的安慰时,一直就保持着这副霜打了

的姿态。瑞典人像莫力森一样地难过,因为他完全能理解别人的感情。黑斯特从不嘲弄正当严肃的情感。但他外表上做不出热情友好的样子,他也确实感到了自己的失败。完美的温文尔雅可不是医治情感崩溃的良药。在双桅横帆船的房舱里,他们两人一定度过了一段相当痛苦的时光。

作者以精练之笔,把两人关系的悲喜剧扼要地呈现在了我们面前。黑斯特慷慨大度、无可无不可,更不谙人际交往中的感情共鸣。这些因素合在一起,便将他无法抗拒地拖入了热带煤矿公司这项让人看好的商业冒险中。当黑斯特的再教育在小说的前一部分进入第二个阶段时,我们发现他已经身处煤矿公司剩下的烂摊子里了。莫力森的死亡只是厄运的作祟,但黑斯特却为此背上了内疚的包袱,而这种内疚又是与他痛苦地感到背叛了自己的生活密切相关的——他的生活"本该是个超然物外的杰作"。实际上,他长期建立起来的平衡已被永远打乱了;他所以感到不安是因为,他模糊地认识到,在他的"构想"与自身天性的必然需求之间,存在着极大的差异不合。在下定决心不再让世事缠身之后,他却惊讶地发现自己现在感到孤独了:

> 过了这些年了,他又可能去哪儿呢?地球上找不到任何一个属于他的人影。这个事实——毕竟还不那么遥远——他也只是最近才意识到,因为只有失败才会使人反躬自问,掂量一下自己的能量。他虽然下定决心要像隐士那样退出尘世,但在绝尘弃俗的那一刻,却有这股孤寂之感袭上心来,令他荒唐地动了凡念。他感觉受了伤害。自相矛盾给人的震惊,会伤害我们的理智和感情,可以说,没有比这更令人痛苦的了。

正是在这种状态下，在苏拉巴亚作了结性拜访的时候，黑斯特发现自己再次面临着对其人性的诉求。这一次我们是眼见着他去再次冒险行事的，因而便深刻意识到了他这样做的必然性。整个事件，连带其细节和背景，都呈现出了一种不可抗拒的直接性：热浪中荒凉的旅馆；胡子拉碴、雄赳赳的肖姆伯格（旅馆老板兼预备役军官），邪恶又愚蠢；他的可怜妻子毫无魅力，就像一块破布，只知逆来顺受；龌龊阴险的藏吉亚科莫夫妇带着他们的巡回女子乐团，成员中的一位姑娘不幸引发肖姆伯格火烧火燎的纠缠，却身陷孤立无助之境——所有这些，在逼真地呈现在我们面前的同时，也让我们看见了留意这一切的黑斯特所展现出来的从容敏感和超然不凡的气度。黑斯特最后采取的举动，便是在所描绘的诸多压力的作用下可能会发生的一个结果。他把那位姑娘带到了本要成为他隐居之地的海岛上去。

他对她全无一丝幻想，但他的心控制了他那怀疑的头脑。

——这就是黑斯特一开始，对他与姑娘之间的关系，向自己所作的解释。两人关系的发展以及他对这些关系的意识，就是他发现自我的过程。虽然刚才所引的那一句意味有限，但我们看到，他对姑娘所感到的那份柔情，却带有"一种对自身实际的认识，比他有生以来所意识到的都要深刻"。接下来他便发现，自己在精神上并不像他先前以为的那么独立自足。他对焦虑而体贴的戴维森说：

"我这样向你发信号，是因为维持表象也许非常重要。当然对我不是这样。我不在乎别人说什么，当然谁也就伤害不了我。我想，我放任自己被人引入到行动中，已经造成了一些伤害。表面看上去好像清白得很，但一切行动注定都是有害的，跟魔鬼一样。所以世界总的来说是邪恶的。不过我已经跟它玩完了！我决不再伸一个小指头。"

黑斯特将发现，他不仅与这个世界没有玩完，与行动没有玩完，而且他非常在乎世人会说什么，以至于面临紧急之需时，他会限定自己行动的能力。海岛上来了歹毒的入侵者，面对威胁，手无寸铁的他思忖道：

"可那杆撬棍行不行呢？要是我拿起它来，那还了得！我会躲在门旁——这扇门旁——砸烂头一个伸进来的脑袋吗？……我会吗？疑心之下，便毫无顾忌，坚定而果敢地砸下去？不会，我做不来……"

接着：

"你知道世人会说什么吗？

"他们会说，我——那个瑞典人——出于贪财而把朋友和伙伴引入死地后，又单因恐慌而杀了那些遇了海难但并无冒犯之意的陌生人。这就是会被人窃窃私语的说法——也许就被人嚷嚷起来——肯定会传开的，人人都信以为真——信以为真，我亲爱的蕾娜！"

黑斯特先前听蕾娜这个姑娘说，肖姆伯格因莫力森之死，散布了一些风言风语，这便是影响所及在他身上的体现。诚然，他说他"天生"做不出残忍的事（"谁知道那是否真的就不是我的义务

第四章 约瑟夫·康拉德 269

呢？"），但他把自己的顾虑和忌讳，同人们会说什么、会相信什么联系在一起，这就显现了在他身上正发生着的变化。

小说的后半部分虽然有情节剧的味道（让人观看的意思是那样地明显——整本书都是如此——以致会招来摄影师的兴趣），但关注的焦点还是在黑斯特与蕾娜的微妙关系上。他发现自己致力于建立起来的相互关系，是与他一生的习性格格不入的，这习性就具体地体现在他的声音和言谈中，我们耳闻其声，仿佛认识他似的：

  黑斯特的声调轻盈，带着玩笑的味道。他说起话来全是这么一副玩笑的口吻，仿佛这玩笑便是他思想的本质所在。

这副腔调和举止令姑娘感觉困惑不安，但黑斯特深为习性所困，结果种种摆脱习性的努力便构成了一幕辛辣的喜剧。他想与蕾娜近乎一点儿，便对她说起了莫力森（发生在蕾娜向他透露肖姆伯格那番令人震惊的诋毁之词以前）：

  "你救人为的是好玩——是这意思吗？就是为了好玩？"
  "干吗这副疑神疑鬼的腔调？"黑斯特不满道，"我想当时看到那么一副惨相，我是很不开心的。你说的好玩是以后发生的事，是我一下意识到，我对他已经成了证明祈祷有用有效的一个活生生的化身。这事让我有点儿着迷——再者说了，我能同他理论吗？面对这样的证据，你是不好反驳的，而且那样会显得我想邀功似的。他的感恩戴德已经让人瞠目了。我这处境好玩吧？等我们一起住到他的船上后，我就烦了。一不留神，我怎么给自己找了个牵挂呢？确切地怎么说，我不知道。你替人做了事，在一定程度上也就对人有了依恋。可那是友谊吗？我拿不准。只知道人有了牵挂就完了。堕落的种子已经进入了他的灵魂里。"

就蕾娜所能领会的来说，这只能增加她痛苦的不安全感——她对在他们彼此关系中他那一方态度的怀疑：他是个绅士，因怜悯而行事——那么她能指望什么呢？黑斯特的麻烦不单是难于找到一种恰当的表达方式；他想与蕾娜近乎却又这样说话，这在一定程度上便让我们看到，他无法始终把蕾娜当作一个可以相互交流、具体有形又有感知能力的个人——他还是过去那个虽富同情之心但却"仁慈加嘲讽"在那儿自说自话的黑斯特：

"我甚至不明白我做了什么或没做什么，怎么让你这么难受。"

他停下来，一下又再次在肉体和精神上意识到他们之间关系的缺憾——这种意识令他要求蕾娜能一直近在身旁，在他的眼前，在他的手下，而当蕾娜不在眼前时，这种意识又令她的形象显得那么模糊，那么虚幻不定，是个他无法拥抱和握有的希望。

"不！我弄不懂你的意思。你是在想未来吗？"他以明显玩笑的口吻问她，因为让他的嘴巴吐出这么一句话，他感到难为情。然而他所抱有的一切消极的东西，都一个个地从他的身上掉了下来。

就在这种情况下，仿佛被他那句"没什么能骚扰到咱们这儿来"催促的，凶险的侵犯发生了——外部世界前来造访，他们是懒散的琼斯、他的"秘书"里卡多以及猿猴般的随从：

第四章 约瑟夫·康拉德 271

> "他们来了,外部世界的使者。他们就在你的面前——邪恶的才智,本能的野蛮,手挽着手。残忍的暴力紧随其后。"

这种手法具有情节剧的泼辣效果,作者是在刻意为之——

> "不!尽管来吧!"[面对与戏剧性危机同时而来的雷暴]里卡多恶狠狠地说,"正合我的胃口!"

前面讨论《诺斯特罗莫》时,我们曾就康拉德的手法具有的"伊丽莎白时代的"特点,提出过一些意见,假如人们在这里对情节剧的泼辣效果还心生疑虑的话,那么现在似乎正是回头再谈那些想法的时候。诚然,《胜利》不敢妄称具有《诺斯特罗莫》的宽广和厚重,它也没有任何可与其布局严密紧凑的意义结构相当的东西。作者对黑斯特的研究虽然深入细致,但我们可以说,尽管他的形象令人信服,作者把他作为一个极端的案例呈现出来,实际却等于是对由他所体现的人性潜能所作的一种道德性再现,以便把他树立起来,适合去与体现相反潜能的这些形象形成对照。(关于里卡多,作者告诉我们,在蕾娜看来,"他就是人世之恶的化身"。)这些形象自然也是令人信服的(除了里卡多的谈情说爱,以及琼斯的一席话);它们属于康拉德的艺术中让人想起狄更斯的那一面——一个被一种完全非狄更斯式的成熟所限定的狄更斯:它们的存在严格地服从于康拉德那完全非狄更斯式的主题,服从于它们的功能,即在一个决定性的情节发展中,促使黑斯特的困境有个结果。对于如此这般的了结之道,我们若从最不利的一面看,可以说它缺乏比较精当的必然性——在就复杂性和气魄而言它都没法去比的《诺斯特罗莫》里,这种必然性是绝对不缺的:这样思忖一下,我们可能会认识到，一方面，琼斯和里卡多与肖姆伯格的碰巧会合，可说是让黑斯特倒霉透顶的事；而另一方面，小说的结局离不开里卡多的淫欲与琼斯对女人的厌恶这两者之间的对立，但这种对立，却与康拉德的大主题并没有什么不容反驳的关联性。

然而，不管怎么说，情节发展的要义在于让那主题具有一个深刻具体的形象。蕾娜身负致命伤害，不过她全然不知，她欢欣鼓舞地握着从里卡多那里缴下来的短刀，"坚信她确确实实战胜了死亡"而死去。她不了解黑斯特，黑斯特也不了解她，但她与黑斯特的关系却足以给她勇气去对付杀手："她现在不再是孤单一人……她不再缺乏精神上的支撑了。"黑斯特对她知之甚少，以致就在终结之前，竟会认为蕾娜经不住里卡多的男性魅力的诱惑，已经背叛了自己，但他仍然从他与蕾娜的关系中获得了新的现实感，而且在她死后，在他放火点燃平房，自己葬身火海前，向戴维森惨痛地吐露了心声，表示应该对生活保持信念。对于生活，这是个具有反讽意味的胜利，但却毫不含糊是个胜利。

典型的康拉德式的艺术敏感是黑斯特的创造者的敏感，具有这种敏感力的作家深谙孤独意识的紧张和饥渴，深知现实是社会性的，是已然确立而在某种合作中维系的东西。（"我在自己的内心世界活得太久，"黑斯特说，"看的只是生活的阴影和幻象。"）我们还意识到，莫力森和戴维森是对黑斯特的补充，他们是正直、敏感、富有人性的个人；我们的感觉是，在他们身上似乎可见一个平凡的健全理智和端庄合宜的整体背景——"我们海员们"。康拉德深入了黑斯特，便也在同等程度上，意味深长地深入了他们**那**里。"胜利"的意思毫不含糊，便是这个背景使然（那位王姓中国人又以其独有的方式强化了这个背景）。最后简短交代悲惨结局而结束故事的是戴维森的声音——戴维森的"平和声音"。

如果说对于这样一部绝对逊于《诺斯特罗莫》的作品，我们所给的篇幅看上去可能失当的话，那也是因为黑斯特与德库德之间的关系，他与那部鸿篇巨制的独特口吻的关系，以及由此而给批评家分析康拉德的感受力所提供的有利条件。与此同时，在康拉德的那些该当传世以代表其理应享有经典地位的作品中，《胜利》也有着一席之地，而在那个级别的长篇小说（区别于中篇和传奇故事）里，《胜利》则是与人们对康拉德的天才所抱的一般看法最为符合接近的一本书——不过，《胜利》实际却是既非关马来丛林，也与海洋无涉的。

接下来要说的是《特务》（当然不是按写作年代的先后次序——《特务》出版于1907年，而《胜利》是在1915年）。比较而言，这是一部经典杰作，当是更加毋庸置疑的，而且它与人们对康拉德的俗见完全不符——这本书好像没有获得什么应有的承认，大概就是因此之故。假如我们称之为反讽小说，那么反讽一词在这里的含义，当与我们称《大伟人江奈生·魏尔德传》为反讽小说时是一样的。指出这一点又再度令人震惊地想起传统评价的惰性是何等之强了——它坚持认定《大伟人江奈生·魏尔德传》是其体裁中的经典杰作。因为《特务》，就见解之成熟和表现这一体裁的手法之高超完美而言，才是真正的一流杰作；相形之下，《大伟人江奈生·魏尔德传》虽然有艺术也有思想，却只能被视为毛头小子的笨拙之作。《特务》的反讽靠的不是作者口吻具有一种持续不断而明显的"意味"，也不是没完没了地重复一个简单的表述。作者的口吻确实微妙——是因为主题微妙而来的微妙；而主题自身则在一个复杂的有机结构中发展开来。整个效果靠的是对立道德观点之间的互动，而它们构成的意蕴丰富的布局形态，又把《特务》同《诺斯特罗莫》连在了一起：两部作品在质地和广度上虽有种种重大差别，但却都是同一种手法下的成功之作——当然，《特务》的目标限制了其涉猎的宽广，而且它的那种反讽要求一种限制性的超脱（我们在《特务》里不会去找康拉德灵魂的秘密）。

《特务》的内容说的是惊险小说的"故事"——恐怖分子的密谋、大使馆的诡计、炸弹暴行、侦探、谋杀和自杀；而我们认出，在以其全部的精湛技艺处理这类素材的过程中，把一个复杂的道德关怀变成一个中心指导原则，这却是典型的康拉德的作为。他的反讽针对的是道德信仰上自我中心主义的幼稚、传统道德立场的因循性以及习惯和利己之心在断言绝对是非曲直时所表现出来的愚钝的自信。作者对小说结构的设计，意在让我们感到，形形色色的行动者或生命乃是彼此隔绝的感情和意图的涌动——虽然彼此隔绝，但却在一个他们不加置疑的共同世界里，被迫共生共存而相互作用着，有时候就通过这种隔绝状态，进行着令人窘迫不安的接触。

魏洛克夫妇视彼此间的隔绝太过理所当然，以致对此大半没有什么意识。魏洛克先生是何许人也，我们很早就看明白了。我们见他丢下陈列着革命宣传品和色情出版物的灰蒙蒙的破商店，向西朝一个外国大使馆走去。康拉德笔下的伦敦一如亨利·詹姆斯在《卡萨玛西玛公主》里所为，与狄更斯有着几分同样的关系。然而与《卡萨玛西玛公主》不同，《特务》是康拉德最为成功的作品之一，其强项完全超出了狄更斯的能耐，结果康拉德受了他的影响，却得以达致完全是康拉德式的目标。（我们已经指出，纯粹而幼稚的狄更斯风格的东西乃是出自 F. M. 福特之手。）应该清楚明白的是，与狄更斯的这种至关重要的联系不是什么影响好坏的问题，而是在于想象和人物刻画所散发出的那股活力。我们已经看到，这种活力容易让我们说成是"狄更斯式的"，但有时也同样容易让我们说成是"莎士比亚式的"。

我们在魏洛克与使馆一秘弗拉迪米尔先生的会晤中就能看到这种活力。对话既逼真、可信、自然，又简练而严格相关，可说完美无缺——整本书里都是如此，尽管从头至尾，差不多在康拉德的每一页上出现的英语惯用法都是靠不住的；整个会晤以戏剧化的手法写得非常逼真，我们几乎意识不到在哪儿转向了描述，哪里是舞台指示或间接转述的思想念头：一切似乎都是呈现在我们面前的。

停顿的间歇，弗拉迪米尔先生的脑子里针对魏洛克先生的面相和体态泛起了一连串的轻蔑之辞。这家伙是出乎意料地粗俗、笨拙、愚昧而放肆，看上去活像个前来收费的老水暖工。一秘偶尔也涉足一下美国人的幽默报章，因而对那个技工阶层形成了一种特别的看法，认为他们是奸诈懒散又无能的化身。

至于对弗拉迪米尔先生本人，我们的看法因魏洛克的震惊和厌恶而强化了：

愤怒中还掺杂着难以置信之情。接着他一下明白这一切都是一个精致的玩笑。弗拉迪米尔先生微笑中亮出他洁白的牙齿，饱满浑圆的脸得意地倾斜在领结那直立的蝴蝶结上，现出了笑靥。上流社会才情女子们的宠儿已经摆出了伴随舌灿生花、妙语连珠的客厅架势。他前倾着身，举起白白的手，似乎在拇指和食指间掐捏着其意见的奥妙之处。

他责令魏洛克去做的是炸毁格林尼治天文台，这可不是个玩笑，而是当真要以此来唤起英国警察，让他们意识到对欧洲承担的

责任。魏洛克本是养尊处优惯了的,这下感觉要不行了,他不仅气得无可奈何,而且还有一种道德义愤在:

"那可要费一笔钱。"魏洛克先生本能地说。

"这可没门儿,"弗拉迪米尔先生以令人惊奇的纯正英国腔回道,"你每个月还领你的那份钱,不会增加,要到出事再说。假如什么事也不出,你很快连那点儿钱也别想了。你公开的职业是什么?别人都以为你靠什么吃饭?"

"我开了一家店铺。"魏洛克先生答道。

"一家店铺!什么买卖?"

"文具、报纸。我太太——"

"你什么?"弗拉迪米尔先生以中亚口音粗声粗气地打断他。

"我太太,"魏洛克先生略微抬高了他的沙哑嗓门,"我是结了婚的人。"

"真他妈的胡扯,"对方实实在在惊叫了起来,"结了婚的!而你还自称是个无政府主义者!这是什么混账话?不过,我想这也只是不妨一说罢了。无政府主义者是不结婚的。谁都知道。他们不能结婚。否则就是变节。"

其实,魏洛克的婚姻非常体面。反讽在这里取得的一个成就在于,与弗拉迪米尔先生对比,我们不仅看出魏洛克是个富有同情心的人,而且还发现我们要说他根本就是个普通正派的市民,像其他人一样,关心的是维护自己和太太的安全舒适;他的店铺做着肮脏的交易,常有无政府主义者前来光顾;他的行当充满错综复杂的背信弃义,而我们却站在他这一边,把这些看作是习惯和例行常规的事，是达致目的的手段。最后一幕他与妻子在一起时，试图让她明白弗拉迪米尔先生的举动是何等残暴，他义愤填膺，慷慨激昂地说：

> "过去十一年来，没有一桩谋杀计划是我没有冒死插过手的。这些革命分子，我派遣了好些出去，他们该死的口袋里装着炸弹，在前线被抓了起来。老男爵[24]明白我对他们国家的价值。可这儿却突然来了个猪猡——一个啥也不懂却盛气凌人的猪猡。"

魏洛克太太的面目只是一点点地才显露出来——而我们得以正当其时地掌握关于她的必要情况，这便是小说结构之精湛完美的明显体现。我们看见她泰然自若，不怒自威地打理着店铺，把革命分子的来来往往视为理所当然的事，而且，作为一个尽职尽责的丈夫的温良贤淑之妻，巧妙妥帖地关心着男人的健康和安逸。她知道他的事需要与这些和其他一些人来往，往往夤夜不归，偶尔还得去趟欧洲大陆，除此而外的，她便不再多问了：

> 魏洛克太太不浪费这短暂一生的丁点儿时间去寻找重大根本的信息。但求拥有一切表象，再得一些审慎小心的便利，这也是一种简洁利落之道。显然，不去知道太多的东西对人也许是有好处的。而这种观点就甚合生性懒惰之人的胃口。

她的母亲同他们住在一起，也是个不爱问问题的人，她有时候

---

〔24〕 指前任大使。

纳闷，何以温妮这个妩媚的姑娘就嫁给了魏洛克先生。她替温妮弱智的弟弟斯迪威的未来担忧，实际上，正是因为这个缘故，做母亲的才退回救济院，到那里去孤苦伶仃地度过余生。书中最为犀利的反讽笔触之一是在温妮说出下面这番话的时候：

"那个可怜的孩子会想死你的。但愿你也想到过这一点，妈妈。"

其实，她们两人都为斯迪威作出了牺牲。温妮现在怀揣了焦虑，开始拿斯迪威对魏洛克的忠诚来感动他。魏洛克满脑是与弗拉迪米尔先生的面孔连在一起的恐惧和困惑，整天心神不宁，然而，面对被推到他眼皮底下来的斯迪威的生存问题，他意识到了斯迪威的有用潜能，并及时心生一计。结果便是斯迪威身携炸弹，绊倒在格林尼治公园里，被炸得粉身碎骨，而警察在破布碎片堆里找到的标签，又即刻清楚显示了魏洛克与此的干系——那是温妮为防斯迪威丢失而缝在他外套衣领下面的记号。

接下来便是小说里最令人震撼的天才手笔之一：魏洛克与妻子之间的最后一幕。不过，这样说会让人产生误解，因为这一幕的效果靠的是前面的铺垫——靠的是整部小说的精巧结构。在作者给我们安排的位置上，我们不会意识不到，等温妮一下明白是魏洛克把斯迪威置于死地时（看着他们一起离开的身影，她还曾天真地念叨，"没准儿能像父子俩呢"），她的"天良经受的震颤之巨，自然界有史以来最强烈的地震只能是它虚弱无力的表达"。而我们也彻底领会了那使魏洛克夫妇，在正经的婚姻家庭生活中，彼此始终形同陌路的精神隔绝的意味。

"适可而止吧,温妮。要是你失去了我,又会怎么样?"

——魏洛克大度地克制住自己(因为难道不是她,招呼也不打,就把那个惹祸的标签缝上衣服去的吗?),有意帮助妻子对这一不幸事故采取一种更加通情达理的态度,我们在这里看到的就是他所以这样做的当然理据:

在情感的事情上,魏洛克先生一直是大大咧咧而慷慨的,不过又一直认为他本人就是可疼可爱,除此而外,再无别的什么想法了。对于眼前这件事,他的道德观与他的虚荣心是对应一致的,因而他完全无动于衷。就他这位贞洁而法定的亲属而言,事情正该如此,这一点他是绝对有把握的。他老了,发福了,笨拙了,然而他相信,他一点儿也不缺乏魅力,他就是可疼可爱。

反讽喜剧的色彩可谓格外强烈。隔膜的紧张是致命的,且以谋杀而告终,但魏洛克的道德情操与其自私自利之间是有关系的,而作者展现这层简单关联的种种方式,也产生出了难以抗拒的滑稽效果。他有强烈的义愤要发泄呢:

"老男爵不会缺德愚蠢地让我在上午十一点去见他。这座城里有那么两三个家伙,他们要是看见我趸了进去,迟早会毫不犹豫地砸烂我的脑袋。平白无故就把一个人——像我这样的人暴露出去,这简直愚蠢得就像在蓄意谋杀。"

情节的发展是意味深长的,令人惊讶又令人信服,而且展现的现实令人于心不安：

> 他平生头一回把这个不爱多管多问的女人当作知心人。这事来得奇特，一番坦白又带出了个人感情的力量和重要价值，一下就把斯迪威的命运完全从魏洛克先生的脑海中驱赶了出去。那孩子活着时结结巴巴表达恐惧和愤怒的样子，连同他的粉身碎骨，一时间已从魏洛克先生的视线中消失了。故而，他抬眼看时，便被妻子那不相适宜的凝视目光吓了一跳。那不是失魂落魄的凝视，也不是漫不经心，但那份关注却古怪而令人不快，因为它像是专注于魏洛克先生本人身后的某一点上。魏洛克先生感受非常强烈，禁不住回头望了望。身后什么也没有：只见粉刷的白墙。温妮·魏洛克的好丈夫没看见有什么凶兆。他又转向了妻子……

最后导致妻子拿刀刺进他肋骨的是"那求爱之声"。（"到这儿来"，他松松垮垮地靠在沙发上，以一种奇特的声音说。）这里顺带说一下，那把刀及其发挥的作用，就是显示形式与结构布局赋予每个细节以意义的一个例子。在这一幕中，魏洛克不仅麻木不仁而令人反感地（从妻子的角度看——"这个人把那孩子带走杀了他"乃是在她头脑中反复回响的一句话）用它来切割冷肉并狼吞虎咽地大块吞下；他其实还提到了"背后挨一刀"的可能性，于是促发心智着了魔的她去采取行动。在小说的前一部分，作者不时意味深长地提及温妮与斯迪威之间的相像；温妮得"把切肉刀从那孩子面前拿开"，因为斯迪威"心中受不了任何残暴行为"，而且已经被用来出售的渲染暴行的读物弄得情绪激昂了。

紧随杀夫这一幕之后而来的尾声，是一出令人毛骨悚然的闹剧：现在轮到心头萦绕着绞刑架的温妮以为自己就是可疼可爱了。她紧搂住侠肝义胆的奥西彭同志的脖子，这位同志倒是很乐意接过魏洛克同志的银行存款，但当他发现他可能已把自己陷于何等嫌疑之境时，也惊恐之极了。

与魏洛克和他太太间这一幕相协对称的——简而化之，难免粗略，因为小说的结构精巧又丰满充实，无人敢称可以概述之笔完全道出——是早先发生在特别刑事部的探长黑特与伦敦警察局长助理之间的一幕。黑特是个中规中矩的楷模，高级警官，法律和秩序的杰出代表。"为什么不把案子交给黑特？"大人物埃塞雷德爵士问局长助理。

"因为他是个老干探。他们有自己的道德规范。我的调查方式在他看来可能像是十足的渎职。对他来说，责任明摆在那里，就是给显要的无政府主义分子定罪，凭他在现场勘察过程中捡到的一些蛛丝马迹，能定多少，就定多少。而我呢，他会说，是一心要证明他们的无辜。"

其实，探长的道德规范要比他说的更有意思一些。当在烧焦的破衣服上发现的标记清楚显示魏洛克与格林尼治爆炸案的干系时，黑特面前出现了一个难题：自打多年前魏洛克碰巧落在他手里，他便一直在暗中利用这个宝贵的情报来源，结果声名鹊起又升官晋级。而今若顺藤摸瓜，自会带出一切东西，但毁了这情报来源也是确定无疑的。

这些涌动的活思想若明若暗——一种可说是以带有几分正义情感的亮堂堂的正面形式出现的若明若暗，作者以细腻的反讽微妙之笔把它呈现在了我们面前：

公开确认那天早晨把自己炸成稀巴烂的是何人,这在他看来已不再是什么完全而特别有利的一件事了。但他拿不准部里会是什么意见。一个部门对其雇员来说就是一个复杂的人物,有着自己的一套观念和奇想。它要靠雇员的尽忠尽责,而可靠雇员的忠诚尽责又是与一定程度的亲切蔑视连在一起的,这在一定程度上便令它始终可亲可爱了。老天仁慈地规定,奴仆心中无英雄,否则,英雄们就得自己去刷衣服了。同样,没有哪个部门看上去是尽知其雇员秘密的。它甚至连自己的一些雇员还不认识呢。作为一个客观的组织机构,它绝不可能什么都了解;知道得太多对其效率的发挥是不会有好处的。黑特探长从火车上下来时,满脑的沉思,虽然没有一点儿背叛的意思,但也不是完全不带猜疑,那是因全心全意往往才会冒出的念头,对女人如此,对机构亦然。

局长助理是他的上司,面对面听命时,他"外表作恭敬状(司职当如此而已),内心却是在仁慈地宽容"他。这期间,他决意要把怀疑的线索引向麦克利斯——一个有前科的假释犯,碰巧也是革命组织里唯一彻底赞成革命的分子:

"搜集足够的证据指控**他**,那是毫不费力的事,"他理直气壮地说,"您尽可放心,先生。"

他完全相信自己的道德判断,他可以这样做。

只要有一点儿证据,就可以把那人抓起来,这样做完全合法。从表面上看,可谓合法又合宜呢。他的两位前任上司立刻就会明白这一点，可眼前的这位不置可否，坐在那里，像在做梦。再有，合法合宜不说，抓了麦克利斯还能减少一些令黑特探长多少感觉不安的个人麻烦。这个麻烦关系到他的名声、他的安逸，甚至影响他有效地行使职责。因为即便麦克利斯对这桩暴行确实知道点儿什么，探长也有相当的把握，敢说他知道的并不太多。料也无妨。探长确信，他知道的东西要比自己想到的另外几个人掌握的少得多，但真要把那些个人抓起来，除了事情本身更加复杂外，他觉得好像也不太合算，因为有游戏规则在那儿嘛。这些游戏规则对麦克利斯这个前科犯并不提供很大的保护，谁不利用法律设施的便利，那才是傻瓜一个呢。

局长助理那不合规矩的怀疑——"告诉我，你还留了哪一手？"——让他乱了方寸，他不仅很恼火——"你这个小子，"他自语道……"你这个小子，你搞不清自己的位置，我敢说，你的位子也不会让你坐太久了"——而且还起了义愤：

  在人类大多数事情中，一定程度的虚言伪行会以技巧、审慎和周密的面目在这一点或那一点上出现。他在这件事里发现的棘手而令人困惑的一面就是要发现者不得不去虚伪一下。试想一个艺人正在表演走钢丝，假如杂耍场的经理突然冲出相宜的僻静管理之地，开始摇晃起钢丝绳来——试想这个艺人会是什么感觉吧。此刻黑特的感觉正与此相仿。

当奥西彭同志听说爆炸事件后，惊叫道："在目前的事态下，这完全就是犯罪。"黑特的义愤可以说与他（和其他许多人）的正相合拍。

黑特不去顺藤摸瓜还有另一层原因。书中有许多生动而意味深长的场景和情节，其中最令人难忘的一个就是他在狭窄的小街上，碰巧遇到了制造炸弹的教授。不管怎么说，在事关革命分子的情况下，探长是绝对不能得心应手的：

> 刚出道的时候，黑特探长关心的是更加活跃的偷窃行为。他的声誉就是在那个领域搏出来的，因而在升迁到另一个部门后，他很自然要对之抱有一份与喜爱相去无几的感情。偷窃可不是纯粹的荒唐行为。它也是人类的一种产业，虽然确实走了歪道，但仍然还是在勤奋劳作的人世间被人操作的一种行当。人们所以干这一行，动机与在陶瓷厂、煤矿、田野以及工具制造车间里干活所为并无二致。它也是劳动，但与其他劳动形式有个实际的差别，那就是它的风险性。这种风险不在于易患关节僵硬，或铅中毒，或有沼气，或有沙尘，而是在或可用其行话简要加以界定的"七年铁窗"上。当然，黑特探长并非不察其间存在着重大的道德差别，但他寻找的窃贼们对此也并非麻木不知。他们屈身在黑特探长所熟悉的严酷道德律令下，也是有些顺从意味的。黑特探长认为他们是与他一样的市民，唯因教育不良，入了歧途；不过纵有这么一层差别，他还是能够理解一个窃贼的心，因为窃贼的心和本能其实与警官的心和本能是一样的。二者都承认同样的习俗准则，对彼此的方法和各自行当的惯例规范都有一个切实的了解。他们彼此理解，双方都因此而得益，并建立起了一种便利相宜的关系。作为同一架机器造出的产品，一个被归为有用，另一个则被定为有害；他们把这部机器视为理所当然的东西，方法虽然不同，但态度之严肃认真却在根本上是一样的。

教授身材矮小，但却心满意足地有高人一等的感觉，因为他总是身携一枚炸弹，人称他毫无顾忌，随时准备引爆而不愿束手就擒。教授代表的是令人最感不安也让人最觉厌恶的革命的变态性：

> 在对社会体制里的正常成分这样致意后（因为他本能地觉得，偷窃这个概念就像财产这个概念一样地正常），黑特探长为自己停下来⋯⋯而感到非常恼火⋯⋯
> 警察队伍中的人与犯罪阶层打交道，往往能从那随意但却亲密无间的一面中获得一种心满意足的优越感，借此，权力的虚荣自负得到了抚慰，而意欲支配同类、压人一头的粗鄙嗜好也得尽了满足。
> 黑特探长认为这个十足的无政府主义分子不是同类。他让人无法忍受——一条不能招惹的疯狗。⋯⋯黑特探长既有这番强烈的感受，那么把这件事从天晓得会导向何处的昏暗不便的轨道上岔开，转而引到一个叫麦克利斯的安静（又规矩）的旁道上，这在他看来便是正当又合宜的了。

康拉德自己对革命分子抱有厌恶之情，这是明白无误的。在《特务》中，他主要是以懒惰的字眼来说他们。（不过，教授和麦克利斯却是对立又相互补充的特例。）《在西方的眼睛下》（1911）是我们接下来要谈的一本书，那里的革命分子是俄国人。虽然作者对他们的描述也好不到哪里去，但他的思路却是不同的：

> ⋯⋯在一场真正的革命——不是简单的改朝换代或体制的区区改良——在一场真正的革命中，最优秀的人物并不在前台。一场激烈的革命先是落进狭隘的狂热分子和专横暴虐的伪

君子之手。接着登场的是那个时代一切自命不凡而丧失理智的人。这些就是元首和领袖们。你会注意到我把十足的恶棍给排除了。有良心而正直的人,高尚、富有人性而忠诚的人,无私而理智的人——他们可以发动一场运动,但运动却会脱离他们而去。他们不是革命的领导者,他们是革命的受难者:满腔厌恶、幻想破灭——往往悔恨自责的受难者。希望荒腔走板,理想变味走形——这就是革命成功的定义。每一场革命中都有被这种成功伤害了的心。

教授语言的老教师——"西方眼睛"故事里的人物——在这儿提醒勇敢杀手霍尔丁的妹妹娜塔莉亚;而我们所看到的革命分子——

[拉祖莫夫评道]带着可以引发一场大爆炸的星星之火,这场爆炸意在从根本上改变千百万人民的生活,以便彼得·伊万诺维奇成为国家的元首。

——这让人毫不怀疑他是在替康拉德说话。我们猜想,在彼得·伊万诺维奇这个"英勇的逃亡者",这个能言善辩、利用女人的利己主义者,这个"俄国的马志尼"身上,我们看到的是一个真实的历史人物。

给了《特务》那些篇幅之后,留给《在西方的眼睛下》的便没有多少了。不过,《特务》是康拉德的两部极品杰作之一,是他给英语小说增添的两部无懈可击的一流经典中的一部。如果从一个特定而恰当的角度看,它正像《诺斯特罗莫》——手法复杂,技艺精湛而卓绝;也像《诺斯特罗莫》——未在批评家那里获得应有的认可。而《在西方的眼睛下》则不能让人同样信心十足地说应该归于一流之列。不过，这本书倒是非常地出色，因而一定要算在可以稳定确立康拉德作为英国大师之一的那些作品中。它与《特务》的联系不仅是革命分子，而且还有孤寂隔绝的主题（因为这一点在那本书里有大量的表现——温妮·魏洛克从横渡海峡的夜航船上投水而亡，固然是为对绞刑架的恐惧所驱，但她至少有一半为的是逃避斯迪威的死和其后奥西彭的遗弃给她带来的空虚）。《在西方的眼睛下》对精神孤寂隔绝主题的表现用的是俄国学生拉祖莫夫的例子。

拉祖莫夫双亲不明，也无亲属，甚至在故事一开始，就"像游在海里的一条鱼一样，孤独地活在人世间"。他一心扑在事业上，按作者那特有的说法：

> 学生拉祖莫夫想出人头地，这一点儿也不奇怪。一个人的真正生活是在别人出于尊敬或自然之爱而给予他的关心中。

革命学生霍尔丁在完成一桩政治谋杀之后，躲到了他的屋里。霍尔丁自己先拿他当知心，这便毁了拉祖莫夫的前程。从发现他在屋里的那一刻起，拉祖莫夫就注定要在彻底的孤独中忍受良心的困苦折磨：

> 真正的孤独可不是寻常说的那个词，而是赤裸裸的恐惧，这一点有谁知道？对孤独者本人，它是戴了一副面具的。悲惨绝顶的弃儿都抱着一些记忆或一些幻想。天意人事的致命巧合偶尔会在瞬间揭开面纱，但也只是一瞬。是人就谁也不能经常直面精神的孤寂而不发疯的。

拉祖莫夫的眼力已经达到那一点了。

这就是他在冬天的夜晚踱步街头,决定供出霍尔丁时的状态。

其实,难说那是个决定。他只是发现了他一直要做的事。然而,他还是感到需要别的什么人批准才行。

供出霍尔丁并没有挽救拉祖莫夫的事业。他陷了进去,警察要用他。他坚称自己"有权与那个人彻底了断",有权"退回去——只是要退回去",企图以此来结束与米库林参赞这个靠溜须拍马取信于人的俄国官僚之间的谈话:

> 一个不紧不慢的声音说——
> "基里洛·西多洛维奇。"
> 拉祖莫夫在门口回过头。
> "退回去。"他重复道。
> "去哪儿?"米库林参赞轻声地问。

小说的第一部分是以这种调子结束的,作者从内心落笔着墨,把拉祖莫夫在此间的思想冲突和心理压力传达得淋漓尽致。有此铺垫,我们便得以充分领会通过在日内瓦教授语言的英国教师而记录下来的从外面表明的看法。在日内瓦,拉祖莫夫现在是混在革命分子中的一个特务,他爱上了霍尔丁的妹妹,问题因而更加复杂了。作者在前一部分对他饱受折磨的意识所作的内心描述,显示了陀思妥耶夫斯基的影响,而结果则是揭示出在康拉德的基本立场与陀思妥耶夫斯基所代表的一切之间存在着天生不相容的疏离。如果说康拉德了解他的陀思妥耶夫斯基,那他也是透过"西方的眼睛"看他的,而且是把他,连带"专制的无法无天和革命的无法无天"一起，看作在"统摄这个星球表面大部分地区的精神状态"之中。老语言教师在述说拉祖莫夫故事的过程中，感觉自己在表现的就是这些个状态。

拉祖莫夫向霍尔丁的妹妹和革命者们作了坦白，终于摆脱了精神孤独给他带来的最厉害的折磨，这之后，一流革命杀手处心积虑地震破了他的耳膜，拉祖莫夫成了残疾，终了陷于不那么难以忍受的完全失聪的孤寂中。

精神隔绝也是《机缘》(1914) 的主题。这又是一本很不一样的书——不同于《在西方的眼睛下》以及作者的其他小说。财大气粗的金融冒险家了不起的德·巴拉尔之女，弗洛拉·德·巴拉尔，先是于其父落败时，在家庭教师的手中惊遇凶残的人身攻击（弗洛拉没有母亲——除了父亲，无人可依）；接着在父亲入狱后，又在面目可憎的亲戚那里再遭厄运，甚至在她交了好运时还是福兮祸所伏：她被"诗人之子"——侠肝义胆的安东尼船长救出了苦海。

其实，我们在这里看到的是黑斯特-蕾娜情节的变异：虽然彼此需要，但却互不相知。这场拯救的性质和具体事态让两人都变得敏感而顾虑重重起来，生怕占了对方无依无靠或侠肝义胆的便宜。这一次，女人不是配角了，而是相反——弗洛拉是这本书的核心；在另一方面，安东尼则再次提出了吉姆爷的主题：

> 这个不会以诗言志的儿子给自己立了个标准，他感到需要在自己的行为中体现出诗人在创作中所投入的梦想、激情和冲动。这些是比他自身还要宝贵的东西——而且可以令他自身在别人的眼中，甚至在自己的眼里，显得崇高起来。

安东尼希望在他自己的眼里显得崇高吗？

再有：

> 爱一般是自私的，假如安东尼的爱曾那样自私的话，这种爱便会压倒他虚荣心里的自私——或，也可以说，他慷慨中的自私。

不管怎么说，"他玩高尚，她便给他来了个将计就计"。下面是关于她的问题（她的朝圣是与安东尼在伦敦东区会面）：

> 她的朝圣很不愉快，可这是出于爱还是迫不得已，谁又说得准呢？

《机缘》在技巧上的特色是不乏识货之人的。这无疑是因为它易于让人以"技艺的非凡结晶"这样的话来描述，而《诺斯特罗莫》和《特务》则不行。人们可能感到，《机缘》里的"作法"（doing）（参见亨利·詹姆斯在题为《新小说，1914》这篇文章中所用的意味深长的赏析术语，文章可在《小说家散论》中找到[25]）不像后两本书里的那样完全致力于"作"出主题之事，但这种感觉也许是不准的——不准的，如果就是那样说的话。事实是，那两本书

---

[25] 詹姆斯在这篇文章中称，好的小说自能要求人一读再读，因为作者不是把意图一下全盘端出，而是巧妙设计，一次给一点，但又留个想头，引你再读方能得之。他认为康拉德的《机缘》就是这种手法的最佳典范，所谓"作文而令其文可受深耕细作"（to do a thing that shall make it undergo most doing），康拉德实是唯一献身此道者，而获奖小说的通常做法却是"作文而令其文不堪为人再作"（to do it that shall make it undergo least）。利维斯在本书中谈及方法或技巧时，多爱借用 doing 或 done 这个词，译文一般以"作法"或"作"试达之。

都有一个意蕴非常深厚的布局，而康拉德在这里的根本关怀却没有给他带来任何与此类似的东西。小说名字所表明的主题，虽然在表现方式上被巧妙地加以利用，但与大主题之间，却没有什么实质性的联系：机缘在此所扮演的角色，与它在任何故事里给小说家提供人性研究时所必然要扮演的角色，并没有什么明显的不同，而康拉德（我们或许可以说）通过把这部小说叫做《机缘》——而且他非常强调这个词——实际就在隐隐中承认了我们这里所说的关键的一点：《机缘》与另两部作品不同何在的问题。

由于厌烦马洛，人们在说明这一问题时往往失之偏颇。马洛是描述的关键——

> "亲爱的马洛，可在理解别人出了什么事上，我们是有难以估量的优势的。"

——但从我们先前触及的那一点来看，他也是太过便利的一种设计：

> 马洛从书架的阴影里走出来，从我身旁小桌子上放着的一只盒子里给自己拿了一支雪茄。在屋内强烈的灯光下，我在他的眼睛里看到了那副略带嘲讽的表情。人类的理想主义往往把地球上简单却又深刻的行为问题弄得违情悖理地复杂，面对这一景观，他的同情之心往往油然而生，又是开心又是怜悯，而这时他便会习惯地以那副眼神来掩盖。

这足以让人想到因马洛这个人物，作者便得以把声调和态度那样直接地注入小说，以及随之而来的廉价效果。虽然如此，由外而观，从不同角度获得相互关联的几瞥，持续不断地询问以及把判断搁置——这种写法,依靠马洛和错综复杂的目击者而实施的写法,却非常明显是写作这部小说的基本要求。康拉德的做法是成功的,甚至书中最为棘手的部分——对"枫达利"船上"紧张的真情假意局面"的表现——也处理得相当漂亮。(不过,对弗洛拉的处理有一些多愁善感的味道。)

《机缘》里的天才表现可谓明显而丰赡,而最为显著的例子则是在表现人物时所透出的那份逼真感上,我们在前面提到狄更斯就是因为这个缘故。《机缘》里令人联想到狄更斯的东西——而且非常之多——完全就是典型之极的康拉德。有船舶业务代理行和老鲍威尔-苏格拉底——"一顶高高的帽子斜斜地扣在脑后……满脸不见一丝皱纹,两眼炯炯放光,相形之下,他下巴上的灰白胡须竟显得很不真切,仿佛是为伪装而粘上去的";有法因一家——马洛与他们交往中的喜剧色彩是鲜明而可观的;还有了不起的德·巴拉尔本人;弗洛拉那令人厌恶的亲戚——纸板箱制造商,"一切公民道德都在他身上以最卑鄙的形式表现了出来";还有大副富兰克林——

> 大副由于体形奇特,无法自如地转头,便把身躯微微扭曲,在拐角里拿黑黑的眼睛朝乘务员望去。

我们在这里看到了生动具体把事物来看的例子。阴险的老德·巴拉尔又是另一例:

> 他悄然溜走的步态,按鲍威尔对我做的描述,就像他的嗓音那样平稳而谨慎,走起来仿佛头上顶着满满一杯水似的。

神情严肃的小个子法因是个无可挑剔的公务员。他从挽马的鼻子底下逃生而不失庄重之色的画面便是他的缩影：

> 他呼的闪开道，以一种完全发乎本能的精确度，跳上了路缘石。他的大脑与他的动作完全无关。在这纵身一跳的过程中，当他的身体凌空庄重飞翔时，他还继续发泄着他的愤慨之情。

《机缘》所展示的才智之卓异，就像我们在这里看到的这种活力一样地显然；《机缘》无疑是一部出色的小说。

我们无须讨论别的作品了。《流浪者》是康拉德最后完成的一部小说，充满追忆回顾的哀婉之情和老人对人生如梦的意识，显然是出自一个知道来日无多的心灵：作品虽然尚有一丝生动之气，却没有什么核心的能量。《悬念》属未竟之作，而且名实甚不相符，其已发表的部分竟至难以卒读。然而《诺斯特罗莫》《特务》《在西方的眼睛下》《机缘》和《胜利》——这几本书（均在十五年内写出）已经令人叹为观止，归在任何人的名目下，都足以令其生辉。但事实让我们不得不说，它们并未获得世人的承认——这对英语文学的修养培育或英语文学批评来说，可不是一件光彩的事。诚然，20世纪20年代初，康拉德写了一批质量低劣的小说，因而也曾风靡一时，段时间内已然成了名家。但——虽然《机缘》成功得离奇[26]——他却有极其充分的理由不要再感到在世人眼里他就是个《吉姆爷》的作者，是个写海洋、丛林和岛屿的作家——所谓曾走出过自己熟悉的园地，作了一些奇特的探险，但——人们希望——

---

[26]《机缘》是康拉德第一部赢得大众欢心的作品。

还会回归的作家。也许在新版《剑桥简明英国文学史》里，我们在他名下可以找到的评论，说的仍还是普遍流行的观点呢。

然而，康拉德在爱德华时代的作家里不仅明显是最伟大的一个，而且可说的还不止于此。人们通常把司各特、萨克雷、梅瑞狄斯和哈代视为伟大的英国小说家，但假如衡量的标准是在针对成人的作品中取得了何等样的成就，而且这种作品能够不断地吸引充分的批评关注，那么与这里列举的四位相比，康拉德无疑就是更加伟大的小说家了。某些批评家或许觉得这种说法比较突兀，其实这不过是在强调我的论断要义，即康拉德在英语，或任何语言的小说家里，都属绝对翘楚之列。

第五章

《艰难时世》

分析笔记

《艰难时世》读来并不艰难：其意图和性质非常明白。假如它就是我以为的杰作，那么何以未获广泛认可呢？据批评记录来看，它是没有得到任何承认的。假如哪里还存有一篇赏析文章，或哪怕有一句好话，那就是我有所遗漏了。就我所知，在论述狄更斯的著作和文章里，它是被当作次要的东西而不予考虑的；它太微不足道，太无足轻重，无法分散我们对于值得批评关注的作品所给予的注意力，能够就它说上一两句，已经不错了。然而，假如我没弄错的话，在狄更斯的所有作品中，它却是囊括了其天才之长的一本书，同时还有一个其他作品都没有的优点，即它是一件完全严肃的艺术品。

上面所问的那个问题的答案，在我看来，似乎与研究"英国小说"的传统套路有关。最近一二十年的批评手段虽然日趋考究，但老套路却依然盛行，至少在评价维多利亚时代的小说家时是这样。小说家的职责，你可以猜到，是要"创造一个世界"，而大师的标志就是外在的丰富性——他给你许许多多的"生活"。作家笔下的人物有没有生命（他首先必须创造出"鲜活的"人物），要看在书本之外，他们是否继续存活。读者先有了这样一些不够严格的期待，碰上深厚意味时，便也不会心生感激之情，而在蕴含了深厚意味的形式里，如果这种意味的相关性不能为人充分理解，往往便不会有任何可像"生活"那样非常诱人的东西；当意味坚持以这种形式与读者照面时，他们便完全看不见它了。我只能这样来解释亨利·詹姆斯的《欧洲人》何以为人所忽略，这是可与《艰难时世》同被归为道德寓言的一本书——不过，人们可能会以为，詹姆斯能占这样一个便宜，即读者读他时，会期待着细腻的东西，期待着精确构思的相关意义。然而他的早期作品——不管《专使》怎样受人激赏——却并不为时尚所青睐，依然在人们对于泛滥而不着边际的"生活"所抱的期望中默默无闻着。

给道德寓言下定义只需说明一点，即其意图具有特别的持续性，这样，寓言里的一切——人物、情节等等——所具有的典型意味，一读之下，便能清晰可见。《艰难时世》的开场是葛擂硬先生的学校，那一幕的意图所显现的持续性或许是足够的。不过，在狄更斯那里，意图的持续性往往都很充足，与此同时，却也谈不上什么贯穿作品并构成一个连贯整体的纲领性的意义将之吸纳。可是，由于人们对有机整体没有任何期望，无疑便以为《艰难时世》开头两章的冷嘲热讽，只是按豪放开怀的狄更斯的风格，用闹剧、哀婉之情和幽默拼凑出来的；以为我们可以在其他地方看到更加丰富而多彩的这类东西。其实，狄更斯风格的活力就在那里，其形式多样而独特，且因不为赘言所累而更形有力；创造性的勃勃生机是被一个深刻的灵感约束着的。

这个灵感就见于小说的名字——《艰难时世》。狄更斯对自己生活于其间的世界所作的批评，一般都是偶尔顺带为之——在一本书的诸多要素里，包含一些对某个具体弊端的愤愤描述，如此而已。但在《艰难时世》里，他却破例有了个大视野，看到了维多利亚时代文明的残酷无情乃是一种残酷哲学培育助长的结果；这种哲学放肆表达了一种没有人性的精神，其代表人物就是焦煤镇议员，乡绅汤玛士·葛擂硬。此公按约翰·斯图尔特·穆勒所记录的亲身经历的实验模式来教育子女。葛擂硬所代表的东西虽然令人厌恶，却也值得尊敬；他的功利主义是他真诚信仰的一种理论，而且实践起来理智而不偏不倚。但他却把大女儿嫁给了身为"银行家、商人和制造商"的约瑟亚·庞得贝，此人身上可没有一点儿不偏不倚的精神，也没有任何值得尊敬之处。庞得贝代表的是维多利亚时代最粗鄙、最顽固的"赤裸裸的个人主义"。他只关心恣意伸张自我，关心权力和物质成就，而对理想或观念没有一点儿兴趣——除了做完全自立之人这个观念外（因为，虽然他自吹自擂，但实际却并非一个自立之人）。狄更斯在此对功利主义的天然本性和实际趋向发表了公正的看法；同样，在对葛擂硬家和葛擂硬小学的描绘中，他也就维多利亚时代教育里的功利主义精神提出了正当的批评。

所有这一切都是明显可见的。然而狄更斯的艺术，尽管仍是广受欢迎的娱乐大家之道，却在《艰难时世》里，随着他展现其全面的批判视野，获得了一份耐力，一种结合了连贯性的弹性，以及一种他好像甚少为人称道的深刻性。且看开场在教室里的那一幕：

"第二十号女学生，"葛擂硬先生用他那正方形的食指正端端地指着说，"我不认识那个女孩子。她是谁？"

"西丝·朱浦，老爷。"第二十号女生涨红了脸，站进来行了个屈膝礼，说明道。

"西丝算不得学名，"葛擂硬先生说，"别管自己叫做西丝。叫你自己做塞西莉亚。"

"是父亲管我叫西丝的,老爷。"这个女孩子的声调战战兢兢的,又行了个屈膝礼,答道。

"那就是他的不是了,"葛擂硬先生说,"告诉他,不可以那样叫。塞西莉亚·朱浦。等一等。你父亲是做什么的?"

"他是在马戏班里的,请您原谅,老爷。"

葛擂硬先生皱了皱眉头,然后用手一甩,想把这讨厌的职业甩开。

"我们在这儿,不愿意知道什么马戏的事,你不必告诉我这个。你的父亲驯练马匹,是吗?"

"请原谅,老爷,要是他们有马可驯的话,在马戏场里,他们的确要驯马的,老爷。"

"在这儿,你不必告诉我关于马戏场的事。那么,好啦,就说你父亲是个驯马的人。我敢说,马生了病,他也能医吧?"

"唔,是的,老爷。"

"那么,很好。他是个兽医、马掌铁匠和驯马师。告诉我,你给马怎样来下个定义。"

(西丝·朱浦简直被这个要求弄得惊慌失措了。)

"第二十号女学生竟然不能给马下个定义!"葛擂硬先生为了对这些小罐子进行教育而这样说道,"第二十号女学生不能掌握事实,不能掌握关于一个最普通的动物的事实!哪个男孩子能给马下定义?毕周,说你的!"

……

"四足动物。食草类。四十颗牙齿,就是二十四颗白齿,四颗犬齿,十二颗门牙。到春天就换毛,在沼泽的地方还会换蹄子。蹄子很硬,但是仍需要钉上铁掌。从它的牙齿上,可以看出它的年纪。"毕周如此这般地说了一大套。[1]

劳伦斯本人在抗议教育里的不良倾向时,[2]其表述的力度绝不比这里的更强。西丝是在马中间长大的,在生计依赖对马了解多少的人中长大的,不过"我们在这儿,不愿意知道什么马戏的事"。那种知识不是真正的知识。模范学生毕周一听召唤,立即吐出了真货色,"四足动物。食草类",等等;于是"二十号女生,这下你明白什么是马了吧?"这局部的反讽已足够辛辣,在接下来的情节里又得到了意味深长的发展。毕周后来的职业生涯是对他为人敏捷灵光的品评写照;而另一方面,我们终于看到,西丝之无法获得这种"事实"或套话,她对教育的迟钝反应,乃是她身上那至高无上而无法根除的人性的必要组成:正是这种美德使她不能理解,或默认,把她当作"二十号女生"的那种时代精神,或去把别人想象成一个算术上的单元。

这种反讽方式能令作者取得的效果似乎非常有限。但在《艰难时世》里,它居然与一些很不相同的手法——狄更斯艺术的弹性就是如此——非常和谐地连在一起,协同一致,共造了一个真正戏剧化的、具有深刻诗意的整体来。西丝·朱浦在这里可能仅会被当作一个传统的性格形象,实则她早已被塑造成了一个具有极强象征力的角色:她是狄更斯的天才在《艰难时世》里进行诗意创作的一部分。以下是我从上面引的那一节中省去的一段:

---

[1] 全增嘏、胡文淑译《艰难时世》(上海译文出版社,1978),第5页至6页;第7页,略有改动。本书中引自《艰难时世》的段落均采用全、胡译文,以下仅注译本书名和页码。

[2] 见《凤凰》文集中《人民教育》一篇。

那个正方形的手指，点来点去，忽然点着了毕周，这或许是因为他恰巧坐在一道阳光中。那道阳光从那间刷得雪白的屋子没有帘子的窗口直射进来，同样地也照着西丝。因为这些孩子们是男归男女归女分开地坐在斜坡形的地板上，当中隔着一条狭窄的走道；西丝坐在太阳照着的那一排的拐角上，阳光一射进来就照着她，而毕周却坐在另一边离西丝还有几排之远的拐角上，他恰好接触到这道阳光的尾巴。但是，这个女孩子的眼睛和头发的颜色是如此的深，当阳光照着她的时候，她似乎能从其中吸取那较深而较有光彩的色素；至于那个男孩子，他的眼睛和头发是那样的淡，以致同是一道阳光，却把他原来所具有的一点色素都吸去了。他那双淡色的眼睛几乎不能算是眼睛，幸而他那些短睫毛跟它们对比起来显得更苍白一些，所以他那眼睛的形状才被烘托了出来。他那剪短了的头发跟他额上、脸上的沙色雀斑几乎成为一色。看起来，他的皮肤是不健康的，缺少了自然的色素，如果他被刀割了以后，可能连流出来的血也是白的。[3]

作者在这里以视觉感受的字眼，有力地表现了道德和精神上的差别，从而使象征的含义从隐喻和对具体形象的生动再现中浮现了出来。对于这种表现力度——代表了狄更斯在《艰难时世》里的一般手法——我们是无须强调的。或许可以强调的是，西丝既代表善良，也代表了生机活力——二者其实是被视为一体的。她意味着丰沛冲动的生命力，在自我忘却中找到了自我实现的途径——总之是一切与工于心计的自私自利针锋相对的东西。发于深厚的天性之源

---

[3]《艰难时世》，第6页。

第五章 《艰难时世》 301

和情感之泉的生活,坦荡不羁,丰富而多彩,与葛擂硬作坊里制造出的贫血而半机械性的产品截然不同,以致与毕周形成了鲜明的对照:"黑眼睛、黑头发"的姑娘似乎"从阳光中获得了一种更深且更加光彩的颜色"——这里有一种本质上是劳伦斯式的意味。

西丝的象征意味是同史里锐的马戏团密切相关的。在马戏团里,人性之善自来就与生机活力相连。

马戏团获取意义的方式出色地阐明了狄更斯手法的诗意-戏剧化的特征。葛擂硬先生从功利主义的教室走回他功利主义的寓所——石屋。狄更斯笔下的石屋让我们深刻而具体地认识到了那个模范管教体制是一副何等样的面目:对于小葛擂硬们(包括马尔萨斯和亚当·斯密士)来说,它简直就是一座难以逃脱的监狱。不过,在他到家之前,他从一个马戏场的后面经过,摆在眼前的两个冒犯校规的人让他停住了脚。仔细一看,"他看到的不是别人,正是他自己的那个对冶金学最有兴趣的露易莎,她正在聚精会神地从一块松板上的小洞眼向里面偷看;还有他自己的那个精通数学的汤玛士,也正在自轻自贱地趴在地上,他所能看到的只是那优美的梯诺里地方的马上花枝舞的马腿!"这一章叫"一个漏洞",而汤玛士最终"让自己像机器一样地被拖回家去"。[4]

马戏演员代表了天然自发的人性,与此同时,也代表着带来镇定、自豪以及安然自信的种种高度发达的技巧和娴熟——他们在训练中总是轻松愉快的,像芭蕾舞演员一样:

> 在他们之中有三两个漂亮的女人和她们的三两个丈夫,三两个母亲以及八九个孩子都聚拢在这里,这些孩子们在需要

---

〔4〕《艰难时世》,第16、17页。

的时候就装扮成仙子。有一家的父亲惯于顶起一根长杆使另一家的父亲站在上面,还有一家的父亲在演叠罗汉时,自己总是站在下面,让另外两个父亲站在他的肩上,而使基德敏士特君站在顶端;所有这些父亲都能在滚桶上跳舞,站在一些瓶子上接刀接球,滴溜溜地转着盘子,什么都敢骑,什么东西都跳得过,什么都不在乎。所有这些母亲都可以(并且也时常那样做)在松索和紧索上跳舞,在没有鞍子的马上灵手快脚地耍各种把戏,她们之中没有哪个人会因为露出了大腿而感到难为情;其中有一个每逢他们到达一个镇市的时候,总是独坐在一个希腊式的马车当中,赶着六匹马飞跑。她们都假装得风流、俏皮,她们经常地不修边幅,而在主持家务方面也说不上什么井井有条,全团人的学问拼凑起来对任何问题要想写出一两个字都办不到。虽然如此,这些人却是异常地厚道,像孩子一般的率真,对于欺骗人或占便宜的事,都显得特别无能,而且随时不厌其烦地互助或相怜,这一切正如世界上任何一个阶层的人的日常生活中所表现的美德一般,是值得我们以敬意来对待并以宽大的心胸来理解的。[5]

对于功利主义的算计来说,他们的技能全无用处,但这些技能却表达了基本的人性冲动,满足了基本的人性需求。葛擂硬对马戏不以为然,视之为轻薄无聊,纯属浪费;庞得贝则恶言恶语地嘲弄它,然而马戏却给焦煤镇(作者对其压制精神需求的丑陋面目所作的描写令人难以忘怀)的机械手们带来了他们嗷嗷待哺的东西。它给他们带来的不单是娱乐,而且还有艺术,还有喜洋洋的奇观壮

---

[5] 《艰难时世》,第43页至44页,略有改动。

景,而这种喜洋洋的举手投足好像不为别的,其本身就是目的,它以其熟练自如的风采,欢乐开怀地证明了自己的价值。狄更斯把这种象征意义赋予一个巡回马戏团,表达的是他对于工业主义的看法,其深刻性已超出了人们对他可能会抱有的期待。焦煤镇的人需要的不仅是轻松快乐;即便他们可以每周只工作四十四小时,得到舒适、安全和娱乐,生活品质的极度堕落依然还会继续下去,这才是狄更斯有感于心的东西。我们想起了 D. H. 劳伦斯的一个典型段落:

> 汽车艰辛地爬着上坡,经过达娃斯哈的散漫龌龊的村落,一些黑色砖墙的屋宇,它们的黑石板的屋顶尖锐的边缘发着亮光,地上的泥土夹杂着煤屑,颜色是黑的。行人道是湿而黑的。仿佛一切的一切都给凄凉忧郁的情绪所浸透了。丝毫没有自然的美,丝毫没有生之乐趣,甚至一只鸟、一只野兽所有的美的本能都全部消失了,人类的直觉官能都全部死了。这种情况是令人寒心的。杂货店的一堆一堆的肥皂,蔬菜店的大黄菜和柠檬,时装铺的丑陋帽子,一幕一幕地在丑恶中过去。跟着是俗不可耐的电影戏院,广告上标着:"妇人之爱!"和原始派监理会的新的大教堂,它的光滑的砖墙和窗上的带青带红的大块玻璃,实在是够原始的。再过去,是维斯莱派的小教堂,墙砖是黝黑的,直立在铁栏和一些黑色的小树后边。自由派的小教堂,自以为高人一等,是用乡村风味的沙石筑成的,而且有个钟楼,但并不是个很高的钟楼。就在那后边,有个新建的校舍,是用高价的红砖筑成的,前面有个沙地的运动场,用铁栅环绕着,整个看起来是很堂皇的,又像教堂又像监狱。女孩子们在上着唱歌课,刚刚练习完了"拉—米—多—拉",正开

> 始唱着一首儿童的短歌。世上再也没有比这个更不像歌唱——自然的歌唱——的东西了；这只是一阵奇异的呼号，带了点腔调的模样罢了。那还赶不上野蛮人；野蛮人还有微妙的节奏。那还赶不上野兽；野兽呼号起来的时候还是有意义的。世上没有像这样可怕的东西，而这种东西却叫做唱歌！当非尔德去添汽油的时候，康妮坐在车里觉得肉麻地听着。这样一种人民，直觉的官能已经死尽，只剩下怪异的机械的呼号和乖戾的气力，这种人民会有什么将来呢？*

狄更斯不可能就用这样的话，但他对于马戏演员的想象重点在于他们的优雅活力，这其间便隐含了同样的看法。

这里可以先行提出一个异议——以此来表明我的观点。一如葛擂硬和庞得贝，焦煤镇也真实得很；但我们却不能说马戏团也同样地真实。尽管维多利亚时代的巡回马戏团里可能会有人身手不凡，俊逸优雅，但龌龊、粗野和下流想必也是家常便饭，以致我们定会发现狄更斯的象征手法是感情用事的滥词——是这样吧？而且"这些人却是异常地厚道，像孩子一般的率真，对于欺骗人或占便宜的事，都显得特别无能"——这无疑是不是太过滑稽可笑了呢？

假如狄更斯一心要营造情感效果，或醉心于道德热情，从而无视现实本相（不可能是天真无邪地），进行自我欺骗，那么，他当然就犯了感情用事而虚假不实的错误；那敌对的批评便也是站得住的。但马戏团却不是这种情况。狄更斯所珍视的那些美德品行确实存在，而生动描绘它们，对于他批判功利主义和工业主义，对

---

* 《查太莱夫人的情人》。[中译参考饶述一译本，海南人民出版社，1993，第218页至219页，略有改动。——译注]

于（其实是一回事）他的创作意图，都是必要的。如果指责这本书对人性的表现有误，那在我看来便有失公允了。批评家若说《艰难时世》会令人对马戏团的性质产生错误的想法，这样的批评显然不会是见智之语。关键要问的不过是手法是否圆熟机敏的问题：狄更斯试图用一个巡回马戏团来做那事——反正总得去做——这样是否明智？

更确切地说，问题在于：他是如何成功的？因为他取得了完全的成功。这部分靠的是从开篇章节起，作者已把我们的期待调整好，准备去接受一种极其传统的技艺——不过，这种调整完全没有狭隘的限制作用。至于这种响应机制是如何建立的，若要可以令人信服地描述它，则需做大量的"实践批评"分析——这种分析能够揭示出《艰难时世》的技巧所具有的非凡弹性。我们在对话中可以非常明显地看到这一点。有些段落可以是出自一本普普通通的小说里；另一些则透出课堂那一幕的反讽锋芒，经久不衰，以致我们满可以是在读一部像琼生式的喜剧那样程式化的作品：葛擂硬最后与毕周的对话（见后面的引文）就是一个绝佳的例子。还有一些又是"文绉绉的"，如为躲避詹姆斯·赫德豪士先生的殷勤纠缠，露易莎跑回娘家来与葛擂硬之间的谈话。

这种调和是如何达成的呢（《艰难时世》里的多姿多彩要比提到的这些对话所表明的丰富得多）？这本书的一大特点就在于，它所表现的生活具有一种令人惊讶而又难以抗拒的丰富性，可说无处不在——我们即可点出这一特征来作回答。这种丰富性遍布四处，哪里都能见到，自然而不造作，就在平凡字词间。而形形色色的表现即由此间方才协调共生，逼真相埒。这就是无可置疑的"真实"。这种丰富性源于狄更斯的非凡感知力和非凡表达力。桑塔亚纳说："人说狄更斯夸张，而我倒觉得他们好像完全就没长眼睛和耳朵。

对于世事与人,他们大概只有些概念,就照着其圆通的意义,约定俗成地接受了下来。"桑塔亚纳的这番话可谓确论,当我们在阅读狄更斯的过程中默默领会到这一点后,我们便不会不假思索就自信地拿我们自以为掌握的任何标准,去辨别狄更斯的所描所绘与一个通常意义上的"真实"之间存在着什么样的关系了。他的弹性是词语的浓厚诗意之道所具有的弹性。他并没有写"散文诗";他是以表现所具有的诗意力量在写,以一个语言表达的天才具备的敏感,记录着他的清晰所见和切肤所感。实际上,以质地结构、想象形态、象征手法以及从而达致的凝练而论,《艰难时世》给我们的感觉当是在诗歌作品之列。

不过,对于狄更斯在马戏上寄寓了象征意义而随之取得的成功,我们还要作进一步的申说。我们要强调的是他的天才所具有的一个根本特征。他的身上没有一点儿哈姆雷特的影子;他与艾略特先生也是完全不同的。

> 红眼的食腐动物在爬行,
> 来自肯特镇和戈德斯格林[6]

——狄更斯对生活的感受里没有一点儿这样的东西。他兴致勃勃地观察着城市(以及郊区)景致所呈现出来的富有人情味的人性。当他在丑恶、龌龊以及陈腐中看到——这是他非常乐意看到的——日常显露的人性之善以及基本美德伸张自己的时候,他的反应乃是一颗温暖的同情之心,里面完全没有什么需要克服的厌恶感。比如,对眼如猎物之目、被白兰地浸透、外表松松垮垮的史里锐先生,狄

---

[6] 引自艾略特诗"A Cooking Egg"(1917)。

更斯没有一点儿回避不迭,或疏而远之的意思,而是把他成功地塑造成了一个富有人性、反对功利主义的正面形象。这不是狄更斯在感情用事,而是天才的表现。在一个,如D. H. 劳伦斯(我记得他直接针对的是温德姆·刘易斯[7])所说,"我的天哪!他们浑身都是臭气"往往成为一种难以克服的最终反应的时代里,狄更斯的这份天才应该是特别值得关注的。

狄更斯很能伤感煽情,这一点世人皆知。表现在《艰难时世》里(不过造成的损害还算不上厉害),就是在对善良而被残害致死的工人斯蒂芬·布莱克普尔的处理上。作者为他的殉难极尽铺垫渲染之能事,期待着我们从他遭罪受难却隐忍坚韧的品格中大受教育并不可抗拒地为之动容。但西丝·朱浦则是另一回事。如果对她在寓言中的角色作个大体描述,人们可能会产生那最糟糕的联想;而实际上,她与小耐儿毫无共同之处:她身上有的是马戏团的长处。在狄更斯派给她的角色上,她的表现是完全可信的。她机敏乖巧地在功利主义者的家庭里发挥着影响,而我们也确实感到她是个日益增强的力量。狄更斯甚至竟能成功不差地给她搭起个舞台,让她会一会修养醇厚、懒散而优雅的詹姆斯·赫德豪士先生。在这场她终而胜出的密谈中,她告诉对方,他的责任是离开焦煤镇,不要再拿他的殷勤来烦扰露易莎:

> 她不怕他,一点儿不窘;她仿佛一心一意地想着她来拜访的那个事由,只考虑这一点,因此把自己给忘了。[8]

---

[7] 温德姆·刘易斯(Wyndham Lewis,1882—1957),英国画家、作家、文艺评论家,创立旋涡画派,作有名画《巴塞罗那的投降》《诗人艾略特》,评论《无艺术的人》以及长篇小说《爱的复仇》等。
[8] 《艰难时世》,第281页。

公正无私的善获得了静悄悄的胜利,这是完全可信的。

西丝在小说的开篇就分辨出了葛擂硬与庞得贝之间的根本不同。葛擂硬把她领回家,不管态度多么生硬,但也还是表明他是个有人情味的人,不管这一点又是如何地不被人所承认。前面发生在课堂上的一幕提醒我们,在狄更斯的手法与琼生作品之间是有着紧密联系的,而小说最后也表明庞得贝始终是个琼生笔下的人物,因为他发生不了变化。他仍然是个气势汹汹的利己主义者和大言不惭的家伙;对于自己婚姻失败的反应也是与其性格相符一致的:

"对于你这种说法的答复,就是我要让你知道,我们两人之间,无疑有极端不相合的地方——总而言之,就是说你女儿并不完全知道她丈夫的优点,也简直不了解跟我结婚是多么荣耀的事。我想,这是打开窗子说亮话。"[9]

他立下的遗嘱和他的死亡都显示出他的一成不变,就像琼生作品里的人物一样。但葛擂硬,按这寓言的性质,却得**体验到**他的哲学是站不住的,他得能承认生活证明他错了并因而发生变化。(狄更斯在《艰难时世》里的手法与本·琼生的区别,不在于它不贯通一致,而在于它的包容性要大得多,灵活性要强得多——这一点好像是值得一提的,因为近来有人强调狄更斯与琼生之间的关系,而我也知道人们会从这一比较中得出些什么样的偏颇之论来,尤其就《艰难时世》而言。)

作者用生活来驳倒功利主义,其手法是极其精湛的。葛擂硬

---

[9] 《艰难时世》,第296页。

最初对西丝表现出的善意虽然很不和蔼，却还受到了庞得贝的严厉指责；然而正是他的这一善意流露，显现出驳斥功利主义的条件就在葛擂硬先生的身上。作者告诉我们，"葛擂硬先生虽然心肠很硬，但绝对不是像庞得贝先生那样的粗鲁之人。如果通盘考虑，他的性格其实并非不善；假如许多年前他在做平衡性格的四则运算中犯下大错的话，那么他的性格甚至还可能是非常和善的呢。"葛擂硬要算计他大女儿的婚事，父女俩间出现的那绝妙的一幕就淋漓尽致地揭露了算术的不足：

他等了一等，似乎只要她说点什么，就会使得他很高兴。但是她一声也不响。

"露易莎，我的亲爱的，有人对我提出要向你求婚了。"

他又等了一等，她仍然一言不答。这就使得他诧异起来，只好轻轻地重说一遍，"求婚呀，我亲爱的"。听了这句话，她脸上没有流露出任何表情，回答说：

"我在听你讲，爸爸。我确实在听着哩。"

"好！"葛擂硬先生踌躇了一会儿，然后笑逐颜开地说，"你比我料想的还要冷静得多，露易莎。或许，你对我受人之托而来讲的这件事情，并不是没有思想准备吧？"

"爸爸，在您没讲出来之前，我不能说我有准备或没有准备。我希望您把一切都告诉我。我希望您明白地说给我听，爸爸。"

说来也奇怪，葛擂硬先生在这个时候，反而不及他女儿那样镇静。他手里拿了一把裁纸刀，把它翻过来，放下去，再拿起来，甚至于还顺着刀锋看去，考虑着怎样讲下去才好。

"我亲爱的露易莎，你讲的话是很有道理的。我答应要让

你知道的——简单说,就是庞得贝先生……"〔10〕

露易莎对他的提议是一派理性,这倒令他——他自己承认——陷入了窘境。女儿给他机会,让他好明明白白而准确地道出婚姻对年轻的"慧骃"〔11〕应该意味着什么,那份绝对镇定而讲求实际的神态,本是他教养有方的体现,这时却令做父亲的更加不安了:

>他们之间保持着沉默。那个像统计学一样要命的挂钟响得非常空洞。远处的煤烟显得又黑又浓。
>
>"爸爸,"露易莎说,"你以为我爱庞得贝先生吗?"
>
>葛擂硬先生被这句出乎意外的问话弄得极其狼狈。"哎呀,我的孩子,"他回答说,"这话——的确——不能由我来说。"
>
>"爸爸,"露易莎追问道,声调跟方才一样,"你要我爱庞得贝先生吗?"
>
>"我亲爱的露易莎,不,不,我不要求什么。"
>
>"爸爸,"她仍然追问着,"庞得贝先生要我爱他吗?"
>
>"真的,我的亲爱的,"葛擂硬先生说,"我很难回答你的问题——"
>
>"很难回答——'是',或者'不是',对吗,爸爸?"
>
>"对的,我亲爱的。因为……"这儿有了须待说明的事情,所以他又振作起来了,"因为这个回答,露易莎,事实上要看我们对这个说法怎样解释。庞得贝先生没有误会你,也没

---

〔10〕《艰难时世》,第116页至117页。
〔11〕此词系17世纪英国小说家斯威夫特在《格列佛游记》中所造,指具有理性和人性的马,与此相对的则是粗野而残暴的人形兽"耶胡"。

有误会他自己,会妄想什么空想的、异想天开的,或者(我用的都是同一意义的词儿)热情的东西。如果他居然忘了你是多么通达事理的人(且不说他自己也是多么通达事理),而出于任何这一类的动机提出求婚的话,那么庞得贝先生就等于白白地亲眼看见你长大了。因此,所谓'爱不爱'这个说法本身——我不过向你提出这一点,我亲爱的——在此地提出来可能就不大适当吧。"

"那么你劝我用什么来代替这个提法呢,爸爸?"

"唔,我亲爱的露易莎,"葛擂硬先生说,这会儿完全恢复了镇静,"你既然问我,我就劝你把这个问题干脆当作一个明确的'事实'来考虑,正如你对其他的问题都一贯地用这个态度来考虑一样。那些无知无识的和昏头昏脑的人们可能用枝枝节节与事实无关的幻想,以及荒诞无稽的念头(严格地看来这些念头真正都是荒诞无稽),来掺杂在这样的问题之中,但是你比他们明白多了,这也不是我当面夸奖你。那么,跟眼前的这件事有关的'事实'是什么呢?照虚年龄来说,你已经二十岁了,庞得贝先生照虚年龄来算是五十岁。从你们两个人的年龄来说,是有些不相称,但是……"〔12〕

——就在这一刻,葛擂硬先生抓住了巧妙逃进数字里的时机,然而露易莎又坚定地把他拉了回来:

"你主张,爸爸,"露易莎说道,她那谨慎安详的样子丝毫不为这些令人满意的答案所影响,"我用什么来代替我

---

〔12〕《艰难时世》,第117页至118页,略有改动。

刚才用的那个字眼呢？来代替那个在此地用来是不适当的说法呢？"

"露易莎，"她的父亲回答说，"在我看起来，没有哪件事比这个更清楚的了。严格地把你自己约束在'事实'的范围以内，你对自己提出的'事实'问题就是：是不是庞得贝先生要求我嫁给他？是的，他要求的。因此剩下来的唯一问题就是，我要不要嫁给他呢？——我想没有比这更清楚的话了吧？"

"我要不要嫁给他？"露易莎一个字一个字地重说了一遍。

"一点儿不错。"[13]

这是反讽艺术的绝佳范例。任何一种逻辑分析都不可能把事实和算计的哲学这样利落而断然地打发掉。随着这些问题被化为代数公式，它们便也明显丧失了一切真正的意义。无情无义的"慧骃"——那不带本能的理性乃是一种虚空。露易莎想让父亲明白她是个活人，因而不是什么慧骃，但她的努力却是徒劳的（"要看到这一点，他必定得一跃而过这些年来他在自己和所有那些微妙的人性本质之间，人为地竖立起来的障碍，那些微妙之处纵是精巧至极的代数也拿捏不到，直至世界末日的号角响起，甚至把代数也震得粉碎"）。

她的眼光离开了他，坐在那儿一声不响老望着窗外的镇市。最后，他就说："你是不是跟焦煤镇工厂的烟囱作商量呢，露易莎？"

"那儿似乎什么都没有，只是那死气沉沉的单调的烟煤。但是，一到晚上，火光就会冒出来的，爸爸！"她迅速转过脸

---

[13]《艰难时世》，第119页，略有改动。

来回答说。

"我当然知道这个,露易莎。只不过,我不懂你说这句话有什么意思。"平心而论,他确实不知道。

她用手轻轻一挥,把这个话头甩开,又把注意力集中,对他说道:"爸爸,我常常想到生命是短促的。"——这非常显然地是他拿手的题目,所以他就插嘴了。

"没有疑问,生命是短促的,我的亲爱的。但是,近年来已经有人证明了,人寿的平均期限还是在增加着。其他的一切正确数字姑且不谈,光是人寿保险公司和管理年金的机关,根据它们的计算,就已经把这个事实给证明了。"

"我讲的是我自己的生命,爸爸。"

"呵,真的吗?但是,"葛擂硬先生说,"我用不着向你指出,露易莎,你的生命还是被那种支配着一切生命的规律所支配着的。"

"我活在世上一天,我就愿意去做一点我能做的事,或适合我去做的一点事。这有什么关系呢?"

她所说的最后的一句话,葛擂硬先生似乎不知道怎样去理解,就回答说,"怎么,关系?什么关系,我的亲爱的?"

"庞得贝先生要求我嫁给他,"她不顾他的插话,镇定地、直截了当地继续说下去,"我要问我自己的问题就是:我要不要嫁给他?就是那样,爸爸,是不是?您已经告诉我的就是那样,爸爸,不是吗?"

"当然是的,我亲爱的。"

"那么就那样吧。"[14]

---

[14]《艰难时世》,第120页至121页。

露易莎的发展和她弟弟汤姆的成长,在心理学上都是站得住的。露易莎除了爱她的弟弟,便再无表达情感生活的办法,因而她便为他而活,为了汤姆——在汤姆的压力下——而嫁给了庞得贝("这有什么关系呢?")。于是,在葛擂硬教子之方的压抑和导致的情感饥渴下,自然的温情和无私奉献的能力都成了祸害。至于汤姆,葛擂硬训子有方,却把他调教成了一个心烦气躁、郁郁寡欢的狗崽子,而且"他正在变成一个工于算计的高手,这种人不乏先例,算计的时候,通常在为自己着想"——是功利主义哲学把他变成了这样。他声称,等他在银行谋得个差事,跟庞得贝住在一起的时候,他就"可以报复了"——"我的意思是,我要享受享受,四处转转,看点儿什么,听点儿什么。我这样就被养大了,我要给自己补偿一下"。他债务缠身又盗窃银行,便也是顺理成章的事。而同样自然的是,当詹姆斯·赫德豪士先生权衡度势,放出教养醇厚、精心设计的手腕来寻求自己的机会时,已为这个受她惜爱却不知好歹的弟弟牺牲了自己的露易莎,竟也不能完全无动于衷。赫德豪士为绅士派头的愤世嫉俗所作的辩护,乃是对葛擂硬哲学的狠狠一击:

> "在我们跟那些讲道德、说仁义、谈博爱的人之间的唯一区别就是:我们知道一切都是毫无意义的,而老老实实地说了出来;而他们也同样知道是如此,只是决不肯实说罢了。"
>
> 他这样翻来覆去地讲会使她吃惊或者警惕起来吗?不会的,因为这种说法跟父亲的原则和她早期所受的训练并没有什么抵触的地方,足以使她受到震惊。[15]

---

[15]《艰难时世》,第201页。

当露易莎逃避引诱,回到父亲的家,向他诉说自己的困苦,哭喊着"我只知道,你的哲学和你的教训都救不了我"而倒在地上时,他看见了"他引以为豪的人,他的理论体系结出的成功果实,变成不省人事的一堆,瘫倒在他的脚下"。他的谬误现在得到了灾难性的证明,可以被视为就集中地体现在这个"他引以为豪的人"身上,虚幻不实地把他的理论体系的成功果实与他对孩子的爱合在了一处。葛擂硬现在知道那份爱是什么了,他也知道了爱对他是比理论体系更重要的东西,于是理论倒下了(他在教育上的失败还在其次)。这里没有一点儿伤感煽情的成分;作者的示范证明是令人感佩的,因为他让我们相信了那份爱,因为他把葛擂硬给我们写成了一个"本想把事情搞好"的人:

> 他讲这句话的时候是诚诚恳恳的。天公地道地说,他的确是这样。在他用他那小小的测深竿来测量那不可测的深渊,用他那生了锈的硬脚的圆规,在世界上画来画去的时候,他原来也很想做一番伟大的事业出来。然而在力所能及的狭窄范围内,他撞过来碰过去不知踏坏了多少鲜花,比起他所认识的那许多乱喊乱叫的人,他更是聚精会神地尽了破坏的能事。[16]

接下来还有一个证明,围绕的是"他的理论体系"结出的另一个"成就"——汤姆。这是一出讽刺喜剧,极富想象力,且以天才的稳健笔触挥就。那意味深长的一幕就是,葛擂硬得在马戏团散了场的圆形舞台上,认出一个扮了黑仆丑角的人就是他的儿子;他还得承认,他儿子所以能逃脱法律的制裁,全靠一种特别无私的感激

---

[16]《艰难时世》,第271页,略有改动。

之情——靠的是非功利主义的史里锐先生为报答他养育西丝之恩而给他的儿子提供机会,让他套上了这层伪装:

> 他穿了一件奇奇怪怪的像教区管事穿的上装,袖筒和口袋的褡裢都大得无法形容,内里是一件庞大无比的坎肩儿,穿着一条齐膝的短裤,脚上是一双有扣子的鞋子,头戴一顶怪模怪样的卷边帽:没有一样东西是合身的,这些东西都是很粗糙的材料做的,被虫蛀了很多洞。他的脸上涂满了黑油,但是由于恐惧和出汗的缘故,黑油现出了一道一道的裂缝。葛擂硬先生从没看见过比那穿了一身小丑服装、丑态毕露的狗崽子更难看、更讨厌、更不害臊的人。但是这件不可否认的事实却摆在他的面前,他的模范儿童竟然到了这步田地。
>
> 起初,这个狗崽子还不肯挪近一点,而硬要独自待在那儿。最后他才听从了(假使那种不高兴的让步可以叫作听从的话)西丝的请求——因为他已经不睬露易莎,不承认她是他的姐姐了——他才一条凳子、一条凳子地往前挪,一直挪到戏场边那铺了木屑的地方,尽可能地还是跟他父亲所坐的地方保持相当的距离。
>
> "你究竟怎样做了这件事?"他的父亲问道。
>
> "怎样做了什么事情?"他的儿子不高兴地反问道。
>
> 他的父亲提高了声音说:"就是那件窃案。"
>
> "是我自己那天晚上把保险箱打开的,半掩了箱门然后走开。他们找到的那把钥匙是我早就配好了的,第二天早上我把它扔在地下,让人家以为用的就是那把钥匙。我也不是一次把钱拿走的,我假装每天晚上把尾数放在箱子里,实际上我没这样做。这件事的经过就是如此。"

"就是晴天打了一个霹雳,也不会使我像现在这样地吃惊。"他的父亲说道。

他儿子叽叽咕咕地说:"我不懂你为什么要那样吃惊。吃别人的饭,受别人信任的人多着哩,在这些人当中总不免有几个不老实的人吧。我听你谈过有一百次之多了,说这是一条规律。既然是一条规律,我又怎样能改变它呢?父亲,你常拿这样的话来安慰别人,你也这样安慰安慰你自己吧!"

那个父亲两手捂住了脸,他的儿子站在他面前咬着一根稻草,显出一副丢脸的怪样子。他手心的黑油已经擦去了一部分,那双手活像猢狲的手。天快黑了,那个狗崽子时常不安而又不耐烦地翻着两只白眼瞪着他的父亲。他脸上的黑颜料搽得那么厚,就只剩那双眼睛还有点生气,有点表情。[17]

狄更斯复杂多变的手法在这一段可以窥得一斑。讥讽与哀婉之情相伴,冷嘲中带一丝悲悼,任何简单的套话都概括不了构成这一整体效果的诸多要素。我们说《艰难时世》是一部诗意之作,其理据就在这一段本身的意味中。它表明,我们可以公道地把作者的天才称为一个诗人剧作家的天才;它表明,在虚构散文的领域,也有我们通常与莎士比亚戏剧联系在一起的那种凝练而灵活地解读生活的潜力,而我们囿于对"小说"的成见,可能就忽略了它们的存在。

功利主义哲学家自食其果,这便是我们在上面汤姆的反唇相讥里听到的那种冷嘲热讽。这种调子在接下来与毕周的一幕中又得到了进一步的加强。毕周才是他真正教育出来的好学生,是他的理论

---

[17]《艰难时世》,第343页至344页,略有改动。

体系结出的正果。毕周赶来要阻截汤姆的出逃：

> 毕周还是站在场子当中，抓着全身都软瘫了的狗崽子的领口不放，现在已经是黄昏了，他的白睫毛对着他过去的恩人眨巴个不停。
>
> "毕周，"葛擂硬先生垂头丧气，可怜巴巴地毕恭毕敬跟他说，"你有心肝没有？"
>
> 毕周笑他问得奇怪，回答说："老爷，要是一个人没有心，血液怎样还能循环呢？老爷，任何一个人只要知道哈维提出的关于血液循环的道理，就不会怀疑我有一颗心。我当然有一颗心。"
>
> 葛擂硬先生叫道："难道你那颗心不能为怜悯心所左右吗？"
>
> "我这颗心只能为理性所左右，老爷，不能为别的任何东西所左右。"这个了不起的青年人回答说。
>
> 他们两人站在那儿互相望着，葛擂硬先生的脸也像毕周的一样变得惨白了。
>
> "你有什么动机——假定你的动机只是理性的动机——来阻止这个不幸的小伙子，不让他逃走，并且来欺侮他的可怜的父亲呢？你看他的姐姐在这儿。可怜可怜我们吧！"
>
> 毕周一本正经很有逻辑性地回答说："老爷，你既然问我有什么理性上的动机来把小汤姆先生抓回焦煤镇，我也不妨把这个道理说给你听听。……我预备把小汤姆先生带回焦煤镇，把他交给庞得贝先生。我决不怀疑，老爷，庞得贝先生在那种情况之下一定会让我补汤姆先生的缺。老爷，不消说我是很愿意得到他的职位的，因为这就是升级，对于我是有好处的。"

"要是这只是你个人利益的问题——"葛擂硬先生开口说道。

"对不住,老爷,让我插句嘴,"毕周回答说,"但是我相信你知道我们整个的社会制度都是建筑在个人利益之上的。个人利益的这种说法是任何人都听得进的。这是我们唯一可以掌握的东西。人性根本就是如此。这一番道理我从小在学校里就听熟了。老爷,你也是知道的。"

葛擂硬先生接着说:"你想的不过是升级,那么你要多少钱才能抵偿你的升级损失呢?"

毕周回答说:"老爷,谢谢你提出了这种办法,只不过我决不接受任何代价作为抵偿。我知道像你这种计算精明的人会提出这种办法的,我也预先在心里盘算了一下,可是我觉得接受贿赂,纵放窃盗,即使代价多么高,总归是不妥当的;还不如平平安安在银行里得到一个升级的机会要稳当得多。"

"毕周,"葛擂硬先生说,双手伸了过去,似乎本来想说,看我是多么可怜!——"毕周,我想现在只有一个办法来打动你的心。你在我创办的学校里读了好多年书,只要你想到我们花了多少心血帮助你念书,你就可以放弃眼前的利益而放我的儿子走了。我苦苦地哀求你,希望你想一想前情。"

他那个旧日的学生滔滔不绝地用着雄辩的口吻说:"我实在奇怪你会采取这样一个绝对不能成立的论点。我从前也是花了钱去念书的,这不过是一桩买卖;我离开学校这种买卖关系也就完了。"

葛擂硬先生哲学的一个基本原则就是,什么都得出钱来买。不通过买卖关系,谁也绝不应该给谁什么东西或者给谁帮忙。感谢之事应该废除,由于感谢而产生的德行是不应该有的。人从生到死的生活每一步都应是一种隔着柜台的现钱买卖关系。如果我们不是这样地登上天堂的话,那么天堂也就不是为政治经济学所支配的地方,那儿也就没有我们的事了。

"我并不否认,"毕周接着说,"我当时所出的学费并不算很高;但是这也很对,我是在那个最低价的市场造出来的东西,所以我也要在那最高价的市场去出卖我自己。"[18]

作者对汤姆逃亡的设计安排,从各个方面来说,都是成功的,用的是狄更斯式的异想天开的喜剧所特有的手段。接下来是整个寓言引出的严肃教诲,由史里锐先生那张气喘吁吁的嘴巴吐出,显示了天才手笔的恰当安排。作为艺术家非凡机敏手法的执行者,他以其特有的方式履行了自己的职责:

"乡绅,我用不着告诉你,狗真是了不起的畜牲。"
葛擂硬先生说:"它们的本能真叫人吃惊。"
"您管这个叫做什么都行——我的天,我可不知道管这个叫什么,"史里锐说,"总之是够叫人吃惊的了。不管一个人跑到多远,狗总能找着他。您说这狗多么奇怪!"
"狗的嗅觉,"葛擂硬先生说,"是非常灵敏的。"
史里锐摇摇头,重说一遍:"我的天,我可不知道管这个叫做什么。总而言之,一条狗要找我就总归找得到。"[19]

——史里锐先生进而解释说,西丝那个逃避责任的父亲肯定已不在

---

[18]《艰难时世》,第347页至349页。
[19]《艰难时世》,第352页,略有改动。

人世,因为随他表演的那条狗已经回到了马戏团,而如果他还活着,这狗是绝不会弃他而去的:

> "腿也跛了,眼睛差不多全瞎了。它绕到孩子们跟前一个一个仔细地看,仿佛在找它认得的那个孩子。然后它跑到我面前,虽然它已经很不成了,仍会用前腿站住,举起后身,摇了摇尾巴,不久就躺下来死了。乡绅,那条狗就是巧腿儿。"[20]

整个这一段得放在文中去读(第三卷第八章)。读的时候,我们还得保持一定距离,拉开来思考,以便识别出在其他地方本会被发挥成狄更斯式伤感煽情的那些潜能。这里的实际效果则没有一点儿伤感煽情的味道。严肃而深刻的意图在把握之中,笔触稳健,而保障这种态势的结构则有着不事张扬的复杂性。下面是正正规规的寓意:

> "不过,究竟她的父亲是不是好狠心地抛弃了她,或者他宁可独自一个伤心而不愿他女儿跟着他难受,现在我们也无从知道了;乡绅,除非——不,除非我们能知道狗怎样会找着我们的。"
>
> 葛擂硬先生说:"他叫她去买药的那个瓶子,她至今还保留着,她到死都会相信她父亲是真正喜欢她的。"
>
> 史里锐先生一面呆呆望着那杯掺水白兰地,一面沉思着说:"这样看来,我们可以了解两件事了,是不是,乡绅?第一桩是世界上是真正有所谓爱的,那跟个人的利益完全是两

---

[20]《艰难时世》,第353页。

回事；第二桩就是爱有它自己的打算，也可以说没有打算。这种爱的表现方式和狗的那些行为，我们都没法子管它叫做什么的。"

葛擂硬先生老向窗外望着，没有回答。史里锐先生干了杯，然后请女客们进来。[21]

我们将会发现，表面看上去非常简单而极易到位的效果（重申一下，整个段落必须放到文中去读），靠的乃是多种要素之间的微妙互动，是多样音色和声调的协奏共鸣。我们知道，狄更斯是个广受欢迎的娱乐家，然而福楼拜以其达致的精湛之艺，却从未写出过任何臻此境界的东西。当然，狄更斯具有的活力，我们是不指望在福楼拜那里找到的。当我们把具有这种典型特征的段落放在其关系中来思考，以诗意整体下的一个组织紧密的结构视之时，我们寻思——并不太离谱——我们可以有把握地告诉自己，莎士比亚也是个广受欢迎的娱乐家。

当然，针对《艰难时世》，有几点批评意见也是要说的。就斯蒂芬·布莱克普尔来说，他不仅太过善良，太过一贯地够格戴上殉道者的光环，而且还易于让人把从黑人立场出发对汤姆大叔抱有的反感，改头换面地用到他的身上，即他是个白人的好老黑。当狄更斯笔涉英国工会组织时，对于他要予以描述的世界，他的那份理解便暴露出了明显的局限性——这种话是绝对不必有工人阶级的倾向也能说出来的。毫无疑问，职业煽动家是存在的；而维护工会的团结一致，也毫无疑问，常常是以剥夺个人权利为代价的。然而，这样一部具有如此持续的象征意图的作品，竟然把代表性的角色给了

---

[21]《艰难时世》，第353页至354页。

煽动家斯拉克布瑞其，而且把工会运动表现成只是误入歧途的被压迫者犯下的情有可原的错误，遂又成为导致那个好工人受苦罹难的一股作用力，这却是小说的一个问题之所在。不过，公正地说，我们必须记住毕周与斯巴塞太太之间的那场谈话：

> "这班联合一致的厂主竟容许任何这类的阶级团结，真太令人可惜了。"斯巴塞太太说。由于态度严肃，所以她的鼻子更加变成罗马式样，而眉毛也显得更加像柯里奥蓝楼斯[22]那样的眉毛了。
>
> "是的，夫人。"毕周说。
>
> "厂主们既然团结得紧，他们就应该每个人都坚决不雇用那些联合起来的任何一个工人才是。"斯巴塞太太说。
>
> "他们曾经那么做过，夫人，"毕周回答道，"但是不成功，夫人。"
>
> "我不假装我了解这些事情，"斯巴塞太太以庄严的态度说道，"……我只知道必须镇压这些人，一不做，二不休，现在也该是镇压的时候了。"[23]

狄更斯完全看不到工会运动在改善他所哀叹的形势方面可以发挥的作用，同样，尽管看到焦煤镇有许多对形形色色的丑陋顶礼膜拜的场所，但他却压根儿没有想到宗教在19世纪工业化的英国可以扮演的角色。他在斯蒂芬身上表现出来的那种自尊镇定和勤勉克制，在工人阶级中间无疑是普遍存在的，这是一个重要的历史事

---

[22] 指Martinus Coriolanus，莎士比亚历史悲剧 *Coriolanus* 中的古罗马大将，因骄横而亡。
[23]《艰难时世》，第140页。

实。然而,假如狄更斯笔下的那些教堂与焦煤镇生活之间的关系,不过是他表现的那样,那么这一事实便也不会存在了。*

再则,狄更斯对于工会运动的态度并非是他缺乏政治判断力的唯一表现。议会在他看来只是"国家的垃圾场","全国的垃圾工们"在那儿彼此寻开心,"相互间吵吵嚷嚷的小打小闹层出不穷";他们还任命一些委员会去填蓝皮书,用的是些枯燥的事实和无效的统计数字——这倒帮了葛擂硬的忙,使他得以去"证明乐善好施的人乃是糟糕的经济学家"。

虽然如此,狄更斯对维多利亚时代文明的理解,就其意图而言却已足够,无伤其批评的正当与敏锐力。而且他的道德观念是与对英国社会结构的洞察结合在一起的。詹姆斯·赫德豪士先生对于情节的发展必不可少,但他也还起到了代表的作用。他是以未来议员候选人的身份来到焦煤镇的,因为"葛擂硬那一派人要人帮忙来抹美惠三女神的脖子",而且"他们喜欢优雅的绅士,虽然嘴上说不,但其实心里喜欢"。于是,老一辈的统治阶层与"理性实际"之人间的联盟便在寓言中适时出现了。这种组合是有典型意义的。比如,斯巴塞太太可能看上去只是情节的需要,但她的"丈夫却是个婆雷(Powler)",这是她经常提及的一件事,就像庞得贝常常要谈他在阴沟里出生那段神秘身世一样。这两人既对立又互补,外加懒洋洋、自信有阶级优越感而无须自吹自擂的詹姆斯·赫德豪士先生,便构成了暗示整个英国势利体制的三人组。

然而《艰难时世》具有的紧凑丰富性,几乎多姿多彩到了令人难以置信的程度,尽管我纵情引用了这些段落,却仍难予以充分的表现。这里最后不妨强调一下狄更斯对于字词、节奏和意象的把

---

* 这是与《织工马南》相比的一个根本性的不同。(见第64页脚注)

握能力：论运用英语之从容和词汇之丰富，莎士比亚之外，想必无人堪与狄更斯相比。这又等于在说狄更斯是个大诗人：他那源源不断、巧妙而丰富多彩的表达法，意味着对于生活他有一种非凡特别的敏感。他的感官都充满了情感的力量，而他的才智则在最机灵敏锐的感知中闪烁跳动。换言之，他那高超的"风格"技巧是唯一要紧的特征——这并不是说对于可用字词来做什么，他没有一个自觉的兴味关怀；假如底子里没有这样一种关怀习惯的话，他的许多妙语明显是不可能产生的。比如下面这句：

> 他已经走到了市郊的一个中间地带。这儿既不是镇，又不是乡，但是乡镇所有的缺点它都具备了。[24]

然而与莎士比亚一样，狄更斯也并非一个文体家；他的描述性再现固然不俗（《艰难时世》里有一些极好的例子——情节的斑斓背景历历在目，你甚至能够感觉到被斯巴塞太太鬼鬼祟祟的脚步溅起来的天鹅绒般的灰尘，感受到即将来临的暴风雨），但若要极公正地表明他那高超的语言技巧，我们还得强调他的那些严格戏剧化的精言妙语。不过，"严格"一词并非完全是个恰当的线索，因为狄更斯是他所从事的艺术行当的大师，而他的高超之处即在于他能游刃于半直接的戏剧化形式和直接的言语呈现之间。以下是葛擂硬太太临死前的一幕（在葛擂硬的体系里，他的太太无足轻重，这个可怜的人实际从未活过）：

> 她无论如何不肯让人把她抬上床去，她的理由是：如果

---

[24]《艰难时世》，第15页。

她上了床,话就要听不完了。

她还是用披巾裹成一团,在那里面,她的微弱的声音,听起来像是很远的样子。别人跟她说话的声音,也要很久才能达到她的耳鼓,仿佛她是躺在井底一般。多半是因此之故,这位可怜的太太才从来没有像现在这样地接近上帝。

她听见说庞得贝太太来了,就牛头不对马嘴地回答说,自从他和露易莎结婚后,她就没有这样称呼过他;在她尚未想出一个令人讨厌的名字期间,她管他叫"J",并且说她现在也不能抛弃惯例,因为她还找不到代替这个的更合适的称呼。露易莎坐在她旁边好几分钟,跟她说了好几次话以后,她才明了是谁,如同大梦初醒。

"嗯,我的亲爱的,"葛擂硬太太说,"我希望你的日子过得很好。这都是你父亲干出来的事。他一心要那样办。他应该知道的呀。"

"我想听听你讲你怎样了,母亲,……不是要听你讲我。"

"你想听听我怎样了吗,我的亲爱的?居然有人想听听我怎样,这真是桩新鲜事儿。我太不舒服了,露易莎。头昏脑晕得要死。"

"你觉得难受么,亲爱的母亲?"

"我想这个屋子里总有些什么东西叫人难受,"葛擂硬太太说,"但是我不能绝对地说我身上难受。"

说完这段奇怪的话之后,她又躺在那儿闷声不响地过了一些时候。[25]

……

---

[25]《艰难时世》,第241页,略有改动。

"但是有那么一样东西——根本不是什么学——这是你父亲没曾碰到过的,或者是他忘记了的东西,我不知道这是什么东西。我时常同西丝坐在一道,想到这种东西。我现在也没法子知道它的名字是什么了。但是你父亲可能知道的。这就使我不安。我要写信给他,为了天老爷的缘故,务必要问出这是什么东西。给我一支笔,给我一支笔吧。"

她这时甚至连表示不安的力气也没有了,除了可怜的脑袋上还剩一些,但也只能微微地从这边摆到那边。

不管怎样,她想象中以为她要做的事,别人已经给她做到了,似乎她没有气力拿住的笔,已经在她的手中了。她开始在披巾上画来画去,画出许多奇妙而不知所云的花纹,她画的是什么已经无关紧要了。她的手在这些图案中很快就停了下来;从前总是从她那半透明眸子后面透出的微弱昏暗的光已经熄灭了;葛擂硬太太终于从人类行走于其间并无谓劳神烦心的阴影中解脱了出来,这时,甚至连她的面部也像《圣经》上所说的贤人和族长那样,充满了使人敬畏的严肃的表情。[26]

面对这样的文字,我们谈的不是风格,而是生动戏剧化的创造和富于想象力的天才。

---

[26]《艰难时世》,第243页至244页,有改动。

附录

《〈丹尼尔·狄隆达〉：一场谈话》

亨利·詹姆斯

初秋的一天，西奥多拉坐在阳台上，手里做着一件刺绣活儿，不过她小心地在面前挡了一面日本屏风，以便保持一个恰当的灵感水准。来访的普尔切莉亚坐在她身旁，腿上放着一本合起来的简装书。普尔切莉亚正在逗哈巴狗玩耍，很是无聊，但西奥多拉却在那儿沉稳冥思地做着一针一线。"哎，我说，"西奥多拉终于开口道，"也不知道他在东方都干成了什么。"普尔切莉亚把小狗抱进怀里，让它坐在书上。"噢，"她答道，"耶路撒冷有茶会——清一色的女士——他就坐在中间，搅拌他的茶，高谈阔论。接着米拉唱一两嗓，由于声音虚弱，就一两嗓。坐着别动，斐多，"她转而对小狗说，"别把你的鼻子往我脸上蹭。不过，这小鼻子还真可爱，"她继续道，"短平的小鼻子翘起来，真可爱，不像犹太人的大鼻子，好可怕。哎呀，那个婚礼想必是鼻子大荟萃了，想起来真恐怖！"这时康斯坦梯斯从屋里走上阳台，手里拿着帽子和手杖，他的鞋子沾了一些灰尘。他要走几步才能到达女士们坐着的地方，这就给了普尔切莉亚喃喃自语的时间，"哪儿来什么短平的翘鼻子哟！"西奥多拉把康斯坦梯斯介绍给普尔切莉亚之后，康斯坦梯斯坐下来，面对眼前令人称羡的碧蓝色海水赞叹不已，那是隔了一小块绿色草坪的一条笔直的蓝色水带。他还就阳台能有一面在阴凉处而可以给人带来的享受说了一番。很快，仍然躁动不安的小狗斐多从普尔切莉亚的腿上跳下来,露出了那本书,封面朝上。"啊,"康斯坦梯斯道,"你们刚读完了《丹尼尔·狄隆达》?"接下来便是一场谈话,用另一种形式来表现会比较方便一些。

西奥多拉:是呀,普尔切莉亚已经给我念了最后几章。写得精彩极了。

康斯坦梯斯(犹豫片刻后):是呀,写得很精彩。我相信,普尔切莉亚,你念得很棒,把精彩章节的含义都给读了出来。

西奥多拉:乐意的话,她是能念得很棒的,不过遗憾的是,这最后一本书的某些精彩段落,她给念得假模假式的。我自己念不来,会失控的。但是普尔切莉亚——说来怕你不信——她念不下去的时候,倒不是因为流泪,而是因为——正相反呢。

康斯坦梯斯:因为笑?你真的觉得可乐吗?我不喜欢《丹尼尔·狄隆达》,其中一个原因就是,作者此前的作品里总有那么一些趣味横生的段落,把整本书都给带活了,但这本书里却看不到那样的东西。

普尔切莉亚:唉,我倒以为有几处很逗乐呢,可以拿来与《亚当·比德》或《弗罗斯河上的磨坊》里的任何东西相比:比如说最后,狄隆达替葛温德琳抹去眼泪,而葛温德琳也去抹狄隆达的眼泪。

康斯坦梯斯:不错,我懂你的意思。我能理解那个场面给人的形象有些可笑,也就是说,假如小说的脉流没把你给迅速带过去的话。

普尔切莉亚:小说的脉流是什么意思?我还从没读过比这更没有脉流的小说呢。这本书不是一条河,而是一系列的湖泊。我曾看到过有人对一群高低不平的小池塘的描写,说鸟瞰下去,它们就像摔落在地板上而四分五裂的一面镜子。如果来个鸟瞰,《丹尼尔·狄隆达》也就是那样。

西奥多拉：普尔切莉亚是在一本法国小说里看到的这个比喻。她一直在读法国小说。

康斯坦梯斯：噢，是有一些很不错的东西。

普尔切莉亚（存心作对地）：这我可不知道。我倒以为有一些很糟呢。

康斯坦梯斯：至少，那个比喻还不赖。你说《丹尼尔·狄隆达》缺少脉流，我懂你这话的意思。几乎像《罗慕拉》一样地少。

普尔切莉亚：嗬，《罗慕拉》的那股慢腾劲儿，简直就不可饶恕，跟文学乌龟似的。

康斯坦梯斯：没错，我懂你这话的意思。不过，对我们这位小说大家，你恐怕是不够友善的。

西奥多拉：她喜欢巴尔扎克和乔治·桑，还有其他一些不够纯粹的作家。

康斯坦梯斯：噢，我得说我能理解。

普尔切莉亚：我最喜欢的小说家是萨克雷；我还酷爱奥斯丁小姐。

康斯坦梯斯：这我也能理解。你又读了《纽可谟一家》和《傲慢与偏见》。

普尔切莉亚：没有，眼下还没重读；我在重新考虑它们呢。很长一段时间以来，我都在走访朋友，看了一连串的朋友；最近这半年呢，我是在给人朗读《丹尼尔·狄隆达》。偏偏我还总是与新卷本乘同一趟车赶到。[1] 别人都当我是个轻浮而无所事事的人；我又

---

[1]《丹尼尔·狄隆达》从1876年2月起开始分卷出版，每月一卷，至同年9月出齐。

不像西奥多拉,是个新派刺绣的追随者,所以,一进人家门,就被推上座椅,手里给塞进这本书,人家指望我能抬高嗓门,让急不可耐要抢书的各方都平息下来。所以至少我敢说,书中的每个字我都读了。一行也没落下。

西奥多拉:我真希望是这样!

康斯坦梯斯:你是说你真的不喜欢?

普尔切莉亚:我觉得它拖沓、做作、学究气。

康斯坦梯斯:我明白;我能理解。

西奥多拉:哎呀,你也理解得太多了!这话你都说上二十遍了。

康斯坦梯斯:你要怎么样呢?你知道我必须努力去理解;干我们这一行就得这样。

西奥多拉:他的意思是说他是写评论的。我管那一行叫努力**不去理解**?

康斯坦梯斯:就说我领会有误吧,难怪我一直发不了迹呢。不过,我确实努力在理解,那是我的——我的——(他停了下来)。

西奥多拉:我知道你想说什么。你擅长的一面。

普尔切莉亚:那么他薄弱的一面是什么呢?

西奥多拉:他还写小说。

康斯坦梯斯:我是写了**一本**。但你不能管那叫一面,顶多只是个小小的琢面。

普尔切莉亚:听你这话,就跟你是块宝石似的。我倒想读一读——可不是朗读!

康斯坦梯斯:怎么轻声细语地念都不过分。不过你,西奥多拉,你没有觉得咱们的书太"拖沓"吧?

西奥多拉:我倒愿意它没有穷尽呢;一直不断地续下去,成为生活中一件固定的事。

普尔切莉亚：呀，到这儿来，小狗儿！想想吧，《丹尼尔·狄隆达》可能会没完没了呢，而你这个短鼻子的小宝宝，顶多也撑不过九到十个年头呀！

西奥多拉：像《丹尼尔·狄隆达》这样的一本书，成为你生活的一部分；你生活在其中，或与它结伴而行。我毫不犹豫地说，迄今为止，我已在这本书里过了八个月。乔治·艾略特搭建起来的世界非常地完整，那么广阔，真是包罗万象了！那里有非常坚实的土地，极其缥缈的天空。你可以转进去，迷失在里面。

普尔切莉亚：啊，那倒很容易，然后饥寒交迫地死去！

西奥多拉：我与可怜的葛温德琳很**接近**，与那个可爱的米拉也很近。还有可爱的小梅瑞克儿；我对她们了如指掌。

普尔切莉亚：我承认，梅瑞克一家是这本书里写得最好的人。

西奥多拉：妙趣横生的一家。要是他们住在波士顿就好了。我认为克莱斯默先生几乎就是莎士比亚笔下的人物，他的太太差不多和他一样地棒。我还与可怜而崇高的摩狄凯接近——

普尔切莉亚：嗨，醒醒吧，亲爱的，别太近乎了！

西奥多拉：至于狄隆达本人，我坦率承认，我对他充满了绝望的激情。他是虚构文学中最难以抗拒的男人。

普尔切莉亚：他根本就不是个男人。

西奥多拉：你看对他童年的描写，尤其是他躺在修道院的草坪上，一张天使般漂亮的脸蛋儿，声音甜甜地读着历史，问他的苏格兰老师，主教们为什么有那么多的外甥呀？——我的记忆里没有比这更美的画面了。他一定长得漂亮又讨人喜爱。

普尔切莉亚：长了那么个鼻子，亲爱的，绝对不会漂亮！我确信他是长了鼻子的；而且我认为，作者在对鼻子的处理上表现得非常胆怯。她完全就避而不提。你说的那幅画面是很漂亮，但画面不是人本身。他干吗总要抓住自己的衣领，好像要上吊似的？作者是心有不安呐，她感到必须让他做点儿什么实实在在的事，做点儿什么看得见摸得着的事，于是就一下想到了这么一副笨拙的形象。你说你与那些人**接近**，我不明白你是什么意思；人根本就不可能接近他们，一点儿幻觉都没有的。虽然作者拿他们又是描述又是分析的，费尽了笔墨，但我们既看不见他们，也听不见他们，更摸不着他们。狄隆达抓紧自己的衣领；米拉交叉起双脚；摩狄凯说起话来像《圣经》。但这样并不能让他们的形象逼真起来。除了在作者的笔下，他们压根儿就不存在。

西奥多拉：如果你是说他们是崇高的虚构想象，这我完全赞同；但假如说你自己的想象力对他们的表达全无感受，那就是你的问题了，与他们无关。

普尔切莉亚：求你可别再说他们是莎士比亚笔下的了。莎士比亚可是另一种做法。

康斯坦梯斯：我想你们两个都有几分道理，这里是应该有个区别的。《丹尼尔·狄隆达》里有观察而来的形象，也有虚构出来的形象。我知道，这样区分有些粗略。但凡小说，就没有纯粹是观察而来的形象，也没有纯粹是虚构出来的形象。但有些是虚构占上风，有些则是观察占上风；而在虚构占了上风的那些例子里，我觉得乔治·艾略特的成就，似乎顶多只能说是一连串出色的败笔。

西奥多拉：这么说，你也变苛刻了？我原以为你对她佩服得很呢。

康斯坦梯斯：谁还能比我更佩服她？不过你得区别对待。不客气地说，我认为《丹尼尔·狄隆达》是她写得最无力的一本书，比起《米德尔马契》来，我感觉明显差了许多。对《米德尔马契》，我的评价是绝了。

普尔切莉亚：还没碰上非得给别人读《米德尔马契》的情况，所以这本书我压根儿就没读过。我又不能念给自己听；我试过，可念不下来。我能领会罗莎蒙德，但多萝西娅却让人无法相信。

西奥多拉（非常认真地）：那你可就更不幸了，普尔切莉亚。我喜欢《丹尼尔·狄隆达》，是**因为**我还喜欢《米德尔马契》。你干吗因为她这个人物就把《米德尔马契》放掉了呢？在我看来，好书就是好书。对于《狄隆达》，我是发自肺腑地喜欢，从头至尾。

康斯坦梯斯：向你保证，我也是这样。乔治·艾略特的东西，没有我不爱读的。连她的诗，我都喜欢，不过我并不觉得满意。不论她写的是什么，我喜欢的是她在里面表现出来的智慧，开阔、清新，就像一道美丽的风景。在我看来，《丹尼尔·狄隆达》可算是智慧洋溢了，这一点超出了作者此前所写的一切东西。读头两卷时，我就为之而陶醉。我喜爱它那深沉、馥郁的英国情调，里面好像融汇了许多声音。

普尔切莉亚：不是英国情调，是德国的。

康斯坦梯斯：这我明白——假如西奥多拉允许我这样说的话。我慢慢开始感到有些声音不如其他一些更让我喜欢了。我低声地说——我开始偶尔感到一种诱惑，想跳着读。大致地说，小说里关于犹太人主题的一切东西，往往都让我感到厌烦；我同意普尔切莉亚的看法，我也发现正是这一部分制造的幻觉匮乏不足。葛温德琳与格朗古则是令人称道的形象——葛温德琳更是一件杰作。作者从心理上对她的认识、把握和表现，完全就是大手笔的风范。她的丈夫则是对优雅而精致的英国式粗野的绝佳写照（因为格朗古首先是个粗野之人）。与这两人相比，狄隆达、摩狄凯和米拉不过是些影子而已。他们以及各自的命运全都是即兴之作。我这样说，并不是对即兴创作有什么看法。搞得好，动人非凡；但你只能搞好。乔治·艾略特像是搞好了的，但与人们对她的才能所抱的期望相比，似乎还有一些距离。狄隆达的生活经历、他母亲的故事、米拉的故事——这些完全是可以在乔治·桑笔下看到的那类东西。不过，如果在乔治·桑的笔下，这些事又确实会作得要比现在强。乔治·桑的笔触会轻盈一些。

西奥多拉：哎呀，康斯坦梯斯，你怎么能把乔治·艾略特的小说同那个女人的相比？这可是阳光与月光的不同呀。

普尔切莉亚：我倒真以为这两个作家非常相像呢。两个人都口若悬河，动不动都爱谈道德、说哲理，都不讲究艺术性。

康斯坦梯斯：我懂你的意思。不过乔治·艾略特是固态的，而乔治·桑则是液态的。乔治·艾略特偶尔"液化"的时候——比如在对狄隆达身世的叙述里，还有在讲米拉的故事中——那形态就不像《康素埃洛》与《安德烈》的作者那么清明澄澈了。举个例子，米拉对自己冒险经历的长长述说，她是讲给梅瑞克夫人听的。人为的安排，矫揉造作，手法陈旧，完全就是乔治·桑的风格。但乔治·桑会做得比她好。虚假的调子还会有的，但听上去会多些说服力；它会是个小小的谎言，但要更圆滑一些。

西奥多拉：我可不觉得把谎撒圆了是什么光彩的事；我也不明白作这样的比较能有什么好处。乔治·艾略特是纯粹的，而乔治·桑则不然，你们怎么能把她们两人拿来相比？至于说狄隆达身上的犹太血统，我倒觉得这主意棒极了，是个崇高大气的题材。威尔基·柯林斯和布拉顿小姐[2]是不会想到这一点的，但那并不证明

---

[2]　布拉顿（Mary Elizabeth Braddon, 1835—1915），与柯林斯同属"轰动小说家"之列，最为著名的作品是《奥德丽夫人的秘密》。

这主意行不通。这主意显示了对于小说潜能的一个大构想。那天我听你说大部分小说都很肤浅、琐碎——完全没有普遍性的思想。现在这儿就有了一个普遍性的思想,经过狄隆达阐说的思想。我不像某些人,我从未讨厌过犹太人;我也不像普尔切莉亚,在每一片灌木丛里都看见藏着一个犹太人。我倒希望真有一个呢,我会栽起灌木林的。聪敏又可爱的犹太人,我认识的可太多了。不聪敏的主儿,我还一个没见着呢。

普尔切莉亚:聪敏,但不可爱。

康斯坦梯斯:狄隆达支持犹太人,结果证明他原本就是个犹太人——我完全同意你的看法——这是个极好的题材,而且这还完全没算上犹太复兴这种事到底有无可能呢。假如有可能,那更好了——我是说,对题材更好。

普尔切莉亚:好极了!

康斯坦梯斯:我有点儿怀疑那是不可能的;我怀疑犹太人一般拿他们自己远没有那么当真。他们还另有所图。乔治·艾略特是站在犹太民族之外来看他们的——从审美的角度看。我不相信他们就是那样看待自己的。

普尔切莉亚:那他们就更没有借口把自己弄得那么脏了。

西奥多拉:乔治·艾略特想必结识了一些讨人喜爱的犹太人。

康斯坦梯斯:很有可能;不过,假如他们中最可爱的人在看她的书的时候,时不时还面露一丝微笑,我是不会觉得奇怪的。不过按克莱斯默先生的说法,那没什么意思。题材是崇高的。要描写的是这样一种禀性,它能够感受到,也配去感受,支配着狄隆达的那种神灵感应;要同情、细致而深入地描写它——这个想法是极其崇高的。狄隆达承担的使命里有非常诱人的东西。是什么意思,我并不完全清楚。摩狄凯的狂热想象,有一大半我都不明白;而我也根本看不到可以采取什么样的实际步骤。狄隆达可以四处走走，同聪敏的犹太人谈谈话——生活还是蛮愉快的。

普尔切莉亚：所有这一切在我看来都假得要命，等到末了，作者发现非打发他坐火车去东方不可了；作者宣告，雨果爵士和马林哲夫人已给了他妻子"一整套东方的行头"，读到这儿，我荒唐可笑地一下蹦到了地上。

康斯坦梯斯：假就假吧，可这完全不是什么缺点，它大大激发了我的想象呢。摩狄凯毫无来由就相信，只要他等待，就会有一个钟天地之灵秀的年轻人来到他身旁，从他手中接过盛满他希望的宝瓶——这个想法我喜欢极了。浪漫，却不俗；浪漫得雅致。作者自己对狄隆达的感情就有些很高雅的东西。他是个非常洒脱的创造，我想是个失败——一个辉煌的失败。假如他立了起来，我就该管他叫一个辉煌的创造了。作者本是想替他做些非常慷慨之事的；她显然想造个完人出来。

普尔切莉亚：她弄了个讨厌的道学先生。

康斯坦梯斯：他确实相当自负。像乔治·艾略特这样聪敏的女人竟然看不到这一点，真是让人纳闷。

普尔切莉亚：他身体里根本就没有血液。有时候他的架势就像活人造型里的大祭司。

西奥多拉：普尔切莉亚喜欢的是法国小说里的小绅士，这些人都很在意自己的架势，又都是同样的架势——"征服"的架势，那种撩起他们虚荣心的征服的架势。狄隆达的形象却与他们的格格不入。他的那份气质是他们的哲学想也想不到的东西。

普尔切莉亚：我非常喜欢三四年前看过的一本小说，至今还有印象。那是伊凡·屠格涅夫写的，叫《前夜》。我知道西奥多拉读过了，因为她赞赏屠格涅夫；我想康斯坦梯斯也读过，因为他无所不读嘛。

康斯坦梯斯：假如我只因无所不读才读它，那就微不足道了。不过，屠格涅夫是合我的胃口。

普尔切莉亚：你们刚才还在赞扬乔治·艾略特有普遍性的思想。我现在说的这个故事，在对主人公的刻画里，就包含了你们在狄隆达的形象里所发现的那种普遍性的思想。还记得英萨罗夫那个年轻的保加利亚学生吧？他自认负有把祖国从土耳其人的奴役下解救出来的使命。可怜的人，他没能预见到1876年那个可怕的夏天！他的性格就是对民族激情，对爱国的希望和梦想的写照。但两个形象放在一起，你看在生动性上有多大的差别！英萨罗夫是活生生的一个人，他立起来了，我们能够看见他、听见他、触摸到他。而这不过花了作者两百来页的篇幅——可不是八卷本。

西奥多拉：英萨罗夫我完全没印象了，不过我还清楚地记得女主人公叶莲娜。她无疑是很出色的；但出色归出色，我还是不可能说她像葛温德琳那么绝妙。

康斯坦梯斯：屠格涅夫是个魔术师，而乔治·艾略特，我想，就不该这么来称呼。一个是诗人；另一个是哲人。一个关注事物的面；另一个关注的是事物的因。乔治·艾略特与狄隆达走一趟，身上所带的货，可以说，比屠格涅夫与英萨罗夫所带的要重出许多。她是刻意要多弹出些声音来的。

普尔切莉亚：噢，刻意，可不嘛！

康斯坦梯斯：乔治·艾略特希望展现出一个道德高调可能具有的诗情画意的一面——或可以说，浪漫的一面。狄隆达是个道德家——一个性情多姿多彩的道德家。

西奥多拉：一个极美极美的禀性。我不知道，论对崇高禀性的刻画，哪儿还有比这更完整、分析得更深的。小说家徘徊着爬入人物心灵的犄角旮旯里，这是为我们所称道的事。巴尔扎克匍匐着爬过了《高老头》或《可怜父母》，这时我们就赞扬他，为的也正是这一点。但我必须说，以像乔治·艾略特这样坚实有力的手，去打开人性里面一些更大的房间——这，我认为，才是更加壮观的事。狄隆达，你可以说，在某种程度上是个理想化的人物；但在我看来，他与现实结合得非常紧密。作者就他说了一些很令人赞叹的话。第四卷里有对他道德气质的描写——他是如何庄严地看待事物；他如何不偏不倚；他那博大的同情之心，还有，与此同时，他担心这些都会变成只是不负责任的冷漠——没有什么能比这些篇章更美妙的了。我记得其中一句是这样说的："他不再为知识而操心了——他也完全没有要去实践的雄心——除非它们都能聚拢起来，与他的激情汇合一处。"

普尔切莉亚：说他激情的地方可多了。他的一切都是"激情澎湃的"。每隔四页就会出现这个烂词。

西奥多拉：我看不出这个词烂在哪儿。

普尔切莉亚：德语里可能是个好词，可英语里就差劲了。

西奥多拉：根本就不是德语，是拉丁语。我亲爱的呀！

普尔切莉亚：还是我说的，不是英语。

西奥多拉：我还是头一次听人说乔治·艾略特的风格差劲呢！

康斯坦梯斯：风格是可赞可叹的，它勾起的联想让人快乐到了极点，也智慧宜人到了极点。但，我也许可以说，偶尔也太过拖沓了点儿；对表达的思想来说有时候太疏散了，有点儿松松垮垮的味道。

西奥多拉：他给葛温德琳的建议、他对她说的那些话，那都是智慧的结晶，温暖的人类智慧的结晶，了解生活并感受到生活的智慧。"始终让你的害怕护卫着你吧，它也许会让你强烈地感受到后果的。"还有什么比这说得更好的吗?

普尔切莉亚:也许没有吧。可一部小说里,男主人公年轻、英俊还才华横溢,但他的作用就是以谚语箴言的形式,来谆谆教诲年轻、漂亮也聪敏伶俐的女主人公,还有什么比这更乏味的吗?

康斯坦梯斯:这样说可就不太公允了。狄隆达的作用是让葛温德琳爱上他,更不用说他自己还爱上了米拉呢。

普尔切莉亚:不错,这事儿不提最好。我们对米拉的全部了解就是,她长了一头细长的卷发,两只脚交叉地坐着,说起话来像新杂志里的一篇文章。

康斯坦梯斯:狄隆达做了葛温德琳的顾问,我倒没觉得这事很可笑。假如他害了相思病,那才真可笑呢。现在的这个局面却很有意思——一个美丽的女人爱上了一个男人,然而这男人的感情却早已另有所属,他所能给予的最大回报就是和蔼同情地为她设身处地着想,怜悯她并同她说话。乔治·艾略特总给我们一些东西,是突出又反讽地反映出人类生活特点的。这一对年轻人不幸阴差阳错,还有什么比这更能说明我们根本上就是命途多舛的人呢?可怜的葛温德琳爱上了狄隆达,这是她自己那不幸历史中的一部分,不是狄隆达的。

西奥多拉:我确实觉得他有点儿太不当一回事了,哪有人这么不见虚荣心的?

普尔切莉亚:所以说,他在卢伯荣赎回她的项链再送还给她,不仅极其放肆无礼,而且反复无常得很呢。

康斯坦梯斯:哦,这一点你可得包涵;不然的话,也就没有故事可看了。不过呢,要是个男作家来写他,肯定会让他更凡俗一些。乔治·艾略特在这一方面自我放纵了一下,于是就变得娇柔起来,让人看了也觉得可爱,几乎有些感动。这就像她让罗慕拉在铁托·梅利马死后与特萨一道去给人做女佣一样；就像她让多萝西娅后来嫁给威尔·拉迪斯拉夫一样。假如多萝西娅在与卡苏朋的不幸婚姻后再嫁人的话，她嫁的就会是个骑兵。

西奥多拉：没准哪一天葛温德琳会嫁雷克斯呢。

普尔切莉亚：行行好，谁是雷克斯呀？

西奥多拉：哎呀，普尔切莉亚，你怎么能忘了呢？

普尔切莉亚：错了，我怎么能记住呢？不过，我想起来了，在那模糊得已成古籍的第一还是第二卷里，有这个名字。是的，然后到终场他又给推上了前台，正赶上谢大幕。这样一个我们一无所知的人，葛温德琳胆子再大也肯定不敢嫁他。

康斯坦梯斯：我一直想要说的是，在我看来，乔治·艾略特身上有两种很不相同的成分——自然的和做作的。有一个灵感下的她和一个别人期望下的她。这两种头脑在她近来的写作里表现得非常明显；而在她早期的作品中就少见得多。

西奥多拉：你是说她太科学化了？她是个伟大的文学天才，只要她一直这样，又怎么能太科学化了呢？她不过是浸透了时代的最高文化罢了。

普尔切莉亚：她太喜欢谈人眼的"动感"了。她在小说的第一句就用了这么一个词，她这时就不是个伟大的文学天才，因为这表明她不识趣。要说缺点，没有比这更糟的了。

康斯坦梯斯：葛温德琳那"动感"的目光看遍了全世界呢。

西奥多拉：受过正规教育的人都很熟悉这个词，而世人却为此大惊小怪起来，这正表明世人的文化水平非常之低。

普尔切莉亚：我不敢说受过正规的教育，劳驾您告诉我这词什么意思吧。

康斯坦梯斯（立即道）：不识趣——我觉得普尔切莉亚这话说

到了点子上。这本书的风格,从整体上来说,是有一些可以称作不识趣的地方。每一章前的诗文引言就是不识趣;我想,它们有时候并没有很大的实际意义,更多的是在虚张声势。强拉硬扯地作道德反思也是不识趣;行文冗赘芜蔓还是不识趣。不过这都是由于,刚才我说的,作者让人感到她是在某种外来压力下写作的缘故。我注意到这一点,是在读《费利克斯·霍尔特》的时候,我想以前是没有意识到的。她给我的印象是,她对普遍关心的事无疑有一种天生的兴趣,但她所处的时代和生活的圈子,却驱使她在里面投入了过分的关注。我并没有觉得她天生是个批评家,更没有觉得她天生是个怀疑家,她天然的职责应该是观察生活、感受生活——极其深刻地感受它。凝视、同情和信念——类似这样的东西,我应该说,才是她的天然尺度。假如她生在了一个对古老信条热烈赞同的年代,那么我觉得,她的发展就有可能比她的实际现状更加完美一些,更加和谐一些,也更加风雅一些。假如她投入到这种潮流中——她的天才是没有问题的——那么她可能就被带到辉煌的彼岸去了。可她却决定走进批评里;她为批评家们而写作,我指的是天地万象的批评家。她不是去感受生活本身,而是去感受关于生活的观点和看法。

普尔切莉亚:她是个一流教育的牺牲品。我太高兴了。

康斯坦梯斯:她才智清明,所以哲理味十足;可与此同时,她也让她的天才带上了一丝寒气。她差点儿就毁了一个艺术家。

普尔切莉亚:她实际已经毁了一个。确切点儿,我还不该这么说呢,因为根本就不存在什么艺术家可以让她来毁的。我坚持认为她不是个艺术家。一个艺术家绝不可能把一个故事就这么乱七八糟地攒在一起。她一点儿形式也不讲。

西奥多拉:狄隆达的生父是谁,作者几乎一直瞒到了最后,而我们还一直以为雨果爵士是他父亲呢——请问，有什么比这样更艺术的？

普尔切莉亚：还有米拉是他妹妹呢！加上这个怎么样？我压根儿就没以为他不是个犹太人；等发现他是犹太人时，我也压根儿没觉得要怎么着。还有他母亲——噗的一声从地板门后冒出来，末了又噗的一声落下去，就是那么拼拼凑凑的！他的母亲简直差劲极了。

康斯坦梯斯：有些人物缺乏生气，我认为狄隆达的母亲就是其中之一；她属于小说那冰冷的一半。关于犹太人的那部分，底子里就全是冰冷的东西，这是我唯一反对的一点。我喜欢它是因为，我的想象常常能把冷的东西暖和过来；不过，与葛温德琳的故事放在一起，它就像半月那空洞的一半与满月相比一样了。有深入的研究，有想象，有理解，可就是没有具体的形象。我们对此感受比较强烈的正是狄隆达和他母亲在一起的那些场面。我们感到要我们给予关注的东西相当地造作。为使狄隆达返回天生的信仰更具戏剧性，更加意味深长，作者给了他一个母亲，而这位母亲，出于非常任性的理由，从表面上看，已经与这同一种信仰断绝了关系；她可以说是被安排在一旁，等了许多幕，就时刻准备着走上来说她那番话的。作者想请我们回过头来理解她的那种道德状态，但我们却不太愿意了。

普尔切莉亚：我**看不见**王妃，尽管她穿了件火红色的长袍。一个演唱歌剧的女主角干吗要那么操心宗教的事？

西奥多拉：还不单是这个呢；她恨的是犹太这个种族、犹太人的举止和长相。亲爱的，这你应该明白的呀。

普尔切莉亚：我懂，但我可不是天才的犹太女演员；我不是干拉歇尔[3]那一行的。即便是的话，我也会有别的事要考虑呢。

康斯坦梯斯：现在来想想可怜的葛温德琳吧。

普尔切莉亚：我不愿去想她。一个二流的英国姑娘，为个爵爷就激动得发颤。

西奥多拉：换个一流的美国姑娘而同样激动得发颤，我看也并不比她现在这样强到哪儿去。

普尔切莉亚：根本就不会是同样的发颤，什么颤也没有的。她不会对爵爷心存畏惧，不过，她也许会被他逗乐的。

西奥多拉：我真的看不出葛温德琳怕谁。她怕的是她的过失——她的言而无信——犯了错之后，才感到害怕。由于这份害怕，她又怕了她丈夫。那可是怕得有理！我们感觉到他是一种绝对病态的自私，真想不出还有什么能比这种感觉更生动的了。

普尔切莉亚：她也不是怕狄隆达——她与他不过是萍水相逢的一面之缘，可刚结完婚，在马林哲家，她就开始围着他，随口说些婚姻如何不幸的知心话，这在我看来是很不得体的；随便找个女人问问看吧。

康斯坦梯斯：作者这样做的实际意图是要我们知道，狄隆达可以激发出多大的信任感——这份信任又是如何地不可抗拒。

普尔切莉亚：一个世俗的告解神父——可怕！

康斯坦梯斯：也是要我们知道，葛温德琳的抑郁有多么厉害；知道她在心里始终有个大难临头的感觉。

西奥多拉：有一点必须记住，葛温德琳可是从一开始就爱上了狄隆达的，很久以后，她自己才知道这一点。可怜的姑娘，她那会

---

[3] 拉歇尔小姐（Mlle Rachel，1820—1858），法国女演员，长期在法兰西剧院演出，是葛温德琳心中的偶像。

儿并不知道，不过要的就是这样。

普尔切莉亚：这就更糟了。看见她围在一个对她无动于衷的男人身旁窸窸窣窣地忙碌，真让人很不舒服。

西奥多拉：他对她并不是漠不关心，他不是把她的项链送还给她了吗？

普尔切莉亚：如何对一个动人的女孩子殷勤体贴，在我听到的法子里，这桩金钱小交易算是最到位的了。

康斯坦梯斯：你得记住，他与她是在赌桌上建立的关系。他在一旁看她，她不予理睬，一直在赌；而他则继续看她，在某种程度上，他对她的亏本也是有责任的。两人之间对此有一种默契。你可以说默契不可能深到这种地步，但那并不是个严重的问题。你可以指出细节上存在的两三处缺陷，但葛温德琳的整个故事却说得非常生动，这依然是个事实。你看作者对这个姑娘是如何从里到外加以认识的；她对她的感受和理解又是何等的彻底、全面。这是乔治·艾略特所有作品中最见**智慧**的东西，也就是说它是很棒的。它非常深厚，非常真实，非常整全，含有极其丰富的心理上的细节，不只是技艺的高超呢。

西奥多拉：论对人物性格的认识，我不知道哪儿有比这更见功力的。

普尔切莉亚：像或许画得挺好，不过也还有一点儿瑕疵。你完全就不管原型是什么样了。葛温德琳可不是个有意思的姑娘；作者想在她身上注入一种令人感兴趣的深深的悲剧意味，但她这样做的时候，却破坏了一致性。她一开始把她写得太轻浮、太浅薄了。悲剧在这种姑娘的身上根本就挂不住。

西奥多拉：你这人可真难伺候。早晨你说多萝西娅太沉重了；现在你又发现葛温德琳太轻浮了。乔治·艾略特是希望给我们一个与多萝西娅完全相反的形象。一个已经有了，她来写另一个，这是值得称道的事。

普尔切莉亚：她却犯了个致命的错误，把葛温德琳写成了自私到庸俗、小气、枯燥乏味地步的一个人。葛温德琳是个**自我中心**的自私自利的人。

西奥多拉：我不知道还有什么比自私自利更自我中心的了。

普尔切莉亚：我也自私，但我不那样昂首挺胸地四处招摇，至少我希望不那样。她这个小女人可就招人厌了，我们才不管她会变成什么样呢。她的婚姻失败了，这时她本会变得更加冷酷和武断的；你却把她写得温柔又楚楚动人，那可是非常拙劣的逻辑呀。第二个葛温德琳与第一个是合不上的。

康斯坦梯斯：对于她得承担的那份戏来说，才开始的她也许稚嫩了些，模样有点儿太像永格小姐和西威尔小姐笔下那种没心没肺的年轻女郎了。

西奥多拉：女主人公不能年轻——这是什么时候立的规矩？葛温德琳，那可是一幅完美的青春画像——热切、放肆、关注自我、虚荣又傻气、感觉自己无所不能。但她又是极其聪敏伶俐的，所以悲剧**会**找上她。并不是她的良心造成了悲剧；那是老套套，而且，我想也是一种间接的痛苦。实际是悲剧让她有了良心，良心又再来作用于悲剧。作者一路描绘了她的良心发展历程，我想不出有什么能比这样更加有力的，想不出有什么能比这良心在茫然无助中走向成熟的画面更动人的了。

康斯坦梯斯：这可是真真切切的大实话。葛温德琳的故事具有极强的典型意义——乔治·艾略特的东西大部分都是这样：人类生活实际就是由这种东西构成的。我们坐在马车上，一甩响鞭，以为我们本人起码是个赶车的，结果人人却都发现，我们顶多也就是马车上相当可笑的第五只轮子——这种发现不就是生活的全部内容吗？我们自以为是木桶上的一根大箍，结果却也不过是一块桶板上偶尔附带的一段碎片。宇宙以缓慢而不可阻挡的压力，把自己塞进一个狭隘、自得、然而却毕竟是极其敏感的头脑里，让这头脑因这过程的痛苦而疼痛——这就是葛温德琳的故事。它极其典型，因为葛温德琳看到高尚而非卑劣的激情往往遭遇挫折；也正是在这里，她发现了一件最为要紧的事，那就是世界正从她的身边掠过。她似乎得不到真正的机会，去拥抱作者极爱说的一种"更加宽广的生活"。她因"狭隘"而受惩罚，却又得不到扩展的机会。她发现狄隆达有约在先，要去东方激起犹太人的民族感情，这在我看来真是个妥帖绝妙的构想。这个复杂情节所具有的反讽意味，对可怜的葛温德琳来说，几乎到了荒诞的地步；而我们因而疑惑的是：作者在小说里搭起了犹太人问题的沉重框架——但那整个结构是不是专为给这独特的一笔使上它的一份力量呢？

西奥多拉：乔治·艾略特的意图是极其复杂的。整体为的是每一个细节，而每一个细节也是为了整体。

普尔切莉亚：她特爱让人淹死。麦琪·塔利弗和她的弟弟是淹死的；铁托·梅利马是淹死的；格朗古先生也是淹死的。格朗古竟然不会游泳，这太不可能了。

康斯坦梯斯：游泳他当然会的，不过他抽筋了。也是活该。有一类英国人认为把话说清楚了就是低贱下流，对于这种最为可恶的英国人，我真想不出谁还比艾略特写得更绝了。类型和个人在格朗古身上吻合得天衣无缝：类型是知书达礼的，而个人却规矩全无。他是枯燥的极致，是"垂直"这个简单概念的活化身。

西奥多拉：《米德尔马契》里的卡苏朋先生也很枯燥；但我们看到了两个让人讨厌的丈夫，彼此还完全不同，这可是天才的手笔呀！

普尔切莉亚：你还得算上两个让人讨厌的妻子呢——罗莎蒙德·文西和葛温德琳。她俩倒很相像。我知道这不是作者的意思；但这却表明在她眼里，世故、傲慢、自私的年轻女人是何等普遍的一类人。她俩都让人讨厌，这种感觉你就克服不了。

康斯坦梯斯：你说的也许有些道理。至少我认为，这本书里的次要人物不如《米德尔马契》里的可爱；没有什么人比得了马丽·高思和她的父亲，或偷糖吃的小老太太，或爱上了马丽的那个牧师，或费瑟斯通老先生的乡下亲戚们。雷克斯·加思科因比不上弗莱德·文西。

西奥多拉：加思科因先生可是很棒的，达威罗夫人也很可爱呀。

普尔切莉亚：你可别忘了，你还认为克莱斯默先生是"莎士比亚笔下的"呢。说他是"瓦格纳笔下的"还嫌捧得不够吗？

康斯坦梯斯：不错，对于克莱斯默夫妇和梅瑞克一家，我们必须另当别论。他们都很可爱，至于克莱斯默本人以及汉斯·梅瑞克，西奥多拉可以坚持她的说法。莎士比亚笔下的人物是从观察中**流溢**出来的人物——这些人物使戏剧看上去熙熙攘攘的，像生活一样。克莱斯默一登场，就带有一种莎士比亚笔下人物的特点，用画家们的行话说，叫色彩的"明暗度"；汉斯·梅瑞克也是如此，只是色调不同。他们都源于一个充满了人的头脑。

西奥多拉：我认为葛温德琳与克莱斯默的照面可以算是小说里的妙笔之一。

康斯坦梯斯：正像乔治·艾略特写的所有东西一样，也是耐人寻味的。

普尔切莉亚：这些固然很棒，但你们还是不能让我说《狄隆达》不是个非常沉闷而写法拙劣的故事。它没有什么我们可以称之为主题的东西。一个傻里傻气的姑娘与一个庄严、睿智却并不爱她的年轻汉子！这就是一月一卷出了八个月的书的主题。我就说它单调乏味得很。难道萨克雷、奥斯丁小姐和霍桑手里的精湛技艺就到了这步田地？我干脆去读德国小说算了。

西奥多拉：有个东西是高于形式的——精神。

康斯坦梯斯：恐怕普尔切莉亚是个唯美主义者呢，令人遗憾。她最好还是只读梅里美吧。

普尔切莉亚：我今天肯定要重读《双重误会》的。

西奥多拉：哦，亲爱的，你真这么想？

康斯坦梯斯：不错，我认为《狄隆达》没什么艺术性，但我也认为里面有大量的生活。从缺乏艺术的生活里，你还能获益；但缺乏生活的艺术却是个贫乏的东西。这本书里可是充满了大千世界的。

西奥多拉：充满了美和知识，而这对我来说已经很艺术了。

普尔切莉亚（对小狗）：咱们没词儿了，宝贝，可咱们并不服，对吧？（哈巴狗叫了起来。）可不，咱们甚至还有话要说呢。来了个年轻女人，带了两个圆筒形的纸盒。

西奥多拉：啊，一定是送麦斯林纱来了！

康斯坦梯斯（起身要走）：我懂你的意思了！

1876年

译者附言

F. R. 利维斯的《伟大的传统》问世于1948 年，出版商是Chatto & Windus公司。译者开始依据的就是这个最初版本。然而翻译过程中碰到了一些令人狐疑困惑的地方，便转而求证于企鹅公司在1972年推出的"塘鹅丛书"（Pelican Books）版，结果发现利维斯曾在1959年对初版文字作过增删修改，但"企鹅版"未予标识说明。不仅如此，"企鹅版"在订正了初版中的一些印刷错误的同时，却又未能尽善，而且还制造了新的错误，有鉴于此，译者在转以"企鹅版"为蓝本的同时，仍以初版为参照，择善而从。

翻译利维斯的文字实在不是一件轻松的事。微言大义把握起来已属不易，换易言语而达之更令人"旬月踟蹰"又搔首难得。幸有陆建德和吕大年两位老师可以及时讨教，每令译者茅塞顿开，免入了诸多歧途岔道。陆建德老师更时常匡正译者的抑义就词，揭示毫厘千里之别，并对如何添加译注以方便读者给予了切实的指导。此外，萧萍在拨冗阅读拙译时不仅及时发现了若干漏译和误译，而且还慷慨赞助了若干佳译。翻译过程中，自然难免查找资料的麻烦，这一方面，梁岩、匡咏梅、王震宇、阮江平和王海昉等都给予了鼎力协助。译者谨在此一并诚恳致谢。

英国19世纪小说家撒缪尔·巴特勒曾对做翻译的人有一酷评："误解作者，误告读者，是为译者。"（钱锺书译）本译者虽然戒甚惧甚，不敢唐突欺世，怎奈才学谫陋，智短笔拙，纵得多方援手，勉力而为，不虞之误，依然在所难免，恐也难逃巴特勒之讥。唯乞方家在怪罪责难时，能念我原本有心为善，套改一下巴特勒的箴言，仁慈道："不愿误解作者，不愿误告读者，是为这个译者。但是……"

译注参照

Drabble, Margaret, ed. *The Oxford Companion to English Literature*. 5th ed. Oxford: Oxford University Press, 1985.

Haight, Gordon S., *George Eliot*. Oxford: Oxford University Press, 1968.

Hornblower, Simon, and Anthony Spawforth, eds. *The Oxford Dictionary of Classics*. 3rd ed. Oxford: Oxford University Press, 1999.

Stumpf, Samuel Enoch, ed. *Philosophy: History and Problems*. 2nd ed. New York: MeGraw-Hill Book Company, 1977.

Ward, A. C., ed. *Longman Companion to Twentieth Century Literature*. 3rd ed. London: Longman Publishing Group, 1975.